Karen Kliewe
Toxische Tiefe: Ostsee

W0282389

Karen Kliewe wurde 1970 in Westfalen geboren, ist verheiratet und Mutter einer Tochter. Nach ihrer Ausbildung zur Fotografin studierte sie Visuelle Kommunikation, arbeitete als Illustratorin, Grafik-Designerin und Fotografin. Ihr Debüt erschien 2020 und bildete den Auftakt einer Serie um die Journalistin Johanna Arnold.

Karen Kliewe

Toxische Tiefe: Ostsee

Ein Fall für Journalistin Arnold

PIPER

Mehr über unsere Autoren und Bücher:
www.piper.de

Wenn Ihnen dieser Krimi gefallen hat, schreiben Sie uns unter Nennung des Titels »Toxische Tiefe: Ostsee« an empfehlungen@piper.de, und wir empfehlen Ihnen gerne vergleichbare Bücher.

Wir produzieren nachhaltig
www.piper.de

ISBN 978-3-492-50574-1
© Piper Verlag GmbH, München 2022
Redaktion: Sandra Lode
Dieses Werk wurde vermittelt durch die Literarische Agentur Peter Molden.
Satz auf Grundlage eines CSS-Layouts
von digital publishing competence (München)
mit abavo vlow (Buchloe)
Covergestaltung: Traumstoff Buchdesign traumstoff.at
Covermotiv: Bilder unter Lizenzierung von Shutterstock.com genutzt
Printed in Germany

Für euch,
ihr Bewahrer, Visionäre,
ihr Welterklärer und friedlichen Aktivisten

Prolog

Neun Seemeilen vor Gotland, Schweden

Sie war genau da, wo sie sein sollte. Pünktlich auf die Sekunde.

Die Steuerbordseite der ruhig daliegenden *Neptun* verbarg sich vor neugierigen Blicken, war an dieser Stelle in tiefe Dunkelheit getaucht. Das sonore Brummen des Motors, das leise Klingen von Metall an Metall und das schwache Klatschen der Wellen, die gegen den Rumpf schlugen, verbreiteten ein trügerisches Gefühl friedvoller Beständigkeit. Der Wind blies mäßig mit Stärke vier bis fünf, formte in regelmäßigen Abständen kleine weiße Schaumkronen, die, von den Lichtern der *Neptun* angestrahlt, kurz erschienen, um sich dann im Nichts aufzulösen.

Einige Sekunden blieb die zierliche Gestalt verborgen, als hätte sie das Schwarz der Nacht verschluckt. Dann aber: eine Bewegung. Sie lief in Richtung Heck. Matt legte sich ein sanfter Lichtsaum um die rechte Seite ihres Oberkörpers, als sie sich aus der schützenden Dunkelheit des Schiffsaufbaus löste und von einer der Heckleuchten erfasst wurde. Der riesige Galgen, der bis zu vier Tonnen schweres Material an Bord hieven konnte, ließ ihre schmale Gestalt noch kleiner wirken. Zum wiederholten Mal blickte sie sich um, trat dann an den Seezaun, löste die Karabiner, legte die Metallseile vorsichtig zur Seite und hob ihren angewinkelten Arm. Natürlich – der prüfende Blick zur Uhr.

In dem Moment, in dem ihre Finger ein letztes Mal den Sitz ihrer Sicherheitsweste prüften, zog sich die Schlinge zu.

Die größte Schwierigkeit bestand darin, sie am Schreien zu hindern. Der Rest war ein Kinderspiel. Ihr schlaffer Körper sank leise zu Boden. Routinierte Hände öffneten das seitliche Fach der Weste, klappten den Spannhebel nach oben, entnahmen den Pill-Cage und entfernten die Tablette, setzten alles wieder zusammen und warfen das daumennagelgroße Plättchen über Bord.

Keine fünf Sekunden später folgte der leblose menschliche Körper. Einen Atemzug lang tanzte er, bunt und von der Schiffsheckleuchte dramatisch in Szene gesetzt, schwankend auf der schwarzen Wassermasse, bevor die Dunkelheit ihn verschlang.

Kapitel 1

Paderborn, zehn Tage zuvor

- Verhandlung im Fall Meja Persson: abgeschlossen.
- Fünfte Woche des laufenden Wintersemesters: abgeschlossen. Mit reger Teilnahme an Vorlesungen!
- Neunundsechzigster Tag in Folge ohne *die* Pillen!!!
- Gute drei Wochen ohne Panikattacke. (So glücklich!)

Ann legte den Kugelschreiber beiseite, lehnte sich zurück und betrachtete zufrieden die abgehakten Punkte auf dem Blatt Papier. Sie standen sinnbildlich für ihr Ringen um ein normales Leben.

Ihr neuer ›Hardware-Spezialist‹, Angst- und Trauma-Experte Dr. Gisbert Hase (der Name entlockte ihr nach wie vor ein breites Grinsen), gab sich alle Mühe, ihre Festplatte namens Gehirn neu zu konfigurieren. Er hatte ihr zu dieser regelmäßigen Auflistung geraten. Sie solle ihre Erfolge sichtbar machen, meinte er. Das Schwierigste war gewesen, diese Nichtigkeiten überhaupt als Erfolge anzuerkennen.

Hase war es auch gewesen, der sie motiviert hatte, ›Ihnen‹ Namen zu geben. Sie hießen ›Der Verurteilte‹, ›Die Anklagende‹ und ›Die Geheimnisvolle‹. Wobei Anns Namensgebung anfänglich ganz anders ausgesehen hatte. Da waren es ›Der Mörder‹, ›Die Wasserleiche‹ oder ›Die Eiskalte‹ gewesen, die ihr den Schlaf raubten.

Um sich von ihnen lösen zu können, müssten sie an Schrecken verlieren, meinte Gisbert Hase, und das finge bei den Namen an. Bislang schienen die ›Drei‹ von der Umbenennung unbeeindruckt. Sie suchten Ann in unregelmäßigen Abständen heim, mischten sich in ihre Träume, ließen sie schweißgebadet hochschrecken und danach nicht wieder einschlafen.

Sie schaute auf und sah, wie er lächelte.

»Wie ich sehe, gefällt Ihnen, was Sie sehen.« Sein Grinsen wurde noch breiter. Was zur Folge hatte, dass die roten Apfelbäckchen nach oben rutschten und seine dunklen Knopfaugen unter einer dicken Lage Falten verschwanden.

»Ich wäre gern weiter.«

Dr. Hase nickte verständnisvoll. Er wusste um die Kraft und den langen Atem, den die Patienten brauchten, um ihre Angststörung so weit in den Griff zu bekommen, dass ein normales Leben möglich war.

»Immerhin – Hyperventilieren in der Schlange beim Bäcker, das gab's schon länger nicht mehr«, bemerkte Ann flapsig und lächelte zurück.

»Und ›Die Drei‹?«

»Erfreuen sich bester Gesundheit.« Eine Äußerung, die im Bezug auf ›Die Anklagende‹ ziemlich gewagt war. Handelte es sich doch um eine faltige Alte, die aus den kalten Fluten der Ostsee auftauchte, mit leichenblasser Haut und blauen Lippen, und sie mit toten, vorwurfsvollen Augen anstarrte.

»Hm«, brummte der Arzt und schrieb etwas in seine Kladde.

»Sie wissen, ich möchte nächstes Jahr meinen Abschluss machen ...« Ihre klaren grünen Augen fixierten sein Gesicht. »Vorher muss ich ein Praktikum absolvieren. Und ich hätte da ein sehr verlockendes Angebot.« Sie studierte seine Mimik, suchte nach Zustimmung. Sie wollte unbedingt das erlösende Statement, dass sie so weit war und alles gut gehen würde.

»Was wollen Sie von mir, Johanna? Ich halte es für verfrüht, über Ihre Masterarbeit nachzudenken. Sie stehen noch ganz am Anfang. Wenn Sie den Druck jetzt erhöhen, kann alles in sich zusammenfallen.«

»Es geht nicht um die Arbeit. Es ist wegen des Praktikums.« Sie ärgerte sich. Waren Psycho-Docs nicht eigentlich dazu da, einen zu unterstützen? Konnte er sie nicht einfach mit Euphorie und Zuversicht überhäufen?

»Was ist damit?«

»Das Thema lautet: *Sauerstoffarmut in den Tiefen der Ostsee. Die Auswirkungen des Klimawandels und mögliche Gegenmaßnahmen.* Dr. Hauke Martens – er ist Geograf und Koordinator des Bereichs Umweltüberwachung und Mitglied eines Forscherteams – hat mich eingeladen, über seine Arbeit zu schreiben. Er hat mir spektakuläre Bilder und aufsehenerregende Fakten versprochen. Und: Das renommierte Wissenschaftsmagazin *Climate Science* wäre interessiert.« Ann drehte ihre langen, glatten Haare mehrfach umeinander und versuchte, den Blick des Arztes zu deuten.

»Und?« Nach wie vor zeigte der keine Regung. Im Gegenteil: Er lauerte.

Weil er genau weiß, dass das nicht alles war.

»Dazu müsste ich ihn begleiten. Auf einem Forschungsschiff.«

Die Anspannung schien aus seinem Gesicht zu fallen, während die Erkenntnis seine buschigen, weißen Augenbrauen nach oben schnellen und die dunklen Knopfaugen aufleuchten ließ.

»Also, es ist ja keine monatelange Polarexpedition ...« Sie versuchte ein ironisches Lachen. »Und wann bekommt man als angehende Journalistin schon so eine Chance? Das Thema ist brandaktuell. Und es wäre meine erste ernst zu nehmende, überregionale Publikation.«

Er seufzte vernehmlich. »Stimmt. Das klingt sehr verlockend.« Dann schwieg er wieder und sah ihr dabei zu, wie sie nach dem Kugelschreiber griff und ihn nervös durch ihre Finger gleiten ließ.

»Ich meine, ich liebe das Meer, bin schon auf zig Booten gefahren, werde dort viele interessante Leute kennenlernen und genug damit zu tun haben, die Fakten zu meinem Artikel zusammenzukriegen und aufzuarbeiten. Also: What the hell soll schon passieren?« Ihr Blick flackerte unsicher zu ihm hinüber.

»Sie sollten mir davon erzählen.«

Ann stöhnte. »Sie wissen doch genau, wo das Problem liegt!«

»Um einzugrenzen, wie entscheidend dieses *Problem* wirklich ist, sollten Sie es definieren.«

Ann dachte an den ›Verurteilten‹. Er war real. Sein Geist hockte in ihrem Kopf – hatte sich tief im Innern eingenistet. Jeder ihrer Atemzüge versorgte ihn mit Sauerstoff, gab der Erinnerung an ihr Martyrium Futter. Das dunkle Erdloch, die Schmerzen, die Angst, dieses unmenschliche Gefühl, aushalten zu müssen, dass das Leben aus ihr herausrann. Beinahe wäre sie elendig verreckt. Seitdem kämpfte sie sich durch jeden verdammten Tag, hasste die Dunkelheit – bekam in engen Räumen keine Luft. Ihre Stimme zitterte leicht. »Die Kajüten sind klein und eng. Wir werden zwei Wochen unterwegs sein, ohne die Möglichkeit, das Schiff zu verlassen. Ich komme da also nicht weg, ich meine ... so von jetzt auf gleich. Und es kann so schnell auch niemand vom Festland zu mir hin. Ich weiß, das ist Quatsch, aber es fühlt sich ein bisschen an wie: ausgeliefert zu sein.«

Sie hasste sich für diese Gedanken.

Gisbert Hase legte seine Kladde auf den Tisch, lehnte sich zurück und sah sie ein paar Sekunden lang nachdenklich an. »Ich verstehe. Wie viele Mitreisende wird es geben?«

»Elf Besatzungsmitglieder, Techniker und Ingenieure und genauso viele Wissenschaftler. Genauer gesagt: zweiundzwanzig Profis und mich.«

»Profis, die auf vieles vorbereitet sind. Auf Schlechtwettergebiete, streikende Maschinen, Krankheitsfälle … Diese Leute machen das nicht zum ersten Mal, Johanna. Es wird schon häufiger vorgekommen sein, dass jemand seekrank geworden ist oder plötzlich Platzangst bekommen hat.«

Wollte er sie veräppeln? Hatte er nicht eben noch von ›Druck nicht erhöhen, sonst fällt alles in sich zusammen‹ gefaselt? Und jetzt verglich er ihre Situation mit der einer Seekranken? »Was wollen Sie mir damit sagen? Stell dich nicht so an, alles kein Problem?«

»Ich werde mich hüten! Aber: Ich kann Ihnen die Entscheidung nicht abnehmen. Ich werde Ihnen weder abraten, noch Ihnen einen Freifahrtschein ausstellen. Natürlich besteht das Risiko, Panikattacken ausgesetzt zu sein. Das besteht woanders auch. Sie haben keine Angst vor dem Meer oder einer Bootsfahrt.« Seine Augen bekamen diesen Oberlehrer-Blick. »Die Frage ist, ob Sie sich dem Ganzen stellen wollen. Gehen Sie die beiden Möglichkeiten für sich durch! Was ginge Ihnen durch den Kopf, sollten Sie das Angebot ablehnen?« Er ließ ihr kurz Zeit und fügte dann mit einem provokanten Unterton: »Schade, aber egal, es wird andere Angebote geben?« hinzu.

Ann schnaubte abwertend. »Garantiert nicht. Der Markt ist übersät mit Meinesgleichen, die sich für derlei Jobs gegenseitig die Schädel einschlagen würden.« Sie wurde nachdenklich. »Ich würde mich Tag und Nacht ärgern, über mich selbst, meine Schwäche und die Macht, die dieses Arschloch immer noch über mich hat.«

»Und was wäre das Schlimmste, das Ihnen auf diesem Schiff passieren könnte? Was wäre der Worst Case?«

»Dass ich es unter Deck nicht aushalte und unter freiem Himmel übernachten muss?« Sie kicherte nervös, als hätte sie einen spontanen Witz rausgehauen. *Eigentlich wohl eher, dass mich die Panik von den Füßen reißt und es mir unmöglich macht, länger an Bord zu bleiben. Und was dann? Die For-*

schungsmission abbrechen, das Schiff zum Umkehren zwingen, das Beiboot klauen und zurückrudern …? Keine sehr angenehmen Gedanken.

»Anfang November, bei den Umgebungstemperaturen, Wind und Regen? Würde ich mir überlegen«, sagte er lachend. »Das Schlimmste wäre doch wohl, dass die Panik zu mächtig würde und Sie meinten, von Bord gehen zu müssen, um davon wegzukommen, richtig?«

Mit großen Augen starrte sie ihn an. »Also, ich bin nicht suizidgefährdet, da bin ich mir ziemlich sicher! Ich würde nicht einfach springen.«

»Es gibt Menschen, die würden tatsächlich genau das tun. Auch wenn das bedeuten würde, dass sie Gefahr liefen, dabei zu sterben. Das logische Denken ist hormonell blockiert, die Panik so stark, dass sie alles dafür tun würden, um aus der Situation rauszukommen – und zwar sofort. Aber an dieser Stelle gebe ich Ihnen recht. Zu diesen Menschen zählen Sie gottlob nicht. Also: Sie wollen da weg, würden aber nicht springen. Das Forschungsteam wird wegen Ihnen die Mission nicht abbrechen, davon können wir ausgehen. Dafür ist das Ganze zu kostspielig. Solange Sie nicht randalieren und sich oder andere verletzt, werden sie auch keinen Umweg in Kauf nehmen, um Sie irgendwo an Land zu setzen, geschweige denn die Seenot rufen. Fakt ist: Sie werden Sie ärztlich versorgen, gegebenenfalls ruhigstellen, bis die Fahrt beendet ist.« Er ließ seine Worte kurz wirken. »Also – wofür werden Sie sich entscheiden?«

*

Neustadt in Holstein, noch sechs Tage

Der Umweg über ihre Heimatstadt kostete nicht nur Zeit. Die weiten Fahrten mit Bus und Bahn gingen trotz Studentenermäßigung ganz schön ins Geld. Aber diese Chance musste sie einfach nutzen. Ihre Eltern waren für vier Tage in ein einsames Spa-Resort abgetaucht. Einmal im Jahr gönnten sie sich diesen Luxus, zogen mit einem befreundeten Pärchen los und ließen es sich rundum gut gehen. Ann konnte sich also in aller Ruhe in ihrem Elternhaus umsehen und so lange graben, bis ihre Neugier von Erfolg gekrönt sein würde. Sie war sich so verdammt sicher: Es gab da was. Etwas Unaussprechliches, für das Susanne und Jürgen sich so sehr schämten, dass sie es mit aller Macht verbargen – selbst vor ihrer einzigen Tochter. Anders konnte sie sich das seltsame Verhalten ihrer Mutter nicht erklären.

Susanne war nie besonders emotional gewesen, hatte sich aber, soweit Anns Erinnerung zurückreichte, immer gut um ihre Tochter gekümmert. Seit zwei Jahren jedoch, oder nein, eigentlich schon seitdem Ann nach Paderborn gegangen war, benahm sie sich seltsam abweisend. Es schien keine Liebe, kein Verständnis und erst recht keinen Stolz für ihre Tochter zu geben. Journalismus war wohl nicht das, was Susanne sich für Ann vorgestellt hatte. Und Jürgen mauerte, stellte sich schützend vor seine Frau – auch wenn er dabei wirkte wie ein geprügelter Hund.

Nun wären sie nicht der erste Haushalt, in dem das Mutter-Tochter-Verhältnis unter Harmonieverlust litt. Hier aber gab es etwas Unausgesprochenes, etwas, das sich wie eine hohe Wand zwischen ihnen aufgebaut hatte. Je mehr Ann versuchte, sie einzureißen und dahinter zu schauen, desto distanzierter wurde ihre Mutter. Angefangen hatte alles mit ein paar harmlosen Fragen zu Kindheitserinnerungen, der Zeit vor Anns Geburt und fehlenden Fotos. Mit zunehmendem Alter hinterließen die ausweichenden Antworten ihrer Eltern eine Spur von Ratlosigkeit und Argwohn. Ann konnte es nicht genau festmachen, aber irgendwas stimmte da nicht und sie war fest entschlossen, herauszubekommen, was das war.

Der Kleiderschrank der beiden hatte nichts hervorgebracht. Das Sideboard, die Nachtschränke – Ann tastete sich durch Unterwäsche, Socken, Nachtzeug und Bettwäsche. Sie schaute in kleine und große Kisten, wühlte sich durch Papiere, Briefe und amtliche Dokumente. Sie zog Bücher aus dem Regal und wedelte so lange, bis die Seiten breit aufgefächert jedes eingesteckte Blatt Papier preisgegeben hätten. Nichts!

Sie marschierte in den Keller, ließ sämtliche Lampen hell aufleuchten und arbeitete sich durch Eingemachtes, Gartengeräte, Weihnachtsdeko, altes Kinderspielzeug und Werkzeugschränke. Alles vollkommen unauffällig.

Eins, zwei, drei, vier Eckstein – alles muss versteckt sein!

Die Stimme in ihrem Kopf schien sich gut zu amüsieren. Ann hatte sich an sie gewöhnt, kämpfte schon lange nicht mehr dagegen an. Erzählt hatte sie kaum jemandem davon, nicht mal dem Hase. Zu groß war ihre Angst vor den Konsequenzen, vor den Blicken und den verstörten Gedanken ihrer Mitmenschen.

Entnervt klopfte sie sich den Staub von der Hose. Wenn ihre Eltern ein Geheimnis bewahrten, so musste es doch irgendein Zeugnis darüber geben, irgendeinen Hinweis ... Wenn sie nur wüsste, wonach genau sie eigentlich suchte!

Sie öffnete die nächste Tür, die den Blick freigab auf ein einsames Möbelstück in einem sonst absolut leeren Raum: den Weinschrank. Sie griff nach einer Flasche und machte sich auf den Weg nach oben.

Drei Stunden später waren zwei Drittel getrunken und der Wohnzimmerboden bedeckt mit aufgeschlagenen Fotoalben und wild verteilten Bildern.

»Der Wasserschaden ...«, murmelte sie. Die Zeit von ihrem zweiten Lebensjahr an bis sie fast fünf gewesen war, war fototechnisch nicht dokumentiert. Das heißt, eigentlich war sie das schon, nur hatte ein Wasserschaden – angeblich – sämtliche Fotos dieser Jahre, inklusive der Negative, vernichtet. Ann nahm einen großen Schluck Wein, schloss die Augen und ließ sich nach hinten in den Sessel fallen. Als sie die Lider wieder öffnete, starrte sie der große Mahagonischrank mit seinen weit geöffneten Türen an. Seit sie denken konnte, besaßen ihre Eltern dieses prächtige Stück, das so schwer war, dass sie bei Renovierungsmaßnahmen stets drumherum tapeziert hatten.

Sie stutzte, schob die Alben zur Seite, hockte sich vor den Schrank und untersuchte den Sockel. Bis auf ein paar winzig kleine Kerben war der unversehrt. Das rötliche Holz schimmerte seidig und machte einen tadellosen Eindruck. Kein noch so zarter Hauch eines Wasserrandes. War das möglich? Wenn die Brühe so hoch gestanden hatte, dass die Fotos und Negative in den gestapelten Taschen hinter den Türen oberhalb des Sockels zerstört worden waren, müssten dann nicht Spuren am Holz zu erkennen sein?

Darauf kannst du deinen Arsch verwetten!

Ann kroch in die Zimmerecke, in die schmale Lücke rechts neben den Schrank und presste eine Gesichtshälfte an die weiße Raufasertapete, um hinter den Schrank sehen zu können. Die Abschlussleiste des Laminats verhinderte ein Anschmiegen der Rückseite an die Wand. Der kleine Spalt bestätigte Anns Erinnerungen: Hinter dem Trumm klebte ein Scherenschnitt des Möbelstücks in Form einer Blümchentapete – voilà: das allererste Gewand des Wohnzimmers. Dieser Schrank hatte seit dem Erstbezug des Hauses hier gestanden und war nie abgebaut worden, andernfalls wäre die Tapete dahinter neueren Datums. *Was auf alle Fälle von Nöten gewesen wäre nach einem Wasserschaden: neue Tapeten!*

Sie kroch wieder vor das Möbelstück, schaute sich die Türen von innen und außen genau an, ließ ihren Kopf im Schrank verschwinden und untersuchte jeden noch so kleinen Fleck. Nichts! Hatten ihre Eltern sie also angelogen?

Hatte es diesen Wasserschaden nie gegeben? Wozu? Was war auf diesen Fotos, das keiner sehen durfte?

Du solltest ›Die Geheimnisvolle‹ in ›Der Falsche Fuffziger‹ umtaufen.

Sie kroch in die Mitte der Alben und sortierte sie nach Jahreszahlen. Dann nahm sie eine Schatulle mit alten Aufnahmen aus der Kindheit und Jugend ihrer Eltern – es waren nicht viele – und legte sie der Reihe nach aus. Zeitlich einordnen konnte sie sie nicht. Auf den Rückseiten stand nur selten etwas, und wenn, war es mit schwarzem Edding unkenntlich gemacht worden. Dann starrte sie Minutenlang auf die Ansammlung und ließ sie auf sich wirken. Ihre Mutter als junges Mädchen vor einem Baum, ihre Eltern als junges Paar vor der Fahrertür eines Autos, Oma Rose mit dem kleinen Jürgen auf dem Arm vor einem Blumenbeet ... So ging es immer weiter.

Ann rieb sich die Stirn. Irgendetwas fehlte. Hastig suchten ihre Augen die alten Bilder ab. Aber natürlich! Auf keinem war zu erkennen, wo es gemacht worden war! Keine Skyline als Urlaubserinnerung, kein Haus, kein Straßenname, keine Automarke oder gar ein -kennzeichen von dem ersten, stolz präsentierten Wagen, kein Raum in der Totalen! Nur Susanne, Jürgen und seine Eltern, Oma Rose und Opa Johann, vor nichtssagenden Hintergründen. Hastig schlug Ann das Album auf, in dem sich die Fotos ihres ersten Lebensjahres befanden, und blätterte es wie wild durch. Genau dasselbe! Ann im Stubenwagen, Ann im Laufstall, Ann auf Jürgens Arm vor einem blühenden Rapsfeld. Keine Anhaltspunkte, in welchem Raum der Stubenwagen oder der Laufstall gestanden hatten. Es gab keine ortsspezifischen Hinweise!

Aber dann – nach dem mysteriösen Wasserschaden! Ann riss ein anderes Album an sich – da war sie vier gewesen. Und mit einem Mal war alles da! Susanne strickend auf dem Sofa, vor sich der Couchtisch mit Deckchen und Blumenvase. Sogar das Nachbarhaus war durch die Scheibe zu erkennen. Das Heim, so wie Ann es kannte, präsentierte sich bis ins letzte Detail in ganzen Reihenaufnahmen, genauso wie die wechselnden Familienautos. Es gab Fotos mit Freunden, von Feiern und vom Urlaub im Ferienhäuschen in den schwedischen Schären.

Nachdenklich starrte sie auf das Bilderchaos. Oder bildete sie sich das alles nur ein? War das einfach nur Zufall? *Werde ich langsam paranoid?* Sie schloss die Augen und ging die Ausbeute des heutigen Tages gedanklich noch einmal durch. Es ging nicht um das, was sie gefunden hatte, sondern um das, was fehlte!

Sie sprang auf und rannte ins Schlafzimmer. Auf dem Nachtschrank ihres Vaters stand ein Bilderrahmen. Die Aufnahme zeigte Susanne und Jürgen als Brautpaar am Tag ihrer Hochzeit. Eine Studioaufnahme vor einem einfarbigen, nichtssagenden Hintergrund. Ann löste die Klemmen, schob die Rückwand zur Seite und nahm das Foto heraus. Auf der Bildunterseite stand eine aufgedruckte Nummer und eine Jahreszahl: 1986. Mist! Kein Hinweis auf das Studio, in dem es fotografiert worden war.

Und wo sind die anderen? Die Gruppenfotos, die Bilder vor und in der Kirche, vom Empfang und von der Feier? Du kannst mir doch nicht erzählen, dass nur dieses eine Foto gemacht wurde!

Nichts davon hatte Ann gefunden, konnte sich nicht mal daran erinnern, je welche gesehen zu haben.

Sie lief zurück ins Wohnzimmer, öffnete abermals die breite Klapptür der kleinen Bar des Mahagonischranks und den dahinterliegenden Pseudo-Tresor, griff nach dem Familienstammbuch und fing an zu blättern. Namen, Geburtsdaten, Tag der Hochzeit, Ort der Hochzeit, Geburtsort von Ann – alles war dort ordnungsgemäß vermerkt. Die darauffolgenden Seiten waren leer. Keine weiteren Kinder ...

Gedankenverloren machte Ann sich wieder auf den Weg ins Obergeschoss. Ihre Eltern kamen beide gebürtig aus der

Nähe von Hamburg. Geheiratet hatten sie in Neustadt, auch Ann war hier geboren worden. Susanne hatte keine Geschwister, Jürgen einen Bruder, der in der Schweiz lebte und den sie nur selten zu Gesicht bekamen. Anns Großeltern mütterlicherseits waren früh verstorben, sie hatte sie nie kennengelernt. Irgendwann – vor Anns Geburt – waren Susanne und Jürgen nach Neustadt gezogen. Er hatte bei der Stadt einen Job als Angestellter im nichttechnischen Verwaltungsdienst angenommen. Sie arbeitete noch heute als Apothekerin im Ort.

Während sie das Hochzeitsfoto wieder einrahmte, schüttelte Ann entnervt den Kopf. Sie sollte sich auf ihr eigenes Leben konzentrieren, statt nach Verschwörungen in dem ihrer Eltern zu suchen.

Plötzlich rutschte eine der Klemmen vom Rahmen und fiel hinunter. Hell klirrend kam sie auf dem Nachttisch auf, sprang zur Seite und verschwand in der Ritze dahinter. Ann ging in die Knie und blickte suchend unters Bett. Keine Klemme weit und breit. Sie zog den Stahlrahmen, an dem die hölzernen Nachttische befestigt waren, von der Wand. Das zu erwartende metallisch klingende Geräusch kündete vom Erfolg ihrer Bemühungen. Als Ann in die Knie ging, fiel ihr Blick auf die Rückwand der nun frei im Raum stehenden Bett-Nachttisch-Kombination. Mit mehreren Lagen Klebestreifen war sie befestigt worden, die umgeklappte Klarsichthülle. In ihr: eine weiße Plastikkarte, ein schmaler Streifen Papier und ein kleiner Schlüssel, der im Schein der Deckenlampe verführerisch aufblitzte.

*

Rerik, noch fünf Tage

Das Meer lag ruhig da und spiegelte die Graunuancen des Himmels wider. Fast schien es, als befände es sich in einem tiefen, friedlichen Winterschlaf. Bei knapp zehn Grad und totaler Flaute mutete der erste Samstag im November ungewöhnlich mild an. Ann öffnete schnaufend ihren dick gefütterten Anorak.

»Nicht, dass du noch seekrank wirst!« Fredde grinste breit. Sein Hoodie und die Steppweste waren eindeutig die bessere Wahl. »Ich hab schon einige lustige Geschichten gehört von diesen Forschungsfahrten.«

Das Profil ihrer Schuhe hinterließ tiefe Abdrücke im nassen, vom Wasser glattgebügelten Sand.

»Das könnte dir so passen, Polizeioberkommissar Frederik Steinmann. In dem Fall würdest du ja wohl eure WAPO-Jolle anwerfen und mich retten kommen!«, gab sie grinsend zurück.

»*WAPO-Jolle?* Unverschämtheit! Keiner hat ein so prachtvolles Boot wie unsere Dienststelle! Und das lassen wir uns garantiert nicht von einer Landratte wie dir vollkotzen.«

»Wer ist hier ne Landratte?« Überschwänglich kniff sie ihn in den Arm.

»Wann legt ihr ab?«

»Montagmorgen um sieben. Bedeutet: sechs Uhr da sein.« Sie verdrehte die Augen.

»Für dich als ewige Studentin kaum zu schaffen. Vielleicht solltest du einen Abend vorher an Bord gehen – damit sie nicht ohne dich ablegen.«

»Ha, ha, super witzig!« Der erneute Kniff ging ins Leere, da Fredde rechtzeitig zur Seite sprang. Lachend sah sie ihm ins Gesicht. Er war zu einem tollen Kumpel geworden, hatte ihr in den letzten anderthalb Jahren so manches Mal beigestanden und sich, als einfacher Polizist, der er war, weit für sie aus dem Fenster gelehnt. Ein Besuch bei ihm, kurz bevor sie von Rostock aus aufbrechen würde, war deshalb ein Muss.

»Ein Wahnsinnsangebot! Das *Climate Science* ist ja selbst mir ein Begriff. Und das will was heißen.« Sein Blick folgte einer sanft dahingleitenden Möwe.

»Irre, oder?«

»Wie sind sie auf dich gekommen?«

»Dr. Martens, der wissenschaftliche Fahrtleiter, hat mich ausgesucht.«

»Und ihr kennt euch woher?«

»Gar nicht. Das ist einer dieser aberwitzigen Zufälle, die einem als Anstoß der eigenen Karriere den richtigen Drive verschaffen können. Er hat die Berichterstattung um die Neustädter Morde verfolgt, insbesondere die Artikel, in denen es darum ging, welche Rolle ich dabei gespielt habe. Meine Hartnäckigkeit und mein Engagement haben scheinbar Eindruck hinterlassen. Als er dann noch hörte, dass ich Journalistik studiere ...« Mit gemischten Gefühlen dachte sie an das verrückte Frühjahr, das Fredde und sie enger zusammengeschweißt, ihr eine gute Freundin genommen – und eine der ›Drei‹ eingebracht hatte.

»Wie auch immer. Für dich wird das der Beginn einer traumhaften Karriere! Nach all dem Scheiß hast du dir das echt verdient.«

»Danke für die Blumen! Ich hätte mich nur gern besser vorbereitet. Ein Treffen mit Dr. Martens kam aber aus Zeitgründen nicht mehr zustande. Mit genaueren Informationen hätte ich mich thematisch schlau lesen können. So muss ich auf meine Intuition hoffen – und auf eine stabile Internetverbindung.« Sie blieb stehen, hob einen kleinen, flachen Stein auf und ließ ihn über die spiegelnde Wasserfläche springen.

Eine Zeit lang warfen sie schweigend.

»Zwischen dir und Marc ist aber alles im Lot, oder?« Ohne den Kopf vom Meer wegzudrehen, schielte er vorsichtig zu ihr hinüber.

Sie stutzte, fand diese Frage merkwürdig. »Klar. Warum fragst du?«

»Na ja, du hier im hohen Norden, er beim BKA in Wiesbaden.«

Und bei ihm: die bezaubernde Sam!

Ann ignorierte die bissige Bemerkung ihres zweiten Ichs, ihrer inneren Stimme, der sie aus nicht herzuleitenden Gründen den eigentümlichen Namen ›Eigil‹ gegeben hatte.

»Wann habt ihr euch das letzte Mal gesehen?«, hörte sie Freddes Stimme fragen.

»Vor fünf Wochen, während der Semesterferien.«

»Und da hatte er kaum Zeit für dich.«

Ann zog erstaunt die Augenbrauen hoch. Was Fredde so alles wusste.

»Er hat es mir erzählt. Und er hatte ein echt schlechtes Gewissen«, drückte der sein Bedauern aus.

Für die süße Sam hatte er umso mehr Zeit, wette ich.

Ann wusste, wie bescheuert das war. Sie wollte vertrauen. Ganz bestimmt. Und trotzdem nagte die Eifersucht langsam aber beständig an ihrer Substanz. Marc und sie waren seit vierzehn Monaten zusammen. Seit acht Monaten lebte er in Wiesbaden, machte beim Bundeskriminalamt ein duales Studium zum Kriminaltechniker im Bereich Biochemie. Eine Wahnsinnschance, nachdem er seine Polizeikarriere aufgrund einer schweren Schussverletzung eigentlich hatte an den Nagel hängen müssen. Insofern: Besser hätte es gar nicht kommen können.

»So'n Quatsch! Wir wussten alle, dass die kommende Zeit extrem arbeitsintensiv für ihn werden würde. Demnächst beginne ich mit meinem Master, dann hocken wir beide nur noch über Büchern ...«

»Ich meine, die Wiesbadener Truppe ist schon echt cool. Wenn ich allein an Sam denke!« Freddes Augen leuchteten begeistert. »Es gäbe nur wenige, die dieses Juwel von der Bettkante schubsen würden!« Peinlich berührt brach er ab. »Ich meine ... also, unter denen, die nicht so einen Treffer gelandet haben wie Marc und ich, mit meiner süßen Isabelle und ...«

Oh Mann, Fredde!

*

Hafen Rostock-Warnemünde, Kai Marienehe, noch drei Tage

4,8 Grad. Ann stand am Pier, blickte auf das vertäute Forschungsschiff, die *Neptun*, und beobachtete einige Minuten lang das emsige Treiben. Letzte Kisten und Säcke wurden an Bord getragen, Menschen liefen hin und her. Alle schienen genau zu wissen, was sie zu tun hatten.

Sie selbst hatte in der letzten Nacht kein Auge zugemacht, und das lag nicht an einem Besuch der ›Drei‹. Sie war einfach nur übelst aufgeregt. *Climate Science* – wenn das klappte, dann wäre klar, in welche Richtung das Thema ihrer Masterarbeit gehen würde.

Sie atmete tief durch, griff nach ihrem Rucksack und steuerte die Gangway an.

Sie sah Leute, die sich lachend in den Arm nahmen oder überschwänglich auf die Schulter klopften. Neben Deutsch, mal perfekt, mal gebrochen, hörte sie englische und dänische Begrüßungssalven, während ein Trupp von wetterfest vermummten Männern weiterhin Material und Gerätschaft an Bord schleppte.

»Vorsicht da!«, raunzte es hinter hier. Ann beeilte sich hochzukommen und sprang zur Seite.

Ein Berg von einem Kerl wälzte sich mit einer Kiste auf der Schulter an ihr vorbei.

»Name?«

Hektisch wandte sie den Kopf. Ein hageres Männlein, das in seiner Wetterkombi zu versinken drohte, schaute sie erwartungsvoll an.

»Ann – äh, Johanna Arnold. Die Journalistin.«

»Na wunderbar!«, erklang es neben ihr und schon wurde sie herzlich am Arm und in die Runde einer kleinen Gruppe Mitreisender gezogen, während das Männlein ihren Namen auf einer Liste abhakte und rief: »Ich brauch noch den

Pass!« und dann »Na dann, eben später« hinterhermurmelte.

»Hauke!«, meinte der besitzergreifende Mann gut gelaunt und hielt ihr seine Hand hin. »Schön, dass du mit an Bord bist. Darf ich vorstellen? Ingke Amundsen, Bereich Mikrobiologie, und Naresh Sharma, Geophysiker, zwei Wiederholungstäter, die es gern ganz genau nehmen.«

Super, eine Walküre und ihr Nerd. Das wird sicher nett!

Die Amundsen verzog ihre prallen Lippen zu einem spöttischen Grinsen, während Naresh unsicher lächelte, seine strahlend weißen, ebenmäßigen Zähne aufblitzen ließ und Amundsen hilfesuchend ansah. »What did he say?« Ingke, so schätzte Ann, dürfte knapp über dreißig sein, der indische Wissenschaftler wirkte jünger.

»Fabian«, meinte ihr gegenüber ein blasser Typ und nickte ihr zu. »Studentische Hilfskraft.«

Ihm schlossen sich eine Chemikerin, ein Geologe, dessen Brillengläser so schmierig waren, dass Ann seine Augen nur erahnen konnte, und eine Meeresbiologin an. Die Namen würde sie sich hoffentlich in den nächsten Tagen eingeprägt haben.

»Sobald wir vollständig sind, wird es eine Sicherheitseinweisung geben. Ich rate jedem, gut zuzuhören und sich an die Maßgaben zu halten. Das betrifft auch jene, die schon häufiger dabei waren. Der Weg zur nächsten Klinik ist weit, unter Umständen – wenn es ganz übel kommt – zu weit.« Er machte eine bedeutsame Pause. »Danach werde ich die Schichten bekannt geben. Es gibt zwei Teams, wir arbeiten in Sechs-Sechs-Schichten, um die Zeit an Bord der *Neptun* möglichst effizient zu nutzen. Dich ...« Hauke sah Ann direkt in die Augen »... werde ich meiner Schicht zuteilen. Da ich die Mission leite, kannst du davon ausgehen, dass du nicht allzu viel Schlaf bekommen wirst ...«

Alle schauten sie erwartungsvoll an. Doch Ann war vorbereitet. Sie hatte sich durch einige Wochenberichte ähnlich gearteter Forschungsreisen gelesen. Es gab sie frei für jeden einsehbar auf den Internetseiten der beteiligten Institute. Sie nickte souverän. »Kein Problem!«

»Du bist ne echte Memme, Tjerk! Machst ständig einen auf dicke Hose, aber wenn es darum geht, was zu riskieren, klemmst du den Schwanz ein!«

Erwartungsvoll drehten alle ihre Köpfe. Die vor Spott triefende Stimme gehörte einer Frau, die trotz ihres augenscheinlich schweren Gepäcks erstaunlich leichtfüßig die Gangway erklomm. Direkt gefolgt von einem Michelin-Männchen mit hochrotem Kopf und zornig funkelnden Augen.

»Du hast doch nicht alle Tassen im Schrank! Selbst einem beschränkten Hirn wie deinem müsste doch wohl klar sein, dass die Folgen katastrophal wären!«, wetterte er zurück, dass die Speicheltropfen nur so umherflogen.

»Und es geht schon wieder los. Das darf doch wohl nicht wahr sein ...«, sang Amundsen leise die Verse eines uralten deutschen Schlagers. »Eines wird diese Fahrt mit Sicherheit nicht: langweilig.« Sie zwinkerte Ann zu und verabschiedete sich mit einem Nicken in die Runde. »Dann werd ich mal mein Quartier beziehen.«

Kapitel 2

Sieben Seemeilen nordöstlich von Rostock

Ann schritt den Gang des unteren Decks entlang. Sie schielte auf ihr Handy. Dem Kabinenplan zur Folge, den sie sich abfotografiert hatte, müsste ihre Schlafkammer im vorderen Teil des Schiffs zu finden sein, auf der rechten Seite. Die *Neptun* war ein über fünfzig Meter langes, modernes, extrem gut ausgestattetes schwimmendes Labor. Das technische Datenblatt versprach einige Highlights. Dr. Martens hatte Ann eine detaillierte Führung versprochen ... nebenbei, während der Arbeit. »Ich renne eh ständig hin und her. Und da du mich möglichst häufig begleiten solltest, ergibt sich das von allein«, hatte er gemeint und sich anderen Dingen zugewandt. Nach der Besprechung, die eigentlich nur daraus bestand, wer welcher Schicht zugeteilt worden war, in welchem Zeitraum diese sich bewegten und wo der Kabinenplan hing, war Hauke zielstrebig und in ein Gespräch mit Kollegen vertieft, verschwunden.

Ein ganz spezieller Geruch, der nur Dingen anhaftete, die permanent Wind, Wetter und salzhaltigem Wasser ausgesetzt waren, vermischt mit dem Aroma schlecht zu lüftender kleiner Räume, stieg ihr in die Nase. Der Gang war nicht besonderes breit, dafür bis in die letzte Ecke grell ausgeleuchtet. Ann versuchte, das Attribut ›eng‹ zu ignorieren. Sie blieb vor einer schweren Metalltür stehen. Sechs große Hebel und ein Rad starrten sie an. Zudem gab es eine normale Klinke, die sie nun unschlüssig niederdrückte. Sie zog, zunächst zaghaft, dann immer kräftiger, bis der Koloss sich gnädigerweise bewegte und den Blick auf einen weiteren Gang freigab. Ann stieg durch den Metallrahmen der Luke, eine circa zwanzig Zentimeter hohen Kante, die wohl den Schutz vor eindringendem Wasser darstellte, und lief weiter. Hinter ihr schlug das Schott mit einem lauten Klicken zu. Die weißen Wände strahlten grell im Neonlicht. Der blau gestrichene Boden gab sich kühl und pragmatisch.

»Da ist sie doch«, murmelte Ann und blieb vor einer der Kabinentüren stehen. Sie wollte sie gerade öffnen, da hörte sie dahinter ein Rumoren. Es schien, als sei ihre Mitbewohnerin, laut Plan eine gewisse Dr. Alette Roux, schneller gewesen. Ann klopfte. Die Tür ging auf und vor ihr stand – die Frau, die laut Tjerk nicht alle Tassen im Schrank hatte!

Ein paar Minuten später rannte Ann durch den Längsgang von Deck B. Martens hatte gesagt, sie solle zu ihm stoßen, sobald sie ihre Kabine bezogen hätte. Sie fände ihn im Nasslabor auf Deck B. Er hatte doch B gesagt, oder? Ann stöhnte. Das fing ja gut an.

»Kann ich helfen?«

Ein Mann war auf den Gang getreten und zog hinter sich die Kabinentür zu. Auf seiner Jacke prangte das Logo der Reederei. Ein von Lücken durchzogener Drei-Tage-Bart in dunkelgrau zierte sein Kinn.

»Nasslabor«, brachte Ann mühsam hervor. Der Müsliriegel klebte widerspenstig an ihren Zähnen. Von Frühstück hielt man am Ablegetag wohl eher wenig.

»Hauptdeck. Achtern. Steuerbord.« Er grinste und streckte ihr seine Hand entgegen. »Erster Offizier, Peer Bolten.«

Sie wischte sich die Finger an ihrer Jeans ab und ergriff die dargebotene Hand: »Journalistin, Ann, orientierungslos.«

»Keine Angst. Das wird sich schnell ändern. Hier oben, auf Deck B, befinden sich der Musterplatz, die Kajüten der Befehlsspitze, also die des Kapitäns, des ersten und zweiten Offiziers, der Maschinisten und des Fahrtleiters.«

»Dr. Martens.«

»Richtig. Über uns, auf Deck C: der Steuerstand. Unter uns, auf dem Hauptdeck, das Universallabor, das Nasslabor, der Sondenraum, die Kombüse, die Messe, die Mannschaftskabinen, die Krankenstation, Arbeitsräume und im Außenbereich unsere hydraulischen Kräne, die Geräte- und Materialcontainer, sowie der Heckgalgen.«

Ann folgte Bolten nach draußen.

»Ganz unten, im Rumpf der *Neptun*, findest du die Kammern der Wissenschaftler, die Motoren, die Stauung, das Kühllabor, die Durchflussanlage und so weiter.«

Ann versuchte ein selbstsicheres Lächeln. »Na dann ist ja alles klar. Dann will ich mal ... Vielen Dank.« Winkend drehte sie sich um und wollte wieder unter Deck gehen. Da hörte sie ihn räuspern.

»Ähem, ich würde den Niedergang gleich hier nehmen,« erklärte er mit einem unverhohlen belustigten Gesichtsausdruck und zeigte auf die steile Metallstiege.

»Natürlich!« Sie hoffte, ihre roten Wangen würden dem kalten Wind zugeschrieben werden, und eilte hinunter. Sie sollte unbedingt einen Schnellkurs in Seemannslatein belegen.

Direkt am Eingang des Hauptdecks fand sie das Nasslabor. Ann rügte sich innerlich für ihr planloses Rumgerenne. Beim Hineingehen sah sie Martens, wie sollte es anders sein, in einer Besprechung mit zwei Kollegen.

»Ah, die Presse! Wir gehen gerade den ersten Einsatz von *Rosi* durch. Wenn wir unsere Position erreicht haben, muss alles reibungslos funktionieren.«

Neugierig schaute sie sich um. Die Wände des vollgestopften Raums waren mit Metall ausgekleidet. Aus dem gleichen

Material: die an der Wand angebrachten Tische. Viele von ihnen hatten eingelassene Becken, auf denen engmaschige Gitterroste ruhten. Darauf wiederum standen seltsam runde Platten auf drei Beinen, die Ann an alte Filmdosen erinnerten, in denen zu Großmutters Zeiten die mehr oder weniger legendären Leinwandstreifen aufbewahrt wurden. Nur dass an diesen Platten feine Schläuche angebracht waren. Leitungen waren generell *das* Thema dieses Raumes. Es gab kein Gerät, das nicht in ein Wirrwarr von Schläuchen integriert war. Von der Steckdosenleiste, die unterhalb der niedrigen Decke angebracht war, führten zahllose Stromleitungen zu Messinstrumenten, Monitoren und anderen skurrilen Apparaten. Messbecher, Ampullen und Apothekerfläschchen Größe XL füllten die spärlichen Zwischenräume und machten den chaotischen Eindruck perfekt. Auch der Geruch, der Ann sofort aufgefallen war, war absonderlich. Eine Mischung aus Elektronikdunst und ... ja, was eigentlich? Ihr fiel ad hoc nichts ein, um den Gedankengang befriedigend abzuschließen. »*Rosi*?«

»Unser CTD. Damit können wir die Temperatur, den Salz- und Sauerstoffgehalt in unterschiedlichen Tiefen messen. Mit ihrer Hilfe entnehmen wir die Wasserproben. Du wirst dabei sein, wenn wir die Süße ins Wasser lassen. Dann erklär ich dir alles.«

»Hauke, kannst du mal?« Eine Frau steckte ihren Kopf durch die Tür.

»Klar«, meinte der, ließ die drei stehen und eilte aus dem Raum.

Na super! Das konnte ja lustig werden. Zügig folgte sie ihm. Sie kam sich vor wie eine Praktikantin, die ihrem Chef den Kaffee hinterhertrug.

Du bist eine Praktikantin ...

Es dauerte noch weitere drei Stunden, bevor sie sich unglaubliche zehn Minuten am Stück mit dem Fahrtleiter unterhalten konnte, ohne dass sie von irgendjemandem gestört wurden. Bis dahin war sie wie eine Bekloppte hinter ihm her gerannt, hatte versucht, so viel wie möglich aufzuschnappen, sich Notizen gemacht und die Atmosphäre in sich aufgesogen.

Ihr Magen grummelte laut und vernehmlich.

»Hunger?« Sein Blick wanderte zur Uhr an seinem Arm.

»Geht schon.«

Seine fein abgegrenzten Augenbrauen schnellten ungläubig nach oben. »Hier kann dir viel passieren. Arbeiten bis zur Erschöpfung, Nässe, Kälte, Seekrankheit, Schlafmangel … aber eins mit Sicherheit nicht: Hunger!«

Sie folgte ihm durch den engen Gang des Hauptdecks.

»Vorsicht!«, warnte er, als er die dicke Metallluke aufzog. »Diese Dinger haben's in sich. Die Klimaschutztüren sind wichtig, um den Labor- vom Wohnbereich zu trennen und bessere Arbeitsbedingungen zu schaffen. Bedeutet im Umkehrschluss, dass dir so'n Teilchen auch schon mal aus der Hand gerissen werden kann, wenn der Zug zu groß ist und …« Oberlehrerhaft ruhte sein Blick auf ihr.

»Es steht die Todesstrafe darauf, wenn man sie nicht direkt hinter sich wieder schließt, ich weiß!« Sie grinste. So viel hatte sie von der Einweisung behalten. Kurz hinter dem Schott verengte ein ausgeklapptes Brett den Durchgang. Es war an einer Tür angebracht, die mit einem Loch versehen war. Davor stand ein Matrose, der just in diesem Moment seine Mahlzeit gereicht bekam, sich wegdrehte und ging. Allein für den wunderbaren Duft, der ihnen entgegenschlug, hätte Ann töten können.

Hauke lachte. »Wir können von Glück sagen – unser Koch versteht sein Handwerk.« Durch die Luke wurde ihm ein üppig gefüllter Teller angereicht, den er Ann in die Hand drückte. »Du musst nur fix sein. Zuspätkommen hasst er. Da kann es dir passieren, dass du dich am kalten Büffet aus dem Kühlschrank bedienen musst. Wir haben feste Essenszeiten zu den Schichtwechseln. Deftiges gibt es zu jeder Tages- und Nachtzeit. Du magst zum Frühstück ein Steak? Um Mitternacht steht dir der Sinn nach Rührei? Kein Problem!« Als sie beide versorgt waren, folgten sie dem Gang bis zur sogenannten Messe, dem Essensraum. Links in der Ecke gab es einen Tisch mit Ecksofa und mehreren Stühlen, an denen scheinbar nur Crewmitglieder sitzen durften. Vorn mittig ein ebenso großer mit entsprechender Bestuhlung und ganz rechts ein weiterer, der jedoch bedeutend kleiner ausfiel.

Ungläubig starrte sie auf die Teller derer, die schneller gewesen waren. Viele Plätze waren bereits besetzt. Sie erkannte die Amundsen und Fabian, der ein wenig abseits saß und irgendwie verloren wirkte.

Sie setzten sich und aßen einen Moment lang schweigend. Ann versuchte, die Köstlichkeiten nicht allzu ordinär herunterzuschlingen. Aus dem Augenwinkel sah sie, wie Alette Roux den Raum betrat.

»Konntest du dich schon mit deiner Kammernachbarin bekanntmachen?« Hauke Martens hatte, wie Ann beim Hochsehen auffiel, für einen Mann unverschämt langen Wimpern.

»Für mehr als ein hastiges Hallo hat es noch nicht gereicht.«

»Unsere Zahl an Einbett-Kabinen ist begrenzt und wir sind bis auf den letzten Platz belegt«, entschuldigte er sich.

»Schon okay.« Sie zögerte. »Dieser Tjerk scheint nicht sehr viel von ihr zu halten.«

»Alette Roux ist Mitinhaberin einer Geo-Engineering-Firma. Sie und ihr Kompagnon sind auf der *Neptun*, um zu untermauern, dass ihr millionenschweres Projekt Erfolg haben wird.«

»Tjerk ist ihr Kompagnon? Ist bestimmt eine harmonische Partnerschaft.«

»Tjerk? Um Himmelswillen nein! Sie würden sich zerfleischen. Zudem würde er da nie mitziehen. Kannst du dich an ihre Ankunft erinnern? Hinter den beiden müsstest du noch einen blassen, recht unscheinbaren Mann wahrgenommen haben. Simon Willems.«

Ann gab zu, dass der ihr entgangen war.

Hauke stand auf, ging zum Kühlschrank und kam mit einem Joghurt zurück. »Wir fahren regelmäßig Expeditionen, um Monitoring-Langzeitdaten zu erfassen, betreiben Forschung zum Salz- und Sauerstoffgehalt der Ostsee, überwachen den Ph-Wert, die Temperatur und den Fischbestand und noch so einiges mehr. Das nennt sich Umweltüberwachung. Aber auch externe Wissenschaftler können Fahrtzeiten beantragen und die *Neptun* für ihre Forschung nutzen. Alette und Simon gehören nicht zum Institut. Sie verfolgen ihre eigenen Ziele.«

Er setzte sich wieder, zog den Deckel ab und fing an zu löffeln.

»Und die wären?«

»Um das zu verstehen, brauchst du Einblick in die Thematik. Ich versuch es mal grob zu umreißen. Im Großen und Ganzen hat die Ostsee zwei schwerwiegende Probleme: erstens den Sauerstoffmangel, zweitens die Nährstoffüberfrachtung. Die Ostsee ist ein Brackwassermeer. Brackwasser deswegen, weil ständig eine beachtliche Menge leichtes und salzarmes Flusswasser einfließt – und mit ihm große Mengen Dünger und Nährstoffe aus der Landwirtschaft. Letzteres hat besonders auf die küstennahen Regionen Auswirkungen. Bedingt durch den Klimawandel steigt zudem die Temperatur an der Oberfläche. Fatale Konsequenz: Wärme und Nährstoffe lassen den Sauerstoffgehalt sinken, höhere Lebewesen werden verdrängt. Gerade in den Sommermonaten kommt es in Tiefen ab fünfzehn Meter daher schnell zu Sauerstoffminimumzonen.«

»Den Todeszonen!«

Hauke lächelte nachsichtig. »Ich halte nichts von Panik verbreitender Rhetorik. Den Nährstoffstrom über unsere

Flüsse können wir sehr gut steuern, zum Beispiel, indem wir weniger Dünger auf die landwirtschaftlich genutzten Flächen bringen. Wir haben also einen direkten Einfluss auf die Sauerstoffversorgung der küstennahen Bereiche. Schwieriger wird es im Bezug auf das Tiefenwasser. Die kleinen Sauerstoffmoleküle aus der Atmosphäre schaffen es nicht bis dort runter. Das süße Brackwasser der Ostsee hat zu wenig, bleibt also nur der Zustrom aus der sauerstoffreichen Nordsee. Und hier liegt das Problem. Es gibt nur wenige, enge Stellen, über die das lebensspendende Nass in die Ostsee gelangen kann. Leider reicht die gewöhnliche Menge Nordseewasser bei Weitem nicht aus, um alle Bereiche der Ostsee zu versorgen.«

Ann nickte. Hauke bestätigte das, was sie im Vorfeld recherchiert hatte. »So sind immer größere Teile des Tiefenwassers unterversorgt. Und ohne Sauerstoff kann es kein komplexes Leben geben! Die Fische, all die bodennah lebenden Organismen, die in der Ostsee beheimatet sind ...«

»... verschwinden. Dieses Phänomen hat es in den letzten achttausend Jahren immer wieder gegeben, dass es sich nun ausbreitet, ist allerdings besorgniserregend«, ergänzte er.

Wieder nickte Ann wissend. »Siebzigtausend Quadratkilometer sollen betroffen sein.«

»Richtig. Die besonderen geografischen Gegebenheiten der Ostsee machen es so schwierig. Es gibt eine Vielzahl verschieden tiefer Becken, durch die sich das schwerere Salzwasser kämpfen muss. Zunächst fließt es in das achtundvierzig Meter tiefe Arkona-Becken bei Rügen. Nur, wenn der Zustrom stark genug ist, kann er auf der anderen Seite wieder herausklettern, um dann ins Bornholm-Becken zu fließen. Das hat eine Tiefe von neunzig Metern.«

»Je tiefer das Becken, desto größer die Hürde. Schwache bis mittelstarke Einströme kommen nicht viel weiter als bis zum Bornholm-Becken.« Auf Anns Stirn hatte sich eine kleine Sorgenfalte gebildet.

»Erst wenn hundertfünfzig Kubikkilometer Wasservolumen sowie eine Gigatonne Salz eingeflossen sind, haben die tiefsten, entferntesten Becken eine Chance. Andernfalls ...«

»... ist dort irgendwann jeglicher Sauerstoff aufgebraucht.«

Jetzt war es an Hauke zu nicken. »Genau. Und es kommt noch schlimmer: Mit der Zeit bilden sich an diesen Stellen erhebliche Konzentrationen Schwefelwasserstoff – hochtoxisch und absolut vernichtend für die meisten Organismen.«

Ann sann kurz über das Gehörte nach. Konzentriert drehte sie eine ihrer langen Haarsträhnen um ihren rechten Zeigefinger. »Die Nährstoffüberfrachtung und die Erwärmung verschärfen den Sauerstoffmangel, schon klar, das Phänomen des schwachen Zustroms und die Unterversorgung der Becken muss es aber schon immer gegeben haben – zumindest seitdem die geografischen Gegebenheiten so sind wie heute. Was ist mit den Salzwassereinbrüchen? Werden sie wirklich immer seltener? Warum funktioniert nicht, was über so viele Jahrhunderte wunderbar geklappt hat? Liegt das tatsächlich nur am Wind?«

»Du hast dich gut vorbereitet. In der Tat, es hängt einzig und allein am Wind – was in diesem Fall sehr fatale Auswirkungen hat. Salzwassereinbrüche entstehen nur dann, wenn heftiger Ostwind mehrere Tage lang Brackwasser aus der Ost- in die Nordsee drückt und danach lang anhaltende Weststürme große Mengen sauerstoffreiches Nordseewasser einströmen lassen. Das ist der einzige Weg, über den die grundnahen Schichten der zentralen Ostsee versorgt und die Flora und Fauna am Leben erhalten werden können. Ein extrem fragiles und schlecht zu korrigierendes System also. Und lange Zeit sah es wirklich so aus, als sei das Schicksal der Ostsee besiegelt – die Ausrichtung der Winde hatte sich geändert und Salzwassereinbrüche fanden kaum noch statt. Von 1980 bis 2010 gab es gerade mal fünf. Die Sauerstoffminimumzonen breiteten sich bedenklich aus. Doch dann schien sich der Wind erneut zu drehen. Seit November 2013 konnten wir acht starke Einströme verzeichnen, darunter einen extrem gewaltigen im Dezember 2014, der selbst dem Gotlandtief Fische bescherte.«

Ann traute dem Braten nicht. Haukes Gesichtsausdruck sah nicht nach Entwarnung aus. »Das klingt erfreulich. Warum höre ich ein *Aber* mitschwingen?«

»Der Sauerstoff – er hält sich nicht. Er baut sich viel schneller ab als früher. Fische siehst du längst keine mehr im Tiefenwasser vor Gotland. Die lebensfeindlichen Zonen breiten sich trotz der Einbrüche wieder aus.«

»Was, lass mich raten, mit den Auswirkungen des Klimawandels zusammenhängt.«

»Sieht ganz so aus. Wie genau, das ist das Rätsel, das es zu lösen gilt. Was uns nun endlich zu den Zielen führt, die Alette und Simon auf die *Neptun* verschlagen haben. Sie forschen an neuen Ansätzen, die uns Wege aufweisen könnten, wie man diese toten Bereiche mit Sauerstoff versorgen kann. Und darin sind sie schon ziemlich konkret. Sie wollen es mithilfe riesiger Pumpen in die betreffenden Zonen transportieren, um langfristig Phosphor im Bodensediment zu binden. Sie wollen die Gebiete – bildhaft gesprochen – reanimieren und dauerhaft am Leben erhalten.« Er erhob sich.

Ann tat es ihm gleich. »Hört sich nach einem guten Plan an. Weshalb ist Tjerk dagegen?«

Haukes Funkgerät knackte. Leise war eine Stimme zu hören. Er zog es aus seiner Jackentasche, meldete sich und lauschte. Als er es wieder wegsteckte, meinte er: »Er ist nicht der Einzige. Er ist nur der, der es am deutlichsten ausspricht.« Er wies auf die Tür »Wir sollen auf die Brücke kommen.« Dann drehte er Ann den Rücken zu und ging schnellen Schrittes voran.

»Wir müssen den Zeitplan anpassen«, begrüßte Kapitän Barne Rehder die beiden. »Da kommt was auf uns zu, klein, aber ungemütlich. Zunächst sah es so aus, als bliebe der Sturm außer Reichweite. Jetzt aber ...«

Interessiert betrachtete Ann die riesige abgeschrägte Konsole, auf der sich unendlich viele Schaltflächen, Drehknöpfe, grün, gelb und rot leuchtende Bedienelemente, ein eingelassener, grauer Telefonhörer, ein Gashebel, der GPS-Monitor und ein paar lustig aussehende Mikrofonpinne befanden.

»Wann?« Hauke studierte die Bilder des Satellitenfilms auf einem weiteren Monitor.

Ann drehte den Kopf. Seitlich, rechts neben dem Gashebel, gab es noch mehr Bildschirme. Sie zeigten Bereiche des Außendecks, wie zum Beispiel den Heckgalgen.

»Genau zu der Zeit, zu der wir über dem Bornholm Becken liegen.«

Die abgerundeten Fenster der Brücke wirkten winzig im Gegensatz zu der Konsole. Auf Sicht fahren schien Ann ziemlich schwierig.

Dagegen ist Autofahren ein Kinderspiel, mutmaßte sie.

»Was schlägst du vor? Alternativroute?«, fragte der Fahrtleiter.

»Ich würde der Lady lieber ein bisschen Dampf auf den Kessel geben und den zweiten Motor zuschalten. Bei voller Fahrt und reibungslosem Ablauf der Messungen, müsste die Zeit reichen. Wir wären fertig, bevor uns der Sturm trifft.«

»Wie viel Zeit bleibt uns für den Vorgang?« Hauke sah Barne warnend an. »Rechne nicht zu knapp! Du weißt, wie lange eine Entnahme dauern kann. An dieser Stelle haben wir mindestens drei – wenn alles glatt geht. Hinzu kommt das Ausbringen der Phytoplanktonnetze, falls der Seegang das überhaupt zulässt. Dann alles wieder sichern ...«

»Drei Stunden, wenn die Satellitenvorschau recht behält.«

Hauke rieb sich zweifelnd das Kinn. »Das ist knapp.«

»So knapp nun auch wieder nicht. Ihr müsst halt einfach mal fehlerfrei arbeiten ...« Barne zwinkerte Ann vergnügt zu.

Am Nachmittag war es so weit. Der Wind hatte aufgefrischt, dennoch lag die *Neptun* einigermaßen ruhig auf dem Wasser. Kapitän Barne hatte sie gegen den Wind gedreht, genauestens positioniert und tat sein Bestes, dass das auch so blieb. Sie befanden sich im Sondenraum, einem engen, kahlen Zimmer, das außer einem großen Metallkasten mit bunt leuchtenden Knöpfen und mächtigen Rohrleitungssystemen, nur ein einziges Gerät beherbergte: *Rosi*, das CTD. Verbunden war sie mit einem Kranarm, der von der Decke hing und auf einer Art Schiene zu laufen schien.

»Mithilfe des Schwebebalkens bringen wir sie raus«, rief Martens, um den Maschinenlärm zu übertönen. Doch der war nichts gegen das, was dann auf ihre Ohren einhämmerte. Unter unglaublichem Getöse hob sich ein Großteil der Außenwand und gab nach und nach den Blick frei auf leicht schäumende Wellenkronen und regenschwere, schnell dahingleitende Wolken. Als die Klappe vollends geöffnet war, fuhr die Sonde langsam nach draußen. Das hüfthohe, tonnenartige, gelbe Metallgestell war mit vielen schlanken Tanks bestückt, die sich kreisförmig um einen Kern formierten.

»Siehst du die Rohre? Darin sammeln wir das Wasser. Wir lassen sie auf die gewünschte Tiefe runter. Drucksensoren zeigen uns, wann die erreicht ist, und lösen die Magnetschalter aus, die die Deckel an den Rohrenden verschließen.« Er zeigte auf die geöffneten Kappen an den Enden der länglichen Behälter. »So können wir sicher sein, dass wir auch wirklich nur Wasser aus einer bestimmten Schicht bekommen.«

Als der Arm das Messgerät weit genug rausgebracht hatte, sodass es keine Gefahr lief, mit dem Schiffsrumpf zu kollidieren, ließ die Winde es behutsam zur Meeresoberfläche sinken. Ingke Amundsen und Fabian, die studentische Hilfskraft, hielten Flaschen in den Händen und warteten darauf, die ersten Proben abfüllen zu können. Alette Roux stand im

Messraum, der wie ein kleines Aquarium vom Rest abgetrennt war, und beobachtete das Manöver durch die längliche abgerundete Scheibe.

Vorsichtig wagte Ann sich nach vorn und riskierte einen Blick aus der breiten Öffnung. Sie schätzte die Entfernung bis zur Wasseroberfläche auf mindestens vier Meter. Ein Sturz wäre alles andere als angenehm. Sie sah die Sonde in den Fluten verschwinden. »Wie lange wird es dauern, bis die Tiefe erreicht ist?« Auch sie musste fast schreien, um gegen die zunehmende Geräuschkulisse aus Wellenklatschen, Wind und Maschinenlärm anzukommen.

»Ein paar Minuten.«

Kaum hatte Hauke die Worte ausgesprochen, bemerkte Ann, wie sich das Seil der Winde aufspulte. Es ging wieder nach oben. »Ist was nicht in Ordnung?«

»Doch, doch, wir müssen erst die Luft aus dem System kriegen. Dafür wird alles einmal abgesenkt und wieder hochgezogen. Dann erst geht es auf die entsprechende Tiefe.«

Mit Sorge registrierte Ann, wie sich der Himmel am Horizont veränderte. Das schmuddelige Grau-Blau der Wolken bekam eine bedrohliche Note. Als hätte jemand ein Tintenfass mit schwarzer Farbe umgeworfen. Instinktiv schlang sie die Arme um ihren Oberkörper.

Verdammt, die könnten sich echt mal beeilen!

Messung drei lief. Anns Gesicht und ihre Gliedmaßen waren taub vor Kälte. Trotzig versuchte sie, das Schlingern der *Neptun* auszugleichen. Noch nie war ihr an Bord eines Schiffes schlecht geworden. Das flaue Gefühl im Magen und der langsam zunehmende Schmerz in ihrem Kopf verhießen jedoch nichts Gutes. Hinzu kam das sich ausbreitende Gefühl einer unabwendbaren Bedrohung, der sie schutzlos ausgeliefert sein würden. Die Dunkelheit des herannahenden Sturmtiefs versteckte sich hinterhältig in der der beginnenden

Nacht. Es begann zu regnen. Der Wind hatte zugelegt. Es wurde kaum gesprochen. Alle arbeiteten verbissen. Das Schaukeln der *Neptun* nahm zu. Hauke Martens wirkte zwar angespannt, keinesfalls aber nervös oder gar hektisch.

Eine gefühlte Ewigkeit später stand *Rosi* wieder an Bord. Als sich die Klappe schloss, den Wind, Regen und die Dunkelheit aussperrte, schien das Schlimmste überstanden.

Die meisten der Nachmittagsschicht, die gleich zu Ende gehen würde, hatten nach dem Einchecken etwas gegessen, sich dann ausgeruht – wenn auch nicht geschlafen – und waren um zwölf Uhr mittags an die Arbeit gegangen. Sie würden nun von denen abgelöst werden, die die ersten sechs Stunden nach dem Ablegen übernommen hatten. Nur Ann war wie eine Bekloppte hinter dem Fahrtleiter hergerannt (wann schlief der eigentlich mal?), war seit zwölf Stunden auf den Beinen, durchgefroren und brotfertig. Ihr Kopf schmerzte. Ihr Magen wollte sich partout nicht eingewöhnen. Und dann noch dieser Gestank! Die Bodenproben, die Beute einer weiteren Entnahmeaktion, rochen nach faulen Eiern. Das Nasslabor, Teile des Gangs und sogar das Kühllabor waren erfüllt davon. *Bio* und *Geo*, wie sie sich selbst nannten, hatten zum fröhlichen *Kernschlachten* aufgerufen. Während die Biologen Bodenlebewesen zählten und dokumentierten, freuten sich die Geologen auf aussagekräftige Rückschlüsse über die im Sedimentkern befindlichen Stoffkreisläufe.

Ann registrierte zu allererst eins: Es war eine Riesensauerei! Das Herumwühlen im Schlamm hatte zur Folge, dass der Gestank sich nicht nur in ihren Nasen, sondern auch an ihren Händen festsetzte. Sie bezweifelte, dass eine einfache Dusche als Gegenmaßnahme reichen würde. *Ein Königreich für eine heiße Wanne und ne Mütze voll Schlaf,* dachte sie.

Hauke musste ihre Gedanken gelesen haben. In eben jenem Moment drehte er sich um und sah sie mitleidig an.

»Ich glaube, du haust dich erst mal ein paar Stunden aufs Ohr.«

»Du nicht?«

»Später. Erst werde ich unsere Ausbeute sichten, sicherstellen, dass die Kolleg:innen genug zu arbeiten haben«, er erntete höhnisches Gelächter, »und die nächste Messung vorbereiten.«

»Wie lange gibst du mir?«

»Für dich und deine Mitbewohnerin wäre es gut, wenn ihr zusammen in die Nachtschicht gehen könntet, also von Mitternacht an. Pro Kammer denselben Rhythmus zu haben macht Sinn, lässt alle besser schlafen.«

Gefühlt hatte sie das Dreifache an Duschgel verbraucht. Trotzdem blieb ein leichter Hauch von Schwefel, als sie auf die Messe zusteuerte. Sie war hundemüde. Essen würde sie nichts können, ihr Magen rebellierte nach wie vor, trotzdem wollte sie sich sicherheitshalber mit Proviant eindecken. Für später.

In der rechten Ecke des Raums saßen Alette und ihr blasser Kompagnon Simon, der just in diesem Augenblick aufstand und sich verabschiedete. Soviel Ann wusste, war er der laufenden Schicht zugeteilt.

Am großen Tisch in der Mitte sah sie Tjerk Knudsen vor einem leergeputzten Teller sitzend, neben ihm den Geologen Victor, der nach wie vor durch seine vollkommen versifften Brillengläser äugte – ein Wunder, dass er damit überhaupt etwas erforschen konnte –, und ihnen gegenüber die Chemikerin Vanessa und die Meeresbiologin Mena, die gerade dabei waren, sich ihren außerordentlichen Portionen zu widmen. Ann tat so, als hätte sie Simons Weggehen nicht bemerkt, und gesellte sich zu der kleinen Gruppe.

»Wen haben wir denn da?« Tjerk grinste sie provokant an. »Unsere Journalistin! Hast ja direkt mit ner Doppelschicht geglänzt.«

»Erwischt! Das Los aller unerfahrenen Green-Hörner. Mit denen kann man's ja machen!«, versuchte sie möglichst selbstsicher zu kontern.

Er antwortete mit einem laut polternden Lachen.

»Mach dir nichts draus. Das ist uns doch allen schon so gegangen ...« Menas Stimme dagegen war leise wie ein Windhauch. Sie hatte sich ihre dünnen, dunkelblonden, zu einem Bob geschnittenen Haare hinter die Ohren geklemmt. Ihre zierlichen Hände schoben die Abendmahlzeit geschickt auf die Gabel.

Vanessa nickte eifrig und biss in ein üppig belegtes Baguette.

»Worum geht's bei dir?« Tjerks listige kleine Augen musterten Ann neugierig.

Ein echter Sympathieträger.

»Na hoffentlich nicht um das Benehmen der wissenschaftlichen Mitarbeiter an Bord von Forschungsschiffen!«, lästerte Ingke Amundsen, balancierte etwas waghalsig mit einem ansehnlich gefüllten großen und zwei kleinen Tellern über ihren Köpfen herum, bevor sie sich zu ihnen setzte. »Deines würde die Öffentlichkeit zutiefst schockieren!«

Tjerk antwortete ihr mit einer eindeutigen Geste seines Mittelfingers. »Hier kriegt jeder das, was er verdient.«

Dann schauten alle erwartungsvoll zu Ann hinüber.

»Ein wissenschaftlicher Bericht über die Todeszonen der Ostsee. Für das *Climate Science.*«

Tjerk pfiff anerkennend. »So jung und schon so ein renommiertes Magazin an der Angel. Respekt! Wir sollten uns anstrengen und für die Fotos ordentlich aufpimpen!« Er lachte erneut.

»Als ob das bei dir noch was bringen würde ...«, warf Ingke ein.

»Äußerlich nicht. Und innerlich erst recht nicht.« Von Ann unbemerkt war Alette an den Tisch getreten. »Dein

Geist ist rückständig wie der eines alten Greises, Tjerk. Dir fehlt jeglicher Mut und Forschergeist.«

Der Beschimpfte tat gelassen. Aber Ann merkte sofort, dass er der Roux am liebsten ins Gesicht gesprungen wäre.

»Vergiss es, Alette! Jeder hier an Bord weiß, dass euer Plan der größte Schwachsinn ist. Ich frage mich echt, wie du an die Gelder gekommen bist.«

»Gott sei Dank gibt's Menschen, die sich in ihrem Gebiet auskennen und zudem 'n Arsch in der Hose haben!«

Jetzt sprang Tjerk auf und machte drei schnelle Schritte auf Alette zu.

Die Süße hat Mumm in den Knochen. Gleich zimmert er ihr eine.

Vanessa und Mena bildeten eine Einheit im synchronen Schockstarren, Ingke verdrehte die Augen und Victor schaffte ein vorsichtiges: »Leute ...«, während Tjerk und Alette sich so nah gegenüber standen, dass sich ihre Köpfe beinahe berührten.

»Du solltest besser deine Klappe halten, Bitch«, zischte er, »bevor ich sie dir stopfe.«

Die kleine, zierliche Alette stand nur da und sah ihm standhaft in die Augen. »Müsstest du nicht längst im Labor sein?«

Tjerk gab einen undefinierbaren, knurrenden Laut von sich, fuhr herum und stampfte aus dem Raum. »Das geht dich nen Scheißdreck an!«, schrie er, bevor die Tür krachend ins Schloss fiel.

Hoodie, Jogginghose und dicke Socken, so lag Ann in ihrem Schlafsack in der Koje. Erleichtert registrierte sie, wie der Kopfschmerz zu einem dumpfen Wabern wurde und ihr Magen sich beruhigte. Ihr Blick wanderte durch den schmalen Raum. Sie lag im unteren Teil eines in der Wand eingelassenen Doppelstockbetts mit nur einer Öffnung. Es gab einen kleinen Tisch mit zwei Stühlen, auf jeder Wandseite einen schmalen Schrank und hinter der Tür eine Nische mit einem Waschbecken. Das winzige Bullauge war mit einer, im Normalfall geöffneten, ziemlich massiv wirkenden Metallklappe versehen, die bei besonders schwierigen Wetterverhältnissen geschlossen werden konnte. Wann das der Fall war, entschied einzig und allein der Kapitän. Das Schließen durfte nur von einem Besatzungsmitglied durchgeführt werden. Ann starrte auf die eindrucksvoll dicke Schraube und hoffte inständig, es würde nie dazu kommen. Ein tickendes Gefühl der Beklemmung lauerte auf die Chance, sich ausbreiten zu können.

Dafür gibt es überhaupt keinen Grund!

Sie lauschte den Geräuschen der *Neptun*, bemerkte ein leises Surren, wahrscheinlich von der Lüftungsanlage, begleitet vom Brummen des Motors, der das Schiff leicht vibrieren ließ. Vom Wind und den Wellen war erstaunlich wenig zu hören. Entweder ließ der Sturm noch auf sich warten oder er war geringer ausgefallen als gedacht. Auch das Schaukeln hielt sich in Grenzen.

Beste Voraussetzungen für eine entspannte, erholsame Freischicht.

Unruhig griff sie nach ihrem Handy. Wie gern hätte sie Marcs Stimme gehört, sein Gesicht gesehen. Er fehlte ihr, hier auf dem Schiff mehr denn je. Kein einziger Balken!

»Das kannst du vergessen«, hörte sie Alette sagen, die gerade die Kammer betrat. »Empfang hast du hier nur in Landnähe, am Fehmarn Belt oder Bornholm Gatt.«

»Social-Media-Fasten, warum nicht?« Ann lächelte tapfer und versuchte, Alette nicht direkt auf den Körper zu starren, während die sich aus ihren Klamotten schälte. Nach einer kurzen Zeit des unsicheren Schweigens, ergänzte sie: »Dir gehört eine Geo-Engineering-Firma? Wie spannend! Was genau machst du hier an Bord?«

Die Wissenschaftlerin verschwand in der oberen Koje. »Wir schauen uns die aktuellen Sauerstoffwerte, die Bodenbeschaffenheit, die geografischen Gegebenheiten und Strömungswerte genauer an. Auch die Menge an Plankton interessiert uns. Wusstest du, dass das Plankton der Weltmeere mehr CO2 speichert als die Bäume aller Wälder zusammen? Das Tiefenwasser der Ozeane ist die alles entscheidende CO2-Senke der Erde.«

Ann schüttelte den Kopf, besann sich dann darauf, das Alette sie nicht sehen konnte, und sagte: »Nein, das ist mir neu.«

»Wir wollen verhindern, dass sich die Todeszonen weiter ausbreiten. Die Natur allein schafft das nicht mehr. Die Salzwassereinbrüche verfehlen ihren Effekt. Seit 1990 hat sich das Oberflächenwasser der Ostsee um 1,5 Grad erwärmt. Wärmeres Wasser bedeutet weniger Sauerstoff. In diesem Fall umgerechnet 3,2 Prozent weniger. Der Nährstoffanteil, der über unsere Flüsse in die Ostsee gelangt, wurde in den letzten Jahrzehnten zwar drastisch reduziert – die Landwirtschaft hat strenge Auflagen bekommen –, trotzdem geht das Sterben weiter, wird sogar schlimmer. Wir müssen handeln! Wir müssen der Natur helfen, das eingeleitete Phosphor zu binden. Und das geht, indem wir mit Sauerstoff angereichertes Wasser in die Nähe des Meeresbodens pumpen.«

»Wie muss ich mir das vorstellen?«

»Durch große, mit Windkraft angetriebene Pumpen. Die Schweden, die von der Göteborger Universität, haben es vorgemacht. Ihre Pilotstudien in den Fjorden Byfjorden und Kanholmsfjärden haben bewiesen, dass es funktioniert. Innerhalb kürzester Zeit könnten Tonnen von Phosphor im Meeresboden gebunden werden. Würde man die Sauerstoffanreicherung über längere Zeit fortsetzen, wäre selbst in den Tiefen Leben wieder möglich.«

»Hört sich klasse an. Wo ist der Haken? Wo liegen die Risiken?« Obwohl Ann wirklich gern mehr erfahren hätte, merkte sie, wie ihre Augenlider schwer wurden und ihr Puls runterfuhr. Eigentlich perfekt, wenn ihr Körper so müde war, dass selbst die Panikattacke keinen Bock hatte, anzurollen.

»Außer, dass das Ganze wahnsinnig teuer ist – keine. Die Gelder für die erste Testanlage haben wir zusammen. Bei Erfolg kommen weitere.«

»Und warum sind Leute wie Tjerk Knudsen dann dagegen?« Ann unterdrückte mit Mühe ein Gähnen.

»Tjerk ist ein eingefahrener, rückschrittlicher Mann mit beschränktem Horizont. Er glaubt nicht, dass es finanziell sinnvoll und umweltschonend machbar ist, die enorme Menge an Energie bereitzustellen, die die Pumpen benötigen. Außerdem hat er Angst, die Altlasten könnten uns um die Ohren fliegen ...«

Während Alettes Stimme weiterhin über Tjerks Ängste referierte, zog es Ann wie von Gewichten beschwert ins Reich der Träume.

Dunkelheit.

Dieser widerlich penetrante Gestank ... Brechreiz.

Weg. Sie musste weg. Schnell.

Sie riss die Augen auf.

Blut rauschte laut dröhnend durch ihren Kopf.

Die Zunge – festgeklebt an ihrem Gaumen.

Der Kehlkopf weigerte sich zu schlucken. Schlucken! Das einfachste der Welt. Jeder Säugling tat es ohne nachzudenken. Doch so sehr sie sich zwang, es gelang nicht.

Stattdessen krampfte ihre Luftröhre, bis Atmen unmöglich wurde.

Todeszone.

Wasser, überall Wasser. Trübe, grünlich-gelb schimmernde Brühe.

»Du hättest mich retten können!« Die krächzende Stimme der Alten schmerzte in Anns Ohren. Ihre blutunterlaufenen Augen, die aschfahle, bläulich schimmernde Haut, die sich in ekligen Fetzen von dem verwesenden Körper löste – Ann wollte schreien.

Wild strampelnd versuchte sie, an die Oberfläche zu kommen.

Keine Chance! Eine starke Strömung erfasste sie, wirbelte sie herum – zog sie immer weiter in die Tiefe.

Als Ann ihren Lungenflügeln befahl, in größter Panik und unter enormer Willensanstrengung, einen tiefen Atemzug zu initiieren, schlug etwas hart gegen ihre rechte Schulter. Grelles Licht.

Donnern.

Schlagen.

Klappern.

Eine Stimme, die sich nur schwer gegen die massiven Eindrücke durchsetzen konnte. »Alles in Ordnung? Schau mich an! Hallo?«

Irritiert blinzelnd spürte sie ihre eigene kalte, schweißnasse Haut. Das besorgtes Gesicht einer Frau. Die Umgebung: fremd. Immer noch nach Luft ringend, versuchte Ann, sich aufzusetzen.

Zeitlupe.

»Komm ich helf dir.« Unterstützende Hände.

Die Frau kam ihr bekannt vor.

Das Aufstehen gestaltete sich schwierig. Immer wieder wurden sie aus dem Gleichgewicht gebracht.

»Der Sturm hat uns ganz schön im Griff. Am besten, du ziehst dich an der Koje hoch und setzt dich erst mal. Geht's?«

Das Forschungsschiff, Alette ... Langsam dämmerte es Ann. Verunsichert blickte sie ihrer Zimmergenossin ins Gesicht.

»Ich ...«, begann sie gerade, als die nächste heftige Welle gegen den Rumpf des Schiffes donnerte und alles ordentlich durchschüttelte. »Ein Albtraum.« Die Enge in der Kammer war beklemmend, doch Ann war zu ausgelaugt, als dass ihr Körper für eine zweite Panikattacke Kraft gehabt hätte.

»Ganz schön heftig! Hast wohl einiges aufzuarbeiten.« Alette schwankte breitbeinig durch den kleinen Raum, bis hin zum Schrank, öffnete ihn, kramte darin herum und hielt kurz darauf triumphierend eine Flasche mit einer durchscheinenden, golden leuchtenden Flüssigkeit hoch. »Zeit für einen Seelentröster!«

Kapitel 3

Vierundfünfzig Seemeilen südwestlich von Gotland, noch zwei Tage

Die Nachtschicht war fast vorüber. Ann stand an Deck und holte tief Luft. Das Meer zeigte sich nach wie vor aufgewühlt, ließ die *Neptun* tanzen und das Material ächzen. Trotzdem tat es gut, hier oben zu stehen, dick vermummt und vorschriftsmäßig gesichert. Kopfschmerzen und Übelkeit waren vorüber, nur die Müdigkeit war geblieben.

Sie hatte sich durch die letzten Stunden gequält, war vollkommen gerädert und sichtlich ramponiert. Alettes Julischka, eine kroatische Urlaubserrungenschaft, war daran nicht ganz unschuldig. Das höfliche Gespräch der Frauen war mit jedem Schluck freundschaftlicher geworden. Ann konnte Tjerks Meinung über Alette Roux keineswegs teilen. Sie fand die junge Wissenschaftlerin tough, zielstrebig und ansteckend sympathisch.

Ann löste sich von der schützenden Schiffswand und stemmte ihren Körper gegen die Böen, um sich in Richtung Bug zu schieben. Der Wind riss an ihrer Kleidung. Ein paar Meter weiter, an der Absturzsicherung, dem Schanzkleid, blieb sie stehen. Das Meer, die schäumenden Wellen – nichts besaß eine größere Anziehungskraft. Sie schloss die Augen und holte tief Luft. Der Sauerstoff schien durch jede Zelle ihres Körpers zu strömen. Unfassbar, dass es unter ihren Füßen Bereiche geben sollte, in denen sämtliches Leben abgestorben war. Die Todeszonen! Laut Hauke gab es sie weltweit, in allen Ozeanen. Was, wenn sich diese lebensfeindlichen Gebiete weiter ausbreiteten? Was bedeutete das für die Zukunft der Menschheit?

Ein paar Minuten später schloss sie widerwillig die Kabinentür hinter sich. Die enge Kammer wirkte wenig einladend. Andererseits konnte sie sich kaum noch auf den Beinen halten. Der Sauerstoffflash an Deck hatte die Müdigkeit nur kurz verdrängen können. Sie musste endlich schlafen! Ann sah sich um. Von Alette keine Spur. Auch beim Essen hatte sie sie vermisst.

Sie schnappte sich ihren Hygienekram und steuerte, im breitbeinigen Wellenausgleichsgang, die Toilette am Ende des Gangs an. Keine fünf Minuten später krabbelte sie in ihren Schlafsack. *Morgen sollte ich mir einen Tag gönnen, um alle Informationen aufzuarbeiten, zu strukturieren und den Aufbau des Berichts anzulegen. Ich könnte Alette aushorchen, um mehr über ihr Projekt zu erfahren*, dachte sie müde, als vorsichtig die Kabinentür geöffnet wurde.

Sie erkannte das dicke, wellige Haar ihrer Mitbewohnerin, die ihren Kopf seltsam gesenkt hielt und sich sofort wegdrehte, als Ann sie ansprach: »Hey! Wo warst du beim Essen? Ich musste mir die Fachsimpeleien von Maulwurf Victor und dem doppelten Lottchen anhören!« Julischka sei Dank, hatte so ziemlich jeder an Bord einen Spitznamen abbekommen, auch die Chemikerin Vanessa und ihre Mitstreiterin Mena, die sich eine Kammer teilten und unzertrennlich schienen.

Keine Antwort.

Ann setzte sich stirnrunzelnd auf. »Alles in Ordnung?«

»Alles gut«, murmelte Alette, die ihr den Rücken zudrehte und ihren Schrank öffnete. Eine stärkere Welle ließ die *Neptun* unerwartet heftig schaukeln und drückte die Wissenschaftlerin seitlich gegen die Kabinentür, sodass Ann einen Blick auf ihr Gesicht erhaschen konnte.

Blut.

Erschrocken sprang sie auf. »Was ist passiert?«

»Nichts. Das wird schon wieder.«

Ann blieb unsicher vor Alette stehen. Ein paar hässliche Striemen zierten deren rechte Wange, unter der geröteten Nase klebte Blut, dessen Spur sich weiter über die rechte Wange zog.

»Bist du gestürzt?«

»Ja. Ich ... nein.« Alettes Stimme brach. Sie hob den Kopf. Ihre Augen schimmerten feucht, waren gerötet und spiegelten Verzweiflung wider. Sie schwankte, hielt sich den Bauch.

Ann stützte sie und manövrierte sie vorsichtig zu den Kojen hinüber. Dann sprang sie zum Bordtelefon. »Ich rufe jetzt den Arzt!«

»Nein, lass! Bitte! Ich bin okay. Das sind bloß ein paar Kratzer.«

Ann zögerte. »Sicher? Ich glaube, es wäre besser, wenn sich das mal jemand anschauen würde.«

Alettes Grinsen wirkte matt und aufgesetzt. »Du meinst: der zweite Offizier? Ich weiß nicht, ob seine Erste-Hilfe-Ausbildung so viel besser ist als meine.«

Ann schwankte zum Waschbecken, kam mit einem feuchten Waschlappen und einem kleinen Handspiegel wieder und hielt Alette beides hin. »Hier. Warte ...!« Sie wankte zu ihrem Schrank und kramte ein kleines Täschchen aus ihrem Rucksack. »Desinfektionsspray, Wundsalbe, Pflaster!«

»Du bist besser ausgestattet als die Bordapotheke.«

»Brauchst du sonst noch irgendwas?«

»Einen Schnaps!« Alette nickte in Richtung ihres Schrankes.

Zurückhaltend besah Ann sich den Inhalt.

»Irgendwo ganz unten rechts.«

Ihre Hände wühlten sich vorsichtig durch den angegebenen Bereich. Dabei drückte sich die Decklasche einer Sporttasche nach oben und ermöglichte einen kleinen Blick ins Innere.

»Hast du sie? Entschuldige die Unordnung. Aber dieser Schrank ist dermaßen klein.« Alettes Stimme wirkte schwach.

»Ha! Got you!«, rief Ann, als ihre Finger das kühle Glas der Flasche spürten. »My Goodness! Waren wir das?« Ungläubig starrte sie auf den kläglichen Rest der goldenen Flüssigkeit. »Kein Wunder, dass mein Kopf so dröhnt.«

Sie ließ Alette Zeit, saß ihr nur still gegenüber und musterte jede ihrer Bewegungen.

»Tjerk. Er ist total durchgedreht.«

Ungläubig riss Ann die Augen auf. »Tjerk? Du meinst Tjerk Knudsen hat dir das angetan? Aber warum? Hast du das gemeldet? Weiß Hauke, weiß Kapitän Barne davon?«

»Es ging mal wieder um unser Projekt. Wir haben uns im Längsgang getroffen. Ein Wort gab das andere. Ich wusste ja, dass er hitzköpfig ist. Das lässt er uns alle oft genug spüren. Aber ich hätte nie gedacht, dass er so weit gehen würde. Erst hat er mich unflätig beschimpft. Als ich nicht klein beigegeben habe, ist er auf mich los. Wie ein wütender Irrer!« Sie war ganz blass, ihre Hände zitterten. Sie sah so zart und zerbrechlich aus. Keine Spur mehr von der toughen, selbstbewussten, energiegeladenen Frau.

»Weiß Hauke Bescheid?«

Alette schüttelte ganz leicht den Kopf.

»Das muss er! Das kannst du so nicht stehen lassen!«

»Vielleicht hab ich ihn einfach zu sehr provoziert ...«

»Egal, was du ihm an den Kopf geworfen hast, nichts rechtfertigt so eine Reaktion!«

Alette hielt Ann die Flasche hin, rappelte sich hoch, legte eine Hand schützend über ihren Unterleib, erklomm stöhnend die Sprossen und sank langsam, mit schmerzverzerrtem Gesicht auf ihre Schlafstätte.

Ann deckte sie zu. »Wo hat er dich noch getroffen? Am Bauch? Hast du Schmerzen?«

»Nur ganz leicht. Ist nicht schlimm. Wirklich! Mach dir keinen Kopf. Morgen ist das meiste vergessen.« Sie schloss die Augen.

Ann fühlte sich beschissen. »Hauke ...«

Alettes Augen öffneten sich noch einmal. »Hauke kann da jetzt auch nichts machen. Ich spreche nachher mit ihm. Ich, nicht du! Versprich es mir!« Sie wirkte so unglaublich ausgemergelt und müde. Ann blieb nichts anderes, als zu nicken und in ihre Koje zu kriechen.

Zunächst dachte sie, sie würde niemals einschlafen, aus Angst, Alette könnte über ihr unbemerkt und leise an inneren Blutungen sterben. Doch dann übermannte sie ein bleischwerer Schlaf.

*

»Du siehst übel aus, Schätzchen. Geht's dir nicht gut?« Ingke Amundsen sah mitleidig zu Ann herüber.

»Muss mich noch an den Schlafrhythmus gewöhnen. Hast du Alette gesehen?«

»Zur Mittagsschicht noch nicht. Müsste sie nicht bei dir gelegen haben? Ihr haust doch zusammen ...?«

Genau das war das Problem. Als Ann aufgewacht war, war die Koje ihrer Kammergenossin leer gewesen.

Immerhin lag keine Leiche drin.

Während ihre Schicht die Arbeit aufnahm, machte Ann sich auf die Suche. Seltsam – auch der sonst so emsige Martens war nirgendwo zu sehen. Raum für Raum lief sie ab, begrüßte die mittlerweile bekannten Gesichter von Crew und Forschern. Dann stand sie unschlüssig vor dem Niedergang zu Deck B. Sollte sie zu Hauke gehen und ihm von der Auseinandersetzung zwischen Tjerk und Alette berichten? Was, wenn Martens gerade schlief? Nach kurzem Zögern zog sie sich die steilen Stufen hoch. Auf Tjerk würde sie kaum treffen. Der lag mit den Kollegen von Schicht eins friedlich schlummernd in der Koje. Dabei hätte Ann ihm zu gern die Meinung gesagt.

Der Treppenaufgang endete genau gegenüber der Kajüte des Fahrtleiters.

Die Hand erhoben, bereit zu klopfen, zuckte sie zurück, als sich die Tür öffnete und das erschrockene Gesicht von Alette zum Vorschein kam.

Kurz war es, als hätte jemand die Zeit angehalten.

»Ann, mein Gott – hast du mich erschreckt!« Die Muskeln von Alettes weit aufgerissenen Augen entspannten sich zusehends. Ann hörte, wie die Wissenschaftlerin erleichtert ausatmete.

»Entschuldige, aber ich hab mir Sorgen gemacht. Und als ich dich nirgends finden konnte …«

Alette schlüpfte aus der Kabine. »Ich bin nach dem Aufwachen sofort zu Hauke. Wir haben alles besprochen.«

In dem Moment schob Martens seinen Kopf durch den Spalt. »Moin, Ann. Schon wieder auf den Beinen? Ich verabschiede mich für die nächsten drei Stunden. Und wenn ich dich so anschaue, denke ich, du solltest dich auch noch mal hinlegen.« Sein Blick wurde Ernst. »Alette? Ich regle das – du hast mein Wort. Wenn noch was ist: Du kannst jederzeit zu mir kommen.« Dann zog er die Tür von innen zu.

Die beiden Frauen gingen schweigend auf den Niedergang zu. Dabei entging Ann Alettes nervöse Unsicherheit nicht.

»Du hast ihm alles erzählt? Wie hat er's aufgenommen?« Ann war wild entschlossen, Tjerks tätlichem Angriff Konsequenzen folgen zu lassen. Wenn Hauke dachte, um des lieben Frieden Willens, ein einfaches Gespräch unter Männern würde reichen …

Alette nickte. »Er will mit ihm reden. Bevor sie ihre Schicht beginnen.«

»Reden, so, so.« Ann kochte innerlich. »Du solltest ihn anzeigen!« Sie betrat die erste Stufe.

»Lass gut sein, Ann. Ich war auch nicht fair. Hab ihn ganz schön angegriffen, ihn aufs Übelste beleidigt.«

»Verbal, ja! Das heißt noch lange nicht, dass er auf dich losgehen darf!«

»Richtig! Deshalb wird Hauke ihn nachher ins Gebet nehmen.«

»Und das war's?«

»Er wird sich entschuldigen müssen.« Alette folgte Ann aufs Hauptdeck.

»Ein Unding, dass er das nicht längst getan hat.«

»Ich brauche dringend frische Luft.« Auffordernd blickte sie Ann in die Augen.

Nachdem sie die Labore passiert hatten, bogen sie in den Umkleideraum ab, in dem Ölzeug, Gummistiefel, Windjacken und festes Schuhwerk aufbewahrt wurden. So gerüstet, traten sie ins Freie. Sie wurden stürmisch empfangen, der Wind blies durch Alettes wilde Mähne und riss an ihren Jacken. Die dicken, grauen Wolken, die sie den ganzen Morgen über begleitet hatten, zogen jetzt in kleinen Gruppen eilig über sie hinweg, machten immer häufiger dem eindrucksvollen Blau des Himmels Platz. In der gleichen Geschwindigkeit sausten Sonnenstrahlen über die bewegte Wasseroberfläche und brachten sie zum Funkeln.

»Wahnsinn, oder?« Alette war Anns Blick gefolgt und stehen geblieben.

»Es gibt nichts Schöneres.«

»Hoffen wir, dass wir die Meere retten können. Hoffen wir, dass es nicht schon zu spät ist.«

Kurz darauf saßen sie in der Messe. Alette stocherte in ihrem Gemüseauflauf herum, dass einem der Appetit vergehen konnte. Sie sah fix und fertig aus.

»Du solltest dich ausruhen.« Ann zog ihr Notebook aus der Tasche und stellte es vor sich auf den Tisch.

Die junge Wissenschaftlerin lächelte müde. »Mach ich.« Sie sah auf. »Und du? Schreiben und nebenbei den kulinarischen Genüssen frönen? Scheint mir ne ziemlich coole Taktik.«

Ann grinste. »Dachte ich mir auch.« Nachdenklich schaute sie ihrem Rechner beim Hochfahren zu. »Ich verstehe immer noch nicht, warum Tjerk so vehement gegen euer Vorhaben ist. Wo liegt sein Problem?«

»Zum einen musst du bedenken: Unsere riesigen Pumpen verrichten ihre Arbeit nicht lautlos. Schall verbreitet sich unter Wasser außerordentlich schnell und legt unglaubliche Strecken zurück, viel größere als durch die Luft. Die Auswirkungen auf Wale und andere Meeresbewohner sind zugegebenermaßen noch nicht ausreichend erforscht. Was Tjerk jedoch am meisten aufregt, ist die Sache mit den Altlasten.«

»Die da wären?«

»Mir ist so, als hätte ich dir schon mal davon erzählt ...« Alettes Augen blitzten für einen Moment schelmisch auf.

»Ähm, ja, ich ... also. Es tut mir leid, aber ich war so fertig nach dem Marathon der ersten zwölf Stunden. Mit einem Mal war ich weg.« Peinlich berührt dachte sie daran, wie sie am ersten Tag, mitten in Alettes Erklärungen zu Tjerks seltsamem Verhalten, eingeschlafen war.

»Schon gut. Also, die Altlasten – ein heißes Eisen. Zum besseren Verständnis kommt hier ein kleiner geschichtlicher Exkurs: In den letzten Tagen und Stunden des zweiten Weltkriegs wurden Unmengen an Kriegsmaterial versenkt. Teils, um Barrieren zu schaffen, damit feindliche Boote die engen Stellen nicht passieren konnten, teils, damit die Flotte mitsamt ihrer explosiven Fracht nicht in die Hände des Gegners fiel. Und hier das unglaubliche Resultat: Dort unten liegen über zweitausend Schiffswracks und eine schwindelerregend hohe Anzahl Kampfmittel.«

»Kampfmittel! Du meinst Bomben, Munition ...? Und die rosten jetzt lustig vor sich hin? Das ist doch total verrückt! Wie gefährlich ist das? Treten etwa immer noch irgendwelche Substanzen aus oder hat sich das alles längst ... verflüssigt?«

»Wir reden hier von Tausenden Tonnen krebserregendem, erbgutschädigendem TNT, Giftgas-Granaten, leicht entflammbarem Phosphor, Kadmium und Quecksilber.«

Ich freue mich jetzt schon auf die nächste Badesaison.

Entsetzt ließ Ann die Information sacken. »Das ist doch der absolute Irrsinn! Das heißt, wir vergiften unseren Lebensraum seit zweiundsiebzig Jahren? Warum wird nichts unternommen?«

»Wir vergiften nicht nur den Lebensraum Ostsee. Die durch das Wasser gelösten Substanzen werden von den Meeresbewohnern aufgenommen.«

»Von Fischen, Krabben und Muscheln, die *wir* essen!« Ann schüttelte entsetzt den Kopf. »Das verstehe ich nicht. Mit der heutigen Technik sollte es doch möglich sein, das ganze Zeug zu heben. Zugegeben, eine Mammutaufgabe. Aber bevor wir uns langsam umbringen ...«

»Lange Zeit haben alle die Augen davor verschlossen. Es würde Milliarden kosten, dort unten richtig aufzuräumen. Du brauchst Spezialfirmen, die sich zusätzlich um die ebenfalls kostspielige Entsorgung kümmern müssten. Und was passiert in nichtdeutschen Gewässern, an den Zonengrenzen zu Ländern wie Finnland, Lettland, Polen, Schweden, Dänemark ...? Keine einfache Kiste. Insbesondere, wenn man bedenkt, dass es dort noch immer Manöverbewegungen gibt.«

Anns fragender Blick ließ die Wissenschaftlerin fortfahren.

»Oberhalb wie unterhalb der Wasserlinie finden Übungsfahrten der Kriegsmarine statt – aller Anrainerstaaten. U-Boote, Versorgungs- und Kriegsschiffe, sogar die Russen kreuzen ab und zu hier auf. Vorzugsweise fährt man die Manöver unbemerkt. Keiner lässt sich gern in die Karten schauen.«

Ann richtete ihre Augen durch das Bullauge auf die beruhigend wirkende Weite der Ostsee. Unfassbar, was sich ein paar Seemeilen weiter – oder sogar gerade jetzt genau unter ihnen – abspielte. Und niemand nahm Notiz davon. Sie selbst hatte nie darüber nachgedacht.

»Das mit der verklappten Munition ist extrem beängstigend. Was ich trotzdem nicht verstehe: Warum sollten die Altlasten ein Argument gegen euer Projekt sein?« Ihr Blick wanderte zurück.

»Wir pumpen Sauerstoff in tote Zonen.« Alette fixierte Ann, ihre Augen forderten sie auf, nachzudenken. »Es waren die tiefen Becken, die sich vortrefflich eigneten, um das tödliche Erbe für immer verschwinden zu lassen, um es für den Feind unerreichbar zu machen.«

Anns Gehirn lief auf Hochtouren. Wieso war es gefährlich, Sauerstoff in lebensfeindliche Gegenden zu leiten, die voller alter, rostiger ...? Geschockt fuhr ihr Kopf hoch. »Du meinst, das Zeug ist noch scharf? Nach zweiundsiebzig Jahren?«

»Nicht alles. Aber ein nicht unerheblicher Teil: mit Sicherheit. Kein Sauerstoff bedeutet ...«

»Keine Zersetzung! Es kann nicht rosten. Perfekt konserviert.«

»Voll funktionsfähig und brandgefährlich!«

»So langsam verstehe ich die Vorbehalte gegen euer Unternehmen.«

Alette fuhr sich müde durchs Haar. Sie lächelte. »Irgendwie muss man die Regierung dazu kriegen, Probleme anzugehen. Unser Projekt ist das perfekte Druckmittel. Die Natur hat – *wir* haben keine Zeit mehr, die Hände in den Schoß zu legen.«

*

Achtzehn Seemeilen südwestlich von Gotland, noch ein Tag

Tag drei auf der *Neptun* war unspektakulär verlaufen. Die Teams hatten sich eingearbeitet, die immer gleichen Abläufe waren zur gemeinschaftlichen Routine geworden. Ann beobachtete, durchlöcherte die Forscher mit Fragen, half mit, wenn Not am Mann war, und verbrachte die restliche Zeit in der Messe vor ihrem Rechner und schrieb. Sie verwarf, schrieb von Neuem und feilte am Aufbau ihres wissenschaftlichen Textes, am Spannungsbogen und ihrer Ausdrucksweise. Nichts hasste sie mehr als gut recherchierte Fakten in langweiligem Gewand.

Tjerk Knudsen hatte sie kaum zu Gesicht bekommen. Das lag zum Großteil daran, dass sie unterschiedlichen Schichten zugeteilt waren. Trotzdem: Irgendwie hatte Ann das Gefühl, dass er ihr und Alette aus dem Weg ging. Und die? Sie schien sich zwar erholt zu haben, wirkte aber seltsam nervös und unkonzentriert. Oft saß sie einfach nur da und starrte Löcher in die Luft. Als beschäftige sich ihr Gehirn mit äußerst komplexen Vorgängen, die keinen Raum für Dinge wie Zuhören oder gar eine optische Reaktion boten. In ihrer Freischicht kam es zwar weiterhin zu netten Gesprächen zwischen ihnen, Alette agierte darin jedoch zumeist recht zurückhaltend. Ann war die, die erzählte. Sie wollte die junge Wissenschaftlerin nicht bedrängen. Als Unternehmerin, mit einer derart heiklen Aufgabe vor der Brust, hatte sie sicherlich einiges, was ihr den Schlaf raubte. Und so beschränkte Ann sich darauf, wachsam zu sein – vielleicht würde Alette sich ihr doch noch öffnen – und auf ihre journalistische Arbeit.

*

Neun Seemeilen östlich von Gotland, Tag X

Was für ein unglaubliches Panorama! Der strahlend blaue Himmel wurde erobert von Schleiern aus Orange und Magenta, wechselte von einem gleißenden Weiß und Azur in ein dunkles, sattes Königsblau. Die Farbexplosion des schwindenden Tages brachte die ruhige See zum Leuchten. Ann stand an Deck und nahm sich diesen besonderen Moment. Zwei Tage mindestens würde die *Neptun* immer wieder Position über dem Gotlandbecken beziehen, das mit dem Landsorttief und seinen vierhundertneunundfünfzig Metern den tiefsten Punkt der Ostsee darstellte.

Sie hatte sich gut eingelebt – besser als gedacht. Keine weiteren Panikattacken. Selbst die ›Drei‹ hielten die Füße still. Sie schob das auf die anstrengende Arbeit und den ungewöhnlichen Schlafrhythmus. Wahrscheinlich fehlte ihr schlichtweg die Energie.

Dann weißt du ja, was du in Zukunft zu tun hast: arbeiten bis zum Umfallen – und zwar körperlich und geistig!

»Wer hat denn da Zeit, den Sonnenuntergang zu genießen?« Haukes Augen strahlten vor Vergnügen. Der Tag war gut gelaufen, die Messungen und Arbeitsgänge hatten besser geklappt als erwartet, die Wetterbedingungen waren ideal und sollten laut Satellitenbild so bleiben. Der Fahrtleiter war bestens gelaunt.

»Die unabhängige Presse, wer sonst? Jegliche Beschneidung ihrer Freiheiten wäre ein sträflicher Eingriff in fundamentalen Werte.« Sie grinste selbstbewusst.

»Gut gebrüllt, Löwe!« Er lachte, stellte sich neben sie ans Schanzkleid und ließ den Blick übers Meer schweifen.

»Wusstest du schon immer, dass du das hier wolltest?« Am liebsten hätte sie die Zeit angehalten und den Moment eingefroren.

»Ich wusste schon immer, dass ich aufs Meer gehöre. Als Knirps habe ich meinen Großvater begleitet – so oft es ging.

Als Teenie so früh wie möglich den Segelschein gemacht, jahrelang jede Regatta mitgenommen. Dann wollte ich hinter das große Ganze blicken, verstehen, wie alles zusammenhängt. Viele meiner Kollegen waren noch nie auf einer Expedition und würden das hier für kein Geld der Welt auf sich nehmen. Sie sind reine Schreibtischtäter, verlieren sich in Zahlen und Statistiken. In meinen Augen unbegreiflich. Es ist etwas grundlegend anderes, wenn man vor Ort ist, es riecht, sieht und spürt.« Seine Hände unterstrichen die Worte mit überzeugenden, fein abgestimmten Bewegungen.

Vor allen Dingen: riecht!

Ann fand, dass von Menschen wie Hauke, die für etwas brannten, eine unglaublich starke Faszination ausging.

Und schlecht aussehen tut er auch nicht, dein Dr. Martens. Eine echte Alternative, falls die süße Sam dir ins Essen spucken sollte …

»Du spinnst doch total, Eigil«, murmelte sie verärgert.

»Was?« Haukes warme, braune Augen musterten sie neugierig.

Shit, hatte sie das eben laut gesagt? »Deine Kollegen haben nur Schiss, seekrank zu werden. Außerdem ist das schon krass, was ihr hier leistet. Wie viele Stunden Schlaf hattest du in den letzten drei Tagen? Zehn?«

»Das Ende ist ja abzusehen. Danach kommt eine große Zeitspanne mit wahnsinnig gesundem Büroschlaf.«

»Aha … Und die Nachbearbeitung?«

»Wälze ich an die Schreibtischtäter ab. Wie sieht's bei dir aus? Kommst du voran?«

Läuft ganz gut. Ich würde gern noch ein Interview einbauen. Der Fahrtleiter wäre bestens geeignet. Glaubst du, ich könnte um eine Audienz bitten?«

»Da kann ich bestimmt was arrangieren. Ich hab da so meine Beziehungen …« Vertrauensvoll zwinkerte er ihr zu.

Ann stutzte, als ihr bewusst wurde, wie seltsam das hier gerade anmutete. Ein atemberaubender Sonnenuntergang auf dem Meer, ein gut aussehender Kerl ... für derart kitschige Romantik war sie definitiv die Falsche. »Super, sag Bescheid, wann's dir passt. Ich werd mich dann mal hinhauen. Wir sehen uns zur Hundewache«, sagte sie und ließ den Fahrtleiter mitsamt der seufzenden Himmelsgeigen stehen.

Alette saß in der Messe. Sie wirkte noch blasser als zu Beginn der Mittagsschicht. Ann setzte sich zu ihr und wurde mit einem kurzen, fahrigen Lächeln begrüßt.

»Alles in Ordnung bei dir?«

»Was? Ja ...« Nervös bearbeiteten ihre Zähne die Unterlippe.

Ann musterte sie schweigend.

Alette merkte es. »Ich bin ein bisschen aufgeregt. Die nächsten Messungen sind wichtig für uns. Ich hoffe, sie bestätigen unsere Berechnungen.« Sie lächelte entschuldigend.

»Hast du Zweifel?«

»Nicht ein bisschen!« Entschlossen schlug sie mit der Hand auf den Tisch und sprang auf. »Was soll ich dir Gutes mitbringen?«

*

Was war eigentlich die Steigerung von Müdigkeit? Scheintod? Walking-Death-mäßig schlurfte sie zu ihrer Koje und ließ sich fallen. Die eh schon knappen sechs Stunden Freischicht, von denen man die Zeit für's Essen und Duschen abziehen musste, reichten irgendwie nicht, um den Körper ausruhen zu lassen und wieder fit zu kriegen. Dann noch dieser vollkommen verkorkste Rhythmus. Von sechs Uhr in der Früh bis um zwölf Uhr mittags schlafen, dafür aber von Mitternacht an arbeiten. Am dritten Tag hatte Ann gedacht, sie hätte sich daran gewöhnt, käme nun besser klar. Am vierten war die Erkenntnis gewachsen, dass es einfach nicht reichte. Zu wenig Schlaf, zu wenig Erholung. Im Grunde war es ein komatöses Abschalten. Der vollkommen erschöpfte Körper knipste für ein paar Stunden das Licht aus.

Und so war sie eigentlich schon weggetreten, als Alette in die Kammer stürmte und sie bewog, ihre bleischweren Lider noch einmal zu heben.

»Sorry, aber du kannst jetzt nicht schlafen!« Aufgeregt wedelte die Wissenschaftlerin mit zwei kleinen Piccolo-Fläschchen vor Anns Nase herum. »Ich brauche deinen seelisch-moralischen Beistand. Jetzt!«

Gähnend rappelte Ann sich hoch. »Dein Ernst?«

»In ein paar Stunden werden wir es wissen! Wenn die Messergebnisse mit unseren Berechnungen übereinstimmen …« Sie jauchzte vergnügt. »Das wird großartig! Ein Meilenstein! Wenn das klappt – und das wird es –, dann können wir wirklich was bewirken!« Alettes Augen leuchteten, ihre Hände flogen ruhelos durch die Luft. Die zierliche Frau zappelte derart durch die kleine Kammer, dass Anns erschöpfte Augen kaum folgen konnten.

Es wäre gemein, jetzt einzuschlafen, dachte sie, nippte an ihrem Prosecco und bemühte sich, den bleiernen Vorhang abzuschütteln.

*

Wie lange das so ging? Wann sie eingeschlafen waren? Ann hatte keine Ahnung. Sicher war nur, dass ihr das Aufstehen noch nie so schwergefallen war. Alette hingegen erinnerte an diese Zeichentrickfigur, an Speedy Gonzales, fegte kurz durch die Kabine, um sich dann mit einem: »Drück mir die Daumen! Ich seh dich später« zu verabschieden und aus dem Raum zu stürmen.

Ann pellte sich mühsam aus den Schlafklamotten und schlüpfte umständlich und in Zeitlupe in etwas Praktisches. Sie hatte nicht vor, diese Nachtschicht auch nur einen Fuß an Deck zu setzen. Sie würde es sich in der Messe gemütlich machen, ab und an zu einem Rundgang aufbrechen und hoffen, dass sie Alettes Triumphmoment nicht verpasste. Ihr Blick fiel auf den kleinen Tisch und die beiden Stühle. Sie hätte auch hier in der Kammer arbeiten können. So würde wenigstens keiner merken, wenn ihr Kopf auf der Tastatur landete und sie laut zu schnarchen begann. Sie schnappte sich ihr Zeug und verließ die Kabine.

Man muss es ja nicht herausfordern.

Der große Essensraum mit seiner Lage und der Vielzahl an Bullaugen – ein Deck höher und somit näher an Luft und Weite – war ihr eindeutig lieber.

*

»Wo ist sie?«

»Spinnst du, mich anzufunken?«

»Was soll ich denn sonst machen? Sie war nicht da! Also: Wo ist sie?«

»Was soll das heißen, sie war nicht da?«

»Dass sie – verdammt noch mal – nicht da war!«

»Das kann nicht sein! Es lief alles planmäßig. Was hast du gemacht? Was zur Hölle hast du gemacht? Du hattest klare Anweisungen! Wie kann man das verbocken? Sie hat sich auf dich verlassen! Und jetzt?«

»Halt dein verschissenes Maul! Ich hab mich an alles gehalten! Ich war genau da, wo ich sein sollte! Es muss was dazwischengekommen sein. Es hat nicht geklappt. Du musst sie suchen.«

*

Um fünf Uhr morgens entriegelte Ann die schwere Metalltür, zog sie auf und stieg langbeinig über das sogenannte untere Klappsüll. Sie betrat zum dritten Mal in dieser Nacht das Universallabor, einen der wenigen Innenräume, der mit einer Wasserschutztür gesichert war, die sie nun sorgfältig hinter sich schloss. Der enge Raum platzte aus allen Nähten. Das doppelte Lottchen, Mena und Vanessa, arbeitete sich durch die Messergebnisse der letzten Proben und gesammelten Daten. Hinter ihnen stand Simon Willems. Die Neugier musste ihn bewogen haben, trotz seiner Freischicht anwesend zu sein.

Ann stellte sich neben Fabian. »Und?«, flüsterte sie.

Der zuckte mit den Schultern. »Keine Ahnung. Ich glaube, es fehlen noch etliche Werte. Wird wohl dauern.«

»Wo ist Alette?«

Wieder dieses Zucken. »Springt hier irgendwo rum.«

Ann musterte den Willems. Er stand da wie eine Statue, sagte nichts, schaute nur. Die Anspannung, die von ihm ausging, war nahezu greifbar. Unglaublich, wie unterschiedlich die beiden Inhaber der Geo-Engineering Firma mit Stress umgingen. Sie sollte Alette suchen und ein wenig ablenken.

Im Nasslabor traf sie auf die Amundsen, in der Folge hier und da auf ein Besatzungsmitglied. Ann steckte ihren Kopf durch die Tür der Messe. Langsam trudelte der Wachwechsel ein, um sich vor der Frühschicht zu stärken. Sie sah Naresh schüchtern grüßen, drehte um und ging an Deck. Die Luft war eisig. Es war ein wunderschöner Morgen, kalt und klar. Die *Neptun* glitt sanft vorwärts. Kapitän Barne hatte sie für die Messungen stundenlang auf Position halten müssen. Da sie über keine dynamische Positionierung verfügte, war das echte Handarbeit und er der Einzige, der für dieses schwierige Manöver qualifiziert war. Jetzt schlief er. Der erste Offizier Peer Bolten hatte übernommen.

So wie Ann verstanden hatte, würden sie nun die *Göttin* ansteuern, eine Messstation mit offiziellem Namen *GO*tland *D*eep *E*nvironmental *S*ampling *S*tation, die das ganze Jahr über tief unten im Gotlandbecken lag. Sie konnte nur mittels akustischen Signals geortet werden. Zwei Bojen würden automatisch ausgelöst werden, an Seilen zur Wasseroberfläche treiben und ihnen als einziges sichtbares Zeichen dienen, um die *Godess* aufzuspüren. Wäre das geschafft, würden sie versuchen, die *Göttin* an Bord zu hieven, um ihrem Chip seine

Geheimnisse zu entlocken. Das würde noch einmal richtig spannend werden. Ann hoffte auf ein paar spektakuläre Fotos. Doch noch war die *Göttin* nicht in Sicht.

Suchend scannte Ann das Außendeck ab, ohne sich weit von dem Schott zu entfernen. Keiner zu sehen. Erst recht niemand, der wie sie ohne wärmende Jacke hier oben rumturnte. Schnell huschte sie zurück ins Innere.

Hauke kam ihr entgegen.

»Moin, hast du Alette gesehen?« Sie schloss sich ihm an.

»Moin.« Er überlegte. »Ist schon ne Weile her. Ist garantiert im Trockenlabor und fiebert den Zahlen entgegen.«

Doch dort war sie nicht. Simon stand noch immer an derselben Stelle, grinste nun aber vorsichtig optimistisch.

Ann sah Fabian erwartungsvoll an.

»Die ersten Werte passen zu ihren Berechnungen. Zurzeit sieht es so aus, als kämen die beiden ihrer verrückten Idee ein klein wenig näher – zumindest theoretisch.«

Ann seufzte. Noch so ein Zweifler. Sie wollte gerade nachhaken, als Tjerk und Naresh den Raum betraten.

»Na endlich! Die Ablöse«, stöhnte die studentische Hilfskraft erleichtert. »Raus hier!«

Ann fasste sich ein Herz. »Wisst ihr, wo Alette steckt? Have you seen Alette?« Sie ließ Tjerk nicht aus den Augen und kassierte prompt einen bitterbösen Blick. Naresh schüttelte bedauernd den Kopf, zwängte sich an ihr vorbei und machte sich an die Arbeit.

»Das gibt's doch nicht! Wo steckt die denn?«, murmelte sie. Ein kurzer Blick in die Messe: nichts. Sie lief ein Deck tiefer und stürmte in ihre Kabine: leer. »Fuck!«

Okay. Also alles noch mal von vorn – und diesmal mit System. Sie spurtete hoch auf das oberste Deck, warf einen Blick auf die Brücke und fragte Peer, ob er die Wissenschaftlerin gesehen hätte. Der verneinte. Weiter ging es durch Deck B und dann nach draußen. Der kalte Fahrtwind fraß sich sekündlich durch ihre unangemessene Kleidung. Egal, sie würde einmal das komplette Außendeck ablaufen. Doch auch die Matrosen, die sie fassungslos anstarrten, hatten die zierliche Frau nicht gesehen. Etwas unterkühlt eilte sie durch die Arbeitsräume des Hauptdecks, die Messe, Kombüse und Krankenstation. Keine Spur von Alette.

Ihr werdet euch verfehlt haben. Sie liegt bestimmt längst in der Koje.

Doch weder dort, noch in den beiden Duschräumen, auf den Toiletten oder im Kühllabor gab es eine Spur von ihr.

Nervös kehrte Ann in ihre Kammer zurück, ließ die Tür weit geöffnet und setzte sich an den Tisch.

Sie hatten sich nur verpasst. So musste es sein.

*

»Was soll ich jetzt machen? Sag mir, was ich jetzt machen soll!«

»Ruhig bleiben und die Klappe halten. Kontaktier mich nicht mehr. Ich meld mich bei dir. Wir können nichts tun.«

»Aber ich kann doch nicht einfach ... Wir müssen doch ... sie ist ...« Die Stimme brach ab.

»Ein Unfall. Wir wussten um das Risiko. Sie auch. Wir können nichts tun.«

Kapitel 4

Acht Uhr morgens. In der Messe war es mucksmäuschenstill.

Ann konnte die Betroffenheit, die Ratlosigkeit in den vielen Gesichtern kaum aushalten.

Sie hatten das ganze Schiff auf den Kopf gestellt. Keine Nische, kein noch so kleines Loch, in dem sie nicht nachgesehen hatten. Alette blieb verschwunden.

Wie kann das sein?

Kapitän Barne hatte sofort sämtliche Maßnahmen ergriffen, den Williamson-Turn eingeleitet und eine Meldung abgesetzt. Die Besatzung ließ die Wasseroberfläche seitdem nicht aus den Augen. Die Voraussetzungen waren gut – es gab kaum Wellenbewegung, die Sicht war hervorragend. Doch wie groß war die Chance, jemanden zu finden, von dem man nicht mal wusste, wie, wann und ob er überhaupt von Bord gegangen war?

Ann knetete ihre Finger. Das durfte einfach nicht sein! Irgendjemand hätte etwas merken müssen!

Nachdem die Notmaßnahme keine Sichtung gebracht hatte, fuhr die *Neptun* nun Suchmanöver nach den Vorgaben des IAMSAR-Manuals. Hierbei näherte sich das Schiff auf einem immer enger werdenden Kurs einem Zielpunkt, ähnlich einem quadratischen Schneckenhaus, um so ein genau definiertes Areal lückenlos abzusuchen.

Während der erste Offizier die Brücke übernommen hatte, hatte Kapitän Barne jeden Einzelnen von ihnen zu sich gebeten und befragt. Angefangen hatte er mit Simon Willems, danach war Ann dran gewesen. »Wann hast du Alette Roux das letzte Mal gesehen? Gab es besondere Vorhaben in dieser Nachtschicht? Wie war ihre Verfassung? Gab es Anzeichen für eine Suizidgefährdung? Ist dir sonst noch irgendetwas aufgefallen?« Immer wieder dieselben Fragen.

Einer nach dem anderen waren sie in die Messe zurückgekehrt, empfangen von den Wartenden, deren leise, aber dennoch eindringliche Fragen von der drängenden Absicht kündeten, endlich Licht ins Dunkel zu bringen. Doch die meisten wussten nicht einmal, wann genau sie Alette das letzte Mal bewusst wahrgenommen hatten. Zu sehr hatte sie Müdigkeit und Arbeitsroutine im Griff gehabt.

Ann war die Nacht immer wieder für sich durchgegangen. Sie war sich relativ sicher: Nach zwei Uhr morgens hatte sie die Wissenschaftlerin nicht mehr gesehen. Sie selbst hatte in der Messe gesessen, meistens allein, sich bemüht, wach zu bleiben und irgendetwas Vernünftiges aufs Papier zu bringen.

Nachdem die Befragungen beendet waren, saßen sie nun alle da, schwiegen und warteten.

Warten auf denjenigen, der uns sagt, dass alles nur ein tragischer Irrtum ist. Dass Alette uns an der Nase herumgeführt hat, dass sie gesund und munter ist.

So lautlos wie möglich stand Ann auf, verließ den Gemeinschaftsraum und machte sich auf den Weg zum unteren Deck. Der einsame Gang, die Enge ihrer Kabine, die Sorge um Alette, der Widerwille, die sich aufdrängenden unfassbar grausamen Gedanken zuzulassen – ihr Puls schlug augenblicklich schneller. Verzweifelt sah sie sich um. Es schien alles so zu sein, wie sie es vom Beginn der Nachtschicht in Erinnerung hatte. Nichts zeugte davon, dass Alette noch einmal da gewesen war, oder ...?

Vorsichtig öffnete sie den Schrank ihrer Kammergenossin und durchsuchte ihn, immer darauf bedacht, möglichst wenig zu verändern. Die Kleidungsstücke lagen wild durcheinander. Im obersten Fach fand sie den Laptop. Sie zog an der Tasche, dann am Gerät, stellte es auf den Boden und klappte es auf. Passwortgeschützt – klar! Sie schloss es wieder und durchsuchte die Fächer der Schutzhülle. Die Ausbeute war nichtssagend. Trotzdem dokumentierte sie jedes Detail, schob den Computer zurück an seinen Platz und fotografierte den Inhalt des Schranks. Ebenso wie den Zustand der Kammer. Dann blieb sie hilflos inmitten des Raums stehen. Es musste eine Erklärung geben! Alette konnte doch nicht einfach so verschwinden! Die Verzweiflung trieb erste Tränen in ihre Augen. Trotzig zwang sie sich dazu, sich zusammenzureißen – und Alette nicht aufzugeben. Sie schloss die Augen und atmete tief aus. Dann schlich sie zurück.

»Wo hast du dich denn rumgetrieben, Schätzchen?« Ingkes Blick war herausfordernd.

Menas dagegen vorwurfsvoll. »Wir sollten doch alle zusammen hier warten!«

»Ich musste mal.«

Im gleichen Moment betraten Peer Bolten und Hauke den Raum. Der Fahrtleiter sah blass aus. »Alle mal herhören! Ich möchte, dass ihr euch an die letzten Stunden zurückerinnert – und zwar an die Zeitspanne von Mitternacht an bis sechs Uhr morgens. Wer von euch war wann im Sondenraum oder hat jemanden dort rein- oder rausgehen sehen?«

Ein Raunen ging durch die Runde. Ingkes Stimme bahnte sich ihren Weg: »Wieso der Sondenraum?«

Hauke warf Peer einen schwer zu deutenden Blick zu.

»Wir wissen nicht, ob das was zu bedeuten hat, aber ... wir haben Blut gefunden.«

Nach einer kurzen Schrecksekunde brach Unruhe aus. Alle redeten durcheinander.

Ann ging hektisch ihre Erinnerungen durch. Als sie nach Alette gesucht hatte, war ihr kein Blut aufgefallen. Gut, sie hatte auch nur einen schnellen Blick in den Raum geworfen, da der kaum Versteckmöglichkeiten bot, aber ...

»Es ist nicht viel. Trotzdem müssen wir das natürlich prüfen«, schrie Hauke gegen den Tumult an. »Wem ist was aufgefallen? Hat sich jemand von euch verletzt?«

Unbewusst musterten sich alle gegenseitig. Einige schüttelten ratlos den Kopf.

Bolten ließ einen schrillen Pfiff ertönen. »Ruhe!«

Augenblicklich verstummten alle.

»Wer was zur Faktenlage beizutragen hat: Bitte!« Sein ernster Blick wanderte über jedes einzelne Gesicht.

Menas zarte Stimme wehte durch den Raum. »Es gab heute keine Messungen mit dem CTD. Wieso sollte jemand den Sondenraum betreten? Da ist doch sonst nichts ...«

»Das haben wir uns auch gefragt.« Hauke rieb sich das Kinn.

Wie, es gab heute Nacht keine CTD-Messungen? Aber ...

»Aber ich hab sie gehört!« Ann runzelte die Stirn. Sie erinnerte sich doch richtig, oder?

Alle Augen waren auf sie gerichtet.

»Die Hydraulikstempel! Das Getöse könnt ihr nicht überhört haben!«

»Bist du dir sicher?« Hauke stand der Zweifel ins Gesicht geschrieben. »War vielleicht in der Spätschicht.«

»Nein! Definitiv in unserer Nachtschicht! Irgendjemand muss die Klappe geöffnet haben.« Aufgeregt blickte sie um sich. »Kommt schon! Ich kann doch nicht die Einzige sein, die das mitbekommen hat!«

»Wie viel Uhr? Wann hast du den Mechanismus gehört?«

Ann stöhnte. »Ich weiß nicht. Ich saß in der Messe und hab geschrieben. Ich hab es gehört, dem aber keine Bedeutung beigemessen. Ich hab nicht auf die Uhr geschaut.«

Und ihr Zeitgefühl hatte sie eh längst verlassen, dem bekloppten Arbeitsrhythmus sei Dank.

Betretenes Schweigen.

Amundsen war die Erste, die sich etwas zu sagen traute. »Und jetzt? Wie geht's nun weiter?«

Hauke atmete hörbar ein. »Die Leute der Freischicht legen sich schlafen. Die anderen gehen an die Arbeit. Der Kapitän und ich werden mit dem Institut und den Behörden klären, wie wir weiter vorgehen sollen.«

Ann hätte ihn sich zu gern angesehen, den Blutfleck. Doch als sie in den Gang zum Sondenraum einbog, sah sie, dass Kapitän Barne vorgesorgt und eine Wache abkommandiert hatte. Also ging sie zurück zu ihrer Kammer. Zögernd trat sie ein und blieb in der Mitte stehen.

Was jetzt?

Schlafen?

Unmöglich!

Hatte sie die Hydraulikstempel wirklich gehört? Eigentlich war sie sich sicher. Andererseits müsste der Steuerstand das mitgekriegt haben. Schließlich gab es Kameras, die Bilder von solchen neuralgischen Punkten auf die Brücke übertrugen.

Sie wollte sich gerade auf den Stuhl fallen lassen, als im Gang Tumult ausbrach. Das Gros der Frühschicht drängte durch die Enge. Gleichzeitig öffneten sich Kabinentüren, aus denen blasse, erschöpfte Köpfe herauslugten

Ann zupfte Naresh am Ärmel. »What's going on?«

Marius, ein Chemiker, übernahm das Antworten. »Sie filzen Tjerks Kammer.«

»Was? Wieso?« Ihr Blick blieb an Naresh hängen. Warum sah der so schuldbewusst aus?

»Wie's aussieht, war er im Sondenraum. Er war es! Tjerk hat die Hydrauklikstempel bedient.«

»Jetzt echt?« Warum hatte Tjerk die Klappe geöffnet? Was hatte es mit dem Blut auf sich? Ann spürte das verräterische Kribbeln an sich hochkriechen, ihre Finger fühlten sich taub an. »Warum?«, wisperte sie.

Marius zuckte mit den Schultern.

Kurze Zeit später lösten Crewmitglieder die Versammlung auf. Barne stürmte in Anns Kammer und forderte sie auf, alles so zu belassen, wie es war, sich ein paar ihrer Klamotten zu schnappen und die Freischicht auf der Krankenstation zu verbringen. »Entschuldigung, es geht nicht anders. Der Raum darf nicht betreten werden!«, wies er einen von der Besatzung an, der prompt vor der Kabine Stellung bezog. Auch vor der von Tjerk stand jemand Wache.

Die Zeit verstrich quälend langsam. Barne und Hauke waren unerreichbar, sie rotierten um sich selbst. Tjerk – so hatte es die Runde gemacht – stand unter Arrest. Alle anderen gaben sich Spekulationen hin oder zogen sich in die Ratlosigkeit ihrer Gedanken zurück.

Die *Neptun* vibrierte wie ein ungeduldiger Araber. Barnes Marschbefehl: Alle Motoren auf volle Kraft.

Ihr Handy hatte Ann dummerweise in der Kammer vergessen. Dabei hätte sie sie gerade so sehr gebraucht: die Gespräche mit Marc und Fredde.

Wie denn, ohne Empfang?

Ihre Gemütslage schwankte zwischen absoluter Erschöpfung und Schockstarre. Sie konnte nicht begreifen, dass Alette nicht mehr da sein sollte, dass sie ... Ja, was eigentlich? Das flaue Gefühl in ihrem Magen nahm zu. Was auch immer passiert war, am Ende musste Alette über Bord gegangen sein. Eine andere Möglichkeit blieb nicht. Die Hoffnungslosigkeit ihrer Gedanken ließ sie erschaudern. Ihr Blick fiel auf die wenigen Kleidungsstücke, die sie zusammengerafft und mitgenommen hatte. Nichts passte zusammen. *Scheiß drauf! Hauptsache warm,* dachte sie und streifte sich den dicken grünen Pullover über das rote Langarm-Shirt. Sie brauchte Luft, wollte an Deck, den Horizont sehen.

Da klopfte es leise.

Hauke steckte seinen Kopf durch die Tür. Er sah müde aus.

Na endlich!

»Darf ich?«

Ann schossen so viele Fragen gleichzeitig durch den Kopf, dass erst einmal nichts anderes kam als ein Nicken.

»Wie geht es dir?«, begann er.

»Kannst du mir bitte, bitte sagen, was hier los ist? Was ist mit ihr passiert?«

Kraftlos sank er auf einen Stuhl und starrte aus dem Bullauge. »Ganz genau wissen wir das nicht. Anhand der Spurenlage ist jedoch zu befürchten, dass es eine Auseinandersetzung gegeben hat, in deren Folge sie durch die Klappe des Sondenraums über Bord gegangen ist.«

Anns Magen krampfte sich zusammen. Es hörte sich so grausam endgültig an, wenn es von jemand anderem ausgesprochen wurde. »Auseinandersetzung? Also hat Tjerk sie ...?«

»Wie gesagt: Was genau passiert ist, wissen wir nicht.«

»Wie kommt ihr dann auf ihn? Was für eine Spurenlage? Haben die Kameras gefilmt, wie er ...«

»Jemand hat gesehen, wie Tjerk aus dem Raum gekommen ist.«

»Wer?«

Hauke schüttelte bedauernd den Kopf.

Ann dachte an das schuldbewusste Gesicht des schüchternen Geophysikers und spekulierte: »Naresh!«

»Jemand! – Wir haben Tjerk befragt. Er sagte, er hätte die offene Klappe bemerkt, sich fürchterlich über die Nachlässigkeit geärgert und sie dann geschlossen. Blut wäre dort keins gewesen.«

»Was hatte er da zu suchen? Angeblich gab es doch keine Messungen mit der Sonde.«

»Gab es auch nicht. Er behauptet, sie hätte ihm eine Nachricht zukommen lassen, sich mit ihm verabredet.«

»Alette, sich mit ihm verabredet? Im Sondenraum? Absurd! Warum sollte sie das tun? Noch dazu in einer Nacht, die über den Erfolg ihres Projekts entscheiden könnte. Hat er Beweise?«

Der Fahrtleiter schüttelte den Kopf. »Im Gegenteil. Wir haben Drohmails auf seinem Rechner gefunden. Die wurden zwar nie abgeschickt, sind aber mehr als eindeutig. Er hat sie scheinbar wirklich gehasst. Er hat seiner Wut so richtig freien Lauf gelassen.« Wieder ein hilfloses Kopfschütteln. »Dann noch das Blut an dem Handtuch. Es sieht nicht gut aus. Ich weiß wirklich nicht, was diesen Menschen antreibt.«

»Blut am Handtuch?«

»In seiner Kammer am Waschbecken. Wir wissen natürlich nicht, von wem ...«

»Und er? Was sagt er zu alldem?«

»Er bestreitet alles, beharrt darauf, sie hätte ihn in den Sondenraum bestellt. Sie hätte es ihm zugeraunt, als sie an ihm vorbeigegangen sei. Er hätte keine Drohmails verfasst, wüsste nicht, wie die auf sein Notebook kommen und das Blut am Handtuch könnte er sich auch nicht erklären.«

»Die Monitore auf der Brücke, die zeigen doch unter anderem den Bereich des Sondenraums, in dem sich die Klappe befindet. Warum hat der Befehlshabende nichts gesehen? Haben die gepennt da oben?«

»Es gab Probleme mit der Elektronik in der Nacht. Die Monitore waren betroffen.«

»Echt jetzt? Kommt das öfter vor?«

Hauke zuckte betrübt mit den Schultern. »Das kann ich dir nicht sagen. Das wissen nur die Offiziere.«

Beide schwiegen einen kurzen Moment.

»Wie hat er auf dich gewirkt – Tjerk?«

Hauke grinste gequält. »Na, erfreut war er nicht. Du kennst ihn doch. Vollkommen ausgerastet ist er, als wir ihn festgesetzt und mit den Beweisen konfrontiert haben.«

»Glaubst du, er hat sie umgebracht, also vorsätzlich? Glaubst du, sie war schon tot, als sie ...?«

Sein wissender Blick suchte ihre Augen, bevor er ihn schuldbewusst senkte. »Ganz ehrlich?« Er seufzte schwer.

»Es wäre ihr zu wünschen. Allein auf See, ohne Hilfsmittel, mit dem Wissen, dass es keine Rettung geben wird, das ist kein angenehmer Tod.«

In Anns Körper rannten sie wieder, Tausende panisch gewordene Ameisen, ihr Hals wurde eng und staubtrocken. Die Luft schien zu dick, um sie einzuatmen. Sie sah Alette, verletzt, aber bei Bewusstsein, wie die Kräfte sie verließen und sie unterging. Sie spürte ihre Verzweiflung, ihre Angst, den grausamen Moment, in dem der Körper entschied, Luft zu holen, obwohl der Verstand wusste, dass das eindringende Wasser ihr Leben auslöschen würde. Dieses allzu vertraute Gefühl katapultierte Ann augenblicklich zurück in ihren größten Albtraum.

Die Stimme, von der sie dachte, sie würde sie nie wieder hören müssen – sie kroch quälend durch ihren Kopf: »Oh mein Gott, Ann! Du musst total ausgetrocknet sein. Hier, trink!« Der Gestank nach feuchter Erde, verschimmeltem Holz und ätzendem Urin drängte durch ihre Nasenflügel. Der Flashback war derart heftig, dass sie glaubte, es müsse jeden Moment passieren: ihr Körper, der den Notfallknopf drücken und sie in die Bewusstlosigkeit entlassen würde.

Warum war sie hier? Warum passierte das alles? Was hatte sie getan, dass ihr der Tod am Arsch klebte wie ein Rüde an dem einer läufigen Hündin?

Hauke stand auf. »Wir werden in Slite anlegen. Die schwedische Polizei ist benachrichtigt. Dann müssen wir sehen ... Ich hoffe, dass wir bald nach Hause können.«

*

Slite auf Gotland, Schweden

Es war der Nachmittag des fünften Tages ihrer Expedition – und alles hatte sich geändert.

Ann stand auf dem Außendeck der *Neptun*. Seit Stunden versuchte sie, die schneidende Kälte zu ignorieren, hatte zugesehen, wie sich das Forschungsschiff langsam der Küste näherte, an mehreren kleinen Inseln vorbeimanövrierte und dann endlich anlegte. Der Hauptkran schwenkte die Gangway vom C-Deck aus in Richtung Land, ließ sie langsam herunter und platzierte sie zwischen Container und Assistenzkran.

Schon von Weitem waren die drei Einsatzwagen der schwedischen Polizei, zwei Limousinen und ein Bulli, zu erkennen. Das Aufgebot war groß. Drei Männer in Zivil, eine Frau, die ihnen in Größe in nichts nachstand, und eine Vielzahl an Spusi-Mitarbeitern, allesamt in weiße Schutzanzüge eingepackt, steuerten die Gangway an.

Mit steifen Beinen stakste Ann auf die Schott-Tür zu, hinter der sie Wärme, aber auch Beklemmung und Trauer erwartete. Eine Art Totengräber-Stimmung hatte sich breitgemacht. Fassungslosigkeit war in Wut und Verzweiflung umgeschlagen. Keiner wusste so recht, wohin mit sich und seinen Emotionen. Sie selbst empfand die *Neptun* plötzlich als metallenes Gefängnis. So schnell es ging, würde sie von Bord gehen. Irgendwo anders hin. In ein schönes Café, ein Restaurant – nur weg. Dorthin, wo sie denken konnte.

»Alle Besatzungsmitglieder ohne Order und alle Wissenschaftler sowie die Techniker begeben sich bitte umgehend in ihre Kammern und verbleiben dort, bis der Kapitän neue Anweisungen erteilt.« Das Mikrofon kreischte schrill, als Barne Rehders Ansage beendet wurde.

Ann steuerte das untere Deck an. Alle, das hieß doch wohl, dass auch sie endlich in ihre eigene Kabine zurück durfte. Nicht, dass sie da lange hätte ausharren wollen. Aber sie hätte gern Zugang zu ihren Sachen gehabt.

Im Gang drängelten sich Wissenschaftler auf dem Weg zu ihren Kabinen. Menas Gesicht zierten rote Flecken, besonders um die Augen und im Bereich der Nase. Ein Zeichen, dass sie die eine oder andere Träne vergossen hatte. Als Ann sich ihrer Kammer näherte, vernahm sie schwedische Gesprächsfetzen hinter sich. Die große Frau redete unaufhörlich auf einen Mann mit wettergegerbter Haut ein. Neben dem schritt Hauke. Dahinter folgten drei weiß vermummte Spusi-Leute mit Koffern und Taschen. Der Unbekannte wandte sich dem Fahrtleiter zu und fing an, zu übersetzen: »Der Sondenraum, die Kammer des Opfers und die des mutmaßlichen Täters dürfen nach wie vor von niemandem betreten werden, solange, bis sie von uns freigegeben werden.«

Hauke nickte energisch.

»Kommissarin Sjögren wird einen Raum brauchen, um den mutmaßlichen Täter ungestört verhören zu können.«

»Kein Problem. Kapitän Barne stellt Ihnen seine Räume zur Verfügung. Es ist alles vorbereitet.«

Ann blieb stehen und quetschte sich an die Wand, um die Gruppe durchzulassen.

Die Kommissarin hielt auf ihrer Höhe und bedachte sie mit einem verärgerten Blick. Ein schwedischer Schwall an garantiert nicht allzu freundlichen Worten ergoss sich über Ann.

Der Ton des Dolmetschers war dagegen diplomatisch. »Was machst du hier? Du musst in deiner Kabine warten.«

Ann konnte nicht einmal Luft holen, da klärte Hauke: »Das geht nicht. Die beiden haben in einer Kammer gewohnt, sie und das Opfer.«

»Ah ...« Die eisblauen Augen der Polizistin musterten Ann aufmerksam. »Follow us.« Ihre Fingerspitzen machten eine eindeutige Bewegung, dann schritt sie voran. Vor der Kammertür blieb sie stehen, bedachte Ann mit einem »Stay here!« und wandte sich an den wachhabenden Matrosen. »Open!«

Die Durchsuchung und Spurensicherung ging still und geordnet vonstatten. Ann und Hauke standen im Türrahmen und sahen zu, wie Laptop, Unterlagen und einige persönliche Gegenstände Alettes in transparente Beutel wanderten, nachdem eine Fotografin die Lage dokumentiert hatte. Ab und zu forderte Asa Sjögren Ann auf, Dinge zuzuordnen. »Hers or yours?«

Dann wurde der Raum versiegelt. Unter den Argusaugen der Kommissarin durfte Ann wenigstens noch ein paar landgangtaugliche Sachen sowie einen kleinen Rucksack, ihr Handy und ihre Geldbörse rausnehmen.

»Warte bitte in der Krankenstation«, murmelte Hauke und eilte dem Trupp hinterher, der sich zielstrebig auf Tjerks Kabine zubewegte.

Auf dem Weg zum Hauptdeck kamen ihr weitere Polizisten in weißen Schutzanzügen entgegen. Auch am und im Sondenraum nahm Ann emsige Betriebsamkeit wahr, bevor sie das kleine Krankenzimmer betrat und die Tür hinter sich schloss.

Draußen wurde es dunkel.

Fuck! Wenn wir Pech haben, dauert das Ganze hier so lange, dass die Läden dicht haben, bevor wir endlich von diesem Kahn runter können!

Irgendeine Kneipe würde es in dem Nest schon geben, die freitagabends Lust auf Umsatz hatte ...

Unruhig tigerte sie hin und her. Sie konnte davon ausgehen, dass man auch sie befragen würde.

Sie kramte nach ihrem Handy. Drei von fünf Balken! Endlich! Als sie Marcs vertraute Stimme hörte, spürte sie, wie sich ihre Anspannung ein wenig löste.

Fast zwei Stunden später wurde sie abgeholt, in die Kapitänskajüte geführt, die einem kleinen, gut ausgestatteten Appartement glich, und gegenüber von Asa Sjögren platziert. Der wettergegerbte Unbekannte hieß Enno, der Nachname erschien Ann unaussprechlich. Er war ein sogenannter Agent. Mindestens zweieinhalb Stunden bevor ein Schiff einen ausländischen Hafen ansteuerte, musste man einen ordern – auch wenn der Anlegegrund nicht Mord hieß. Der

Agent war beider Sprachen mächtig und diente als Vermittler, zum Beispiel zwischen Hafenmeister und Kapitän – oder, wie in diesem Fall, zwischen Polizei und Zeugin.

Die Sjögren und Enno waren inzwischen ein eingespieltes Team. Während die Fragen kurz und knackig aus Asa rausschossen, versuchte sich Enno beim Übersetzen an einem freundlichen Ton und einem Lächeln.

Sie stellten einander vor, Ann erzählte vom Grund ihres Hierseins.

»Seit wann kanntest du Alette Roux?«

»Wir haben uns hier an Bord kennengelernt.«

»Habt ihr euch gut verstanden? Ihr wart in einer Schicht, habt euch eine Kammer geteilt.«

»Sehr gut sogar. Sie ist ein toller Mensch.« Ann schluckte. »War ... war ein toller Mensch.«

»Habt ihr über das Projekt gesprochen? Über das, was sie und Willems vorhatten?«

»Ja, klar. Sie wollte die Meere retten. Ich habe sie dafür bewundert. Auch wenn die Umsetzung nicht ganz unumstritten ist.«

»Weshalb sie häufig angeeckt ist. Besonders mit Tjerk Knudsen hatte sie Streit, oder?«

Ann nickte. »Sie waren wie zwei Energieladungen. Kamen sie sich zu nah, sprühten die Funken. Er konnte so, so ... steilgehen bei ihr!«

Enno und Asa guckten verständnislos.

»Steilgehen?«

»Ausrasten, sauer werden ...«

»Hast du das mitgekriegt? Warst du dabei?«

Wieder nickte sie.

»Kannst du es uns beschreiben?«

Also berichtete sie ihnen von den verbalen Zwischenfällen, deren Zeugin sie gewesen war. »Na ja, und es gipfelte dann in diesem unsäglichen Angriff. Aber das wird Ihnen Hauke sicher bereits erzählt haben.«

Wieder erntete Ann verständnislose Blicke.

»Angriff? Welcher Art? Körperlich?«

Jetzt war es an Ann, irritiert zu schauen. »Ja.«

»Wann war das?«

Zeitgefühl. Da war es wieder. Ohne Fixpunkt eine vertrackte Angelegenheit.

»Ich denke, am Dienstag?«

»Also vor drei Tagen. Was ist passiert?«

»Sie haben sich auf dem Gang getroffen, sind aneinander geraten. Dann muss er sie geschlagen oder gestoßen haben. Sie hatte Schrammen im Gesicht, blutete aus der Nase und klagte über Schmerzen am Bauch.«

Sjörgren und Enno wechselten bedeutsame Blicke.

»Du hast den Angriff aber nicht gesehen?«

Ann schüttelte den Kopf.

»Jemand anderes? Gab es Zeugen?«

»Ich glaube nicht. Das hätte sich rumgesprochen, denke ich.«

»Aber es war eindeutig Tjerk Knudsen, der dafür verantwortlich war?«

»So hat Alette es mir erzählt.«

»Worum ging es?«

»Wohl um dasselbe wie immer: um ihre Absicht, Sauerstoff in den Meeresboden zu pumpen.«

»Hast du Hilfe geholt? Wer hat sie versorgt?«

»Niemand. Sie wollte das nicht. Sie meinte, es wäre nicht so schlimm. Natürlich hab ich ihr geholfen, so gut ich konnte. Und sie ist am nächsten Morgen gleich zu Hauke, Dr. Martens, dem Fahrtleiter. Hat er wirklich nichts davon erzählt?«

»Wie war sie in den Tagen danach? Hatte sie Angst?«

»Angst? Nein. Aufgeregt, angespannt, das ja. Sie fieberte den Werten entgegen. So wie ich sie verstanden habe, ging es um geologische Beschaffenheiten des Bodens und um Strömungen, darum, ob es möglich sein würde, die Anlage vor Ort errichten und verankern zu können. Tjerk spielte keine große Rolle. Den haben wir eh kaum zu Gesicht bekommen.«

»Und am Tag ihres Verschwindens? Wie war sie da?«

»Voller Vorfreude. Wenn sich ihre Berechnungen als richtig herausgestellt hätten, wollten wir feiern.«

»Haben sie das? Stimmten die Zahlen?«

Ja, wie war das eigentlich?

Ann runzelte nachdenklich die Stirn. »Ich weiß es nicht. Ihr Verschwinden hat alles andere überschattet.«

»Glaubst du, sie könnte sich umgebracht haben, weil ihre Hoffnung enttäuscht wurde, weil ihre Berechnungen falsch waren?«

*

»Ich muss runter hier, bitte.« Ann hatte Hauke auf dem Gang abfangen können.

»Wohin willst du?«

»Eine Kneipe, ein Restaurant – egal. Hauptsache festen Boden unter den Füßen und raus aus diesem ... Metallding.«

Er nickte leicht. »Ich rede mit der Sjögren. Deinen Pass kriegst du beim ersten Offizier.«

Sie seufzte erleichtert und wollte losspurten.

»Ann? Wäre gut, wenn ich wüsste, wo ich dich finden kann.«

So abweisend die Skyline des kleinen schwedischen Örtchens Slite von dieser Stelle aus auch war, Ann kam es vor wie das gelobte Land. Die illuminierten Türme des Zementwerks, die grau neben ihr aufragten, konnten das Gefühl nicht schmälern. Es war kalt. Ihr Atem hinterließ kleine weiße Nebelwölkchen, die kurz in der Luft verharrten, bevor sie sich widerwillig auflösten. Festen Boden unter den Füßen zu haben war erstaunlich schwierig. Das Gleichgewichtsorgan hatte sich an die Schwingungen auf See gewöhnt, konnte so schnell nicht umschalten. Also ging sie, als hätte sie bereits eine promillestarke Runde hinter sich, bis das erste – und einzige – verheißungsvolle Kneipenschild wunderbar leuchtend vor ihr auftauchte.

Als sie das schlicht eingerichtete Lokal betrat, brach das Gemurmel der Gäste abrupt ab. Alle starrten sie an. Ob sich der Grund für das Anlegen der *Neptun* schon herumgesprochen hatte?

Mit Sicherheit. Der Polizei-Konvoi war ja nicht zu übersehen.

Sie suchte sich einen kleinen Tisch ganz in der Ecke. Eine Frau ihres Alters kam freundlich lächelnd auf sie zu und hielt ihr – Ann hatte nach einem Bier verlangt – eine lange Rede über die Sortenvielfalt von Gotländischem Gebräu. Am Ende entschied sich Ann für das Empfohlene, ein Wisby Klosteröl, das keine fünf Minuten später vor ihr stand.

Gierig nahm sie ein paar große Schlucke, als könne sie mit ihnen die Erinnerung an die letzten Stunden herunterspülen. Überrascht setzte sie das Glas ab und betrachtete die trübe, bernsteinfarbene Flüssigkeit. Es schmeckte wirklich gut, malzig, ein wenig fruchtig und am Ende passend bitter. Ihr Blick wanderte zurück zu den anderen Gästen, die ihre Unterhaltung wieder aufgenommen hatten. Plötzlich fühlte sie sich unendlich einsam.

Wie lange die schwedische Polizei sie hier wohl festsetzte? Was würden sie mit Knudsen machen? Ihn hierbehalten, ihn nach Deutschland überführen?

Warum hatte er das getan? Selbst als radikaler Gegner einer Sache, eines wissenschaftlichen Diskurses, einer technischen Umsetzung ... man brachte doch niemanden um deswegen! Nur weil Alette nicht mehr da war, hieß das ja nicht, dass auch das Projekt gestorben war. Immerhin gab es noch Willems.

Vielleicht wollte er nur mit ihr reden, sie bekehren und dann ist es eskaliert.

Und dafür trifft man sich im Sondenraum? Warum dort? Jeder andere Ort wäre besser geeignet gewesen.

Da hatten sie ihre Ruhe.

Die hätten sie auch auf Deck gehabt, in ihren Kabinen, auf der Krankenstation, selbst das Kühllabor war unbesetzt. Und da hätte es Stühle gegeben.

Warum war Alette im Sondenraum gewesen? Ann glaubte nicht, dass sie sich mit Tjerk hatte treffen wollen. Ein Zufall? Hatte sie Tjerk bei irgendetwas überrascht? Wenn ja, bei was?

Sabotage?

Was sollte er dort sabotieren? Die Behälter des CTD waren leer, die Wasserproben längst entnommen und vollkommen unerheblich für Alette und Simon.

Das Verstummen der Menschen ließ sie aufblicken. Hauke, Mena, Vanessa, Ingke, Victor, Fabian und fünf Besatzungsmitglieder betraten die Kneipe. Ein Zeichen, dass die Befragungen für heute beendet waren.

Hauke nickte ihr kurz zu, fragte mit der Gestik seiner Hände, ob sie nicht zu ihnen kommen wolle, als die Gruppe Wissenschaftler sich an einen langen Tisch setzte.

Sie signalisierte ihm ›später‹ und nahm ihr Telefon in die Hand. Sollte er ruhig glauben, sie wäre dabei, Mitteilungen zu versenden. Sie sah, wie die fünf Crewmitglieder sich einen Tisch am anderen Ende der Kneipe suchten. Auf dem Schiff funktionierten die beiden Lager perfekt nebeneinander her, oft irreführend harmonisch. Trotzdem war die Mannschaft eine eingeschworene Gemeinschaft, die, wenn möglich, unter sich blieb.

Ihr Blick ging zurück zum Forscherteam. Alle hatten rote Nasen und glühende Wangen. Draußen war es kalt, hier drinnen mollig warm, ihre gut gepolsterte Kleidung ließ das körpereigene Kraftwerk hochfahren. Nur Fabian bildete eine Ausnahme. Seine Haut stach wie immer blass hervor. Eines aber hatten alle gemein: Ihre Gesichter wirkten nachdenklich und bedrückt und passten so gar nicht zu einer Kneipengaudi unter Kollegen. Kein Lachen, keine lauten Gesprächsfetzen, es war, als hätte eine unsichtbare Kraft alle Fröhlichkeit aus dem Dunstkreis dieser kleinen Gruppe gesogen.

Mena saß zwischen Vanessa und Hauke. Immer wieder blickte sie suchend in sein Gesicht, als könne nur er alles wieder in die richtigen Bahnen lenken. Aber auch einem Expeditionsleiter waren Grenzen gesetzt.

Ich würde eher spekulieren: Sie ist verknallt in ihn!

Ann überlegte. Mochte schon sein, dass Mena mehr als nur respektvolle Kollegialität für Hauke empfand, seine Nähe suchte und durch die eine oder andere kleine, verräterische Geste als durchaus interessiert bezeichnet werden konnte. Warum auch nicht? Hauke war ein gut aussehender Mann. Sie war bestimmt nicht die Erste, die es erwischt hatte.

Ob sich Martens in einer festen Beziehung befand?

Ann stand auf, nahm ihr Glas, ging zur Theke und bestellte noch ein Wisby.

Mit dem ging sie zum Tisch der Wissenschaftler. »Hej.«

Die meisten murmelten eine knappe Begrüßung oder nickten. Hauke aber sprang auf und bot ihr seinen Platz an. »Hier, setz dich.«

Wow, guck dir Menas Blick an! Ein Zwitter zwischen: »Tust du das, bring ich dich um!« und flehendem »Bitte, bitte nicht!«

Ann musste Eigil recht geben. Arme Mena. Hoffentlich machte sie sich nicht zu große Hoffnungen. Hauke schien alles andere als interessiert. »Quatsch! Bleib sitzen. Hier stehen doch genug Stühle rum.« Mit diesen Worten schnappte sich Ann einen davon und setzte sich zwischen Ingke und Victor, die etwas auseinanderrückten.

Kurze Zeit schwiegen alle.

»Wie geht's jetzt weiter? Haben sie was gesagt?« Ann sah erst in die Runde, dann zu Hauke rüber.

»Bis die ersten Ergebnisse da sind, also von dem Blut und ...« Der Fahrtleiter stockte. »Also vorerst sitzen wir hier fest. Ich hab mit dem Institut gesprochen. Sobald die schwedische Polizei die *Neptun* freigibt, kehren wir nach Rostock zurück.«

»Tjerk?«

»Haben sie mitgenommen.«

»Wird ihm der Prozess etwa hier in Schweden gemacht?«

»Das ist es, worüber Barne und die schwedische Zuständigkeit noch diskutieren. Wir wissen nicht, wann es passiert ist, also wann er sie ... Weder Tjerk noch Alette sind schwedische Staatsbürger. Es ist eine Expedition unter deutscher Leitung, auf einem deutschen Forschungsschiff. Im Grunde genommen sollte alles, was auf der *Neptun* geschieht, so behandelt werden, als sei es auf deutschem Grund und Boden passiert. Thema: Hoheitsgewalt. Ich glaube sogar, Barne hätte sich weigern können, die Schweden an Bord kommen zu lassen. Wie die Rechtslage aber aussieht, wenn eine Person in schwedischen Gewässern *verloren* geht – ich habe keine Ahnung! Klar ist, wäre der Vorfall passiert, bevor wir in schwedische Gewässer eingefahren sind ...«

»Wie das? Wir lagen doch schon Stunden davor über dem Gotlandbecken. Und das gehört ja wohl zu Schweden, oder?« Ann hob erstaunt die Augenbrauen.

»Ja ...« Hauke zog das Wort künstlich in die Länge. »Weiter östlich ist man aber auch schnell in lettischem Hoheitsgebiet. Und das deutsche ist nicht weit. Wenn sich also alle einigen würden, nicht so genau hinzuschauen – das würde vieles erleichtern. Keiner hat Lust, sich in die Dinge des anderen zu mischen, auch die Schweden nicht.«

»Aber die Bordinstrumente zeigen doch an, wann die *Neptun* wo unterwegs war. Gibt's da keinen Ärger?«

»Wo kein Kläger, da kein Richter. Wenn sich alle einig wären, wäre ein Stillschweigen über die genaue Position die beste Lösung. Am Unglück selbst ändert es ja nichts.«

Ann nahm grübelnd einen großen Schluck Bier.

So einfach werden Landesgrenzen verschoben.

»Hat sie dir wirklich nichts erzählt?« Mena flüsterte fast. »Alette! Hat sie nicht erwähnt, dass sie sich mit Tjerk treffen wollte?« Unsicher flackerte ihr Blick zwischen Hauke und Ann hin und her. »Irgendwie habt ihr den Anschein gemacht, als würdet ihr euch richtig gut verstehen. Da erzählt man sich so was doch. Zumal, wenn man sich mit einem Mann trifft, der einen schon mal brutal angegriffen hat. Das hast du der Polizei doch erzählt, oder? Dass Tjerk Alette geschlagen hat.«

Die erwartungsvollen Gesichter um sie herum hatten etwas Unangenehmes. »Ich wusste nichts von einem geplanten Treffen! Ich glaube auch nicht, dass es überhaupt eines gab! Es muss einen anderen Grund gegeben haben, warum sie sich im Sondenraum begegnet sind. Und ja, er hat sie angegriffen! Hauke ...?« Ihre Augen baten um Schützenhilfe.

Der seufzte. »Ich glaube, wir sollten es der Polizei überlassen, die Wahrheit herauszufinden.« Mit seinem Blick auf die Uhr setzte er einen Schlusspunkt. »Ich gehe zurück. Ihr solltet auch versuchen, euch auszuruhen. Ann?« Er wandte sich ihr zu. »Geht das vorübergehend mit der Liege in der Krankenstation? Wir können auch gern tauschen und du nimmst meine Kammer.«

Menas geschockter Blick verführte Ann zu einer wirklich dämlichen und komplett unüberlegten Aussage »Gibt es bei dir keine Doppelkoje? Du könntest bleiben. Schließlich sind wir erwachsene Leute und ich werde schon nicht über dich herfallen.«

Irritierte Gesichter, Schweigen, ein unsicheres Lächeln des Fahrtleiters und ein unbeschreibliches Chaos an Emotionen in Menas Mimik waren die Folge.

Ann lachte laut und provokant. »Keine Panik! Das war ein Scherz. Die Liege in der Krankenstation ist vollkommen okay.«

Es kam wie so oft: Geht einer, gehen alle. Mit dem Anziehen seiner Jacke markierte Hauke den Startschuss. Schnelles Austrinken, Stühlerücken, das Rascheln von dicker, wetterfester Kleidung – ein paar Minuten später saß Ann allein vor ihrem Wisby. Menas Gesicht ähnelte beim Rausgehen einer tiefschwarzen Gewitterfront.

Ich weiß nicht, ob du dir damit einen Gefallen getan hast.

Ja, war ne blöde Idee. Manchmal war ihr Mundwerk einfach schneller als ihr Hirn.

Die Amundsen hatte Spaß. Hast du das Leuchten in ihren Augen gesehen?

Hauke fand's nicht so witzig, denke ich. Ann fing wirklich an, sich über sich selbst zu ärgern. Was zum Teufel hatte sie geritten, Hauke derart bloßzustellen? Menschlich gesehen war sie zeitweise eine echte Katastrophe! Und alles nur, um Menas Reaktion zu sehen. Sie seufzte, leerte ihr Glas in einem Zug, schnappte sich ihre Jacke und ging zur Theke.

»Einhundertvierundzwanzig Kronen«, meinte die Barfrau lächelnd.

Zwölf Euro! Unglaublich! Sie hatte sechs Euro für ein Bier zahlen müssen! Fassungslos schüttelte sie immer wieder den Kopf.

Nach wie vor leicht schwankend, dieses Mal durchaus unterstützt von den beiden halben Litern, schritt sie den einsamen Weg entlang zum Hafen. Alle paar Meter gab es eine Laterne, dazwischen verschmolz das dunkle Gestrüpp mit Bäumen, Zäunen und Gebäudeteilen. Der Alkohol vernebelte das Unbehagen, das im Hintergrund lauerte.

Als sich die in Schatten gehüllte Gestalt aus der Dunkelheit löste, sich ihr plötzlich in den Weg stellte, schrak Ann dermaßen zusammen, dass ihr ein kurzer, schriller Schrei entfuhr.

Kapitel 5

Nur mit Mühe erkannte sie, mit wem die Silhouette Ähnlichkeit hatte.

»Mena?«

Ist sie das wirklich?

»Was ist los? Wolltest du nicht zurück aufs Schiff?« Ann spürte ihren hämmernden Puls.

Zwei Schritte waren es, die die Gestalt auf sie zu machte und die dafür sorgten, dass Anns Körper mehr Adrenalin anforderte.

»Ich fand es nicht richtig.« Die Stimme der Mikrobiologin war leise und sanft. Trotzdem fühlte Ann sich bedroht.

»Was meinst du?«

Noch ein Schritt.

»Du mochtest sie, oder? Und jetzt bist du ganz allein.«

Ann schluckte.

Schritt.

»Und das, nachdem du so viel durchgemacht hast, du Arme. Es muss furchtbar sein, dass alle Menschen in deiner Nähe so schrecklich enden.«

Mena machte einen weiteren Schritt und stand jetzt direkt vor Ann. Die konnte nun ihre Gesichtszüge erkennen. Was sie darin fand, wirkte nicht gerade beruhigend.

»Woher weißt du davon?«

»Es hat sich rumgesprochen. Der eine wusste dies, der andere das ... Jetzt wissen alle alles. Wie lebst du nur damit?«

»Mena, was willst du?« Ann hasste sich für ihre zitternde Stimme.

Die junge Wissenschaftlerin machte einen schnellen Schritt zur Seite, drehte sich um und stellte sich auffordernd neben sie. »Ich fand es nicht richtig, dich allein in der seltsamen Kneipe zurückzulassen, nach alldem, was geschehen ist. Du warst viel enger mit Alette als wir. Es muss hart sein für dich. Und ich möchte wirklich nicht, dass dir irgendwas passiert …«

Was passiert? Wovon redet die?

Mena ging ein paar Schritte und nickte in Richtung Hafen. »Gehen wir?«

Irritiert setzte Ann einen Fuß vor den anderen.

»Das war eine ziemlich peinliche Situation für Hauke. Warum hast du das gemacht, eben in der Kneipe?«

»Weiß nicht. Hab wohl nicht nachgedacht. Glaubst du wirklich, er fand das so schlimm? War doch nur ein Scherz.«

»Ein ziemlich schlechter. Er ist der Expeditionsleiter, noch dazu sehr angesehen. Schon mal daran gedacht, dass dein seltsamer Scherz seinen Ruf ruinieren könnte? Wärst du der Mann und er die Frau, wäre das einer sexuellen Belästigung gleichgekommen.«

Und andersherum nicht? Männer dürfen also dankbar sein, wenn sich x-beliebige Weibchen in ihren Kammern breitmachen? Was für eine schräge Logik.

»Du magst ihn sehr, oder?«

»Wir alle tun das. Er macht einen unglaublichen Job, ist warmherzig und witzig. Wer würde jemanden wie ihn nicht mögen?«

»Und er sieht verdammt gut aus. Also – nicht, dass ich interessiert wäre. Nein, danke! Ich stehe mehr auf groß, blond und blauäugig. Aber wer dafür empfänglich ist? Da können die Grenzen zwischen kollegialem Mögen und … na ja, etwas *mehr* schon mal verschwimmen.«

Die Laterne, unter der sie durchgingen, offenbarte Menas unterdrückte Wut. Ihr Gesicht glich einer verschlossenen Auster. »Sie hat es dir also erzählt!«

Ann wartete geduldig, versuchte, ihre Unwissenheit hinter einem schuldbewussten Pokerface zu verbergen.

»Da war nichts! Sie konnte sich anbiedern, wie sie wollte. Er hätte sich nie auf sie eingelassen.« Mena spie die Worte geradezu aus.

Wen meinte sie? Wer wollte was von Hauke und wäre bereit, es ihr, Ann, zu erzählen?

Alette?

»Das hörte sich für mich aber ganz anders an.« Sie musste ihre Worte geschickt wählen.

»Ach ja? Lügen, alles Lügen! Ich möchte nicht wissen, was die arme Alette sich alles zusammenfantasiert hat. Aber er ist nicht zu haben. Nicht für so eine ...«

»Du meinst, sie hat sich das alles nur ausgedacht? Wozu?«

»Was weiß ich? Um ihm zu schaden. Oder weil sie Realität und Wunschdenken nicht auseinanderhalten konnte.«

Die *Neptun* kam in Sicht.

»Woher wusstest du von ihren Gefühlen für Hauke? Ich habe nichts bemerkt. Also, hätte sie mir nichts erzählt, dann ...«, fügte Ann schnell hinzu.

Mena schwieg verbissen.

»Sie wird sich dir nicht einfach offenbart haben.«

»Ich habe sie gesehen. Wie sie sich an ihn rangeschmissen hat. Er hat das nicht erwidert! Aber er konnte sie nicht wegstoßen. Dafür ist er viel zu nett. Und sie hat ihm aufgelauert, wo sie nur konnte.«

Der Arme. Glaubst du wirklich, Alette hat Hauke sexuell belästigt?

Anns Schweigen motivierte Mena nachzulegen. »Möglich, dass Tjerk gar nichts mit ihrem Verschwinden zu tun hat. Vielleicht hat sie sich ja umgebracht, weil sie begriffen hat, dass Hauke sich nichts aus ihr macht!«

*

Ann wälzte sich hin und her. Stöhnend setzte sie sich wieder auf. Der Alkohol war verflogen, die Krankenliege bretthart und unbequem und ihr Kopf wollte einfach keine Ruhe geben. Die Uhr zeigte zwanzig nach zwei in der Nacht. Marc, Fredde oder ihre Mitbewohnerin und beste Freundin Marie anzurufen: sinnlos. Genervt beobachtete Ann durch das Bullauge die beleuchtete Zementwerkskulisse von Slite.

Alette soll also Hauke nachgestellt haben? Ann rief sich die Bilder der vergangenen Tage vor Augen. Sie hatten sich gut verstanden, miteinander gelacht, wirkten vertraut. Wie andere des Teams auch. Wäre Hauke so entspannt gewesen, wenn Alette ihn belästigt hätte? Wäre er ihr dann nicht aus dem Weg gegangen?

Glaubst du, Mena hat das nur erfunden?

Warum sollte sie das tun?

Ja, warum? Außerdem ist sie der festen Überzeugung, Alette hätte dir von Hauke und ihr erzählt. Es kann also nicht alles gelogen sein.

Nein, konnte es nicht. Irgendetwas musste da gewesen sein. Mena schien von Eifersucht geradezu getrieben.

Und wenn Prinz Charming eine heiße Affäre mit der süßen Alette hatte?

Ann dachte an den Moment, an dem sie an Haukes Tür klopfen und ihm von Tjerks Angriff auf Alette hatte erzählen wollen. Wie erstaunt die zierliche Wissenschaftlerin gewesen war, als sie, aus Haukes Kabine kommend, direkt in Anns Arme gelaufen war. Sie wirkte erschrocken, unsicher ...

... ertappt?

War sie am Ende gar nicht erst seit ein paar Minuten dort gewesen, sondern hatte mit ihm ein paar vergnügliche Stunden verbracht? Ann hätte nicht sagen können, wann Alette die gemeinsame Kammer verlassen hatte. Sie hatte geschlafen wie ein Stein.

Aber warum diese Heimlichtuerei? Warum keine öffentliche Beziehung unter zwei angesehenen Wissenschaftlern? Wer hätte was dagegen haben können?

Die Ehepartner?

War Hauke verheiratet? Ihr war kein Ehering aufgefallen.

Dafür kann es viele Gründe geben. Beim Herumwühlen im Schlamm wäre Schmuck ziemlich hinderlich.

Oder es gab gar keine Beziehung. Es ging einfach nur um schnöden Sex, um das Abenteuer.

Dann hätten sich Mannschaft und Forscherteam natürlich die Mäuler zerrissen. Und so 'n Getuschel will keiner.

Egal, um was es bei den beiden ging, irgendwas war da und hatte Mena wahnsinnig gemacht. Eifersucht war ein starkes Motiv!

Die nette, schüchterne, harmlos wirkende Mena bestellt Alette unter irgendeinem wissenschaftlichen Vorwand in den Sondenraum, stellt sie zur Rede, will sie zwingen, die Finger von Hauke zu lassen. Alette findet es amüsant, dass ausgerechnet Mena sich Chancen beim Fahrtleiter ausrechnet, und verspottet sie. Die Biologin tickt aus, stößt die Rivalin mit dem Kopf irgendwo gegen – zum Beispiel gegen ne Metallkante, Alette bricht blutend zusammen. Dann betätigt Mena die Hydraulikstempel – was du hörst. Sie wirft die Konkurrentin über Bord und mischt sich wieder unters Forschervolk! Später entdeckt Tjerk die geöffnete Klappe, ärgert sich, wie er selbst berichtet, über diese Nachlässigkeit, und schließt sie.

Ann rieb sich nachdenklich die Stirn. »Ich kann einfach nicht glauben, dass diese bekloppte Bordelektronik ausgerechnet in dem Moment streikt, in dem jemand ein solches Verbrechen begeht! Normalerweise hätte man Mena, Alette und am Ende Tjerk auf den Monitoren der Brücke sehen müssen! Wie hat Mena das hingekriegt?«

Das Glück ist mit die Doofen! Sie fährt bestimmt nicht zum ersten Mal mit. Vielleicht gibt es einen toten Winkel oder eine Möglichkeit, die Bordelektronik zu stören?

»Und das Blut am Handtuch in Tjerks Kabine?«

Wissen wir, von wem das stammt? Vielleicht hat er sich beim Rasieren geschnitten?

»Das hätte er ja wohl erwähnt. Außerdem behauptet er, Alette hätte ihn im Sondenraum treffen wollen. Deswegen wäre er dort gewesen. Wie passt das in deine Theorie?«

Noch gar nicht. Kommt vielleicht noch. Ich wollte nur klarstellen, dass als Täter auch andere infrage kämen. Apropos andere: Was hatte eigentlich Naresh dort zu suchen?

»Stimmt! Genau wie Tjerk hatte Naresh eine Freischicht, hätte eigentlich friedlich in seiner Koje schlummern sollen. Was war so wichtig, dass er auf die kurze, kostbare Ruhezeit verzichtet, und sich auf dem Deck des Sondenraums herumgetrieben hat? Er hat angegeben, Tjerk beim Verlassen des selbigen gesehen zu haben. Oh Gott!«. Ann stöhnte. Es ging schon wieder los. Alle waren sich einig: Tjerk Knudsen war der Täter. Nur sie, sie zweifelte, rieb sich an Fragen auf und stellte sich allem entgegen.

Bislang lagst du damit goldrichtig.

Der Preis dafür war hoch gewesen. Sie wusste nicht, ob ihr Konto einer weiteren Belastung standhalten würde.

Sie zog sich den dicken Hoodie über und schlurfte müde aus der Krankenstation. Der Gang war leer, außer dem Sirren der Lüftungsanlagen war es ruhig.

Ihr Ziel war das oberste Deck – der Steuerstand.

Sie klopfte und trat ein.

Der zweite Offizier, Falk Peterssen, blickte ihr entgegen. Sie lagen zwar im Hafen, dennoch schob er routinemäßig Dienst zur unbeliebtesten aller Zeiten, der Hundewache.

»Moin.« Ann lächelte freundlich.

»Moin. Was gibt's?«

»Schlafprobleme. Da sonst keiner wach war, dachte ich, ich schau mal auf der Brücke vorbei. Oder störe ich?«

»Nö.«

»Dass überhaupt jemand von der Crew Dienst hat, mitten in der Nacht. Ist das nötig? Das Schiff liegt sicher im Hafen …«

»Jau.«

Ja, es ist bekannt: Das Nordlicht an sich plappert wie ein Wasserfall. Aber bei diesem Exemplar ist es ja kaum auszuhalten.

Ann wollte nicht so schnell aufgeben. Interesse zeigen, Zugang finden und dann auf das Wesentliche zu sprechen kommen – das war ihre Taktik. »Warum?«

»Gibt immer was.«

Ein Drei-Wort-Satz! Wow. Nicht dass es gleich zum Talk down kommt!

»Wie lange fahren Sie schon auf der *Neptun*?«

»Du.«

»Bitte?«

»An Bord heißt es du. Ist sonst zu gefährlich.«

»Zu gefährlich?«

»Wenn was passiert, muss es schnell gehen. Keine Zeit für Floskeln. Sechs.«

»Sechs?«

»Jahre auf der *Neptun*.«

»Unter Kapitän Barne?«

»Jau.«

»Und der Fahrtleiter? War das immer Hauke Martens?«

»Fürs Institut – das wechselt. Wir sind ständig draußen.«

»Auch nicht einfach für die Familien, wenn ein Mitglied mehrere Wochen im Jahr zur See fährt. Haben Sie, äh, hast du Kinder?«

»Jau. Sind das gewohnt.«

»Und Martens?«

»Auch, denke ich.«

Denkt er, dass Martens Kinder hat, oder denkt er, dass Martens' Familie den zeitweisen Verlust des Vaters ohne Murren hinnimmt? Der macht mich wahnsinnig!

»Und die anderen? Gibt es Wissenschaftler, die schon häufiger mitgefahren sind?«

»Jau.«

»Wer?«

Peterssen guckte sie ausdruckslos an.

Ann versuchte ein vergnügtes Lachen. »Lass mich raten. Wer wirkt wie ein alter Hase? Also Fabian nicht, das steht schon mal fest! Aber Naresh und die Amundsen!«

Falk Peterssen nickte.

»Tjerk?«

Der zweite Offizier seufzte. »Jau.«

»Mena ...?«

Nicken.

»Alette?« Sie hatte den Namen leise und besonders langsam ausgesprochen.

»Früher. Dann lange nicht.« Sein Gesicht blieb ohne Mimik.

»Warum konntest du hier oben nicht sehen, was im Sondenraum vor sich ging?«

»Ausfall der Monitore.«

»Warum? Woran lag's?«

Seine Antwort war ein langes, nicht enden wollendes Schweigen.

»Kommt das häufiger vor?«

»Manchmal. Wie vieles. Wird aber schnell behoben.«

Ann wollte Luft holen, um weiterzubohren, da betrat der wachhabende Matrose die Brücke. Er trug zwei Teetassen, von denen eine in die Hände des zweiten Offiziers wanderte.

»Gute Nacht«, meinte Peterssen und wandte sich dem Matrosen zu.

Eine Stunde später sank Ann vor Erschöpfung in den Schlaf. Selbst die Krankenliege konnte daran nichts mehr ändern. Sie träumte von Hauke und Alette, die, leicht bekleidet und verliebt, übers Schiffsdeck tanzten und einem von Dunkelheit umgebenen Naresh, einer Mena mit hässlicher böser Fratze und einem höhnisch lachenden Tjerk, die zusammen Jagd auf das glückliche Paar machten.

*

Manchmal fühlte man sich nach drei Stunden Schlaf noch beschissener als ohne. Ein klein wenig besser wurde es durch die ausgiebige Dusche.

Die Messe präsentierte sich ungewohnt leer. Der Koch hatte die Essenszeiten aufgrund der besonderen Situation nach hinten verlegt. Frühstück gab es erst um acht.

Ann schlurfte zum Kühlschrank, deckte sich mit Obst und Naturjoghurt ein und machte sich ein Müsli. Damit ging's an einen Tisch, von dem aus sie durch das Bullauge raus auf den Kai sehen konnte. Schwerer, dichter Nebel umgab die morgendliche Landschaft. Wie unter Hypnose saß sie da und starrte ins Nichts. Ihr Kopf fühlte sich ähnlich leer und benebelt an.

»Hallo. Darf ich?« Hauke war unbemerkt zu ihr getreten.

Der Traum. Alettes schön geschwungene Lippen, die Hauke innig küssten.

Ann nickte.

»Du siehst nicht aus, als hättest du viel Schlaf bekommen.«

Als Antwort zuckte sie mit den Schultern. »Wann können wir hier weg?«

»Die Schweden haben versprochen, sich zu beeilen. Sobald die Ergebnisse der Spurensicherung da sind, wollen sie uns ziehen lassen. Dann steht es dir frei, wie du heimfahren willst.«

»Wie meinst du das?«

»Willems wird einen Helikopter herbeordern. Er hat jetzt viel zu regeln. Seine Firma steht auf dem Spiel. Ich könnte ihn fragen, ob er dich mitnimmt.«

Wir würden innerhalb weniger Stunden zu Hause sein. Wirklich verlockend.

»Was wird aus seinem Projekt?«

Schulterzucken. »Erst einmal wird er sich eine oder einen Neuen ins Boot holen müssen. Alette war die Wissenschaftlerin, die mit dem Know-how, die die Sponsoren überzeugt hat; er der Geschäftsmann mit den Kontakten zur Wirtschaft. Ich denke, es wird noch ein langer, steiniger Weg.«

»Du hast mir nie erzählt, was du davon hältst, Sauerstoff in den Meeresboden zu pumpen. Die meisten hier an Bord scheinen Vorbehalte zu haben.«

»Ich stehe neuen Ansätzen generell offen gegenüber. Innovationen sind überlebenswichtig.«

»Aber ...?«

»Alette wollte das Ganze jetzt. Und ich glaube, das hätte nicht funktioniert, noch nicht. Windkraftanlagen – und was anderes wäre es oberflächlich nicht gewesen – müssen mit stabilen Fundamenten im Boden verankert werden. In den betreffenden Zonen aber ist das Meer dafür viel zu tief. Seit einiger Zeit gibt es Gedankenspiele zu schwimmenden Anlagen. Auch *GeoGreengine* wollte diesen Weg gehen, soviel ich weiß. Doch die Forschungen dafür stecken noch in den Kinderschuhen.«

»Wusste sie das nicht?«

»Doch doch. Innovationen leben von Ideengebern mit einem hohen Maß an Idealismus. Sie war so jemand. Das ist gut. Die Welt braucht Menschen, die sich nicht kleinreden und von Problemen aufhalten lassen.«

»Also war sie von der Umsetzung noch ziemlich weit entfernt? Das wirkte ganz anders.«

»Sie hoffte, so viele Sponsoren begeistern zu können, dass genug Kapital fließen würde, um die Entwicklung voranzutreiben. Und sie war anscheinend gut darin, hatte schon einige Gelder bewilligt bekommen. Ihre größte Angst bestand darin, dass der Klimawandel zu schnell voranschreiten würde und all ihre Bemühungen zu spät kämen.«

Ann ließ die Worte kurz sacken.

»Die anderen, wie kommen sie nach Hause?«

»Auf der *Neptun*. Wir sind Wissenschaftler.«

»Werdet ihr noch arbeiten, also Proben ziehen und so?«

Er schüttelte den Kopf. »Wir fahren direkt. Das Material, das an Bord ist, kann, soweit möglich, analysiert werden. Alles andere wäre unzumutbar, meint auch der Institutsleiter.«

»Hast du es ihr schon erzählt?«

Haukes ratloses Gesicht ließ Ann weiterreden. »Deiner Frau. Was passiert ist.«

Stirnrunzeln. »Ja, natürlich. Wieso fragst du?«

»Sie muss sich Sorgen machen. Hatte Alette jemanden? Familie?«

»Ich weiß nicht. Verheiratet war sie nicht, Kinder gab's auch keine.«

»Und du? Kinder?«

Jetzt strahlte er. »Ja, drei! Zwei Jungs, ein Mädchen.«

Oh wow, drei. Ganz schön fleißig, der Herr Doktor.

»Wie alt?«

»Dreizehn, elf und sechs.«

»Ist es nicht schwer, so lange ohne sie? Zwei Wochen am Stück. Und das mehrmals im Jahr.«

»Na, so oft ist das nun auch nicht. Vierzehn Tage sind schnell rum. Da geht es anderen schlechter.«

»Mir zum Beispiel. Mein Freund lebt knapp dreihundert Kilometer von mir entfernt und hat wenig Zeit. Wir sehen uns kaum.«

»Aber nur kurzfristig – nach dem Studium wird das sicher anders, oder?«

»Ich denke. Trotzdem, was alles passieren kann, von dem ich als Partnerin nie was mitkriegen würde ...«

War Haukes Blick wirklich nur fragend, oder gab es da noch was anderes?

»Also, die Mädels auf seiner Arbeit sind nicht zu verachten! Ist deine Frau nie eifersüchtig, bei den hübschen Wissenschaftlerinnen an Bord, Kabine an Kabine mit ihrem Mann?«

War sie zu weit gegangen? Sie konnte sein Gesicht nicht deuten.

Seine Stimmfarbe aber hatte sich verändert. »Glaubst du, sie hätte Grund dazu?«

Ann lachte. »Nein, nein. Ich dachte nur ...«

»Raus mit der Sprache, worum geht's hier?«

Alette zu erwähnen schien ihr zu heikel, also versuchte sie die Flucht nach vorn.

»Mena.«

»Mena ...?« Ungläubig zog er das Wort in die Länge. Er schien wirklich überrascht.

»Oh mein Gott. Du kannst mir doch nicht erzählen, dass du nie was gemerkt hast! Sie himmelt dich an!«

Er wirkte irritiert. »Quatsch!«

»Hör zu! Du wirst ihr auf keinen Fall stecken, dass ich dich darauf aufmerksam gemacht habe, okay?«

»Du spinnst! Sie ist schon so oft mitgefahren.«

»Frag dich mal, warum!«

»Weil sie der Ostseeforschung ebenso verbunden ist wie ich.«

»Wie süß. Gemeinsame Leidenschaften, eine tolle Grundlage – das findet sie sicher auch. Noch nie bemerkt, dass sie deine Nähe sucht? Eigentlich könnte man sie als deinen zweiten Schatten bezeichnen.«

Die Tür ging auf. Eine Traube Wissenschaftler und Techniker rüstete sich zum Frühstück. Darunter auch Mena.

Ann merkte sofort, dass der Biologin nicht gefiel, wen sie dort einträchtig zusammensitzen sah.

*

Sie suchte die Arbeitsräume ab. Im Kühllabor wurde Ann fündig. In einer Ecke, an einen kleinen Klapptisch gepresst, hockte Naresh Sharma, vertieft in das Dokument auf seinem Notebook.

Sie räusperte sich.

Keine Reaktion.

Da fielen ihr die Kopfhörer in seinen Ohren auf.

Sie ging näher heran und klopfte auf den Tisch. Naresh zuckte zusammen, hob den Kopf und zog an einem Stöpsel.

»Sorry to disturb you.« Sie hatte keine Schwierigkeiten, sich auf Englisch zu verständigen, trotzdem wäre ihr in diesem Fall eine deutsche Konversation lieber gewesen. Die Wortwahl gab nicht selten etwas preis, das half, zwischen den Zeilen zu lesen. In einer fremden Sprache gelang ihr das nicht, sie musste sich notgedrungen voll auf seine Mimik und Gestik konzentrieren. »Du bist schon wieder am Arbeiten?«

»So mache ich wenigstens was Sinnvolles. Und es lenkt ab.«

»Ja.« Sie senkte den Kopf, signalisierte ihm Niedergeschlagenheit. Würde das reichen? Würde er nachfragen, was sie auf dem Herzen hatte?

Doch der zurückhaltende Forscher war nicht so leicht aus der Reserve zu locken.

»Weißt du, ich frag mich immer wieder, wie das passieren konnte – und warum.«

Naresh schwieg. Seine dunklen Augen funkelten im grellen Neonlicht. Es war ihm sichtlich unangenehm, über Nicht-Wissenschaftliches zu sprechen.

»Du kanntest Tjerk. Wieso hat er das getan? Doch nicht wegen eines Projekts, das in naher Zukunft eh keine Chance auf Umsetzung hat.«

Jetzt wirkte der Wissenschaftler verunsichert. »Wieso fragst du ausgerechnet mich?«

»Ihr wart in einer Schicht, habt viel Zeit miteinander verbracht, seid schon häufiger zusammen auf der *Neptun* gefahren. Wer könnte ihn besser kennen?« Ann fiel auf, dass sie nie darauf geachtet hatte, wer sich mit Tjerk die Kabine teilte. Mena und Vanessa schliefen in einer, das wusste sie. Und Fabian und Marius, denn die beiden hatten ihren Raum gleich nebenan. Naresh, war der nicht mit Victor zusammen ...? »Habt ihr euch eine Kammer geteilt?«

»Was? Nein! Tjerk hatte als einer der Wenigen eine Einzelkabine. Das war auch ganz gut so. Er war ... er ist nicht ganz einfach.«

Wie praktisch. Dann hätte er in seiner Freischicht unbemerkt zu Alette gehen und sie umbringen können.

»Du meinst, weil er so aufbrausend ist? Ich dachte, das wäre er nur Alette gegenüber?«

Nareshs Stimmbänder gaben einen belustigten Laut von sich. »Das konnte jeden treffen. Je nach Tagesform und auslösendem Faktor.«

»Warum warst du da?«

Verständnislosigkeit. Oder war da auch ein Hauch von Angst in seinem Gesicht?

»Was?«

»Du willst gesehen haben, wie Tjerk den Sondenraum verlassen hat. Wie? Du hattest Freischicht. Warum hast du nicht geschlafen?«

»Was soll die Fragerei?«

»Ich war mit Alette in einer Kammer! Wir mochten uns. Verdammt, ich will wissen, was mit ihr passiert ist! Ich will es verstehen!«

»Ich musste mal.«

»Oh komm, Naresh. Auf dem Hauptdeck? Unsere Klos sind ein Deck tiefer. Oder gefällt dir das Dekor bei den Matrosen besser? Willst du mich für dumm verkaufen?«

»Nein, es stimmt! Ich wurde wach, weil ich zur Toilette musste. Dann, da ich schon mal auf den Beinen war, kam mir die Idee, oben zu schauen, wie weit sie mit ihren Messungen sind. Schließlich sollte sich in diesen Stunden zeigen, ob das mit den Windkraftanlagen an der Stelle überhaupt umsetzbar wäre. Ich war neugierig.«

Das dürfte einfach zu überprüfen sein. Die im Universallabor müssten Naresh bemerkt haben.

»Und dann hast du Tjerk gesehen, wie er aus dem Sondenraum gekommen ist.«

»Ja!«

»Auf dem Weg zum Universallabor oder zurück zu deiner Kabine?«

»Hin zum Labor.«

»Wie viel Uhr war es da?«

»Drei, halb vier? Ich weiß es nicht mehr so genau.«

»Wie wirkte er da auf dich?«

»Der war auf hundertachtzig. Wieder mal.«

»Das äußerte sich wie?«

»Seine Augen funkelten zornig, sein Gesicht war rot. Er knallte die Tür des Sondenraums zu und schimpfte laut vor sich hin. Als er mich sah, wurde ich direkt angeschnauzt.«

»Was hat er gesagt?«

»Hat sich fürchterlich darüber aufgeregt, dass irgendso ein Schwachmat die Außenklappe aufgelassen hätte. Was für Idioten sie diesmal auf den Kahn gelassen hätten, und so weiter, und so weiter ...«

Ann stutzte. Würde sich so jemand verhalten, der gerade einen Menschen umgebracht hatte?

Brillant geschaltet. So würde Naresh bezeugen können, dass Tjerk sich über die offene Klappe aufgeregt hat.

»Hat Knudsen erst rumgebrüllt, als er auf dem Gang stand, oder schon während er die Tür aufmachte, also noch bevor er sehen konnte, dass du dort entlanggingst?«

Nareshs Gesicht glich einem Fragezeichen.

»Konntest du ihn toben hören, während er noch im Raum war, oder fing er erst damit an, als er auf den Gang trat?«

Wenn Tjerk die Wahrheit sagte, das wusste Ann, dann hätte der gebürtige Däne schon beim Entdecken der geöffneten Klappe losgebrüllt. Sie hatte ihn oft genug in Aktion erlebt. Er war ein humanoides Pulverfass. Wenn nicht, wenn er Alette wirklich umgebracht hatte, hätte er alles getan, um keine Aufmerksamkeit auf den Sondenraum und sich zu ziehen. Er wäre möglichst leise gewesen. Beim Anblick von Naresh hätte er blitzschnell schalten und sich die Sache mit der offenen Klappe einfallen lassen müssen.

So blitzgescheit und dann lässt er die Drohmails auf seinem Rechner und das blutverschmierte Handtuch an seinem Waschbecken?

Anns Augen forderten den Forscher auf, genau nachzudenken. »Also?«

»Ich konnte ihn schon hören, bevor er die Tür geöffnet hat. Deswegen bin ich stehen geblieben und hab mich umgedreht. Dann kam er auf den Gang gepoltert und schnauzte rum.«

Als Nächstes wartete Ann auf einen günstigen Moment, um sich die Amundsen vorzuknöpfen. Nach einem kurzen Geplänkel über die gescheiterte Expedition und was das für Folgen für das Institut haben könnte, kam sie zur Sache. »Kannst du dich erinnern, als wir in Warnemünde im Hafen lagen und zum ersten Mal zusammenstanden – Hauke, Naresh, Victor, Mena, Vanessa, du und ich? Alette und Tjerk, gefolgt von Simon Willems, kamen die Gangway hoch und haben sich gestritten.«

Ingke Amundsens Augen blitzten vor Neugier. Sie nickte.

»Warum hast du diesen alten deutschen Schlager gesungen? ›Es geht schon wieder los ...‹?«

Scheinbar amüsierte sie die Frage. »Weil sie sich ständig gestritten haben wie die Kesselflicker. Ich glaube, beide hätten gern auf die Anwesenheit des anderen verzichtet.«

»Wie meinst du das, ständig? Wann habt ihr euch denn das letzte Mal gesehen?«

»Na, am Tag davor.«

»Ihr habt euch schon vorher getroffen?«

»Schätzchen! Was glaubst du denn, wie so was läuft? Negligé und Zahnbürste an Bord, und los geht's?« Ihr Lachen wirkte aufgesetzt. »So eine Expedition wird tagelang vorbereitet, Zollpapiere erstellt, Pack- und Chemikalienlisten angefertigt, unzählige Besprechungen werden abgehalten, Kisten und Material an Bord geschleppt. Das, was du am Ablegetag gesehen hast, war ein Bruchteil von dem, was im Rumpf der alten Lady verschwunden ist.«

»Wer ist wann in Warnemünde angekommen, weißt du das?«

»Naresh dürfte seit Freitag da gewesen sein. Ich bin am Samstag angereist. Die anderen musst du selbst fragen. Um sieben war ich an Bord, hab mitgeholfen, das Universallabor herzurichten.«

»Wer war außer dir noch da?«

Es sind immer alle da. Das ist eine Pflichtveranstaltung. Den Koch hab ich gesehen. Er hat beaufsichtigt, wie sie die Lebensmittel unter Deck geschafft haben. Victor, Marius, Naresh, Mena, Tjerk, Fabi, Vanessa und ich haben uns um die Ausstattung der Labore gekümmert. Ach, und natürlich Hauke, der hat alles überwacht und geleitet.«

»Und Alette?«

»Stimmt, die auch.«

»Was hat sie gemacht?«

»Mit angepackt.«

»Und sich mit Tjerk gestritten ...«

»Das auch. Wenn es sich einrichten ließ.«

»Und geschlafen habt ihr wo? An Bord?«

»Manche. Einige, so wie ich, haben den Abend noch genutzt, um Freunde zu besuchen. Offizielles Einchecken war am Montag. Wo die anderen im Einzelnen genächtigt haben

– keine Ahnung.« Ingke grinste verwegen. »Warum willst du das alles wissen?«

»Ich kann immer noch nicht glauben, dass sie weg ist. Wahrscheinlich versuche ich, mir nur einen Reim darauf zu machen, wie es dazu kommen konnte. Oder ob es Anzeichen gab und wir es hätten verhindern können.«

»Manches lässt sich nicht vorhersehen. Es passiert einfach.«

»Wie oft bist du schon mitgefahren?«

»Mit der *Neptun*? Jetzt das achte Mal.«

»Wow. Das nenne ich mal einen ausgeprägten Hang zur Leidensfähigkeit.«

»Findest du?«

»Dieser Arbeitsrhythmus macht einen doch total fertig! Noch eine Woche und ich wäre um Jahre gealtert.«

»Die ersten Tage sind hart. Aber dann ... Ich find's okay. Besser als nur in der Bude zu hocken.«

»Sieht Mena das auch so? Wie oft war sie schon dabei?«

»Wie kommst du jetzt ausgerechnet auf Mena?« Ingkes Blick bekam etwas Lauerndes.

»Ich hab gehört, dass sie auch schon ziemlich lange dabei ist.« Ann hoffte, dass ihre Unschuldsmiene überzeugte.

Die Augen ihres Gegenübers verzogen sich zu listigen Schlitzen. »Könnte es nicht doch sein, dass du hier einen auf Hobby-Detektivin machst? Für mich klingt das sehr nach Herumschnüffeln. Nach allem, was man hört, scheint das eine Leidenschaft von dir zu sein.«

»Du findest es also nicht seltsam, dass sich Alette und Tjerk, die sich nicht ausstehen konnten, zu einem wie auch immer gearteten Stelldichein im dafür total ungeeigneten Sondenraum treffen – mitten in der Nacht, ohne jemandem davon zu berichten?«

»Ich finde vieles seltsam. Ändert aber nichts daran, dass diese Dinge existieren. Tjerk wollte sie vielleicht von Anfang an da rausstoßen.«

»Traust du ihm das zu? Einen geplanten Mord? Für was? Was hätte er davon? Neun Tage Ruhe vor Alette? Ein tragischer Unfall im Affekt. Okay, da bin ich bei dir. Tjerk ist aufbrausend, da kann schon mal was überkochen. Aber eiskalter, kalkulierter Mord?« Ann schüttelte ungläubig den Kopf.

»Na, da bin ich aber mal gespannt, wen du ins Visier genommen hast. Wer soll es deiner Meinung nach gewesen sein, wenn nicht Tjerk?«

»Ich weiß es nicht. Das ist ja mein Problem, ich traue es niemandem zu.« Sie lächelte verlegen.

In diesem Moment knackte der Lautsprecher. Barnes Stimme ertönte: »Besprechung aller Expeditionsteilnehmer in fünf Minuten in der Messe.«

Der Raum füllte sich schnell. Es bildeten sich die üblichen Grüppchen. Alle blickten erwartungsvoll in Richtung des Kapitäns und des Fahrtleiters.

Hauke räusperte sich. »Die schwedische Polizei hat mich soeben unterrichtet, dass die Beweissicherung abgeschlossen ist. Die Auswertung liegt vor. Wir dürfen heim. Es gibt noch ein paar Formalitäten zu klären, aber dann ... Morgen früh legen wir ab.« Ein Raunen ging durch die Gruppe. »Danke, das war's.«

Simon Willems war sofort an Haukes Seite. Als Ann näher kam, hörte sie ihn sagen: »... Helikopter Bescheid. Vielleicht besteht heute noch eine Chance.«

Hauke nickte. »Wie viele Plätze gibt es? Ich würde rumfragen, ob es noch jemand eilig hat, vom Schiff zu kommen.«

»Machen Sie das. Ohne mich gerechnet, können noch zwei weitere mitfliegen.« Simon wandte sich zum Gehen.

»Gut. Danke.« Hauke holte tief Luft. »Der Albtraum ist vorbei. Wir können nach Hause.

Ann musste daran denken, dass er für alle Mitreisenden verantwortlich war. Und dann das. Eine schwere Bürde.

»Was hat die Polizei erzählt? Was haben die Tests ergeben?«

»Das Blut im Sondenraum ist Alettes. Auch das am Handtuch in Tjerks Kammer. Sein Fingerabdruck konnte auf dem Knopf sichergestellt werden, der die Hydraulikstempel bedient. Es gibt die Drohmails, die Sichtung am Sondenraum zur fraglichen Zeit und seine mehrfach öffentlich bekundete Abneigung gegen Alette. Für die Schweden liegt der Fall klar.« Hauke schüttelte erschöpft den Kopf. »Ich selbst kann es nicht glauben.«

»Wie hat er das mit den Kameras gemacht? Wie hat er es hingekriegt, dass die Monitore genau zu dieser Zeit nichts zur Brücke übertragen haben?«

»Keine Ahnung. Bislang konnte weder der Elektriker, der in der Nacht zuständig war, noch die Polizei bestätigen, dass daran herummanipuliert wurde. Vielleicht war das tatsächlich Zufall.«

Das wäre aber ein ziemlich extremer Fall von Zufall.

»Was wird aus Tjerk?«

»Sie haben das Verfahren an die deutsche Justiz übergegeben. Er wird überführt.« Er machte eine kurze Pause. »Was ist mit dir? Wirst du mit Willems heimfliegen?«

»Ist wahrscheinlich das Beste. Was wird aus meinem Artikel?«

»Der Artikel, ja ...« Gedankenverloren folgte sein Blick denen, die nach und nach die Messe verließen. »Ich weiß wirklich nicht ... unter diesen Umständen? – Am besten schickst du mir deinen Beitrag und ich sehe, was ich tun kann. Du sollst das Ganze ja nicht umsonst auf dich genommen haben! Versprechen kann ich allerdings nichts, außer, dass ich mich bemühen werde. Ich werde das mit der Redakteurin des Magazins durchsprechen.«

»Wenn ich dir das abnehmen soll? Ich kann auch selbst ...«

»Was? Nein, lass mal. Das bin ich dir schuldig. Als Studentin wirst du wahrscheinlich gar nicht zu ihr durchgestellt.«

Wieder schwiegen sie einen Moment, bevor Ann mit tonloser Stimme fragte: »Was passiert mit ihren Sachen?«

»Hm?«

»Alettes Gepäck. Es liegt noch in unserer Kammer.«

»Willems kümmert sich darum. Er nimmt alles mit.«

Ann schluckte den Klos in ihrem Hals herunter. »Gibt es eine Chance, dass sie ..., dass ihre Leiche irgendwann irgendwo auftaucht?

Sein Schulterzucken wirkte hilflos. »Die Wassertemperatur ist niedrig, das Gebiet groß, ich glaube nicht, dass ihr Körper ...« Er stockte. »Ich denke nicht.«

Kapitel 6

So zuversichtlich wie an diesem späten Nachmittag war sie schon lange nicht mehr gewesen. Die Konferenzschaltung stand, Marc und Fredde waren ihr mit Bild und Ton zugeschaltet. Morgen früh würde sie in den Helikopter steigen und Richtung Rostock fliegen. Eher war es für den Piloten nicht machbar gewesen – sehr zum Ärger von Willems.

»Perfekt! Ich hol dich ab.« Fredde grinste breit. Von Rerik nach Rostock war es ein Katzensprung.

»Musst du nicht arbeiten?«

»Gegen ne kleine Erkundungsfahrt wird keiner was haben.«

Ann lachte. »Du bist ein Schatz!«

»Der Schatz bin ja wohl ich! Du könntest dich in den nächsten Zug nach Wiesbaden setzen und herkommen«, murrte Marc künstlich gekränkt.

»Schauen wir mal ...« Glücklich besah sie sich die beiden. Es tat so gut, ihre Stimmen zu hören, sie zu sehen!

»Ach«, warf Fredde ein, »du solltest Marie anrufen. Ich glaube, sie schiebt schon wieder Panik, seit sie gehört hat, dass jemand über Bord gegangen ist.«

Ann dachte an ihre Mitbewohnerin, die gleichzeitig ihre engste Freundin war. Ein Glücksgriff, für den sie wirklich dankbar war. »Ist ja nicht so, als ob wir uns nicht schon geschrieben hätten.«

»Wann wird dieser Tjerk überstellt?«, fragte Marc.

»Keine Ahnung.« Ihr Gesicht wurde nachdenklich. »Wisst ihr, was ich nicht verstehe? Man hat einen Fingerabdruck von ihm sichergestellt, auf dem Knopf, der für die Hydraulikstempel zuständig ist, also, um die Außenklappe zu öffnen und zu schließen.«

»Und?« Fredde rutschte näher zum Monitor.

»Dieser Knopf wird ausnahmslos – also bei jedem Einsatz der Sonde – von einem Matrosen bedient. Von einem Crewmitglied, das von Kapitän Barne dazu autorisiert wird. Nie von einem Forscher. Und wir hatten viele Sondeneinsätze!«

Ann blickte in fragende Gesichter.

»Ihr glaubt doch nicht allen Ernstes, dass nach den Sondengängen irgendjemand diesen Knopf sauber putzt! Wie bitte ist es möglich, einen identifizierbaren Fingerabdruck von einem kleinen Knopf zu nehmen, auf dem ständig irgendwelche Seeleute herumdrücken? Von einer sauberen, glatten, unbetatschten Fläche, das ja. Aber hier?«

Fredde nickte eifrig. Auch Marc runzelte die Stirn.

»Marc?«

»Schwierig. Ich erkundige mich. Die Kollegen können mir bestimmt was dazu sagen.«

Einen Freund beim BKA zu haben, hatte seine Vorteile.

»Wenn aber der, der Alette dort rausgestoßen hat, seine Fingerabdrücke abgewischt hätte ...«, begann Ann.

»... und Tjerk wäre gekommen, wie er selbst erzählt hat, hätte die offene Klappe bemerkt und sie erbost wieder geschlossen ...«, fuhr Fredde fort.

»... dann wäre ein einzelner, sauberer Abdruck des Verhafteten vorstellbar«, schloss Marc.

Ann lehnte sich seufzend zurück. »Genau!«

»Was ist mit dem Blut?« Freddes Hirn lief jetzt auf Hochtouren.

»Du meinst, weil Tjerk ausgesagt hat, er hätte kein Blut bemerkt? Es handelte sich wohl nur um eine ganz geringe Menge, einen kleinen Fleck. Er wird ihn übersehen haben.«

»Das könnte ich mir ja noch vorstellen. Aber der Täter?« Marc ließ die Worte einen Moment stehen. »Folgendes Szenario: Ich habe gerade im Affekt einen Mord begangen. Ich denke daran, meine Fingerabdrücke von diesem Knopf zu wischen – aber die Stelle, an der ich das Opfer zuvor verletzt habe, suche ich nicht nach Blutspuren ab? Warum habe ich das Blut nicht beseitigt und die Klappe geschlossen?«

»Vielleicht wurdest du gestört?«, mutmaßte Fredde.

»May be ... Vielleicht kam mir Tjerks Antipathie gegen Alette aber auch sehr gelegen und ich habe es mit Absicht dort belassen! Ich könnte dann in seine Kammer gegangen und ihr Blut in sein Handtuch geschmiert haben.«

»Owowow! Du glaubst wirklich, die Tat wäre geplant gewesen? Der Täter hätte Tjerk den Mord absichtlich untergeschoben?« Ann fuhr sich aufgeregt durch die Haare. »Das muss nicht sein. Erinnert ihr euch, wie ich erzählt habe, dass Tjerk Alette ein paar Tage davor angegriffen und die Nase blutig geschlagen hat? Was, wenn das Blut daher stammt?«

»Der Typ lässt das blutige Handtuch tagelang an seinem Waschbecken hängen? Wie appetitlich!«

»Würde ich ihm zutrauen. War für ihn wahrscheinlich nur ein Fleck.«

»Also ...« Fredde hob seine Stimme, um ihr mehr Bedeutung zu verleihen. »Ich fasse mal zusammen: Irgendjemand hat was gegen diese Alette Roux oder gerät mit ihr aneinander. Es kommt zu einer Affekthandlung. Sie stirbt und wird durch die geöffnete Sondenraumklappe entsorgt. Der Täter fühlt sich gestört, lässt die Klappe lieber geöffnet und das Blut an Ort und Stelle. Seine Fingerabdrücke wischt er immerhin noch weg. Der Verhaftete kommt in den Raum, sieht die offene Klappe, ärgert sich, ...«

»Was das bestätigen würde, was Naresh gehört und gesehen haben will ...«, unterbrach ihn Ann.

»... schließt die Klappe und hinterlässt ungewollt seinen Fingerabdruck. Zusammen mit dem Blut am Handtuch und der Antipathie gegen das Opfer, manifestiert durch die nicht abgeschickten Drohmails, wird er ungeplant zum perfekten

Sündenbock!« Ein Gewinnergrinsen machte sich auf Freddes Gesicht breit.

»Warum aber behauptet er, die Tote hätte ihn in den Sondenraum bestellt?« Marc ließ das Grinsen direkt wieder verpuffen.

»Also doch geplant?« Ann zog verzweifelt die Stirn kraus. »Die ausgefallenen Monitore sprächen dafür. Fragt sich nur, wie man so was hinkriegt. Die Brücke ist doch ständig besetzt.«

»Man müsste den Elektriker fragen, wo genau das Problem lag«, schlug Marc vor.

»Schließt ihr die Kammern ab?«, fragte Fredde, der schon woanders war und an das blutverschmierte Handtuch in Tjerks Kabine dachte.

Ann schüttelte den Kopf.

»So oder so ... wer käme als Täter noch in Frage?« Marc begann das bekannte Wahrscheinlichkeitsspiel.

»Oder als Täterin!«, warf Fredde ein.

»Die krankhaft eifersüchtige Mena? Sie himmelt Hauke an und glaubt, Alette hätte ihm nachgestellt.«

»Nachgestellt? Oder hatten die beiden in Wirklichkeit ne Affäre? Streit um die Liebe eines Mannes! Ein guter Grund um zu töten!« Freddes Stimme bekam einen pathetischen Klang.

Ann lachte. »Das würde dir wohl gefallen! Ich muss dringend ein ernstes Wort mit Isabelle wechseln.« Dann wurde sie wieder ernst. »Normalerweise hätte ich gesagt: ›Mena, dieses Mäuschen? Niemals!‹ Aber die Begegnung nach dem Kneipenbesuch war nicht ohne. Sie hat was Krankhaftes und durchaus Bedrohliches.«

»Was ist mit dem Fahrtleiter?«, schlug Marc den nächsten Kandidaten vor.

»Hauke? Er ist verheiratet und hätte somit ein Motiv«, sagte Ann nachdenklich.

Fredde präzisierte: »Immer vorausgesetzt, das Opfer und er hätten eine Affäre gehabt. Sie wollte mehr. Er müsse sich von seiner Frau trennen und sich offen zu ihr bekennen, so ihre Forderung. Er sieht keinen anderen Ausweg, als sich ihrer zu entledigen!«

»Zwei Kandidaten, bei denen sowohl Motiv als auch Möglichkeit gegeben wären. Was aber, wenn wir das Motiv noch gar nicht kennen? Naresh Sharma war in der Nähe des Sonderaums, obwohl er eigentlich hätte schlafen müssen.« Ann verdrehte die Augen. »Wenn ihr wüsstet, wie anstrengend diese Schichten sind! Und wie kurz die Ruhezeiten! Ich würde nicht mal wach werden, wenn meine Blase überlaufen würde. Er aber behauptet, er wäre es, weil er mal musste. Der leidet doch nicht an seniler Bettflucht! Und die Begegnung mit Tjerk verschafft ihm das perfekte Alibi. Vielleicht war *er* es, der von Tjerk gestört wurde?«

»Bleibt das Motiv.«

»Das herauszubekommen wird jetzt ziemlich schwierig.«

»Jep.«

Kurze Zeit schwiegen alle.

»Noch einer?« Marc wollte seine Auflistung abschließen.

Fredde meinte: »Was ist eigentlich mit diesem Kompagnon, Simon Willems? Weiß man, wie die beiden zueinander standen? Vielleicht war geschäftlich und privat nicht ganz so sauber voneinander getrennt, wie es den Anschein hatte? War die Firma gesund? Gab es Interessenskonflikte?«

Ann ließ stoßartig die Luft aus ihren Lungen entweichen. Ihr Pony begann kurz zu tanzen. »Ihr macht mich fertig! Na gut! Fredde, kannst du unauffällig einen Background-Check der Geo-Engineering-Firma *GeoGreengine* machen? Ich schick dir gleich den konkreten Handelsregister-Eintrag.«

Der nickte.

»Und wenn du Naresh Sharma, Hauke Martens, Mena Rassmussen und Tjerk Knudsen durch den Computer laufen lassen könntest, würde das bestimmt auch nicht schaden. Ich versuche, an ein paar Daten wie Adresse, Alter und Ähnliches heranzukommen.«

*

Den Großteil des Samstagnachmittags waren Besatzung und Wissenschaftler damit beschäftigt gewesen, die *Neptun* für die Rückreise klarzumachen. Ann hatte sich mal zu dem, mal zu jener gesellt, hatte unverfänglich gefragt und beobachtet und versucht, ihr Bild von jedem Einzelnen zu spezifizieren. Sie konnte nicht behaupten, dass ihr dabei irgendetwas ungewöhnlich vorgekommen war. Mehrmals hatte sie versucht, den besagten Elektriker abzufangen. Der aber war voll eingespannt und wurde von einer Reparaturarbeit zur nächsten beordert und Barne verstand da keinen Spaß.

Gegen Abend, die Dunkelheit hatte das Tageslicht längst verdrängt, traf sie Mena im Gang des Hauptdecks. Sie war sportlich gekleidet und schien es eilig zu haben.

»Du gehst Laufen?«

»Ja. Macht den Kopf frei.« Sie lächelte entschuldigend, drückte sich an Ann vorbei und ging schnellen Schrittes auf die Klimaschutztür zu.

Stirnrunzelnd folgte Ann ihr, lief durch den Laborbereich, trat auf das Außendeck und beobachtete die Wissenschaftlerin, wie sie von Bord ging und zügig Tempo aufnahm. Ann hatte angenommen, dass Mena sich verabredet hätte und die anderen Laufwilligen nicht warten lassen wollte – wieso aber hatte sie es so eilig, wenn sie allein unterwegs war? Und warum lief sie zu dieser Zeit? Die meisten Frauen fühlten sich nicht gerade wohl, so allein, in der Dunkelheit, und dann noch in der Fremde …

*

Nie in ihrem Leben war sie so aufgewühlt gewesen. Ihre Gedanken kreisten nur noch um ihn. Jeder Muskel in ihrem Körper ächzte vor Anspannung. Sie lechzte nach seiner Reaktion, wollte sich jede Millisekunde der Muskelaktivität seiner Gesichtsmimik einprägen und für immer konservieren. Gleichzeitig spürte sie, wie sie brannte. Zunächst war es ein glühendes Rinnsal gewesen, das sich schmerzhaft seinen Weg durch ihre Eingeweide gesucht hatte. Mittlerweile brannte ihr Innerstes lichterloh. Sie fieberte dem Moment entgegen, in dem sie sich ihm endlich offenbaren konnte.

Und dann sah sie ihn kommen ...

*

Ann stand in ihrer Kammer und ließ den Blick schweifen. Willems hatte Alettes Sachen zusammengepackt und mit zu sich genommen. Auch Ann war startklar, ihr großer Rucksack, die kleine Sport- und ihre Laptop-Tasche standen bereit. Morgen früh brauchte sie nur noch ihr Waschzeug reinzuquetschen und in den Hubschrauber zu steigen – das war's. Den Raum hatte sie noch mal gründlich abgesucht, in der Hoffnung irgendetwas zu entdecken, das Licht ins Dunkel bringen würde. Etwas, das Alette versteckt oder Simon Willems übersehen hatte. Die gähnend leeren, offen stehenden Schränke schienen sie auszulachen, ob ihrer naiven Wunschvorstellungen. Seufzend drehte sie sich um und verließ die Kammer in Richtung Messe. Vielleicht gab es ja den einen oder anderen, der sich in gemütlicher Runde die letzten Stunden vertrieb.

*

Der Angriff kam vollkommen überraschend. Ein Schlag gegen das Kreuzbein und seine Knie sackten weg. Die Armbeuge des Angreifers roch nach Seife. Ihr Druck gegen seinen Kehlkopf ließ sein Erstaunen schlagartig zu lähmender Angst werden. Sein Körper schüttete Unmengen an Acetylcholin aus, sein Herz hämmerte wild. Nie hätte er geglaubt, dass man ihn so mühelos handlungsunfähig machen konnte. Ihn doch nicht! Der Druck wurde unerträglich. Es dauerte nur ein paar Sekunden, doch die waren die Hölle. Als er begriff, dass diese die letzten seines wunderbaren Lebens sein würden – und er nichts tun konnte, um das Ende abzuwenden –, wurde ihm auch schon schwarz vor Augen.

*

Genau wie Ann schien es niemand der anderen eilig zu haben, Messe gegen Koje, Geselligkeit gegen Schlaf zu tauschen.

Viele von ihnen hatten die Stunden des erzwungenen Zwischenstopps genutzt, um aufgestaute Proben weiterzubearbeiten. Sie hatten geforscht, so gut es eben ging. Gerade feinmotorische Arbeiten, die sich bei Seegang nur schwer oder nur mit geübter Hand durchführen ließen, waren angegangen worden. Die Nährstoffanalytiker hatten das Kältelabor derart runtergekühlt, dass sich ein Eisbär heimisch gefühlt hätte, im Nasslabor waren die Chemiker den Schadstoffen auf der Spur und das Trockenlabor gab die Heimat der Sauerstoffanalytiker. Jeder war über die Ablenkung froh gewesen.

Nun saßen sie beisammen und spielten Karten, unterhielten sich oder steckten ihre Köpfe zusammen. Irgendjemand hatte sogar Alkohol aufgetan. Ob der Koch eine eiserne Reserve Bier an Bord gehabt hatte?

Ann hatte sich zu einer Gruppe gesellt, die sich im Doppelkopf versuchte und froh war, aus der Kombination ›einer muss immer ein Solo spielen‹ einen ausgeglichenen Wettstreit ›zwei gegen zwei‹ machen zu können. So vergingen die Stunden.

Es war weit nach Mitternacht, als Kapitän Barne die Messe betrat. Er wirkte angespannt, ging von Tisch zu Tisch und sprach zu den jeweiligen Gruppen. Ann sah des Öfteren Kopfschütteln, die Antwort der Angesprochenen fiel knapp aus.

Dann stand Barne an ihrem Tisch. »Wisst ihr, wo sich Hauke aufhält?« Fragend schaute er alle nacheinander an.

Doch auch die Doppelkopfrunde konnte nur verneinen.

Ehe Ann sich erkundigen konnte, ob alles in Ordnung war, hatte Barne sich umgedreht und war gegangen.

Gegen zwei verließen die meisten den Gemeinschaftsraum, um schlafen zu gehen. Auch die Doppelkopfrunde löste sich auf. Widerwillig trottete Ann hinterher. Säße sie doch nur schon in diesem Helikopter! So müde sie auch war, sie zweifelte daran, Schlaf zu finden. Zu viele unbeantwortete Fragen rangen in ihrem Hirn um Aufmerksamkeit. Sie beschloss, auf der Brücke vorbeizuschauen und Peterssen zu fragen, ob sich der Fahrtleiter und Kapitän Barne mittlerweile hatten austauschen können.

Kurz bevor sie eintrat, bemerkte sie, wie Barne vorn am Steuerstand lehnte und telefonierte. Das allein war sehr ungewöhnlich. Normalerweise hielt er strikt an den Schichten der Schiffsführung fest. Demnach hätte er längst schlafen müssen. Drei Besatzungsmitglieder umringten ihn. Sie schienen auf Befehle zu warten. Trotz ihrer Neugier verkniff sie es sich, sich einzureihen. Mittlerweile kannte sie Barne gut genug, um zu wissen, dass sie in der Befehlskette zu unbedeutend war. Was immer die da gerade zu klären hatten, er würde sie nicht teilhaben lassen. Sie sollte sich besser an Martens wenden. Also drehte sie um, stieg ausgesprochen langsam den Niedergang zu Deck B herunter, lugte neugierig in den Flur – vielleicht stieß sie ja zufällig auf den Fahrtleiter –, nahm den leeren Gang zur Kenntnis, stiefelte noch zwei Deck tiefer und verschwand in ihrer Kammer. Keine zehn Minuten später lag sie in ihrer Koje.

*

Die Nacht war erwartungsgemäß unruhig verlaufen. Ann hatte die Kammer als zu eng und ihren Geist als zu rastlos empfunden. Mehrfach war sie aufgestanden, sehr leise zum Klo gegangen – ohne, dass ihre Blase Bedarf gehabt hätte –, war den Gang rauf und runter geschlichen oder hatte den kleinen Tisch in ihrer Kabine umrundet. Bei offener Kabinentür war sie irgendwann erschöpft eingeschlafen.

Trotzdem war sie um sechs hellwach. Um acht sollte der Hubschrauber landen. Alles in ihr sehnte sich danach, endlich von hier wegzukommen.

Schon als sie auf den Gang trat, um zu den Duschen zu gehen, spürte sie, dass etwas nicht stimmte. Victor, Naresh und Marius standen zusammen und tuschelten. In ihren Gesichtern spiegelte sich eine Mischung aus Düsternis und Ratlosigkeit. Als sie sich ihnen näherte, verstummten sie. Naresh wich ihrem fragenden Blick aus, Victor und Marius hingegen fixierten sie derart, dass Ann sich fast genötigt fühlte zu fragen: »Was ist? Ist was passiert?«

»Hauke – er ist weg.« Marius' dunkle Stimme klang ernüchternd.

Ann stutzte, sagte einen kurzen Moment lang nichts. »Weg, soll heißen ...?«

»Na ja, er hat gestern Abend das Schiff verlassen und ist bisher noch nicht wieder aufgetaucht.« Victor grinste unsicher. Wieder mal konnte man seine Augen hinter den verschmierten Brillengläsern nur erahnen. »Schon komisch, schließlich wollen wir um neun ablegen. Sieht ihm gar nicht ähnlich.«

Marius nickte, während Naresh unruhig hin und her wippte.

In der Zeit, in der Ann zu ihrer Kammer zurückgeflitzt war, ihr Waschzeug auf die Koje gepfeffert hatte und durch den Gang rannte, um Kapitän Barne ausfindig zu machen, ging ihr Gehirn die Optionen durch. Hauke war von Bord gegangen, um im Pub noch ein paar Bierchen zu nehmen, hatte eins zu viel gehabt und war dort, in der Nähe oder auf dem Weg zum Schiff eingepennt. Oder er war spazieren gegangen, hatte sich verletzt, war umgeknickt oder abgerutscht und lag nun hilflos da und wartete auf Rettung. Oder er hatte einen Unfall, war vielleicht angefahren worden. Ob man die Krankenhäuser schon abtelefoniert hatte? Gab es in Slite überhaupt eins?

Oder irgendein Irrer macht Jagd auf Wissenschaftler.

Die Messe war leer. Sie schob die schwere Klimaschutzluke auf, sprang hindurch, hörte, wie sie hinter ihr mit einem lauten Knall zurücksprang, und riss alle Türen auf, an denen sie vorbeikam. Alle Arbeitsräume waren verwaist. Sie rannte in die Umkleide, schnappte sich ihre Jacke, stieß das Schott auf, zog sich in Windeseile den einen, dann den nächsten Niedergang hoch und stürmte atemlos auf die Brücke. Dort fand sie Kapitän Barne umringt von Ingke, Vanessa und einigen Crewmitgliedern. In diesem Moment hob er ungeduldig den Arm, um sich Gehör zu verschaffen. »Ich würde vorschlagen, wir treffen uns alle in der Messe.« Dann drehte er sich zum Mikrofon und gab eine dementsprechende Order aus.

Einigen sah man an, dass sie gerade erst aus der Koje gekrochen waren. Barne wartete noch ein paar Minuten, die von aufgeregtem Gemurmel begleitet wurden. Dann erhob er die Stimme: »Hauke wird seit gestern Abend vermisst. Unser letzter Stand: Gegen neunzehn Uhr verließ er die *Neptun*, um zu joggen. Er selbst hat sich bei mir abgemeldet, für ein zwei Stunden. Seitdem hat ihn niemand mehr gesehen, richtig?« Fragend glitt sein Blick durch die Versammlung. »Auf dem Schiff ist er nicht, das wurde von der Besatzung kontrolliert. Aufgrund der besonderen Umstände habe ich schon letzte Nacht die örtliche Polizei benachrichtigt. Man hat versprochen, die Augen aufzuhalten, ist direkt nach meinem Anruf einige Hauptadern des Dorfes abgefahren und hat das Umfeld der Kneipe inspiziert. Wie gesagt: aufgrund der besonderen Umstände! Denn normalerweise spricht man bei einem Erwachsenen nach den paar Stunden noch nicht von Verschwinden. Da er als Expeditionsleiter eine besondere Rolle einnimmt, sich auf all unseren Fahrten als extrem verantwortungsbewusst und zuverlässig gezeigt hat, gehen wir nicht von einem beabsichtigten Fernbleiben aus. Die Besatzung wird sich an den Suchmaßnahmen der Polizei beteiligen. Die dürfte in den nächsten Minuten eintreffen. Vom Ergebnis dieser Suche wird abhängen, wann und ob wir überhaupt die Rückreise antreten können.« Die zunehmende Unruhe gipfelte in einem aufgeregten Stimmengewirr. »Sollte irgendwem noch etwas Wichtiges einfallen, sollte er das zügig bei mir melden. Ach ja, und alle Nicht-Besatzungsmitglieder bleiben bis auf Weiteres an Bord!«, brüllte Barne gegen den Tumult an.

Ann sah Willems, wie er sich nach vorn drückte und energisch auf den Kapitän zuhielt. Der Ärger stand ihm ins Gesicht geschrieben. Die Wortfetzen, die sie aufschnappen konnte, passten zu ihrer Vermutung. Der Helikopter würde in einer guten Stunde auf einem Feld in der Nähe landen – und Willems bestand darauf, mit ihm zurückzufliegen. Barnes Worte konnte sie leider nicht verstehen. Als der Geschäftsmann von dem Kapitän abließ, pirschte Ann sich heran.

»Wie sieht's aus? Werden wir wie geplant abheben können?«

Verstört sah Simon sie an. Dann schien er sich zu erinnern, dass auch sie mit in dem Hubschrauber sitzen sollte.

»Kann er nicht sagen. Ich soll mit der Polizei reden.« Er fuhr sich mit der Hand durch das kurz geschnittene Haar. »Die müssen mich fliegen lassen! Sonst bin ich erledigt ...«, murmelte er mehr zu sich selbst und ließ sie einfach stehen.

Ann drehte sich um die eigene Achse und scannte den Raum ab. Wohin war sie verschwunden? Eben hatte sie noch dort an der Tür gestanden.

Als Barne erklärt hatte, Hauke wäre vor seinem Verschwinden joggen gegangen, war ihr direkt das Bild von Mena im Laufdress ins Gedächtnis gesprungen. Was für ein Zufall! Ann hatte sofort nach ihr Ausschau gehalten und sie ganz hinten neben der Tür zum Gang entdeckt. Ihre Haare hatten wirr vom Kopf abgestanden, als wäre sie gerade erst aus dem Bett gefallen.

Und jetzt? Ann sah Vanessa, Mena aber konnte sie nirgends entdecken. Eilig verließ sie die Messe und machte sich auf die Suche.

Schnell stand fest: Mena konnte sich nur in ihre Kammer verdrückt haben. Ann klopfte so lange und so penetrant, dass sie von dem einen oder der anderen verständnisloses Kopfschütteln erntete. Sie war kurz davor, einfach reinzugehen, als Vanessa den Gang herauf kam.

»Willst du zu mir?«

»Nein, zu Mena. Ich muss dringend etwas klären, aber sie antwortet nicht.«

»Ach ja?« Stirnrunzelnd öffnete Vanessa die Tür und ging hinein. »Mena, alles in Ordnung? Ann würde dich gern sprechen.«

Die war langsam hinterher gegangen, stand nun mitten in der Kammer und starrte die Gesuchte auffordernd an.

»Was gibt es denn? Ich bin gerade echt nicht in der Stimmung für irgendwelches Gerede!«

»Du warst auch laufen ... gestern! Hast du ihn gesehen?« Ann hätte sich ohrfeigen können, dass sie nicht auf die Uhr gesehen hatte, als Mena am Vorabend losgejoggt war. Es war dunkel gewesen, ob es aber sieben war oder acht, oder noch etwas später, das wusste sie nicht mehr. Sie wusste nicht mal, wann genau sie zu den anderen in die Messe gegangen und sich dem Kartenspiel-Team angeschlossen hatte ... Mist!

»Nein.« Menas Mimik war wie versteinert, ihr Mund glich einem Strich.

»Du warst laufen?« Vanessas Augen weiteten sich vor Erstaunen. »Du hattest doch Kopfschmerzen! Ich dachte, du wärst früh schlafen gegangen …«

Ann erinnerte sich, Vanessa in der Messe gesehen zu haben. Das Bier war ihr schnell zu Kopf gestiegen und hatte sie des Öfteren ungewohnt laut kichern lassen.

»Ich hab's mir eben anders überlegt. Frische Luft soll ja guttun, hilft angeblich auch gegen Kopfschmerzen.« Mena drehte den beiden den Rücken zu und goss sich ein Glas Wasser ein. »Ich hab Hauke nicht getroffen. Ich wusste ja nicht mal, dass er auch joggen war!«

»Wann bist du los?«, fragte Ann.

Mena linste über ihre rechte Schulter und taxierte sie. »Weiß nicht. Irgendwann nach fünf. Müsstest du doch wissen, schließlich bin ich über dich gestolpert.«

»Äh, gegen sechs waren wir noch oben bei Barne, erinnerst du dich?«, warf Vanessa vorsichtig ein. »Wir wollten wissen, wann wir voraussichtlich in Warnemünde eintreffen werden«, erklärte sie zu Ann gewandt.

»Dann war's eben nach sechs oder halb sieben. Keine Ahnung. Bin auch nicht lange gelaufen. Die Schmerzen wurden nicht besser, ich hab's ziemlich schnell aufgegeben. Bin zurück, kurz unter die Dusche und dann schlafen gegangen.«

Mittlerweile war es Mittag. Die Suche dauerte an. Der Radius war zunächst von zwei auf fünf, dann sogar auf acht Kilometer ausgeweitet worden. Bolten hielt die Wissenschaftler auf dem Laufenden. Der Kapitän war auf dem Schiff geblieben und stand in regem Kontakt mit seinem ersten Offizier und einem Mann der örtlichen Polizei. Die hatte den Piloten des Helikopters zunächst vertröstet und ihn dann zurückgeschickt – ohne Willems. Der war ausgerastet, hatte getobt und dem schwedischen Gesetzeshüter vorgeworfen, seine Firma in den Ruin zu treiben.

Gegen elf war auch Asa Sjögren eingetroffen. Noch gab es zwar keinen Zusammenhang zu Alettes Verschwinden oder einem Verbrechen, trotzdem schien sie beides ausschließen zu wollen. Sie hatte sich einen Überblick an Land verschafft, die Kollegen der örtlichen Polizei gesprochen und war dann zu Kapitän Barne auf die Brücke geeilt, so viel wusste die Amundsen zu berichten. Ann hatte die Zeit genutzt, um sich umzuhören. Fragen waren überflüssig, Haukes Verschwinden war in allen Gesprächsrunden Thema Nummer eins. Das Fazit ihres Lauschangriffs war ernüchternd. Nach neunzehn Uhr hatte tatsächlich niemand Hauke mehr gesehen. Er hatte die Abreise der *Neptun* so routiniert und professionell vorbereitet, wie man es von ihm gewohnt war. Keiner hatte irgendwelche Veränderungen an ihm bemerkt.

Um vierzehn Uhr bat der Lautsprecher alle in die Messe. Empfangen wurden sie von Peer Bolten, Asa Sjögren, einem weiteren schwedischen Ermittler und Enno, dem schon bekannten Agenten.

Bolten räusperte sich. »Ich bitte um eure Aufmerksamkeit. Die schwedische Polizei hat eine Mitteilung zu machen.« Er nickte dem Agenten zu. »Bitte!«

Im Raum war es mucksmäuschenstill, man hätte die oft bemühte Nadel fallen hören können.

Kriminalinspektörin Sjögren nickte ebenfalls. Enno trat einen Schritt vor und las von einem Zettel ab: »Bislang gibt es keine Spur von dem Fahrtleiter Dr. Hauke Martens. Das Verlassen des Schiffs gegen neunzehn Uhr gestern Abend wurde durch die Sichtung eines Besatzungsmitglieds bestätigt. Zudem könnte es eine weitere kurze Zeit später in der Dorfmitte gegeben haben. Der Zeuge, ein Einwohner von Slite, kann jedoch nicht mit Sicherheit sagen, ob es sich dabei um den Vermissten gehandelt hat. Den zuständigen Stellen wurde kein Unfall gemeldet, weder das Ärztehaus Vårdcentral noch das Visby Hospital oder die Arztpraxen der Umgebung haben einen Patienten, auf den Martens' Beschreibung passen würde, registriert. Die nähere Umgebung wurde gründlich abgesucht, Spuren oder Hinweise über den Verbleib von Martens wurden keine gefunden. Natürlich besteht immer noch eine geringe Wahrscheinlichkeit, dass es einen Unfall gab, in schwer zugänglichem oder unübersichtlichem Gelände. Die Suche wird also fortgesetzt, der Radius nochmals ausgeweitet. Zusätzlich müssen andere Optionen, wie ein Verbrechen oder Suizid, ausgeschlossen werden. Deshalb wird es im Anschluss Befragungen geben. Die schwedische Polizei bittet um eure Mithilfe, seid kooperativ!«

»Was ist mit seinem Handy? Warum orten Sie ihn nicht einfach?« Victor reckte seinen Hals.

Sjögrens Blick heftete sich an seine Lippen. »Phone tracking?«

Enno nickte.

Nun sprach die Schwedin direkt zu ihnen und erklärte in perfektem Englisch: »Die Ortung ist fehlgeschlagen. Der Sektor, aus dem es sich das letzte Mal gemeldet hat, befindet sich in der Nähe des Schiffes. Der Zeitpunkt fällt mit dem zusammen, an dem der Vermisste die *Neptun* verlassen haben muss. Hieraus lässt sich also leider kein Rückschluss auf die Geschehnisse danach ziehen. Das Handy muss derzeit ausgeschaltet sein, genauer gesagt über keine Stromquelle verfügen, da es kein Signal aussendet. Sobald es sich einwählt, bekommen wir das mit.« Sie ließ ihren Blick über die Zuhörenden gleiten. »Ihr werdet nun nach und nach zu den Befragungen gebeten. Bitte erinnert euch an die letzten Tage zurück. Vielleicht gab es versteckte Hinweise, die euch damals unwichtig erschienen, Hinweise auf Suizidabsichten, eine heimliche Liebe, den Wunsch, aus den alten Strukturen ausbrechen zu wollen ... Thank you! Tack!«

Während sich das zunehmende Gemurmel zu aufgeregten Gesprächen entwickelte, sah Ann Simon Willems auf die Kommissarin zueilen. Schnell drückte sie sich näher an die beiden heran.

»Du kannst gern mit mir anfangen, aber danach musst du mich gehen lassen! Ich muss in dringenden Firmenangelegenheiten nach Hamburg zurück. Mir läuft die Zeit davon! Mein Unternehmen steht auf dem Spiel!« Sein Akzent war hart, die Worte aber sprudelten nur so aus ihm heraus.

»Wir werden sehen. Zunächst musst du bleiben. Wäre alles nach Plan verlaufen, wärst du doch ohnehin noch eine Woche auf See gewesen, richtig? Was also ist so dringend, dass es nicht über eine Datenleitung bereinigt werden könnte?«

Fassungslos starrte er sie an. »Was so dringend ...? Die Miteignerin meiner Firma, meine Geschäftspartnerin ist tot! Die Investoren werden unruhig. Ich muss klären, wie es nun weitergeht! Und das nicht erst in einer Woche! Die wollen jetzt Antworten! Hast du die Pressemeute gesehen? Nichts ist schlimmer als Spekulationen! Ich stehe in der Verpflichtung!«

Das stimmte. Auch Ann hatte bemerkt, dass immer mehr Reporter und Kamerateams den Weg zum Liegeplatz der *Neptun* gefunden hatten. Auch Deutsche waren darunter. Erst ging eine Wissenschaftlerin über Bord, dann wurde in ganz Slite nach dem Fahrtleiter gesucht. Die Buschtrommeln hatten ihre Arbeit aufgenommen. Noch war es keinem der Journalisten gelungen, an Bord zu kommen. Dass das auch so blieb, dafür trugen zwei Polizisten Sorge.

Die Sjögren wandte sich zum Gehen. »Wir haben nicht vor, dich länger als nötig hier festzuhalten – keinen von euch.«

Auch Ann machte sich auf den Weg, raus aus der Messe. Sie wollte Fredde und Marc kontaktieren. Auf Deck zog sie sich die Kapuze über den Kopf und den Reißverschluss bis oben hin hoch. Der Wind war eiskalt. Als die Reporter sie entdeckten, riefen sie ihr Fragen zu. Nachdenklich betrachtete sie die Leute. Heute Morgen war es nur ein Wagen gewesen, der am Kai gestanden hatte. Jetzt registrierte sie schon drei Vans und zwei Kombis. Schweigend drehte sie ihnen den Rücken zu und ging hinüber auf die dem Meer zugewandte Seite. Sie hatte ihr Handy gerade in der Hand, da hörte sie hinter sich:

»Ann?«

Mena. Unschlüssig stand die Biologin da. Ann ließ ihr Zeit, begnügte sich damit, sie zu beobachten.

»Ich weiß gar nicht, wie ich anfangen soll, ohne dass es seltsam wirkt.« Sie lächelte unsicher.

Ann wartete geduldig.

»Also, dass ich gestern Abend laufen war und dann das mit Hauke – was für ein irrer Zufall! Ich hab ihn wirklich nicht gesehen, weißt du? War eigentlich dämlich von mir, mit Kopfschmerzen loszulaufen, aber na ja ... Hinterher weiß man alles besser.« Wieder dieses entschuldigende Lächeln. »Und jetzt hab ich die blöde Befürchtung, dass die Polizei ... Für die ist das doch ein gefundenes Fressen! Für die *muss* ich fast schon was mit seinem Verschwinden zu tun haben!« Verzweifelt verzog sie ihr Gesicht. »Versteh mich nicht falsch! Ich will nicht, dass du sie anlügst, aber ... Vielleicht könntest du die Sache nicht so ...« Sie stockte. »Nicht so in den Fokus stellen? Wenn du es ihnen unbedingt erzählen musst, dann vielleicht als das, was es war: ein bekloppter Zufall.« Flehend sah sie ihr in die Augen.

Nachdem Mena gegangen war, hatte Ann noch eine Zeit lang dagestanden und aufs Meer geschaut. Die kleinen, schnell aufeinanderfolgenden Wellenkronen tanzten unruhig. Der Wind entlockte dem Schiffsaufbau ein unaufdringliches Gemisch an Hintergrundtönen, ein Brummen, Surren und helles Klingen. Die Graunuancen des Himmels verloren sich in der ebenso farblosen Wasseroberfläche.

Was war mit Hauke passiert? Er wirkte so gar nicht wie ein Mensch, der Ambitionen hatte, einfach zu verschwinden. Schon gar nicht während einer Expedition, für die er die Verantwortung trug. Und Suizid? Ann seufzte. Ihr Bauchgefühl wollte das nicht glauben. Als er seine drei Kinder erwähnt hatte, hatten seine Augen vor Liebe und Stolz gestrahlt. Er war erfolgreich, hatte einen guten Job ...

... eine Affäre! Seine Frau könnte Wind davon bekommen und ihn vor die Tür gesetzt haben. Frau und Kinder ade, scheiden tut weh!

Selbst wenn, deswegen bringt er sich doch nicht gleich um! Schon gar nicht, während einer Expedition unter seiner Leitung. Und riskiert damit den Verlust seiner Reputation. Nein – Suizid halte ich für ausgeschlossen.

Dann macht wohl doch einer Jagd auf Wissenschaftler!

Aber wer? Und warum? Und wo war Hauke jetzt? Man müsste wissen, wer außer Mena noch das Schiff verlassen hatte, während Hauke joggen war.

Eine Verdächtige reicht doch. Sie will Hauke für sich. Erst beseitigt sie Alette, dann sieht sie ihre Chance, mit ihm allein zu sein, als er von Bord geht, um zu laufen. Sie joggt hinterher und überrascht ihn mit ihren Avancen. Er lehnt dankend ab – und ihr reißt die Hutschnur.

»Wie soll sie das gemacht haben?«, murmelte Ann nachdenklich.

Steine gibt es überall. Ein ordentlicher Schlag: Bääm, Licht aus! Oder sie schubst ihn einen Felsvorsprung runter. Vielleicht hatte sie auch ein kleines Klappmesser bei sich?

»Und die Leiche? Die Polizei müsste sie längst gefunden haben! Mena hat nicht die körperliche Konstitution, Hauke wer weiß wohin zu schaffen.«

In diesem Moment vibrierte ihr Handy. Freddes Name leuchtete ihr entgegen. »Die deutschen Kollegen sind jetzt mit von der Partie. Hier ist ganz schön viel Aufregung! Das Leben eures Fahrtleiters wird gerade auf den Kopf gestellt und so viel ist sicher: Es ist weitaus facettenreicher, als du vermuten würdest!

Kapitel 7

»Erzähl!« Ann war zurück zu ihrer Kammer gespurtet, hatte die Tür geschlossen, ihren Laptop hochgefahren und Fredde über Skype angefunkt.

»Du hast Glück, dass ich über so exzellente Beziehungen zu den Kollegen aus den zuständigen Bezirken verfüge! Larissa zum Beispiel, wir kennen uns von der Polizeischule. Ich glaube, sie fand mich schon immer ... also, auf jeden Fall können wir gut miteinander!« Er grinste schelmisch.

Ann warf ihm einen amüsierten Blick zu. »Auch wenn ich Larissa wirklich gut verstehen kann, lieber Fredde – würdest du mich bitte nicht weiter auf die Folter spannen?«

»Ungeduldig wie eh und je! Okay, hör zu: Dein gut aussehender, super intelligenter und verantwortungsvoller Fahrtleiter hat so was wie ein Doppelleben! Er ist in höchstem Maße spielsüchtig. Sein Dispo ist bis zum Anschlag ausgereizt, das Haus beliehen – er ist so überschuldet, dass er kurz vor einer Privatinsolvenz steht. Geradeheraus gesagt: Ihm steht das Wasser bis zum Hals!«

Ann ließ die Worte kurz wirken. »Seine Frau?«

»Ist aus allen Wolken gefallen, hatte keine Ahnung! Zu Hause war er der perfekte Ehemann. Was er in seinem Arbeitszimmer machte – in dem er übrigens viel Zeit verbracht hat –, wusste sie nicht. Er gab immer vor, in Arbeit zu versinken. Sie sah keine Veranlassung, ihm nicht zu glauben. Auch die regelmäßigen Dienstfahrten am Wochenende, die er ausnahmslos in großen Spielcasinos verbracht hat, hat sie nie infrage gestellt. Die Geldnot wusste er geschickt zu vertuschen – bislang jedenfalls.«

Ann grübelte. Konnte Haukes Verschwinden wirklich mit seiner desaströsen finanziellen Lage in Verbindung stehen? »Was vermuten deine Kollegen? Dass er sich abgesetzt hat?«

»Wäre eine Möglichkeit. Vielleicht geht seine Schuldenlast über die legalen Wege hinaus. Vielleicht hat er sich Geld von Leuten geliehen, die eine Privatinsolvenz nicht hinnehmen würden.«

Ihr Gehirn arbeitete sich durch die Erinnerungen der letzten Woche. Machte das Sinn? »Spontan oder geplant?«

Fredde zuckte mit den Schultern.

»Soweit ich Barne verstanden habe, hatte Hauke nichts Besonderes bei sich, kein Portemonnaie, keinen Rucksack – er hatte nur das, was er an sich trug, also seine Joggingkleidung«, berichtete sie.

»Und seinen Pass ...?«

»Möglich. Sobald wir das Schiff verlassen, sind wir angehalten, ihn bei uns zu haben. Ich klär das. – Trotzdem! Wo sollte er von hier aus hin? Er müsste es von langer Hand vorbereitet haben. Und bis vor ein paar Tagen stand nicht mal fest, dass wir Slite ansteuern würden!«

»Nicht?« Fredde dehnte das Wort und schickte ihr einen bedeutsamen Blick.

»Du meinst, er hat das alles geplant? Den Mord an Alette, den Stopp auf Slite ...? Warum sollte er ihren Tod wollen? Doch nicht nur, um einen Grund zu liefern, diese Insel anzusteuern!«

»Erpressung? Gehen wir mal davon aus, die beiden hätten wirklich eine Affäre gehabt und Alette hätte von seinem Doppelleben gewusst, hätte es irgendwie rausgekriegt. Sie drohte, ihn auffliegen zu lassen oder wollte die Trennung von seiner Frau erzwingen – und schon stand da jemand extrem unter Druck.«

Ann schwieg.

»Oder eben doch Selbstmord. Vielleicht hatte er Angst, dass man im Zuge der Ermittlungen im Fall der getöteten Wissenschaftlerin über seine Spielschulden stolpern würde. Das könnte der besagte Tropfen gewesen sein, der das ohnehin extrem volle Fass zum Überlaufen gebracht hat.«

»Und die Leiche? Oder willst du behaupten, er hätte von vornherein geplant, dass man sie nicht findet?«

»Keine Leiche – kein Nachweis einer Selbsttötung.«

Ging es um die Absicherung im Todesfall? Wollte Hauke seiner Familie Abbitte leisten und sie, als letzte gute Tat, von einem Großteil seiner Schulden erlösen?

»Sinn macht das nur, wenn es eine Versicherungspolice mit der dementsprechenden Klausel gibt.« Ihre Augen blickten flehend.

Fredde nickte. »Ich kümmere mich darum.« Er sah seinen Fingern dabei zu, wie sie einen Kugelschreiber in Drehung versetzten. »Eine Möglichkeit bliebe natürlich noch.« Er hob den Kopf. »Keine geplante Aktion – keine Täterschaft beim Mord an Alette, sondern ein Hinterhalt seiner Kredithaie.«

Ann schnaubte ungläubig. »Jetzt geht es aber mit dir durch! Wie soll das technisch abgelaufen sein? Niemand konnte ahnen, dass es zu einem erzwungenen Zwischenstopp in Slite kommen würde.«

»Vielleicht hat er ihnen selbst verraten, wo er sich gerade aufhielt, als sie ihn kontaktiert haben, um ihrer Geldforderung Nachdruck zu verleihen?«

»Und da warten sie nicht, bis wir zurück sind, sondern folgen ihm hierher? Obwohl wir im Begriff waren, die Heimreise anzutreten? Außerdem: Was sollte es bringen, den Goldesel zu beseitigen? Tote können nix zurückzahlen.«

»Wohl wahr. Und wenn sie ihm nur Angst einjagen wollten und es aus dem Ruder gelaufen ist?«

Wieder schnaubte sie. »Und wenn die Erde eine Scheibe ist und Hauke über den Rand gestürzt ist?«

Trotz der hollywoodreifen Gedankengänge ihres Freundes konnte Ann nicht umhin, alle Theorien noch einmal durchzugehen. Jede für sich schien vollkommen abwegig. Würde sie sich absetzen wollen, würde sie das aus einer Situation heraus tun, die ihr einen möglichst großen Vorsprung verschaffen würde. In Haukes Fall hätte sie eines seiner vorgeschobenen Wochenendseminare genutzt. Das hätte mindestens zwei Tage Puffer gebracht, bevor die Ehefrau Sonntagnacht oder Montagmorgen Alarm geschlagen hätte. Hier dagegen hatte Kapitän Barne schon sieben Stunden später mit der Polizei telefoniert. Durch die besonderen Umstände, durch den Tod von Alette, war das Medieninteresse riesig – gefühlt ganz Europa schaute auf Slite! Und die Polizei mobilisierte viel mehr Kräfte, als sie das unter normalen Umständen getan hätte. Warum sollte Hauke es sich derart schwer machen?

Theorie Nummer zwei: Selbstmord.

Sollte es diese Versicherungspolice geben, und sollte sie der Grund sein, warum er nicht gefunden werden wollte: Wie hatte er das geschafft – ohne Hilfe? Wie konnte er sich umbringen und post mortem seine eigene Leiche verschwinden lassen? Da er, trotz des Aufgebots, bisher nicht gefunden worden war, musste er einen verdammt ausgefuchsten Plan gehabt haben!

Ich würde sagen, wir warten ab, was Fredde zum Thema Versicherungspolice herausfindet.

Und Freddes Idee mit den mordenden Gläubigern …? Manchmal denke ich, es wird dem Guten auf der kleinen Reriker Wache zu langweilig! Ann schüttelte amüsiert den Kopf.

In einem musste sie ihm allerdings recht geben: Am Wahrscheinlichsten war es, dass etwas passiert war, an dem mindestens noch eine weitere Person beteiligt gewesen war. Die Frage nach dem Motiv drängte sich auf. Gab es jemanden, der davon profitierte, wenn Hauke auf nimmer Wiedersehen verschwand? Jemanden, der seinen Posten als Fahrtleiter übernehmen wollte? Hatte das Ganze vielleicht doch mit seiner Arbeit, mit seinen Forschungen zu tun?

Oder mit verschmähter Liebe? Wie wäre es mit unserer liebestollen Mena?

Wer auch immer, es kann eigentlich nur jemand aus der Forschergruppe gewesen sein, jemand von der Neptun, wenn wir einen unbekannten, schwedischen Jogger-Mörder mal ausschließen. »Ich muss dringend wissen, wer in der Nacht noch von Bord gegangen ist!«

Zunächst listete sie all diejenigen auf, von denen sie wusste, dass sie den Abend mit ihr zusammen in der Messe verbracht hatten.

Den Koch mit seinem Gehilfen, einige Besatzungsmitglieder und selbst Falk Peterssen, den zweiten und Peer Bolten, den ersten Offizier hatte sie über längere Zeit in der Messe beobachten können

Ihre Doppelkopfrunde: Marius, Fabian und Ingke.

Vanessa und Victor, die sich das eine oder andere Bier genehmigt hatten und kaum zu überhören gewesen waren.

An Simon Willems und Naresh Sharma konnte Ann sich hingegen nicht erinnern. Ihr Handy vibrierte. Eine Nachricht von Marc: ›Kannst du mir ein Foto von dem Bedien-Knopf der Hydraulikstempel schicken? Aus welchem Material ist er?‹

Schnell huschte sie einen Gang höher, drehte sich vor der Tür zum Sondenraum einmal um und vergewisserte sich, dass ihr Tun unbeobachtet blieb, schlüpfte hinein und machte das Foto. Lange stand sie schweigend vor dem roten Schild, das die klappbare Seitenwand zierte: ›Pforte nur nach Anweisung Brücke öffnen. Bedienung nur durch die Crew.‹ Sie musste unbedingt den Elektriker zu den Monitorausfällen auf der Brücke befragen! Als ihr Blick auf die Stelle fiel, an der man Alettes Blut gefunden hatte, erschauderte sie. Wie unglaublich schnell das Leben vorbei sein konnte! Ein kurzer, nicht rückgängig zu machender Moment – das war's! Beängstigend. Sie befreite sich von dem Gedanken, verließ lautlos den Raum, schlüpfte durch die Schutztür, schloss diese sehr vorsichtig und hielt auf die Messe zu. Noch im Gehen schrieb sie: ›Metall mit Kunststoffüberzug‹ und drückte auf Senden.

Der Gemeinschaftsraum war gut besucht, kein Wunder, die abendliche Essensausgabe hatte begonnen. Auch sie ging zurück zur Kombüse und stellte sich in die Reihe. Sie wartete, bis die Besatzungsmitglieder vor ihr versorgt waren, und ließ sich eine gute Portion Spiegelei mit Bratkartoffeln anreichen. Dann steuerte sie den Tisch an, an dem Victor, Naresh, Marius und Ingke, den Tellern nach zu urteilen, gerade mit dem Essen begonnen hatten.

»Guten Appetit!«

Die andern nickten, Marius brummte zustimmend.

Kurze Zeit aßen sie stumm.

Vanessa und Mena betraten die Messe und nahmen den direkten Weg zum Katzentisch, wie sie das in die Ecke gequetschte Anhängsel gern nannten.

»Was denkt ihr, wie lange wir hier noch festsitzen?« Ann sah in desillusionierte Gesichter.

»Irgendwann werden die ihn wohl finden! Kann sich ja nicht in Luft auflösen.« Victor zog die Augenbrauen hoch, was, zusammen mit seinen milchigen Brillengläsern, definitiv etwas Comichaftes hatte.

»Ich geb denen maximal drei Tage. Dann bin ich weg. Die können uns nicht ewig hier festhalten. Die Rückreise braucht Zeit und ich muss montags drauf wieder im Büro sitzen. Solange das gewährleistet ist, soll's mir egal sein.« Ingke spießte drei große Kartoffelscheiben auf und schob sie sich entschlossen in den Mund.

Simon Willems stürmte herein, blieb vor dem Kühlschrank stehen, riss die Tür auf, schnappte sich ein kaltes Schnitzel, Sandwiches und einen Joghurt und eilte wieder hinaus. Seinem Gesicht nach zu urteilen, war davon abzuraten, ihn anzusprechen.

»Der steht ordentlich unter Dampf!« Ann schielte zur Tür, durch die Willems soeben entschwunden war.

»Kein Wunder! Das Projekt stand eh auf wackeligen Füßen und jetzt ist sein bestes Pferd im Stall gestorben. Wenn er nicht bald jemanden findet, dem die Investoren ihr Vertrauen schenken, ist er erledigt. Ich weiß nicht, wie es mit Rückzahlungsforderungen aussieht. Wenn ihr mich fragt: Der wird daran kaputtgehen.« Amundsen grinste schadenfroh.

»Wie haben die sich eigentlich gefunden, Alette und er?«

»Sie war immer schon ne durchgeknallte Umweltaktivistin. Er wollte Geld verdienen, hat in alle möglichen Dinge investiert und damit einige Rücklagen schaffen können, so sagt man. Irgendwann wurde es chic, in grüne Themen zu investieren. Als sich dann noch rumsprach, dass sich damit tatsächlich Geld verdienen ließ, wurden Leute wie Willems hellhörig. Er hat den Kontakt zu ihr gesucht und sie die Chance gesehen, endlich etwas Größeres auf den Weg zu bringen. Sie hat ihn so lange bequatscht, bis er davon überzeugt war, in eine Goldgrube zu investieren. Sie erzählte oft davon, wie sehr er ihr aus der Hand fressen würde und wie leicht es wäre, ihn zu lenken. Er hatte ja keine Ahnung von der Materie, gab nur das Startkapital und kümmerte sich um die Verträge. Eigentlich konnte unsere liebe Alette nämlich gar nicht mit solchen Anzugträgern, aber als Mittel zum Zweck ...«

»Wie lange bestand ihre Firma schon?«

»Zwei Jahre? Drei Jahre – they founded the company three years ago. Do you agree?« Ingke schaute hilfesuchend zu Naresh.

Der zuckte desinteressiert mit den Schultern, schien aber kein Veto einlegen zu wollen.

»Also waren sie kein Paar?«

»Alette und der Willems?« Ingke lachte lauthals und wechselte ins Englische. »Der wäre ihr nie gewachsen gewesen. Obwohl ... ich will nicht ausschließen, dass er gern mal mit ihr ... die eine oder andere Körperflüssigkeit ...«

Naresh verzog angewidert das Gesicht.

»Was?« Mit hochgezogenen Brauen sah sie ihn herausfordernd an. »Unsere Alette war kein Kind von Traurigkeit – das weißt *du* doch wohl am allerbesten!«

Nun schaute auch Ann fragend in Nareshs Richtung. Dessen Teint bekam eine leicht rote Nuance. Beschämt und gleichzeitig wütend senkte er den Blick.

»Ach komm, stell dich nicht so an. Es gibt Schlimmeres, als von einer gut aussehenden Frau wie Alette angebaggert zu werden. Auch, wenn sie es vielleicht ein wenig übertrieben hat in ihrer Direktheit.« Wieder lachte Ingke. »Eines Tages stand sie vor seiner Koje und hat alle Hüllen fallen lassen«, flüsterte sie, beugte sich zu Ann rüber und ließ Naresh dabei nicht aus den Augen.

»Du fandest das gar nicht witzig, oder?« Ann stellte sich vor, wie sie reagiert hätte, wenn einer der Forscher plötzlich nackt neben ihrer Koje gestanden hätte.

Er zischte ein verbittertes »Definitiv nicht!« und schaufelte missgestimmt das Essen in sich hinein.

»Was hast du gemacht?«

Dieses Mal antwortete Victor: »Er ist wie von der Tarantel gestochen aus der Kabine gerannt und stundenlang nicht wiedergekommen.« Er grinste verwegen. »Ich weiß es, ich hab's gesehen!«

Naresh beugte sich noch weiter über seinen Teller, schien sich in ihm verkriechen zu wollen.

»Wann war das?«

»Och ... ist superlange her. Ich glaube, bei meiner zweiten Fahrt. Und da stand sie dann, wie Gott sie schuf.« Wieder verzog Victor seinen Mund, diesmal zu einem genüsslichen Lächeln.

»Ihr habt euch damals schon eine Kammer geteilt, Naresh und du?«

»Jepp! Wir sind wie ein altes Ehepaar, nicht wahr?« Um Zustimmung buhlend, klopfte er dem zusammengesunkenen Kollegen mehrfach kräftig auf den Rücken.

»Verstehe ich das richtig: Du warst in der Kabine, als sie ...?«

»Nee, ich kam passend hinzu, als unser verklemmter Freund hier das Hasenpanier ergriffen hat.«

»Und dann hast du *was* gemacht?«

Er grinste süffisant.

»Das wissen wir bis heute nicht«, mischte sich die Amundsen ein. »Das will er uns um keinen Preis verraten. Ich glaub ja, weil da gar nichts gelaufen ist. Wahrscheinlich hat sie ihn nicht rangelassen!« Nun verzog sie den Mund, um ihrem Spott Ausdruck zu verleihen.

Doch Victor ließ sich nicht provozieren. »Der Gentleman genießt – und schweigt!«

»Hatte sie was getrunken?«

»Hee, was willst du damit andeuten? Dass so'n Naturbursche wie ich sonst keine Chance bei ihr gehabt hätte? Autsch! Das tut weh!«

»Nichts gegen dich, aber findet keiner von euch seltsam, wie Alette sich verhalten haben soll? Erst bedrängt sie Naresh und nach seiner Abfuhr nimmt sie den Nächsten, der um die Ecke kommt?«

»Bei sexuell Aktiven kann eine längere Durststrecke schon mal zu Verzweiflungstaten führen ...« In Ingkes Augen blitzte es angriffslustig.

»Ich bin keine Verzweiflungstat!«, empörte sich Victor lautstark.

»Betrunken oder nicht?« Dieser kindische Schlagabtausch begann, Ann auf die Nerven zu gehen.

»Mag sein, dass sie ein zwei Gläschen hatte, volltrunken war sie mit Sicherheit nicht!«

Ann holte tief Luft. »Ist ja auch egal. Weiß eigentlich jemand, wo Willems gestern Abend war?«

»Du meinst, als Hauke weg ist? Glaubst du, er hat was mit damit zu tun?« Die Amundsen nahm einen großen Schluck Wasser.

Ann zuckte mit den Schultern. »Außer ihm, Mena und Naresh ...« Vorsichtig linste sie zu dem Wissenschaftler rüber. »... waren ja wohl alle an dem Abend in der Messe.«

Ruckartig hob der den Kopf. Ann wiederholte leise: »Wo warst du gestern Abend, als Hauke verschwand?«

Mit großen Augen starrte er in die erwartungsvollen Gesichter. Mehrmals sah es so aus, als wolle er zum Sprechen ansetzen, während seine Finger den Rand seines Tellers umklammerten.

»Wo soll er schon gewesen sein? In unserer Kammer, mit der Nase in seinem Notebook – wie immer!«, gab ihm Victor plötzlich Schützenhilfe und grinste breit. »Mein Kumpel hier kann keiner Fliege was zuleide tun, aus welchem Grund also sollte er Hauke hinterherschleichen?« Mit diesen Worten erhob er sich, stellte das dreckige Geschirr übereinander und schickte sich an zu gehen. »Zeit, ein Rauchopfer zu bringen!«

Naresh sprang auf und eilte hinterher.

Während Ingke und Ann den beiden nachsahen, beendete Marius unbeeindruckt sein Abendbrot, stand auf, sagte: »Ich wünsch euch noch viel Spaß beim Detektivspielen« und verließ ebenfalls den Raum.

Ann seufzte. »Wie war das Verhältnis zwischen Hauke und Naresh?«

»Du hast ihn doch erlebt! Mit Naresh hat man kein Verhältnis. Man hat eine hoch qualifizierte Arbeitsmaschine, die keine Fehler oder Unzulänglichkeiten zulässt. Wenn's ihm zu privat wird, gibt er stets vor, er könne einen nicht richtig verstehen. Dabei würde ich meinen letzten Cent verwetten: Der versteht mehr, als er uns glauben lassen will.«

»Es gab also nie Streit oder heftigere Auseinandersetzungen zwischen den beiden?«

»Wissenschaftlich waren sie nicht immer einer Meinung. Unter Auseinandersetzung verstehe ich aber definitiv was anderes.«

»Und sie kennen sich nur durch die Monitoring-Fahrten der *Neptun*? Oder gibt es andere Gemeinsamkeiten?«

»Expeditionen, Seminare, gemeinsame wissenschaftliche Projekte, so was in der Art. Ich glaube nicht, dass Hauke ihn zum Kuchenessen zu sich nach Hause eingeladen hat.«

»Hobbys?«

»Hauke war gern draußen auf dem Meer – segeln, soweit ich weiß, und Naresh …? Der ist mit seinem Computer verheiratet. Ich hab noch nie jemanden getroffen, der so eigen ist mit seinem dämlichen Rechner! Er lässt ihn nirgends unbeobachtet stehen und wehe, man erdreistet sich, ihn auch nur zu berühren!«

»Warum glaubst du, ist das so?«

»Keine Ahnung. Wahrscheinlich schiebt er Panik, dass einer von uns ihm seine akribisch gepflegten Datensätze durcheinanderbringen könnte.«

Schweigend beobachtete Ann, wie Vanessa und Mena ihren Tisch abräumten.

»Besteht eigentlich irgendeine Möglichkeit, an den Forschungsergebnissen was zu drehen, sie quasi in irgendeiner Weise zu manipulieren?«

Ingke zog erstaunt die Augenbrauen hoch. »Warum sollte jemand das wollen?«

*

Ann hätte gern gefragt, ob einer der anderen etwas von Haukes Spielsucht gewusst oder geahnt hatte, ließ es dann aber. Vielleicht hatte sich die brisante Neuigkeit noch gar nicht rumgesprochen. Und wenn die Sjögren hintenrum mitbekam, dass Ann Bescheid wusste, konnte sie in echte Erklärungsnot kommen – und Fredde bekam samt seiner Polizistenfreundin ordentlich Ärger. Außerdem: Warum sollte der Fahrtleiter sich diese Blöße vor den Expeditionsteilnehmern geben, wo er so perfekt darin war, es vor dem Institut und seiner Frau geheim zu halten?

Die nächsten Stunden verbrachte Ann damit, Theorien zu verfassen, die Verknüpfungspunkte zwischen Alettes Tod und Haukes Verschwinden aufzuzeigen, sich per Satellit die Umgebung des Industriehafens und von Slite ganz genau anzuschauen und Internetberichte der Geo-Engineering-Firma *GeoGreengine* durchzuackern. Der Elektriker hatte den ganzen Tag keine Zeit für sie gehabt – nun schlief er. Maschinisten, Elektriker, der Koch, das alles waren Gewerke, die tatsächlich einem mehr oder weniger geregelten Arbeitstag nachgehen konnten. Selbst während normal laufender Expeditionen wurden sie nur in Ausnahmefällen nachts rausgeholt. Tagsüber hatten sie dafür jede Menge zu tun. Aber Ann würde nicht aufgeben. Irgendwann musste der Elektrofachmann ihr erklären, was genau zum Ausfall der Monitore geführt hatte.

Erschöpft rieb sie sich die Augen und sah auf die Uhr. Dreiundzwanzig Uhr sechsundvierzig. Ob Marie noch wach war?

Es dauerte keine zehn Sekunden, da stand der Video-Anruf und das Gesicht ihrer Mitbewohnerin erschien auf dem Monitor. Maries feuerrote Lockenpracht türmte sich oberhalb ihrer Stirn zu einem voluminösen Vogelnest. Ihre vollen Lippen lachten fröhlich, die blassblauen Augen jedoch blickten sorgenvoll. »Hey, Süße! Alles in Ordnung bei dir? Ist der gut aussehende Mann wieder aufgetaucht? Oder habt ihr etwa noch einen Forscher verloren? Du machst mich echt fertig! Du solltest da nicht bleiben! Nachher wirst du auch noch ... Wann lassen sie euch endlich weg?«

Typisch Marie! Sie quasselte gern ohne Unterlass, besonders, wenn sie aufgeregt war. Sie war von den Haarspitzen bis zu den Fußsohlen über die Maßen romantisch und trotz dieser scheinbar unpassenden Attribute, der beste Kumpel, den Ann sich nur wünschen konnte. Und natürlich war sie stets über alles unterrichtet.

»Es bleibt dabei: dreiundzwanzig minus zwei. Keine weiteren Verluste.«

Marie seufzte erleichtert. »Und wie geht's dir? Kommst du klar?«

»Alettes Tod ist immer noch vollkommen unwirklich. Auch Haukes Verschwinden …« Anns Pony tanzte, als sie stoßweise ausatmete. »Ich versteh's echt nicht. Das kann doch kein Zufall sein!«

»Darf ich dir mal ne doofe Frage stellen?«

Ann blickte erwartungsvoll auf den Monitor.

»Das Schiff, auf dem ihr seid, das ist doch nicht allzu groß, oder? Also nicht wie so 'n Kreuzfahrtdampfer … oder die Titanic.«

Wo ist sie nun schon wieder mit ihren schrägen Gedanken? Wir drehen hier keine Traumschifffolge! Ann hörte Eigil herablassend glucksen.

»Die *Neptun* ist circa fünfzig Meter lang. Für ein Forschungsschiff nicht schlecht, für einen Kreuzfahrtdampfer eher ungewöhnlich.«

»Also ist der Platz an Deck sagen wir … begrenzt, richtig? Keine Freiflächen zum Tennisspielen, Boulen …«

Anns Mund verzog sich zu einem amüsierten Grinsen. Zeitgleich schüttelte sie stirnrunzelnd den Kopf. Eiglis Glucksen hingegen weitete sich zu einem schallenden Lachen aus, das ihr durch den Kopf dröhnte. Sie versuchte, die innere Stimme aus der unangenehm werdenden Präsenz tiefer in den hinteren Teil ihres Bewusstseins zu schieben.

»Und trotzdem hast du doch bestimmt daran gedacht, deinen Tennisschläger mitzunehmen«, fuhr Marie unbeirrt fort.

Das Fragezeichen in Anns Gesicht wurde immer größer.

»Hast du?« Marie musterte sie auffordernd.

»Ich spiele kein Tennis. Das weißt du doch! Marie, was soll das? Worauf willst du hinaus?«

Ihre Mitbewohnerin verdrehte übertrieben theatralisch die Augen. »Oh Mann! Stell dir vor: Tennis wäre deine große Leidenschaft. Also – hast du Schläger und Bälle eingepackt?«

»Nein! Natürlich nicht! Was sollte ich hier damit? Das macht an Bord eines Forschungsschiffs doch gar keinen Sinn!«

»Eben!« Marie nickte zufrieden.

Wahnsinn! Sie war ja schon immer ein bunter Vogel, doch das jetzt …! Ich würde sagen, sie ist reif für die Klapse, hörte Ann Eigils Stimme aus dem Off flüstern.

Sie musste bei dem Versuch, Maries Gedankengängen zu folgen, sehr verzweifelt ausgesehen haben, denn nun fing die an, hemmungslos zu lachen. »Was macht es für einen Sinn, Joggingsachen einzupacken, wenn man nicht einmal Wege hat, auf denen gelaufen werden kann? Da könnte man sich ebenso gut beim Besuch einer Wüste Badeanzug und Schwimmflügel überstülpen.«

Fassungslos starrte Ann auf den Bildschirm. Marie hatte recht! Geplant war, zwei Wochen auf See zu sein – ohne irgendwo vor Anker zu gehen, geschweige denn an Land. Wer würde zu so einem Trip Laufklamotten mitnehmen? Die Kabinen, zumindest die auf den unteren Decks, waren eng, die Schränke klein. Jedes unnötige Kleidungsstück wurde zwangsweise zu Hause gelassen. Trotzdem hatten mindestens zwei der Teilnehmer gemutmaßt, Laufschuhe im Gepäck zu haben, sei eine gute Idee. Mehr noch: Sie mussten fest damit gerechnet haben, dass das Schiff vor Anker gehen würde und sie ihre Chance zur Ausübung des Sports bekämen.

Maries Augen leuchteten. Genüsslich beobachtete sie Anns Mimik, die eine Abfolge an Gedankensprüngen widerspiegelte.

»Du bist die Beste! Ich könnte dich knuddeln! Dass mir das nicht aufgefallen ist!« Aufgeregt tippten Anns Fingerspitzen immer wieder gegen ihren Kieferknochen.

Was also bedeutete das? Hauke und Mena wussten vor der Abreise, dass die *Neptun* unterwegs anlegen würde. Und warum wussten sie das? Weil sie es so geplant hatten!

Hauke und Mena? Wie passt das zusammen?

Es gibt nur eine Erklärung: Sie müssen in einer anderen Verbindung zueinander stehen, als offiziell bekannt. Wenn die beiden was miteinander hatten, wenn *sie* es waren, die miteinander durchbrennen wollten – Respekt, dann hatte Hauke wirklich Schauspieltalent!

»Andererseits: Es könnte wirklich passen! Hauke versinkt in Schulden, er will untertauchen – irgendwo neu anfangen. Und zwar mit Mena. Keiner ahnt, dass die beiden was laufen haben. Alette weiß von Haukes Spielsucht, möglicherweise auch, dass er abhauen will. Was, wenn sie sogar rausbekommen hat, wohin er sich absetzen will? Sie droht, ihn zu verpfeifen. Mena und Hauke beschließen: Alette muss weg. Einer von beiden tötet sie, zusammen lenken sie die Spur auf Tjerk. Mena indes versucht, mir weiszumachen, Alette wolle was von Hauke, stellte ihm nach, hätte sich wahrscheinlich sogar aufgrund der verschmähten Liebe umgebracht. Dann gibt Hauke vor, joggen zu gehen, und setzt sich ab. Mena hilft ihm dabei, kehrt danach jedoch zur *Neptun* zurück, um keinen Verdacht zu erwecken. Hauke bleibt verschwunden und wird nach einigen Jahren für tot erklärt. Die *Neptun* kehrt zurück nach Rostock. Alle gehen auseinander und Mena kann – nach einer angemessenen Zeitspanne – an den uns unbekannten Ort, an dem ihr Hauke sie schon erwartet!«

»Und sie leben glücklich und zufrieden bis an ihr Lebensende.« Marie seufzte theatralisch. »Wie romantisch!«

»Wohl eher: Wie mörderisch!«

*

In dieser kurzen, von Wachphasen durchzogenen Nacht war es ›Die Geheimnisvolle‹, die nicht von ihrer Seite wich. Ann hetzte durch ihre Träume. Sie suchte fieberhaft, durchwühlte riesige Papierstapel, verlor sich in dunklen, nicht enden wollenden Schränken und kam doch keinen Millimeter voran. Hinter jeder Tür, die sie öffnete – und es waren viele –, stand ihre Mutter, steif und kalt wie eine Schaufensterpuppe. Das Gesicht konnte Ann nicht erkennen, wohl aber ihre Silhouette und – sie konnte ihn riechen, den leichten Duft nach Vanille, der Susanne ständig umgab und den Ann überall wiedererkennen würde.

Als sie sich stöhnend aufrichtete, meinte sie, ihn auf der Zunge schmecken zu können. Das Handy zeigte fünf Uhr zweiunddreißig.

Fast zwei Stunden hatte Ann in der Messe gesessen, allein, mit einer Kaffeetasse in der Hand, der es, Dank des Kochs, nie an Nachschub mangelte, ehe die ersten Forschungsteilnehmer eintrudelten, um den Frühstücksraum nach und nach mit Leben zu füllen. Das leise Klappern aus der Kombüse, das wieder einmal zeigte, wie hellhörig das Schiff war, und der Blick aus dem Bullauge auf eine erwachende, von dichtem Regen verschleierte Landschaft hatte Anns Gemütslage entsprochen, sie angenehm eingelullt.

Fast fühlte sie sich gestört, als erst Ingke, dann Naresh und Victor an ihrem Tisch Platz nahmen.

»Moin!« Ingke strotzte nur so vor Energie. »Hast du die ganze Nacht hier gesessen? Mann, du siehst echt fertig aus.«

Geschirr klapperte, Gläser klirrten gegeneinander, Victor stieß die Pfeffermühle um, als er sich geräuschvoll setzte. Gott, mussten die so viel Krach machen? Ann sehnte sich nach der Stille des frühen Morgens.

Marius schlenderte heran, nickte allen zu, setzte sich umständlich neben Victor und begann, Unmengen an Rührei mit Speck und Bohnen in sich reinzuschaufeln.

Anns Magen meldete sich ab und versank im Tiefschlaf. Frühstück – nichts erschien ihr weniger verlockend als das.

»Isst du gar nichts?«, brachte Victor kauend hervor.

»Hatte schon«, log sie.

Der Raum füllte sich zusehends. Das Geklapper und Gemurmel nahmen zu. Vanessa und Mena betraten die Messe.

»Ich hätte mir auch Laufklamotten mitnehmen sollen«, meinte Ann und stöhnte scheinbar gelangweilt.

Die drei aßen unbeirrt weiter.

»Wieso? Fehlt dir Bewegung?« Ein kleiner Klumpen Ei fiel von Victors Mundwinkel aus auf seinen Teller.

»Wer weiß, wie lange wir hier noch festsitzen. Es wäre ein guter Grund, mal rauszukommen. Na, egal, hätten eh nicht mehr in meinen Rucksack gepasst – und in meinen Schrank erst recht nicht.«

Ingke nahm einen großen Schluck und sah Ann über den Rand ihrer Kaffeetasse an. »Hauke ist das Joggen nicht gerade gut bekommen.«

Ann schluckte und schaute beschämt nach draußen. »Aber mal ehrlich«, meinte sie und drehte den Kopf wieder zu den anderen. »Ich finde es schon bewundernswert vorausschauend, dass einige einen kompletten Laufdress dabei haben. Ich wäre nie auf die Idee gekommen. Schließlich wären wir im Normalfall zwei Wochen auf See gewesen. Und ich weiß ja nicht, wie eure Kabinen aussehen, aber meine ist alles andere als ein Platzwunder. Die Situation jetzt zeigt jedoch: Ich hätte sie einpacken sollen, man weiß nie, was kommt.« Sie versuchte sich an einem offenen, herzlichen Lächeln.

»Tröste dich, in meinem Schrank finden sich auch keine.« Victor zwinkerte vergnügt in die Runde. »Das liegt aber definitiv nicht an seiner Größe.«

»Für Hauke ist das ... war das normal. Er bezog seine Kabine immer als Erster, um alles für die Expedition vorzubereiten. In Warnemünde ging er vor jeder Fahrt joggen. Das war seine Art, sich fit zu halten. Und nebenbei bemerkt: Seine Kammer bietet weitaus mehr Stauraum als die gewöhnlichen in den unteren Decks.« Die Amundsen griff zur Thermoskanne und goss sich nach. »Noch einer?«

Victor hielt ihr den Becher hin. »Die größte Kammer für den, der am wenigsten schläft. Was für eine Verschwendung!«

Ann lehnte sich zurück. Sollte sich Maries wunderbar durchdachte Theorie tatsächlich so schnell in Luft auflösen? »Und Mena ...?«

»Was ist mit mir?«

Ann schrak fast ein wenig zusammen, als die Mikrobiologin plötzlich neben ihr stand.

»Ach, Ann ärgert sich, dass sie keine Laufsachen eingepackt hat. Unserer Journalistin fällt die Decke auf den Kopf.« Victors schmatzende Laute beim Sprechen waren alles andere als appetitlich.

»Ja, Chapeau, dass du an so was gedacht hast. Da erkennt man die erfahrene Forschungsteilnehmerin.« Ann lächelte freundlich.

»Na ja, ich gebe zu, auf ner Monitoring-Fahrt kommen sie selten zum Einsatz. Hab sie eher gewohnheitsmäßig dabei, man weiß ja nie. Platz nehmen sie auch kaum weg – also, was soll's? Und Laufen entspannt mich ungemein.«

*

Je weiter es auf die Mittagszeit zuging, desto unruhiger und ungemütlicher wurde es an Bord. Hauke galt seit einundvierzig Stunden als vermisst. Die Polizei ließ sich nicht blicken, mit Ausnahme des Wachpostens, der die Journalisten auf Abstand hielt, und aus dem Kapitän war nichts rauszukriegen. Willems sah man nur noch mit dem Handy am Ohr, es sei denn, er beschwerte sich lautstark bei Barne, Bolten oder Peterssen. Er würde sich nicht länger festhalten lassen, er sei schließlich kein Verbrecher und habe wichtigeres zu tun, als auf diesem Kahn rumzulungern. Abschließend drohte er stets mit seinem Anwalt.

Auch unter den restlichen Wissenschaftlern wurden erste Stimmen laut, die den baldigen Beginn der Heimreise forderten. Der Probenstau war abgebaut, die meisten Arbeiten erledigt. Die bisherigen Entnahmezeiten waren einfach zu kurz gewesen. Viele fragten sich, wie lange das Warten noch dauern müsste, sollte Hauke wirklich nicht gefunden werden. Was sagte die Rechtslage dazu? Und was tat die Polizei eigentlich?

Der Lautsprecher knackte. »Ich bitte alle Expeditionsteilnehmer in die Messe«, ertönte Barnes Stimme.

Es dauerte keine fünf Minuten und alle Wissenschaftler waren anwesend. Die Besatzung fehlte. Willems knabberte nervös an seinen Fingernägeln.

Statt Barne stand wieder sein Sprachrohr, Peer Bolten, vor ihnen. »Ich möchte euch nun den Stand der Dinge mitteilen. Vorab: Es tut dem Kapitän sehr leid, dass er euch alle festsetzen musste. In Anbetracht der Lage wird sicher jeder ein wenig Verständnis aufbringen können.« Er verzichtete darauf, explizit Willems anzusehen. »Die Befehlsspitze steht in ständigem Dialog mit dem Institut sowie der schwedischen und deutschen Polizei. Leider gibt es nach wie vor kein Lebenszeichen von Dr. Martens, keinen Hinweis auf seinen Verbleib. Sollte sich an diesem Umstand nichts ändern, sollten sich keine schwerwiegenden Gründe auftun, die da wären, dass einer oder mehrere von uns in sein Verschwinden verwickelt sind, werden wir morgen früh die Heimreise antreten können. Die Polizei beider Länder wird nach wie vor alles tun, um Hauke zu finden. Schließen wir ihn in unsere Gebete ein.«

Kapitel 8

Hier und jetzt würde das Ganze also enden. Die *Neptun* würde nach Rostock zurückkehren, Willems war kurz davor, den Helikopter anzufordern – wieder einmal. Er wartete nur darauf, dass Barne ihm versicherte, dieses Mal auch wirklich fliegen zu können, und auch unter den Journalisten unten am Kai lichteten sich die Reihen. Es hatte sich herumgesprochen, es gab nichts Neues zu berichten und das würde sich auch so schnell nicht ändern. Die Erleichterung war allen Expeditionsteilnehmern anzumerken. Die Stimmung an Bord war fast schon gelöst. Auch Ann fand die Aussicht auf Freiheit, unbegrenzten Platz und Geborgenheit ausgesprochen verlockend. Gleichzeitig schwand damit die Chance, hinter das Geheimnis zu kommen, das Verschwinden von Hauke zu klären und die wahren Umstände des Mordes an Alette aufzudecken.

Ann war felsenfest davon überzeugt, dass beides zusammenhing. Ihr blieben vielleicht siebzehn, maximal neunzehn Stunden, um Licht ins Dunkel zu bringen. Aber wie? Die ebenso plausible wie geniale Idee, die Joggingklamotten hätten Hauke und Mena überführt, war schon bei der ersten Überprüfung in sich zusammengefallen. Ja, viele Expeditionsteilnehmer hatten eine gemeinsame Vergangenheit, es gab Rangkämpfe, Demütigungen und andere zwischenmenschliche Katastrophen, aber gab es die nicht überall? Und ja, Mena war verschossen in den Fahrtleiter und mit Sicherheit hatte sie nur deshalb Joggingsachen im Gepäck – damit sie immer und überall die Chance ergreifen konnte, ihm zu begegnen, und zwar allein. Na und? War nicht auch das völlig menschlich? Was blieb am Ende übrig? Welche Spur, welcher Gedanke war es überhaupt noch wert, weiterverfolgt zu werden? Ann starrte auf den Monitor ihres Rechners, auf die Dokumentation ihrer Fallakte zu Alette und Hauke, die viele Zeilen umfasste und dennoch so wenig Aussagekräftiges ergeben hatte.

Die Ankündigung eines Videoanrufs beendete ihr desaströses Resümee. Marc! Mit Wohlwollen bemerkte sie ihren eigenen Herzschlag und das angenehme Kribbeln auf der Haut. Sie freute sich so unglaublich auf ihr nächstes Treffen. Nach einem kurzen Stopp in Rerik würde sie die nächste Gelegenheit nutzen und sich auf den Weg nach Wiesbaden machen. Sein Gesicht erschien auf dem Bildschirm. Wie sie diese strahlend blauen Augen liebte! Und erst die Grübchen, wenn er lachte! Erst jetzt merkte sie, wie ausgehungert sie war, wie sehr sie seine Berührungen vermisste.

»Na, meine gestrandete Wissenschaftsjournalistin, wie sieht's aus bei euch? Bleibt es bei der Abreise morgen früh?«

»Denke schon.«

»Und was wird aus deinem Artikel?«

Stimmt, der Artikel für das *Climate Science*! Wahnsinn, wie lange es her zu sein schien, dass das Projekt auf ihrer Agenda gestanden hatte. Dabei war nicht mal eine Woche vergangen. »Ich denke, das hat sich erledigt.«

»Vielleicht versuchst du es trotzdem. Nimm dir Zeit, schreib in Ruhe und biete ihnen deinen Bericht an. Beruf dich auf den Fahrtleiter, wer weiß, was sich ergibt.«

Ann nickte nachdenklich.

»Ich weiß, es bringt nicht mehr viel, aber: Ich habe die Kollegen wegen des Fingerabdrucks auf dem Bedienknopf der Hydraulikanlage befragt.«

Marc hatte recht, die Luft war raus. Mehr aus Höflichkeit fragte Ann: »Und?«

»Sie sagen, von so einem Material einen eindeutigen Fingerabdruck nehmen zu können, sei wie ein Sechser im Lotto. Dazu hätte der Knopf blitzblank sein müssen. Also nix mit großem Rumgetatsche von Seefahrerfingern. Das Ding muss vorher gereinigt worden sein.«

Ann seufzte. »Vielleicht hatte der zuständige Matrose beim letzten Sondengang Schokolade an den Pfoten und ihn deshalb danach gereinigt – wer weiß das schon? Trotzdem, richte ihnen bitte meinen Dank aus.«

Marc grinste. »Das mach ich doch gern! Sam hat sogar extra eine Forschungsreihe zum Thema initiiert. Sie hat sich an einer ähnlichen Oberfläche versucht und ist zu demselben Ergebnis gekommen: Nix zu machen. Wenn überhaupt, gab es Minifragmente, mit denen nicht viel anzufangen war.«

Ladies and Gentlemen, please welcome the wonderful, unique Sam! Eigils Stimme klang verbittert. *Wie lange willst du dich noch vorführen lassen?*

Anns Herz machte einen unangenehmen Hüpfer. Sie wollte es nicht, fragte aber trotzdem: »Ging das denn so einfach – während der Arbeitszeit?«

»Och, wir bleiben häufig etwas länger und probieren uns aus. Der Boss sagt immer, solange wir das Labor nicht in die Luft sprengen, die Ressourcen nicht verplempern und die Arbeit nicht darunter leidet ... Wobei, es gab schon einige sehr lustige Szenen, nach denen wir ziemlich lange gebraucht haben, das Labor in seinen Ursprungszustand zurückzuversetzen.« Er lachte vergnügt.

Auch Ann rang sich ein Lächeln ab. »Dann habt ihr zwei also wegen mir Überstunden gemacht. Ihr habt was gut bei mir!«

Bilder von ihrem Freund und der wunderhübschen Sam allein in der nächtlichen Ungestörtheit des Labors krochen durch ihren Geist und machten sich bereit, länger zu bleiben.

Marc dagegen wirkte unbefangen und fröhlich. »Dann mach dich auf den Weg und komm zu mir. Ich für meinen Teil lasse mich gern mit körperlicher Nähe bezahlen und Sam, die freut sich über ein wohlschmeckendes Kaltgetränk. Für einen geeisten Mango-Gin tut sie alles.«

Alles! So so ...

Oh, bitte! Was war nur los mit ihr? Meinte sie wirklich, er würde sie mit dieser Frau hintergehen, im Labor seines Arbeitgebers? Und dann erzählte er ihr gut gelaunt und ohne Gewissensbisse von ihren Feldversuchen?

Du weißt selbst, wie schnell aus Mögen mehr werden kann. Man hockt den ganzen Tag zusammen, manchmal sogar nachts. Und zack – ist es passiert. Ohne böse Absicht.

Dann würde er mir aber nichts vorspielen, gab Ann gedanklich zurück.

Hoffst du ...!

Laut sagte sie: »Bei dem günstigen Kurs werde ich euch sicher häufiger in Anspruch nehmen.«

»Jederzeit.«

Mit einem Mal stutzte sie. »Sag mal, wieso hast du eigentlich Zeit, mich anzurufen? Privatgespräche am Arbeitsplatz? Hast du nichts zu tun?«

»Hier gab's heute ein Seminar. Haben die Mittagspause durchgemacht. Ich bin fertig für heute. Werd gleich meine Klamotten packen und den Feierabend einläuten.«

Was gäbe sie dafür, jetzt dort zu sein. »Sag mal ...«

Sie zog ihr Handy hervor und tippte darauf herum, um es danach fragend vor dem Monitor hin und her zu schwenken. »Kannst du damit was anfangen? Schau mal in deine Nachrichten!«

Sie konnte das ›Ping‹ hören und sah, wie er das Foto aufrief und studierte.

»Woher hast du das?«

»Und – wofür glaubst du, ist das?« Sie ignorierte seine Frage.

»Ein Schließfach.«

»Denke ich auch. Aber von wo? Einer Bank? Einem Bahnhof oder wo kann man sonst etwas wegschließen?«

»Definitiv Bank. Alle anderen Schließfächer sind nur dazu da, kurzfristig was zwischenzuparken. Dafür reicht ein Schlüssel.«

»Wie finde ich heraus, zu welcher Bank das gehört?«

Nachdem Marc die Gegenstände auf dem Foto, eine weiße, unbeschriftete Plastikkarte mit Magnetstreifen, einen Schlüssel und einen kleinen Schnipsel Papier mit einer Nummer darauf, nochmals eingehend studiert hatte, sah er mit ernstem Blick auf. »Woher, Ann?«

»Die Plastikhülle mitsamt Inhalt klebte an der Rückwand des Bettes meiner Eltern. Und das nicht erst seit gestern. Die Klebestreifen sind vergilbt, der Kleber zeigt alle Anzeichen von Altersmüdigkeit.«

»Die Rückwand?« Er wollte sich gar nicht vorstellen, wo sie überall rumgekrochen war. »Immer noch auf der Suche nach dem großen, dunklen Familiengeheimnis? Schon mal daran gedacht, dass es wirklich einfach nur ein Wasserschaden gewesen sein könnte? Und hey, nicht jeder versteht sich bombe mit seinen Eltern. Kommt in den besten Familien vor.«

Sie holte tief Luft und berichtete ihm von ihren Erkenntnissen, den fehlenden Spuren am uralten Schrank und den Fotos, die keine Rückschlüsse auf Orte vergangener Zeiten zuließen.

»Ich weiß nicht ...«

»Warum verstecken sie das hier?« Wieder wedelte sie mit dem Handy und somit dem Foto ihres Fundes.

»Sie haben Geld zur Seite gelegt oder Schmuck, der zu mondän ist, um ihn zu tragen. Eine Erbschaft vielleicht.«

»Geld und Schmuck, von dem ich nichts weiß?«

»Das soll es geben. Konten, von denen die Sprösslinge nichts wissen, Rücklagen, die man, wenn es gut läuft, vererben kann. Versteckt haben sie es nicht vor *dir*, sondern vor möglichen Einbrechern.«

»Klar, und deswegen legen sie den Pin-Code gleich dazu, um es dem Einbrecher so schwer wie möglich zu machen ...« Ann schnaubte ungläubig.

»Solange nicht klar ist, bei welcher Bank das Schließfach ist ... warum nicht?«

»Die bösen Jungs könnten sich durchprobieren. Einmal in jede Bank stiefeln und nach wenigen Versuchen hätten sie's. So viele Geldinstitute gibt es in Neustadt nicht.«

»Viel zu auffällig. Die Kameras nehmen dich auf, das System meldet garantiert, wenn etwas nicht planmäßig läuft und jemandem der Zutritt verwehrt wird. Außerdem kannst du nicht davon ausgehen, dass die Karte für den SB-Bereich gedacht ist. Was, wenn es sich um ein Fach im Tresorraum handelt? Was, wenn du nur rankommst, wenn ein Bankangestellter dich begleitet, nachdem er deine Personalien überprüft hat?«

Darauf konnte Ann nichts erwidern.

»Frag sie einfach!«

»Hm?«

»Deine Eltern! Frag sie, was in dem Schließfach liegt. Sicher gibt es eine ganz einfache Erklärung. Du sagst selbst, das Zeug, der Schlüssel und die Karte, kleben da schon ne Ewigkeit. Früher warst du zu klein, um dir davon zu erzählen, und danach haben sie es schlicht vergessen.«

Nachdenklich betrachtete Ann das Foto. »Wie kommt man an so eine Karte?« Stirnrunzelnd sah sie ihm in die Augen. »Wozu gibt es diese Blanko-Karten eigentlich? Sicher nicht, damit man sie zusammen mit der Pin aufbewahren kann.«

»Das ist tatsächlich das Einzige, was mich zum Grübeln bringt. Ich hab mal einen Bericht gesehen, in dem diese Karten Thema waren. Das ist allerdings irre lange her. Da ging es um Geheimkonten und Menschen, die mit aller Macht verhindern wollten, dass jemand von ihnen erfährt. Solche unbeschrifteten Karten konntest du längst nicht bei jeder Bank beantragen. Ob das heute noch geht – keine Ahnung.«

»Warum in aller Welt sollten ausgerechnet meine Eltern so ein Geheimkonto besitzen?«

»Ich weiß es nicht, Ann. Frag sie!«

»Wie kriege ich raus, zu welcher Bank die Karte gehört?«

»Frag sie!«

»Marc!«

Er überlegte kurz. »Ich weiß nicht. Schließfächer kosten Geld. Du musst sie mieten. Ich würde die Überweisungen durchgehen und nach einem Posten suchen, der jährlich, vielleicht auch halbjährlich abgebucht wird und von der Summe her passen könnte. Wie hoch die sein müsste, kann man sicherlich erfragen. Normalerweise sollte gekennzeichnet sein, von wem der Bankeinzug durchgeführt wurde. Normalerweise ...«

*

Es war mitten am Nachmittag und Ann stand auf dem Außendeck, genoss die kalte, böige Luft, da klingelte ihr Handy. »Hauptkommissar Steinmann, wie schön. Was verschafft mir die Ehre?«

»Formvollendet wie immer, die Frau Arnold.« Fredde lachte vergnügt. »Ich schulde dir noch ein paar Antworten. Außerdem muss ich dich doch bei Laune halten, damit du die anderen Gestrandeten nicht zu Tode quälst mit deiner Neugier. Dürft ihr immer noch nicht von Bord?«

»Na, sagen wir's mal so: Barne hat uns dringend geraten, auf Ausflüge zu verzichten. Er hat wohl Sorge, dass es zu weiteren Verlusten kommen könnte. Wir wissen schließlich immer noch nicht, was Hauke widerfahren ist. Apropos fahren! Steht dein Angebot noch – den Shuttleservice von Rostock nach Rerik zu übernehmen?«

»Klar! Hab schon gehört, morgen geht's zurück!«

»Wie immer up to date, Herr Steinmann. Wer hat geplaudert? Marc?«

»Nee, die Kollegen sind unterrichtet. Die werden die *Neptun* in Empfang nehmen.«

»So? Weswegen?«

»Um sich ein Bild zu machen und sich die ganze Geschichte noch mal von eurem Kapitän Barne Rheder schildern zu lassen. Immerhin geht es bei dem Verhafteten …« Er suchte nach Worten.

»Tjerk Knudsen.«

»Genau – bei Tjerk Knudsen um den begründeten Verdacht des Mordes oder Totschlags.«

»Die wissen aber schon, dass Willems und ich früher kommen, mit dem Heli?«

»Ja ja, so wie's aussieht wollen sie euch nicht alle noch mal vernehmen. Sie haben ja die Protokolle der Schweden. Tickerst du mich an, wenn ihr abhebt?«

»Mach ich.« Ann seufzte vernehmlich. »Ich bin so froh, wenn ich wieder heimische Luft schnuppern kann.«

»Und du meine hübsche Visage sehen darfst …!«

Ann lachte. »Auch das!«

»Gut, dann kommen hier die Infos, um die du mich gebeten hattest. Mena Rassmussen, geboren 1985 in Lürschau, das liegt in der Nähe von Schleswig, ledig, keine Kinder. Sie hat Mikrobiologie studiert und das nicht nur an einer Uni. Angefangen hat sie in Oldenburg, danach war sie in Bonn, zuletzt in Rostock. In Bonn ist sie aktenkundig geworden, mit der Folge, dass sie die Uni verlassen musste. Die Gute hatte wohl schon immer einen Faible für Führungskräfte.«

»Du meinst, sie hat den Professoren nachgestellt?«

»Dem! Professor Elias T. Hofmann hat zu guter Letzt die Reißleine gezogen und Frau Rassmussen wegen Stalkings angezeigt.«

»Weißt du, wie dieses Stalking ausgesehen hat?«

»Sie hat ihn in der Uni, vor der Uni und schließlich auch bei ihm zu Hause abgefangen, hat ihm ihre Liebe gestanden und gemeint, sie wüsste genau, dass er Ähnliches für sie empfände. Er hat das verneint, sie gebeten, sich von ihm und seiner Familie fernzuhalten, hat sie ermahnt, ihr gedroht und schließlich, als sie tags wie nachts an seinem Haus rumlungerte, seine Familie belästigte und dort ständig klingelte oder anrief, hat er sie angezeigt. Die Uni hat das Übrige veranlasst.«

»Wow, das ist heftig. Und daraufhin hat sie ihr Tun wirklich eingestellt?«

»Sehr zur Erleichterung der Familie Hofmann ja. Die Rassmussen ist dann nach Rostock an die Uni. Dort muss sie relativ schnell Kontakt zum Institut und Geschmack an den Expeditionen gefunden haben.«

»Hm, als ich Hauke von Menas Verliebtheit erzählt habe, wirkte er glaubhaft überrascht. Also entweder hat sie dazugelernt oder sie geht einfach weniger offensiv vor. Er fühlte sich scheinbar in keinster Weise belästigt.«

»Vielleicht wirklich nur eine andere Vorgehensweise! Ihre Obsession könnte trotzdem zu einem tödlichen Zwischenfall geführt haben. Oder zu einer Entführung! Vielleicht hat sie ihn verschleppt, will ihn für sich allein? Sie hat die Ablehnungen ihrer Auserwählten endgültig satt. Also zwingt sie Martens dazu, sich ihr zu widmen!«

»Wie soll sie das denn gemacht haben – ganz allein? Wie soll dieses Persönchen jemanden wie Hauke in seine Gewalt gebracht haben? Und wo hat sie ihn versteckt? Wer ist bei ihm, während sie hier seelenruhig die Zeit verstreichen lässt?«

»Einen Mittäter halte ich für unwahrscheinlich. Wer wäre so bekloppt und würde einer Stalkerin bei der Entführung ihres Angebeteten helfen?«

»Wenn sie nicht ne gestörte Mutter vorweisen kann, die sich genauso frenetisch einen Schwiegersohn wünscht und der zudem noch egal ist, dass der schon verheiratet ist – niemand, da geb ich dir recht!«

Ann hörte, wie Fredde etwas in sich hineinmurmelte. »Du machst dir jetzt nicht gerade Notizen, oder?«

»Ey, weiß man's? Mena Rassmussen – der Name hört sich verdammt Skandinavisch an. Vielleicht kommt ihre Mutter aus Schweden, lebt sogar in der Nähe eurer Anlegestelle?«

Ann wollte gerade antworten, als sie hinter sich Stimmen hörte. »Du, warte mal!« Gleichzeitig drehte sie sich um und sah einige Besatzungsmitglieder übers Deck gehen. »Fredde? Ich melde mich gleich per Video-Call.« Damit beendete sie das Gespräch, grüßte freundlich zur Crew hinüber und machte sich auf zu ihrer Kammer. Kurz bevor sie das Schott erreichte, setzte feiner, dichter Nieselregen ein. Der Wind dagegen hatte spürbar abgenommen. Schnell schlüpfte sie unter Deck, strich sich das leicht feuchte, zerzauste Haar aus dem Gesicht, verstaute die dicke Jacke und Stiefel in der Umkleide und eilte durch den ungewohnt leeren Gang des Arbeitsbereichs. In ihrer Kabine angekommen, klappte sie sofort ihr Notebook auf und klopfte bei Fredde an. Doch der ging nicht dran.

Erst eine Stunde später blickte er ihr vom Bildschirm aus entgegen. »Sorry, da kam gerade was rein. Kollege Lutz brauchte meine Unterstützung.«

»Kein Ding! So konnte sich meine rote, abgefrorene Gesichtshaut wenigstens dem Normalzustand nähern. Wo waren wir?«

»Dabei, dass ich mir den familiären Dunstkreis der Frau Rassmussen mal vornehmen sollte. Kommen wir als Nächstes aber zu Herrn Naresh Sharma. Alles in allem ein eher unauffälliger Geselle. Geboren in Indien, hat er lange in Ahmedabad gelebt, wo er auch studiert hat – Geophysik. Er ist achtunddreißig, Kinder sind uns keine bekannt. Nach Deutschland gekommen ist er vor fünf Jahren. Davor war er zwei Jahre in England. Hatte immer wieder projektbezogene Verträge in der Forschung. Er scheint nur ein Laster zu haben, wenn man das überhaupt so titulieren darf: Tauchen.«

»Tauchen! Wie schockierend! Ich kenne nichts Anrüchigeres!« Anns Augen funkelten amüsiert. Gleichzeitig erfasste sie ein seltsames Gefühl, als ob der Nachklang einer tief verborgenen Erinnerung aufblitzen und sofort wieder verschwinden würde.

»Na ja, wie man's nimmt. Er scheint leidenschaftlicher Wracktaucher zu sein.«

»Wracktauchen im Sinne von Wrackforschung?«

»Eher im Sinne von Schatzsuchen. Er hofft wohl auf die eine große Entdeckung. Ob zur eigenen Bereicherung oder um als ruhmreicher Entdecker in die Annalen einzugehen, ist ungewiss.«

»Und wieso weiß die Polizei davon?«

»Weil er ein paarmal dabei erwischt wurde, wie er sich in dafür gesperrten Zonen herumtrieb.«

»Gesperrt, damit die historischen Wracks durch die rüde Vorgehensweise der Schatzsucher nicht beschädigt werden?«

»Auch. Vornehmlich, um eine Invasion von Abenteurern zu verhindern. Naturschutz, Erhalt der historischen Stücke und natürlich die Sicherheit sind als Hauptgründe zu nennen.«

»Und – gäbe es was zu holen, da unten? Lohnt sich der Aufwand oder haben wir es hier mit der Wunschvorstellung großgewachsener Kinder zu tun?«

Freddes Augen verengten sich, um dem Gesagten den passenden geheimnisvollen Anstrich zu verleihen. »Och, es gibt schon das eine oder andere legendäre Schiff, das mitsamt verbuchter, sagenumwobener Ladung noch immer da unten liegt. Nehmen wir zum Beispiel den Frachter *Karlsruhe*, der seit 1945 vermisst wird! Viele Hobby-Historiker aber auch Fachleute vermuten, dass sich auf ihm Teile des legendären

Bernsteinzimmers befinden könnten. Des Zimmers, das vom preußischen König Friedrich I. 1701 in Auftrag gegeben und gut zehn Jahre später im Berliner Schloss eingebaut wurde. Ein Raum, dessen Wände mit Bernstein-, Gold- und Spiegelelementen ausgelegt waren und der einst sogar den Winterpalast in Sankt Petersburg zierte: das sogenannte achte Weltwunder! Stell dir die Sensation vor!«

»Glaubst du nicht, dass zumindest die Wracks, die in den Sperrzonen liegen, die man ja nicht umsonst errichtet hat, längst gesichtet, identifiziert und geplündert worden sind? Solche Funde lässt sich doch niemand entgehen – auch keine der Regierungen der Anrainerstaaten.«

»Stell dir das nicht so einfach vor. Es gibt Tiefen, da kannst du, wenn überhaupt, nur mit modernsten Tauchrobotern hin. Die müssen klein sein, damit sie in die Schiffe reinkommen, sich durch schmale Öffnungen zwängen können. Die Dinger haben Kameras, aber keine Arme, um zum Beispiel Kisten zu öffnen. Und wie sollen die Schätze gehoben werden? Außerdem kosten solche Geräte ein Heidenmoos. Dann lieber den Deckel drauf und ein Verbot aussprechen. Tatsächlich munkelt man, dass die Positionen etlicher berühmter Schiffe lange bekannt sind. Die Karten, in denen sie verzeichnet sind, unterstehen höchster Geheimhaltung und können nur von einigen Auserwählten eingesehen werden, zum Beispiel hochrangigen Militärs. Ich könnte mir vorstellen, dass auch leitende Angestellte von Forschungseinrichtungen wie euer Herr Martens über Teilwissen verfügen. Vielleicht nicht, welches Schmuckstück genau da unten liegt, aber wahrscheinlich, wo es sich befindet. Schließlich muss er seiner wissenschaftlichen Arbeit nachgehen und am Meeresgrund einiges unter die Lupe nehmen können. Aber auch der darf garantiert nichts verraten.« Fredde grinste und ließ Ann einen Moment, um das Gehörte zu verarbeiten.

»Wenn Naresh Sharma nun eher zu den fanatischen Schatzjägern statt historisch Interessierten zu zählen wäre und er erhoffte sich von Martens eine Auskunft über die genaue Position eines bestimmten Wracks ...« Ann drehte gedankenverloren eine Haarsträhne um ihren rechten Zeigefinger. »Glaubst du, das wäre ein Motiv, Hauke zu entführen, vielleicht sogar, ihn zu beseitigen? Immerhin haben wir keine Ahnung, wo Herr Sharma sich aufhielt, während Hauke joggen ging und verschwand.«

Fredde zuckte mit den Schultern. »Fanatismus ist ein gefährlicher Gegner und die Jagd nach historisch bedeutsamen Schätzen hat schon so manchen in den Ruin getrieben und um den Verstand gebracht. Könntest du dir das vorstellen, dass der Sharma den Martens überwältigt und verschleppt? Hat der überhaupt die körperliche Konstitution für so ne Aktion?«

Ann seufzte. »Gute Frage. Aber würde man wirklich so weit gehen – einen Menschen entführen oder gar töten, nur auf den vagen Verdacht hin, dort unten etwas historisch Bedeutsames zu finden? Ich weiß nicht ... Und Alette? Wie passt die da rein? Ich glaube einfach nicht, dass zwei so außergewöhnliche Ereignisse auf einer Expedition passieren und nichts miteinander zu tun haben sollen!«

»Höchst unwahrscheinlich, wohl wahr. Nun könnte es natürlich sein, dass Alette hinter Nareshs Pläne gekommen ist. Er kann oder will sie nicht auf seine Seite ziehen und beteiligen. Es kommt zum Streit, zu einem Handgemenge. Sie prallt unglücklich gegen eine Kante. Er gerät in Panik, glaubt, sie sei tot, was sie vielleicht auch ist, und entledigt sich ihrer, indem er sie über Bord wirft. Hektisch putzt er den Knopf ab, übersieht dabei das Blut. Oder er wird von Tjerk gestört. Er eilt aus dem Sondenraum, überlegt fieberhaft, was Tjerk machen wird, wenn er das Blut entdeckt, und, wie zum Teufel er selbst unbeschadet aus allem rauskommt. Da kommt ihm die geniale Idee, dem Knudsen alles in die Schuhe zu schieben. Er schleicht in Tjerks Kabine und putzt sich das Blut von den Händen, loggt sich in dessen

Computer ein – aus dem Passwort hat der gebürtige Däne nie ein Geheimnis gemacht – und schreibt die Drohmails.« Freddes Gesicht strahlte triumphierend. »Na …? Ich bin gut, ne?«

Ann dagegen wirkte nachdenklich. »Das bist du. Keine Frage, das bist du. Leider hakt es an der einen oder anderen Stelle. Tjerk behauptet, Alette hätte ihn in den Sondenraum bestellt. Es war also kein Zufall, dass er dort aufgetaucht ist. Außerdem bleibt immer noch die Frage nach dem Ausfall der Monitore auf der Brücke. Nein, irgendwas passt da noch nicht.«

»Hm, dann sind es vielleicht doch zwei voneinander unabhängige Vorkommnisse? Der Knudsen killt die Roux und der Wracktaucher hält den Fahrtleiter gefangen.« Fredde zuckte mit den Schultern.

Ann schüttelte resignierend den Kopf. Irgendwie stocherten sie trotz der ganzen Informationen in einem Nebel aus Spekulationen herum.

»Na egal, weiter geht's. Kommen wir zu der Geo-Engineering Firma von Simon Willems und Alette Roux: *GeoGreengine*. Gegründet vor fünf Jahren von Alette Roux und einem Belgier namens Arthur Maes. Letzterer ist aber schon nach anderthalb Jahren wieder ausgestiegen und von Willems ersetzt worden. Firmensitz: Bremerhaven. Festangestellte Mitarbeiter, neben den Inhabern: nur drei. Dafür werben sie auf ihren Internetseiten mit etlichen Partnerfirmen und Instituten, mit denen sie wohl eng zusammenarbeiten. Dort finden sich auch eine Vielzahl von Pressemitteilungen über Fördermittelzuschläge und Politikerbesuche.«

Ann nickte wissend. Die hatte sie sich auch schon durchgesehen.

»Ich konnte nichts Ungewöhnliches feststellen. Auch der Willems ist bislang nicht negativ in Erscheinung getreten. Hat BWL studiert und sich recht früh in die Führungsebene verschiedener kleiner und mittlerer Unternehmen katapultieren können. Nebenbei hat er immer investiert und Aktienhandel betrieben. So zumindest steht es in seiner Vita auf den Firmenseiten. Hat ne saubere Polizeiakte.«

Wieder nickte Ann. »Familiärer Background?«

»Verheiratet mit einer Österreicherin, keine Kinder. Sie betreibt einen Online-Handel für Spezialitäten aus ihrem Heimatland.«

Ann lehnte sich zurück. Den Willems konnten sie also vergessen. Was sollte der mit dem Verschwinden von Hauke zu tun haben? Sie sah Fredde einen Schluck aus seiner Kaffeetasse nehmen. Kaffee – keine schlechte Idee.

»Tja, und Tjerk Knudsen …? Geboren 1975 in Dänemark, verheiratet, zwei Kinder, dreizehn und fünfzehn Jahre alt, lebt seit siebzehn Jahren in Flensburg. Arbeitet als Geograf. Gehört – zumindest war das mal so – der linken Szene an. Ein Umweltaktivist, wie er im Buche steht. Wurde mehrfach verhaftet. Es gibt Anzeigen wegen Hausfriedensbruch, gefährlichen Eingriffs in den öffentlichen Verkehr bis hin zu tätlichem Angriff auf einen Polizeibeamten. Er scheint keiner Konfrontation aus dem Weg zu gehen.«

»Der Angriff war weswegen?«

»Die Polizei sollte das Firmengelände räumen, zu dem er und ein paar andere sich Zutritt verschafft hatten. Er wollte partout nicht gehen. Dann wurde es grob – auf beiden Seiten.«

»Wann war das?«

Fredde blickte in seine Unterlagen. »2001.«

Würde Tjerk Alette angreifen? Ja, das hatte er bewiesen. Aber würde er sie töten? Wenn, dann nur im Affekt. Vielleicht war es ja doch ein Unfall gewesen und der Ausfall der Bordelektronik einfach nur Zufall …

»Ach ja, noch was: Du hattest doch nach dem Versicherungsstatus von Hauke Martens gefragt«, fuhr Fredde fort. »Er besitzt eine ganz normale Risiko-Lebensversicherung, will sagen, stirbt er durch einen Unfall oder ein Verbrechen, ist sein Haus abbezahlt. Gilt aber nur fürs Haus. Die restlichen Schulden lösen sich dadurch nicht in Wohlgefallen auf. Und ehe du fragst: Nein, das gilt nicht im Falle einer Selbsttötung.«

*

Getrieben vom Kaffeedurst war Ann in die Messe gegangen. Seit sie vor Anker lagen, hatten sich die Essenszeiten verschoben, sodass der Ansturm auf die Abendmahlzeit auf sich warten ließ. Marius, Victor, Mena und Vanessa hatten wohl die gleiche Idee und jeweils eine dampfende Tasse vor sich stehen.

»Moin!« Ann schnappte sich einen Becher, goss sich ein und setzte sich zu ihnen.

»Moin!« Victor prostete ihr zu. Von Vanessa kam ein lächelndes »Hey!« Die anderen beiden grüßten wortlos. Mena sah blass aus. In ihrem Blick lag Traurigkeit.

Ann berührte sie sanft an der Schulter. »Alles in Ordnung?«

Mena zuckte zurück. »In Ordnung? Nichts ist in Ordnung! Alette ist tot und Hauke …?« Ihre Stimme schwoll von einem Flüstern zu einem verzweifelten Krächzen an. »Wir können doch nicht einfach fahren, so tun, als ob nichts gewesen ist, und ihn hierlassen!«

Vanessas Blick war vielsagend. Sicher war das nicht der erste Gefühlsausbruch ihrer Zimmergenossin.

»Keiner tut so, als sei nichts gewesen. Die Polizei wird weiterhin alle Hebel in Bewegung setzen, um ihn zu finden.«

»Die Polizei!« Mena schnaubte aufgebracht. »Die Polizei tut gar nichts! Die haben ihn doch längst abgeschrieben!«

»Das glaube ich nicht, ganz bestimmt nicht! Aber wir … wir helfen ihm nicht, indem wir hier warten.«

»Sie hat recht, Mena«, meinte Vanessa und wollte die Mikrobiologin einfühlsam in den Arm nehmen.

Die aber sprang auf, drehte sich mit den Worten »Sie haben einfach nicht genau genug nach ihm gesucht!« um und verließ sichtbar angegriffen den Raum. Vanessa seufzte und ging ihr nach.

»Oh Mann, das nimmt sie ganz schön mit«, meinte Ann, während sie den beiden nachsahen.

»Das ist aber auch echt schräg! Wie kann man einfach so verschwinden? Ich meine, irgendwer muss ihn doch irgendwo gesehen haben!« Marius studierte die Oberfläche seines Kaffees.

»Jau!« Victor nickte und nahm einen großen Schluck. »Das wird ne scheiß Zeit für seine Frau und die Kinder.«

Jetzt nickten Marius und Victor synchron.

»Was macht ihr, wenn wir zurück sind?«

Sofort hellte sich Victors Miene auf. »Das ist das einzig Gute daran! Wir ankern mindestens vier Tage zu früh in Warnemünde. Vier freie, bezahlte Tage! Ich hoffe doch mal, dass wir weiter bezahlt werden. Ist ja schließlich nicht unsere Schuld!«

»Also ich werde erst mal nichts tun. Schlafen, ganz viel schlafen und in die Glotze gucken.« Marius grinste genüsslich.

Ann lachte. »Hast du in den letzten Tagen noch nicht genug Nichts getan?«

»Doch, aber nicht in Ruhe! Hier an Bord hörst du doch jeden Furz! Jede Tür, die achtlos zugemacht wird, jeden, der den Gang entlanggeht, jedes Niesen, Husten oder Klappern. Und Fabian – der Kleine ist ja ganz okay, aber hey, sich mit dem ein Zimmer zu teilen, das ist wie in der Repeatschleife einer Lindenstraßenfolge gefangen zu sein. Weißt du, wie oft der mit irgendwem telefoniert? So viel quatschen nicht mal meine vier kleinen Schwestern! Mit seiner Familie, seinen Kommilitonen, seiner Freundin, seinen Kumpels, wahrscheinlich noch mit seinen Nachbarn! Und immer erzählt er dasselbe. Alle wollen wissen, was auf dem Grusel-Schiff vor sich geht.« Er schüttelte genervt den Kopf.

»Ich werd rausgehen und es richtig krachen lassen. Ab Donnerstag geht's in den Clubs wieder los. Dabei schön gepflegt einen heben, ohne am nächsten Tag früh rauszumüssen. Super!« Victors Augen glänzten.

»Du kommst aus Rostock?«

Er nickte.

»Und nimmst du deine bessere Hälfte, nimmst du Naresh mit? Ihr seid doch wie ein altes Ehepaar.«

Marius hätte fast den Kaffee zurück in seinen Becher geprustet. »Recht hat sie!«, meinte er lachend, nachdem er runtergeschluckt hatte.

»Ja, wir beide lieben uns sehr.« Victor zwinkerte nonchalant. »Aber nein, das geht nicht. Der muss zu Hause bleiben. Richtig Party machen kann man nur ohne die Olle.« Er wurde wieder ernst. »Naresh würde eh nicht mitkommen. Der hockt doch nur in der Bude und glotzt in sein Notebook.«

»Und da macht er was? Wissenschaftliche Abhandlungen schreiben? Datensätze auswerten?«

»Nee, keine Ahnung. Schreiben tut er nicht viel. Er ist sehr eigen mit dem Ding, dreht es immer weg, wenn man gucken könnte. Ich hab mal aus Spaß versucht, einen genaueren Blick drauf zu werfen, da ist er richtig sauer geworden. Auf Nachfragen bekommt man komische, ausweichende Antworten. Hab's dann irgendwann gelassen. Soll er ...«

»Der guckt bestimmt Pornos!« Marius' Grinsen wurde breit.

»Wenn's das wäre, wär noch nicht alles verloren!« Auch Victor verzog seinen Mund süffisant. »Hatte aber wohl irgendwas mit dem Meer zu tun – oh Wunder. Konnte das eine Mal so was wie ne Seekarte erkennen.«

»Apropos Seekarte! Seid ihr bei euren Forschungen eigentlich schon mal über so 'n Wrack gestol...« Das Klingeln ihres Handys ließ sie mitten im Satz stocken. »Sorry!« Sie zog es aus der Gesäßtasche und warf einen Blick drauf. Das Klingeln wurde lauter. Fredde. Den konnte sie später noch zurückrufen. Gleichzeitig mit diesem Gedanken sah sie, dass er ihr mehrere Nachrichten geschickt hatte. Ihr Display war komplett zugetextet.

»Entschuldigt«, murmelte sie, stand auf und drückte im Weggehen auf »Annehmen«.

Freddes Stimme klang aufgebracht, überschlug sich fast. »Na endlich! Hast du meine Nachrichten nicht gesehen? Du darfst aber nichts sagen, hörst du? Nicht, dass du ihn noch warnst! Dann komm ich in Teufels Küche! Wenn die kommen – und der ist weg ... Ann, das musst du mir versprechen!«

»Owowow, hey! Jetzt komm erst mal runter! Was darf ich nicht sagen und wen nicht warnen? Was ist denn passiert?«

»Willems! Die Firma! Das alles ist mehr Schein als Sein! Der hatte nie vor, diese Pumpen zu bauen. Der hat das ganze Geld zur Seite geschafft. Der hat die alle beschissen!«

Kapitel 9

»Was?« Fassungslos lauschte Ann Freddes Bericht.

»Die Kollegen haben seine Firma durchleuchtet – routinemäßig –, ist ja klar, bei dem, was passiert ist. Auch wenn die Indizien gegen den Knudsen sprechen, werden andere mögliche Gründe und Zusammenhänge eruiert und ausgeschlossen. Dabei haben sie entdeckt, dass der größte Teil der Investitionen, darunter auch die Fördergelder, weg ist – veruntreut! Einen kleinen Teil hat man über Umwege bis zu Geheimkonten nachverfolgen können, die, wiederum über Umwege, Simon Willems zugeschrieben werden können. Und das ist erst die Spitze vom Eisberg! Sie gehen davon aus, dass sie auch den Rest des Geldes bei ihm finden werden – alles eine Frage der Zeit. Ich glaube nicht, dass der Willems besser ist als die Kollegen aus der Cyber-Abteilung.«

»Aber wenn Willems das ganze Geld unterschlagen hat, was ist dann mit Alette?«

»Genau! Momentan sieht es so aus, als hätte nur er die Finger mit drin. Die Datenspur der Geldtransfers konnte ausschließlich zu ihm zurückverfolgt werden.«

»Wie lange schafft man es bitte, so was vor seinem Kompagnon geheimzuhalten? Gut, er war für die ganzen Finanzen zuständig und sie für den wissenschaftlichen Bereich – trotzdem! Das musste doch früher oder später rauskommen.«

»Eben. Und das ist nun mal wirklich ein erstklassiges Mordmotiv!«

Ann dröhnte der Kopf, während Fredde weitersprach. »Jetzt wird natürlich sehr genau geschaut, ob nicht sogar Willems Alette umgebracht und Tjerk als Sündenbock missbraucht haben könnte. Ich schätze, der Fall wird neu aufgerollt. Macht euch darauf gefasst, dass ihr alle noch mal verhört werdet. Die wollen bestimmt wissen, wann der Willems in der fraglichen Nacht wo war.«

Stand der nicht die ganze Zeit im Universallabor und fieberte den Zahlen entgegen?, dachte Ann und versuchte, das Gedankenchaos in ihrem Kopf sortiert zu kriegen. *Aber wieso sollte er Zahlen entgegenfiebern, die keinen Nutzen für ihn hatten, da er die Pumpen gar nicht bauen wollte? – Um den Schein zu wahren?*

»Na ja, zunächst werden sie einen von der Hubschrauberstaffel schicken, um den Willems abzuholen. Die Order ist raus. Es dürfte nicht mehr allzu lang dauern, bis du die Rotoren hören kannst. Euch andere werden sie einen Tag später in Warnemünde empfangen und befragen. Falls das Vögelein bis dahin nicht schon gesungen hat.«

Jetzt schrak Ann aus ihren Gedanken. »Die Polizei schickt einen Heli, um den Willems einzukassieren?«

»Klar! Die warten bestimmt nicht, bis das Kerlchen sich abgesetzt hat! Bedeutet leider, du wirst mit der *Neptun* zurückkehren müssen.«

Na, zumindest Simon Willems kam endlich zu seinem langersehnten Flug – nur eben anders, als er sich das vorgestellt hatte.

*

Nervös lief Ann in ihrer kleinen Kammer auf und ab. Willems hatte Firmengelder veruntreut. Warum? Weil ihm bewusst wurde, dass es noch Jahre oder auch Jahrzehnte dauern würde, ehe er mit dem ausgereiften Typ der Windkraft-Sauerstoffpumpanlage das große Geld machen würde? Hatte er begriffen, dass der Wind, der ihnen entgegenschlug, mehr als eine steife Brise war? Dass die Gegner das Projekt sogar zum Scheitern bringen konnten? Egal, warum er das Geld beiseite geschafft hatte, er musste davon ausgehen, dass Alette dahinterkommen würde. Oder war sie das längst?

Woher willst du wissen, dass sie nicht gemeinsame Sache mit ihm gemacht hat? Eigil hatte Lust auf einen Diskurs.

Alette? Nein, Ann war sich sicher, Simon Willems hatte auch ihr was vorgemacht. Wenn Alette also etwas geahnt oder sogar gewusst hatte, was ihr Kompagnon da hinter ihrem Rücken trieb ... Dass er alles, wofür sie kämpfte, kaputt machte. Was würde eine Idealistin wie Alette tun? Sie würde versuchen, ihn zu stoppen! Sie würde ihn zur Rede stellen und dazu bringen wollen, das Geld zurückzutransferieren.

Der Großteil des Geldes wurde nicht gefunden. Was, wenn es längst weg ist? Wenn Willems Dinge gekauft, Schulden gemacht oder bezahlt hat? Wenn es nichts gibt, was zurückfließen kann?

Dann wäre Alettes Traum, die Meere zu retten, geplatzt. Sie wäre zurecht ausgeflippt. Der einzige Weg für sie, um zumindest einen Teil des Geldes zurückzubekommen, wäre gewesen, ihn anzuzeigen.

Dann wäre alles aufgeflogen und die öffentliche Hand, sowie die Sponsoren hätten sich ihrer Klage angeschlossen und ihr Geld zurückverlangt. Wahrscheinlich wäre sie sogar mit in die Pflicht genommen worden, als Firmenmitinhaberin. Am Ende hätte sie sich an den Rückzahlungen noch beteiligen müssen, gab ihre innere Stimme zu bedenken.

Also keine Anzeige. Vielleicht wusste sie auch noch gar nicht, was sie nun tun sollte? Vielleicht war sie gerade erst dahintergekommen, war aus allen Wolken gefallen und hatte ihn zur Rede gestellt?, führte Ann den gedanklichen Austausch mit Eigil fort.

Hier auf der Neptun, während dieser Monitoring-Fahrt? Eher unwahrscheinlich. Hier hatte sie was Besseres zu tun, als sich mit den Finanzen ihrer Firma zu beschäftigen. Und vergiss nicht: auf See – kein Netz!

Du meinst, sie muss es vorher erfahren haben? Und dann fahren beide mit, als sei nichts geschehen? Ann schüttelte energisch den Kopf.

Stell dir vor, die Expedition steht unmittelbar bevor. Durch einen doofen Zufall stolpert Alette über Ungereimtheiten, schaut nach und stellt fest: Das Geld ist weg!

Sie hätte ihn doch sofort gefragt, was er mit dem Geld gemacht hat!, war sich Ann sicher.

Vielleicht auch nicht. Vielleicht begreift sie, in welcher Zwickmühle sie sich befindet, weiß sich so plötzlich keinen Rat und beschließt, das Theater vorerst mitzuspielen. Die Fahrtzeit ist beantragt und lässt sich so kurzfristig nicht mehr absagen, ohne die Kosten tragen zu müssen. Außerdem weiß sie, dass die Bekanntmachung auch sie in Misskredit bringen würde. Und vergessen wir nicht – sie will immer noch die Meere retten. Die Ergebnisse dieser Fahrt sind ihr nach wie vor wichtig – auch, wenn das Ziel der Umsetzung nun noch weiter in die Ferne gerückt ist.

»Wieso sollte ihr Kompagnon sie dann töten?«, murmelte Ann.

Er hat den Verdacht, dass sie etwas ahnt? Er will sie loswerden, bevor sie es rausbekommt? Schließlich weiß er, dass er das nicht ewig vor ihr verheimlichen kann. Die Fahrt ist perfekt, um ihre Leiche auf nimmer Wiedersehen verschwinden zu lassen.

»Und riskiert damit, dass die Behörden seine Firma auf den Kopf stellen und er auffliegt? Wohl kaum!« Ann sprach jetzt aus, was sie dachte.

Er hat Tjerk, seinen Sündenbock! Die von Willems manipulierten Beweise sind so stichhaltig, er wird nicht damit gerechnet haben, dass sich die Polizei trotzdem durch seine Firmenunterlagen wühlt.

»Riskant – sehr riskant! Und Alette soll die ganzen Tage über so getan haben, als hätte sie nichts gewusst? Sie muss ständig kurz vorm Explodieren gewesen sein!«

Ja, aber das ist es doch! Sie hat versucht, den Schein zu wahren, doch dann ist sie geplatzt und hat all ihr Wissen über seinem Kopf ausgeschüttet. Er gerät in Panik. Es kommt zu einem Kampf, er tötet sie, vielleicht sogar unabsichtlich, und entsorgt sie im Meer. Eine völlig neue Situation! Er muss sich was einfallen lassen, irgendwas, was die Polizei davon abhält, ihn zu verdächtigen und seine Unterschlagung aufzudecken, bevor er untertauchen kann. Tjerk bietet sich geradezu an. Und Simon legt seine Köder aus!

»Das würde natürlich erklären, warum Willems es so eilig hatte, von Bord zu kommen. Und wieder einmal bleiben die Fragen: Weshalb behauptet Tjerk, Alette hätte ihn in den Sondenraum bestellt? Und was hat es mit dem Ausfall der Monitore auf sich?«

Ann begann ihren Gang durchs Schiff. Sie wollte ihn sehen. Sie wollte wissen, wo er war und was er tat. Freddes Worte sprangen ihr ins Gedächtnis: »Du darfst aber nichts sagen, hörst du? Nicht, dass du ihn noch warnst! Dann komm ich in Teufelsküche! Wenn die kommen – und der ist weg ... Ann, das musst du mir versprechen!« Wohl wahr, sie durfte Willems gegenüber nichts erwähnen, nicht mal eine Andeutung machen. Die Gefahr, dass er sich absetzte, bevor der Polizeihubschrauber landete ...

Apropos absetzen! Wäre Willems in Slite von Bord gegangen und fortgeblieben, was mit dem jetzigen Wissensstand durchaus Sinn gemacht hätte, okay! Aber warum verschwand stattdessen ausgerechnet Hauke?, dachte Ann und ging durch den Längsgang des unteren Decks.

Wie passte das zusammen? Hätte Hauke von den Unterschlagungen erfahren, hätte Alette ihm ihr Herz ausgeschüttet, der Fahrtleiter hätte das doch sofort gemeldet, oder? *Und wenn Alette ihn gebeten hatte, das nicht zu tun? Sie versichert ihm, sich darum zu kümmern, sobald sie zurück in Warnemünde sind.*

Ann näherte sich den Kammern der Wissenschaftler. Viele hatten ihre Kabinentüren weit geöffnet, lagen auf den Kojen und lasen oder unterhielten sich. Ann blieb vor der Einzelkabine stehen, in der Willems sein Quartier bezogen hatte. Die Tür war geschlossen. Zu hören war nichts. Sie seufzte unschlüssig und drehte sich dann weg. Bedächtig betrat sie den Niedergang und zog sich hoch. Vielleicht fand sie ihn in der Messe. Doch dort war er nicht. Dafür hatten sich die ersten zum Essen eingefunden. Ann schaute auf die Uhr, neunzehn Uhr vierundvierzig, und schloss die Tür.

Die Labore waren verwaist. Sie schnappte sich ihr Ölzeug und die Gummistiefel, öffnete die Schott-Tür und trat hinaus. Der feine Regen war Vergangenheit, doch die Luft war feucht und schwer. Bis auf die nächtliche Beleuchtung des Zementwerks und ein paar kleine helle Tupfer, die von den Laternen der ersten Siedlung herrührten, lag der Industriehafen im Dunkeln. *Putin-Kai* nannten die Einheimischen ihn. Warum, darüber konnte Ann nur spekulieren. Vielleicht hatte es von hier aus rege Handelsbeziehungen mit Russland gegeben, vielleicht war es aber auch die Angst vor einer Invasion. Gotland und damit Slite wäre die erste Bastion, die sich einem Einmarsch der Russen ausgeliefert sähe.

Ein schwaches Brummen, das schnell zu einer abgehackten, rhythmischen Tonfolge mutierte, riss sie aus ihren Gedanken. Das typische Geräusch sich schnell drehender Rotorblätter! Sie hob den Kopf, suchte im Himmel nach den passenden Lichtern. Doch scheinbar waren die Wolken zu dicht. Noch gab die Dunkelheit das sich ankündigende Objekt nicht preis. Das Geräusch indes kam immer näher. Ann trollte sich nach Achtern und lehnte sich gegen einen der großen Materialcontainer. Es konnte nicht schaden, wenn sie alles beobachten konnte, selbst aber unentdeckt blieb.

Die Gangway war genau in ihrem Blickfeld und von der Außenbordbeleuchtung der *Neptun* passend illuminiert.

Peer Bolten erschien an Deck, gefolgt von zwei Matrosen. Als der Helikopter durch die Wolken brach, das rhythmische Knallen in den mächtigen Bauwerken der Industrieanlage einen perfekten Verstärker gefunden hatte, ergoss sich ein gleißend heller Strahl auf die große betonierte Fläche, die das Zementwerk mit dem Kai verband. Der Wind der Rotorblätter ließ die spärliche Bepflanzung der näheren Umgebung im harten Licht tanzen. Ann registrierte, wie die Schott-Luke aufschlug, sich erste erstaunte Forschergesichter zeigten. Willems war nicht unter ihnen.

Der Hubschrauber setzte auf, die Anzahl der Umdrehungen der Rotoren nahm ab. Türen öffneten sich und zwei Uniformierte sprangen heraus. Sie liefen zur Gangway, wo sie vom ersten Offizier empfangen wurden. Es kam zu einem kurzen Austausch von Worten, die, obwohl der Mimik nach zu urteilen, geschrien, oben an Deck nicht zu verstehen waren. Ann sah, dass immer mehr Wissenschaftler nach draußen strömten, sah ihre hell erleuchteten, fragenden Gesichter.

Mit einem Mal teilte sich die kleine Ansammlung und ließ vier Leute passieren. Ann erkannte Kapitän Barne, der energisch voranschritt. Dann folgten zwei Besatzungsmitglieder, die Simon Willems eskortierten. Der riss gerade abwehrend die Arme hoch, als einer der beiden ihn bekräftigend in die richtige Richtung drücken wollte.

Simon war unfassbar blass, ein Eindruck, der durch die harten Lichtverhältnisse noch verstärkt wurde. Sein Gesicht drückte gleichzeitig Schock wie auch Wut aus. Als er sich den beiden Polizeibeamten näherte, fing er an zu reden, was in Anbetracht des Lärms der immer noch kreisenden Rotorblätter und der aufgeheizten Stimmung wohl eher einem Brüllen gleichkam. Leider war auch davon nichts zu verstehen. Barne sagte etwas. Dann redete einer der Uniformierten auf Willems ein, der verstummte. Die beiden nickten dem Kapitän zu, nahmen den Chef von *GeoGreengine* in ihre Mitte, ließen ihn einsteigen, nahmen selbst ihre Plätze ein und schlossen die Türen. Keine zehn Sekunden später schwoll der Lärm der Rotoren wieder an, ein Rucken ging durch den Korpus und die Kufen lösten sich langsam vom kahlen Betonboden. Der Helikopter schwebte grade nach oben, bis er aus dem Dunstkreis der Industrieanlage heraus war, drehte ab und wurde von Wolken und Dunkelheit verschluckt. Erst jetzt vernahm Ann das aufgeregte Stimmengewirr. »Was, warum, was sollte das denn jetzt?« Soeben war Barne die Gangway hochgekommen. Er erhob seine Stimme: »Wir treffen uns in der Messe!«

Der Kapitän umriss nur kurz, was der Abholung Simon Willems zugrunde lag. Die Polizei sei auf Ungereimtheiten bei *GeoGreengine* gestoßen, deren Klärung keinen Aufschub zuließen, da man nicht wisse, wie die in das Verfahren um Alettes Tod hineinspielen würden. »Die Abfahrt der *Neptun* wird sich dadurch nicht verzögern«, sagte er noch, bevor er den Raum verließ.

Hatten die zehn Wissenschaftler zuvor gespannt gelauscht, redeten nun alle durcheinander. Mit den paar Brocken wollte sich keiner zufrieden geben. Was sollte das heißen: Ungereimtheiten? Und was hieß das genau im Bezug auf Alettes Tod? War Tjerk etwa doch unschuldig? Aufgebracht verlangte die Meute nach weiteren Informationen.

Peer Bolten versuchte zu beschwichtigen. »Der Kapitän darf sich nicht weiter äußern.«

»Aber er weiß, was da läuft!« Victor sah man die Verärgerung an.

»Er befehligt dieses Schiff und wurde natürlich über den Sachverhalt informiert. Andernfalls hätte er Herrn Willems nicht übergeben.«

»Und der Sachverhalt ist welcher ...?«

»Die Anschuldigungen werden so schwerwiegend sein, dass es diese Maßnahme rechtfertigt. Mehr weiß ich auch nicht.«

»Wer's glaubt«, murmelte die Amundsen.

»Haben sie ihn aus seiner Kammer geholt?« Ann war neben Ingke getreten.

Sie nickte heftig. »Aber wie! Das hättest du mal sehen sollen. Kurz angeklopft, dann sind sie rein. Zu dritt. Die Tür haben sie hinter sich zugemacht. Zunächst war es mehrere Minuten still. Sie müssen leise gesprochen haben. Du weißt ja, wie hellhörig der Kahn ist. Dann hörte ich den Willems brüllen: ›Das ist doch der absolute Schwachsinn! Wie kommen die da drauf? Sind denn jetzt alle verrückt geworden?‹ Dann erkannte ich Barnes Stimme.«

»Was hat er gesagt?«

»Konnte man nicht verstehen. Willems schrie dann noch ›Da ist nichts Wahres dran! Ich werd mich hier bestimmt nicht festnehmen lassen!‹ Barne muss noch auf ihn eingeredet haben, denn es dauerte ein paar Sekunden, bevor die Tür aufging und sie mit ihm rauskamen.«

Ann blickte in die kleine Runde von Marius, Victor, Naresh und Ingke. »Was denkt ihr? Weshalb haben sie ihn wirklich einkassiert?«

Alle schwiegen und starrten betreten vor sich hin.

Ingke durchbrach die Stille. »Ganz ehrlich? Ich denke bald gar nichts mehr. Ich war schon so oft dabei, aber noch nie ist auch nur ansatzweise so viel ...« Sie suchte nach Worten. »... Schräges passiert wie auf dieser Fahrt. Alette wird getötet und von Bord geworfen und Tjerk verhaftet. Dann verschwindet auch noch Hauke! Ich mein, ist ja nicht so, als ob wir nicht schon zig Monitoring-Fahrten zusammen durchgestanden hätten. Und jetzt kassieren sie den Willems ein! Was kommt als Nächstes?« Die große, sonst so selbstsichere Schwedin klang zum ersten Mal, seit Ann sie kannte, überfordert.

Fabian war unbemerkt an die Gruppe herangetreten. Er räusperte sich unbeholfen. »Ich will ja nicht noch mehr Hiobsbotschaften verbreiten, aber …« Langsam, als würde er sich schämen, drehte er das Display seines Handys zu ihnen herum. Die Schlagzeile, die ihnen entgegenleuchtete, lautete: ›Beging spielsüchtiger Fahrtleiter Suizid? – Drama auf dem Todesschiff spitzt sich zu‹.

Fassungslos starrten alle auf seine Hand. Ann wiederum beobachtete die Reaktionen, versuchte in den Gesichtern zu lesen.

Ingke streckte ihre Hand aus, um Fabians Handy an sich zu nehmen. »Zeig her!«

Victor aber hielt ihren Arm zurück und meinte: »Nee, lass mal. Lies mal lieber vor, Fabi.«

Der wirkte ein wenig hilflos.

»Doch, mach mal. So haben wir alle was davon.«

Leise, als wolle er verhindern, dass Umherstehende etwas mitbekamen, fing er an zu lesen. Die Rede war von Überschuldung, Spielsucht und Ausweglosigkeit. Haukes Familienverhältnisse wurden bis ins Detail geschildert. Sogar ein Foto seiner, Zitat: ›armen, betrogenen und nun finanziell ruinierten‹ Frau war abgedruckt worden. Reißerische Schlagworte wie *Forschersumpf* und *Geisterschiff* flankierten Spekulationen über Sex- und Drogenpartys auf Expeditionen unter dem Deckmantel der Wissenschaft. Detailliert wurde sich über Haukes Spielgewohnheiten und sein Doppelleben ausgelassen.

Wie schrecklich! Nun hat der öffentliche Spießrutenlauf also begonnen. Arme Familie Martens, dachte Ann.

»Selbst schuld, wer so ’n Dreck glaubt!« Victor brummte verärgert.

»Hauke und spielsüchtig … never! Wie die wohl an diesen Müll drangekommen sind? Da muss doch einer bewusst Lügenmärchen verbreitet haben!«

»Ihr glaubt nicht, dass da was Wahres dran sein könnte? Die bauschen das auf, schon klar, aber ... die regelmäßigen Besuche der Spielcasinos, getarnt als Wochenendseminare. Das ist ziemlich detailliert beschrieben«, äußerte Ann vorsichtig.

»Die Sexpartys hat es auch nie gegeben«, warf Marius ein.

»Nee, leider! Die hätte ich mir nicht entgehen lassen.« Victor schien seinen Humor wiedergefunden zu haben.

»Sie haben sogar konkrete Daten genannt, beschreiben, wie oft er seiner Spielleidenschaft nachgegangen sein soll. Glaubt ihr wirklich, die haben sich das alles nur ausgedacht?«

Betretenes Schweigen.

»One shouldn't talk badly about the dead.« Nareshs Stimme klang fremd.

»Du glaubst wirklich, er ist tot?« Ann sah dem Inder direkt in die Augen. Der zuckte hilflos mit den Schultern.

»Sonst wäre er doch längst wieder aufgetaucht. Hauke hätte die Expedition nie auf diese Art verlassen! Dafür war ihm das Ganze viel zu wichtig«, stimmte Ingke ihm zu.

Ann lag in ihrer Koje und beobachtete die Schatten, die sich in ihrer Kammer breit gemacht hatten. Mittlerweile war der Himmel klar und bereitete dem Mond die passende Bühne. Sein fahles Licht strömte durch das Bullauge, umspielte den kleinen Tisch und die beiden Stühle. Ann dachte an Hauke, Mena, Naresh, Willems und an Tjerk. Fünf Verdächtige, von denen mindestens zwei auch Opfer sein konnten. Der wunderbare Hercule Poirot hätte nachgedacht, geschlussfolgert, alle zusammengerufen, jedem Einzelnen die Tat plausibel angedichtet, am Ende aber nur einem auf den Kopf zugesagt, dass er oder sie es gewesen war. Und natürlich hätte er nie falsch gelegen. Für Hercule Poirot wäre Nareshs Äußerung, man solle nicht schlecht über Tote sprechen, ein Geständnis gewesen. Woher wollte Naresh wissen, dass Hauke tot war, wenn er ihn nicht höchstselbst umgebracht hatte? Für Ann hatte der Geophysiker einfach nur die Hoffnung auf ein Happy End verloren. Sie selbst wusste auch nicht mehr, was sie noch glauben sollte. Das stärkste Motiv für den Mord an Alette hatte definitiv Simon Willems. Wie das aber mit dem angeblich verabredeten Treffen von ihr und Tjerk im Sonderraum zusammenpasste und was das Verschwinden von Hauke mit alldem zu tun haben sollte …

Ann fühlte sich plötzlich unendlich müde. Nicht nur körperlich, sondern zuallererst geistig. Seit Tagen wälzte sie eine Theorie nach der anderen. Mal erschienen die ihr vollkommen logisch, dann wieder abstrus und realitätsfremd. Sie mochte nicht mehr. Sie wollte nach Hause, oder noch besser zu Marc. Sollte die Polizei doch rauskriegen, wie all das zusammenhing!

Sie war so sehr damit beschäftigt, loszulassen, dass ihr Bewusstsein das dumpfe Nageln zunächst beiseite geschoben hatte. Doch dann setzte sie sich auf und lauschte. Das Geräusch war leise, unterschied sich jedoch deutlich von dem gewohnten Rauschen der Lüftungsanlage. Vielmehr war es ein gleichmäßiges »Tack, tack, tack«. Ann verließ erst ihre Koje, dann die Kabine und huschte auf den dunklen Gang. Das Tackern klang nun irgendwie gedämpfter. Sie lief bis zum Ende, zog sich den Niedergang hoch und lauschte erneut. Es war nach wie vor zu hören, nun war sie sich aber sicher: Das kam nicht vom Schiff! Ann rannte zum Schott und öffnete es. Feuchtkalte Luft schlug ihr entgegen. Augenblicklich bekam sie eine Gänsehaut. Sie schalt sich dafür, ohne Jacke und Schuhe losgespurtet zu sein, betrat dennoch entschlossen das Außendeck. Wenn sie jetzt den Umweg über die Umkleide nahm, war das Tackern vielleicht weg.

»Geh bitte wieder rein. Es ist alles in Ordnung.«

Ann schrak zusammen und starrte in das Gesicht von Sören, einem Mitglied der Besatzung.

»Was ...« Sie drehte den Kopf in die Richtung, aus der das Nageln kam, das nun klar und deutlich zu hören war. Am Kai wartete ein Taxi, ein alter Benz, dessen in die Jahre gekommener Diesel lautstark seine Arbeit verrichtete. Sie sah, wie Kapitän Barne die Tür hinter dem Fahrersitz öffnete und einstieg. Ein paar Sekunden später knatterte das Taxi los und verließ den Kai.

Sören machte ein paar Schritte auf sie zu und zeigte auf die Luke. »Bitte, du wirst noch krank!«

Ann ging peu à peu rückwärts. Das kalte Metall unter ihren Füßen ließ diese langsam taub werden. »Wo fährt er hin? Was hat er vor?«

»Er wird bald wieder zurück sein.«

Sie spürte die Schott-Tür in ihrem Rücken. Mit jedem Schritt, den sie zurückgetippelt war, hatte Sören einen großen auf sie zu gemacht. Ihr blieb nichts anderes übrig, als sich umzudrehen, das Schott zu öffnen und unter Deck zu verschwinden. Sören schien das zu genügen. Leise schloss er die Luke von außen.

Ann rannte so lautlos wie möglich zurück zu ihrer Kabine, warf einen Blick auf ihr Handy – es war mittlerweile weit nach Mitternacht –, schlüpfte in warme Kleidung und trockene Socken und schlich den Niedergang hoch zum Hauptdeck. Vor dem Längsgang blieb sie stehen und horchte. Wenn sie Glück hatte, war alles wie immer und ein Matrose, im heutigen Fall Sören, patrouillierte als Wachposten auf Deck oder saß beim Offizier auf der Brücke, um mit ihm zu quatschen. Das nächtliche Putzen der Messe und der Klos, was auch dem wachhabenden Matrosen oblag, fand meistens erst gegen drei statt. Die Chancen standen also gut, dass Ann ihm hier unten nicht noch einmal in die Arme laufen würde. Leise arbeitete sie sich hoch bis zur Brücke. Als sie eintrat, wandte Falk Peterssen sich erstaunt zu ihr um. »Moin. Na, wieder Schlafprobleme?«

»Wo ist er hin?«

Falk hob fragend die Augenbrauen.

»Barne! Wohin bringt ihn das Taxi?«

Der zweite Offizier schwieg, hielt ihrem Blick jedoch stand.

»Peterssen, komm! Ich weiß, dass der Kapitän das Schiff nicht verlassen würde, ohne dir und Peer Bescheid zu geben, warum er das tut und wie lange er wegbleiben wird.« Ann trommelte fordernd mit den Fingern auf dem Steuerpult herum.

»Eine weitere Order lautet aber ...«, begann Falk quälend langsam.

»... die Klappe zu halten. Ja, ja, schon klar.« Ann wurde zunehmend ungeduldig. »Ich kann gern runter zu den Schlafkojen gehen, das Forschungsteam wecken und ihnen von meiner Entdeckung berichten. Dann hast du nicht nur eine, sondern zehn nervige Wissenschaftler, die dich mit Fragen löchern.«

Falk grinste gequält.

»Das kannst du nicht wollen ...« Herausfordernd und theatralisch langsam wandte sie sich der Tür zu.

Peterssen schwieg. Doch in seinem Blick lag Unbehagen.

»Ich behalte es für mich! Wirklich! Großes Indianerehrenwort!«, versuchte sie es erneut.

Er atmete lang und hörbar aus. »Tu mir einen Gefallen: Leg dich wieder schlafen. Befehl ist Befehl!«

Die Norddeutschen konnten so verdammt stur sein! Hier war nichts zu machen! Die Besatzung würde sich eher die Zunge abhacken, als einen Befehl Barnes zu ignorieren. Genervt verließ Ann die Brücke, hangelte den Niedergang hinunter und stieß direkt mit Sören zusammen. Mit verschränkten Armen und missmutigem Blick baute er sich vor ihr auf.

Ann stöhnte. »Krieg dich ein! Ich bin ja schon weg.« Mit diesen Worten schlängelte sie sich um ihn herum und verschwand unter Deck. Hauptsache, das Riesenbaby kam nicht auf die Idee, sie bis zu ihrer Kammer zu eskortieren. Denn

Anns Ziel war ein anderes: die dunkle menschenleere Messe. Sie schloss die Tür hinter sich, setzte sich an eine strategisch günstige Stelle und beobachtete durch eines der Bullaugen den gespenstisch anmutenden Kai.

Ann schreckte hoch. Ihr Schädel schmerzte – und zwar an der linken Stirnseite. Verwirrt rieb sie mit der Hand darüber und versuchte, sich zu orientieren. Was war los und wo war sie eigentlich? Dann erkannten ihre Augen die nächtlichen Umrisse der Messe. Sie musste eingeschlafen sein und mit ihrem Kopf an der kalten Außenwand des Schiffes gelehnt haben.

Barne! Hatte sie seine Rückkehr verpasst? Sie ließ das Display ihres Handys aufblitzen: drei Uhr siebenunddreißig. Sie streckte sich, rieb sich die müden, steifen Gliedmaßen und beschloss, noch eine halbe Stunde abzuwarten. Den nagelnden Diesel hätte sie bestimmt gehört.

Es dauerte noch genau zwölf Minuten, bis nicht das altersschwache Taxi, sondern ein recht neu aussehender schwedischer Streifenwagen den Kai mit seinen Frontstrahlern erhellte. Ann fühlte sich bestätigt. Kein Kapitän verließ sein Schiff ohne Grund, mitten in der Nacht, ein paar Stunden, bevor die Fahrt wieder losging, außer ...! Es musste etwas passiert sein, etwas, das so einschneidend war, dass der erste Mann an Bord seine Verpflichtung beiseite schob und seinen Posten verließ.

Nervös und voll böser Vorahnungen beobachtete Ann, wie Barne aus dem Wagen stieg und auf die Gangway zuhielt. Auch sie machte sich auf den Weg, eilte durch den grell beleuchteten Längsgang, schlüpfte eilig in Stiefel und Jacke, öffnete das Schott und ging ihm entgegen. Das mulmige Gefühl breitete sich aus. Es war Hauke, sie war sich sicher! Sie hatten ihn gefunden. Als sie um die Ecke bog, schauten beide erstaunt hoch.

Sören, der den Kapitän in Empfang genommen hatte, sah Ann und stöhnte unvermittelt auf. »Nicht schon wieder! Das ist doch nicht dein Ernst!«

Barnes Gesichtsausdruck, der sich zunächst ärgerlich verfinstert hatte, bekam etwas Nachsichtiges. »Schon gut, Sören. Lass dich ablösen. Ich wünsch dir eine ruhige Nacht.« Er klopfte dem Matrosen freundschaftlich auf die Schulter und wandte sich dann Ann zu. Sören trollte sich kopfschüttelnd.

Barnes Augen blickten sie fragend an.

»Ich bin von dem Dieselgeknatter wach geworden. Und ich dachte mir, wenn du das Schiff verlässt ...« Ihre Stimme zitterte vor Kälte, Müdigkeit und auch aus Angst vor dem, was er ihr gleich mitteilen würde. »Ist es Hauke? Haben sie ihn gefunden?«

Kapitel 10

Mit Mühe und Not hatte sie es in diesen Bus geschafft. Der Morgen war kalt und klar. Das Adrenalin hielt die Müdigkeit auf Abstand und brachte ihren Magen dazu, sich seinem jämmerlich nahrungslosen Dasein zu ergeben. Immerhin hatte sie nach einer Banane gegriffen, bevor sie die Gangway hinuntergeeilt war und sich auf den Weg zur Bushaltestelle gemacht hatte. Fünf Uhr fünfzig – und sie saß in der Linie 22 in Richtung Visby.

Barne hatte die Abfahrt der *Neptun* ein weiteres Mal verschoben. Frühestens auf den heutigen Abend, Dienstagabend.

Ann konnte es immer noch nicht fassen: Sie hatten Hauke gefunden – und zwar lebend!

Das bewegende Gefühl kehrte augenblicklich zurück, als sie an das Gespräch der letzten Nacht dachte.

Barne hatte sie in das schützende Innere geschoben und erleichtert gelächelt. »Ja, das haben sie. Sie haben ihn gefunden. Und er lebt.«

Anns Augen wurden weit. »Nein! Oh mein Gott! Was, warum, wie ...?« Ihre Gedanken überschlugen sich. Beinahe wäre sie Barne um den Hals gefallen. Endlich einmal gute Nachrichten! Dass sie den Tränen nah war, kam ihr unpassend vor und war ihr gleichzeitig herzlich egal.

Der Kapitän nickte väterlich und berührte aufmunternd ihren Arm. »Nun können wir wenigstens ihn heim zu seiner Familie bringen.«

»Aber – was ist passiert? Wo war er die ganze Zeit?«

Sein Gesichtsausdruck wurde ernst. »Tja, das wüssten alle gern. Er kann sich an nichts erinnern.«

»Was? Das kann doch nicht sein! Wer hat ihn gefunden? Wo? Ist er verletzt?«

»Gefunden wurde er von einem Bäcker. Der wollte gerade aufschließen. Hauke lag direkt vor seinem Laden, in Visby. Und ja, er ist verletzt. Im Großen und Ganzen aber wohl nur leicht. Also physisch betrachtet. Was die Psyche angeht, dazu konnten sie mir noch nichts sagen.«

Wie versteinert stand Ann da und rang um die nächsten Worte. »Aber es muss doch irgendwelche Hinweise geben! Er muss doch noch irgendetwas wissen!«

Barne lächelte nachsichtig. »Er braucht jetzt Zeit. Er steht unter Schock. Vorrangig wurde letzte Nacht geklärt, welcher Art seine physischen Verletzungen sind. Die werden nun behandelt. Alles andere muss warten. Er ist sehr erschöpft.«

»Durftest du ihn sehen? Hast du ihn gesprochen?«

Er nickte. »Ja, ganz kurz. Als Erstes hat er gefragt, ob es uns allen gut geht.« Barne schüttelte seufzend den Kopf. »Typisch Martens.«

Der leuchtend gelbe Bus schaukelte sanft, brachte sie einmal quer über die Insel, von der Ost- bis zur Westküste. Kurz nach Uppuse bog die Linie 22 links ab und hielt an der Haltestelle Bäl Bygdegård. Morgenmüde Menschen auf dem Weg zur Arbeit stiegen zu. Dieselbe Strecke ging es zurück, bis sie wieder auf der 147 landeten und ihre Fahrt in Richtung Visby fortsetzten. Ann gähnte herzhaft. Hätte ihr Gedankenkarussell sie nicht davon abgehalten, wäre sie höchstwahrscheinlich innerhalb weniger Minuten eingeschlafen. Doch so ging sie immer wieder alle Fragen durch, die sie Hauke stellen wollte. Ihre größte Sorge war, dass man sie gar nicht erst zu ihm durchlassen würde. Bei der unklaren Lage stand er mit Sicherheit unter Polizeischutz.

In Visby selbst stoppte die Linie nur noch zwei Mal, bevor sie nach insgesamt vierzig Minuten an der Endstation Visby busstation hielt. Ein großer Platz mit mehreren überdachten Haltestellen und einem lang gestreckten, weiß verputzten Gebäude erwarteten sie. Die vermutlich einheimischen Berufspendler strömten aus dem Bus und gingen ihrer Wege. Auch Ann stieg aus und drehte sich einmal im Kreis. Dann zog sie ihr Handy heraus und gab die Route zum Krankenhaus ein. Unter zwei Kilometer, Dauer: gute zwanzig Gehminuten.

Sie beschloss, sich die Beine zu vertreten und dabei das Zentrum von Visby zu inspizieren. Doch bis dahin kam sie gar nicht. Zunächst ging es eine gefühlte Ewigkeit den Kung Magnus väg entlang, vorbei an einem Fußballplatz, einer Schule und einem Einkaufszentrum. Dann schwenkte sie nach links, überquerte einen kleinen Platz und bog in einen Spazierweg ein. Erst dachte sie an einen Stadtpark, der aber nahm gar kein Ende. Winterliche Wiesen, kahle Bäume und eine endlos scheinende Stadtmauer, die nicht wollte, dass Ann das Geheimnis von Visby Zentrum erblickte, begleiteten sie Meter um Meter. Die hellgrauen Steine der Wehr, die von Türmen durchbrochene Mauer wirkten trutzig. Ann konnte sich gut vorstellen, wie sich die Menschen vor vielen Hundert Jahren gefühlt haben mussten, denen der Einlass verweigert worden war.

Anns Weg verlief parallel zur Wehr. Er zog sich und zog sich und wollte kein Ende nehmen. Nach zwölf Minuten blieb sie stehen und schaute ratlos auf ihr Handy. Konnte das überhaupt sein? Das jedoch wies sie fröhlich blinkend an, weiterzugehen. Irgendwann machte der Weg eine lang gezogene Linkskurve, sie umrundete weiterhin das Zentrum von Visby entlang der Außenseite der Mauer. Am Norderport, einem Tor, das in die Stadt hineinführte, blieb sie schnaufend stehen. Wie dämlich konnte man sein? Sie hätte einfach in den nächsten Bus steigen sollen. Es half nichts, sie stapfte weiter. Irgendwann bog sie nach rechts und ließ die Stadtmauer hinter sich. Und dann endlich, nach einer gefühlten Ewigkeit, sah sie die ersten Häuser und – dem Himmel sei Dank – auch den lang gezogenen Backsteinkomplex mit seinen pistaziengrünen Fenstern: das Krankenhaus. Das Meer war nicht weit. Ann konnte es, die Straße hinunterschauend, in der Morgensonne funkeln sehen.

Sie ließ sich vor dem Eingang auf eine Bank plumpsen und sog das frühmorgendliche Treiben in sich auf. Während der Busfahrt war ihre Strategie gereift, den Empfang zu ignorieren und sich von der Informationstafel auf eine Normalstation schicken zu lassen. Dort würde sie Erkundigungen einziehen, wo die leicht verletzten männlichen Unfallopfer untergebracht wurden. Wenn sie Glück hätte, würde man sie nicht nach einem Namen fragen. Und dann? Dann würde sie weitersehen. Säße eine Wache vor der Tür, wäre schnell klar, wo Hauke zu finden wäre. Das Hineinkommen wäre dann ihr einziges Problem. Besser wäre, es säße niemand vor der Tür. Dann müsste sie nur das richtige Zimmer finden. Soweit der Plan. Nun aber saß sie da und blickte auf mehrere riesige Gebäude, deren Anzahl und Ende aus ihrem Blickwinkel nicht mal zu ahnen waren. Wieso gab es in Visby einen so großen Klinikkomplex? Ohne zu wissen wo, würde sie Hauke niemals finden!

Was würde passieren, wenn sie vorn am Empfang fragen würde, auf welchem Zimmer Hauke Martens lag? Würde man ihr die Auskunft nett, aber bestimmt verweigern oder würde die Polizei wissen wollen, wer sich nach Hauke erkundigte und sie direkt zum Verhör mitnehmen? Schwer zu sagen. Sicher schien ihr, dass man es ihr nicht einfach sagen würde.

Während sie noch nach der richtigen Taktik suchte, fuhr ein Streifenwagen der schwedischen Polizei vor, ließ eine junge Uniformierte aussteigen und setzte seinen Weg fort. Sollte sie so viel Glück haben? Könnte die Frau auf dem Weg zu Hauke sein? Ann folgte der Beamtin in die Empfangshalle. An der Informationstafel blieb sie stehen und beobachtete, wie die Polizistin ein paar Worte mit der Dame an der Auskunft wechselte und sich dann zielstrebig auf den Weg machte. Ann folgte ihr in angemessenem Abstand. Es ging durch das erste Gebäude hindurch, ab in das nächste. Dann stellte die Schwedin sich vor einen Fahrstuhlschacht, drückte den Anforderungsknopf und wartete.

Anns Herz raste. Gleichzeitig wusste sie, es wäre auffälliger abseits stehen zu bleiben. Also gesellte sie sich zu der Polizistin, lächelte freundlich und nickte ihr zu. Die Frau war etwa so alt wie Ann, hatte dunkelblonde lange, zu einem Zopf gebundene Haare und ein schmales, eher längliches Gesicht. Auch sie grüßte nickend mit einem leisen »Hej!« Der Fahrstuhl hielt, sie traten ein und die Polizistin drückte auf die Zwei. Ann auf die Drei. Schweigend fuhren sie nach oben.

Als sich die Tür öffnete und die Schwedin ausstieg, tasteten Anns Augen blitzschnell die Umgebung ab. Der Gang war lang und es schien mehrere Quergänge zu geben. Eiligst wägte sie ab. Ließe sie sie ziehen und führe zunächst weiter nach oben, würde sie sie eventuell verlieren und es würde schwer werden, Haukes Krankenzimmer zu finden. Blitzschnell schob sie den Fuß zwischen die sich schließende Fahrstuhltür, wartete, bis diese sich erneut komplett geöffnet hatte, denn exakt so viel Zeit benötigte die Polizistin, um in einem Seitengang zu verschwinden, und eilte ihr nach. An der Ecke angekommen, kramte Ann in ihrer Tasche, zog einen Zettel raus und tat so, als studiere sie eingehend das Geschriebene. Immer wieder linste sie über den Rand des Blattes und inspizierte den vor ihr liegenden Gang. Die vorletzte Tür musste es sein. Ein Stuhl, zwei sich unterhaltende Polizisten, von denen der männliche sich gerade verabschiedete und Ann nun entgegenkam. Die schaute angestrengt auf ihren Zettel und wartete, bis er vorbeigegangen war.

Was nun? »Hallo, ich bin Ann. Ich muss da jetzt rein! Ich muss ganz dringend mit Hauke Martens sprechen«, würde ihr wohl kaum den Weg ebnen. Einen Kittel klauen und sich als Ärztin ausgeben – so was funktionierte nur im Fernsehen.

Die Polizistin weglocken. Aber womit?

Eine Krankenschwester ging vorbei, lächelte freundlich.

Ann lächelte zurück, studierte ihren Zettel.

Sie könnte warten, bis der Wachposten mal für kleine Mädchen musste. Ann stöhnte leise. Die Frau war gerade erst gekommen. Wusste man, wann das das nächste Mal der Fall sein würde – und ob überhaupt während dieser Schicht?

Von hinten näherte sich ein Klappern. Die Schwester schob einen Servicewagen voll mit abgedeckten Tellern und drei Kaffeekannen vor sich her. Frühstück! Das konnte *die* Chance sein! Ann beobachtete, wie die Krankenschwester vor dem ersten Zimmer hielt, einen Teller vom Wagen nahm, sich eine der Kannen schnappte und hineinging. Dieses Prozedere würde sich garantiert bei jedem Raum wiederholen. Anns Idee: Wenn die Schwester aus Haukes Nachbarzimmer herauskäme, würde Ann sich langsam auf den Weg machen. Sie würde sicherstellen, dass sie zeitgleich mit dem Frühstück vor seiner Tür ankäme. So würde sie bestimmt einen Blick in den Raum erhaschen können.

Noch drei Zimmer bis zum Wachposten. Geschirr klapperte, schwedische Gesprächsfetzen drangen zu Ann herüber. Die vertiefte ihre Nase in den Zettel.

Noch zwei. Ann kramte in ihrer Tasche, als suche sie etwas.

Noch ein Zimmer. Die Schwester öffnete die Tür zum Nachbarraum und trat ein. Ann setzte sich langsam in Bewegung, wühlte sich während des Gehens weiterhin durch ihre Tasche. Alles, um einen Vorwand für ihr Schneckentempo zu haben. Sie zögerte und blieb stehen. Mist, die Schwester brauchte doch wohl nicht ausgerechnet bei diesem Patienten länger, oder? Nein. Da kam sie, bog vor Ann auf den Gang, nickte der Polizistin freundlich zu, öffnete die Tür und marschierte hinein. Ann blieb auf gleicher Höhe stehen und sah in den Raum. Ein Bettende, ein kleiner Tisch mit zwei Stühlen, das Fenster ... Gleichzeitig machte die Polizistin einen Schritt auf sie zu. Ihr Mund lächelte freundlich, ihre Augen aber waren wachsam. Die schwedische Ansprache war trotz ihrer rätselhaften Worte unmissverständlich. Ann war nicht erwünscht.

»Sorry, I don't understand you. I'm from Germany. Do you speak German?«

»Ein wenig. Wer bist du? Was machst du hier?«

»Mein Name ist Johanna Arnold. Ich komme von dem Forschungsschiff, der *Neptun*. Ich wollte Hauke fragen, ob er etwas braucht.« Ann sprach deutlich und sehr laut. Nicht, damit die Schwedin sie besser verstand, sondern in der Hoffnung, dass Hauke sie hören würde. »Hosen, Sweat-Shirts, frische Wäsche, seine Zahnbürste ... Er hat doch nichts hier! Ich könnte ihm seine Sachen bringen.«

»Ursäkta, du kannst nicht hin. Keiner darf.«

»Aber er braucht doch was zum Anziehen. Lassen Sie mich mit ihm sprechen. Nur ganz kurz. Ich bleibe auch im Eingang stehen, wenn Sie wollen.« Mit um Bestätigung bittendem Blick wies Ann in den Raum.

Die Polizistin zögerte. »Ich gehe. Du steh hier. Ich frage.« Energisch zeigte sie auf den Punkt, an dem Anns Füße den Boden berührten, drehte sich weg und wollte ins Zimmer gehen.

»Bitte sagen Sie ihm, wer hier steht! Mein Name ist Johanna – Ann!«, rief sie ihr laut hinterher.

Die Krankenschwester schob sich vorbei und setzte ihre Runde fort.

»Ann?« Haukes Stimme.

»Ja, ich bin hier! Sie lassen mich nicht zu dir rein.« Brav blieb sie an dem Fleck stehen, an den sie verwiesen worden war. Sie wollte es sich auf keinen Fall mit der Polizistin verscherzen. Vielleicht hatte die doch noch ein Einsehen.

Ann hörte, wie die beiden leise diskutierten. Dann kam die Schwedin wieder raus. »Okay. Five minutes.«

Ann konnte es kaum glauben. Sie hatte es geschafft. »Danke, thank you, tack!« Schon wollte sie an der Frau vorbei ins Zimmer stürmen, da wurde sie zurückgehalten.

»Warten!« Die Polizistin schob ihr die Arme hoch und fing an, sie abzutasten. Dann verlangte sie: »Passport!«

Ann kramte in ihrer Tasche, zog ihn aus dem Portemonnaie und reichte ihn herüber. Und endlich, nach mehreren prüfenden Blicken, durfte sie – gefolgt von der Schwedin – eintreten.

Als sie Haukes Gesicht sah, zuckte Ann innerlich zusammen. Es war derart geschwollen, sie hätte ihn kaum wiedererkannt. Sein linkes Auge verschwand zwischen Blutergüssen, das rechte war zu einem schmalen Schlitz zusammengestaucht. Die Haut zwischen den Kühlpads schimmerte dunkelviolett, rot und bläulich-grün.

»Nichts für einen Schönheitswettbewerb«, nuschelte er, da die Schwellungen seinen Mund nicht ausgespart hatten.

»Das will ich nicht sagen. Beim Wer-hat-das-schönste-Hämatom-Battle wärst du ganz weit vorne!« Mitleid war wahrscheinlich das Letzte, das er jetzt gebrauchen konnte.

Sein Mundwinkel zuckte gequält. Die Laute, die daraus hervorkamen, sollten bestimmt ein Lachen sein. Zu hören war eine Mischung aus Stöhnen und Husten.

Ann verzog mitleidig das Gesicht. »Entschuldige, ich bring dich nicht mehr zum Lachen. Sag mir lieber, was ich für dich tun kann! Brauchst du irgendwas? Etwas aus deiner Kammer?« Sie zog einen Stuhl heran und setzte sich neben das Bett. Aus dem Augenwinkel heraus bemerkte sie, wie sich die Haltung der Polizistin entspannte und sie zum Fenster schlenderte.

Hauke schüttelte vorsichtig den Kopf. »Barne wollte auch was bringen. Ist nicht nötig. Komme mit.« Das Sprechen fiel ihm verdammt schwer.

»Was soll das heißen: Du kommst mit?«

»Fahre mit euch zurück.«

Anns Augen weiteten sich ungläubig. »Du spinnst! Das werden die Ärzte nie zulassen! Was willst du denn in *dem* Zustand auf dem Schiff? Das wäre der absolute Irrsinn!«

»Sieht schlimmer aus. Morgen wird es besser gehen. Keine schweren Verletzungen.«

»Also, wenn du solche Hämatome und Prellungen nicht als schwer bezeichnest ... Das muss doch saumäßig wehtun.« Sie schüttelte entgeistert den Kopf. »Was ist mit der Polizei? Die sind doch bestimmt noch nicht fertig mit ihren Ermittlungen. Ich glaube nicht, dass sie dich gehen lassen.«

»Es gibt keine Spuren ...« Er machte eine kurze Pause. »Sie haben nichts. Ich kann mich nicht erinnern.«

»An rein gar nichts?«

Mit kleinen Kopfbewegungen verneinte er. »Ich weiß, dass ich vom Schiff runter – und dann hier aufgewacht bin. Dazwischen ... nichts! Ich denke und denke, aber es will einfach nicht ...«

Trotz der fehlenden Mimik konnte Ann seine Verzweiflung spüren. Vorsichtig berührte sie seine Hand. »Das wird wieder. Quäl dich nicht. Das lässt sich eh nicht erzwingen. Du solltest dich jetzt erholen – und dafür ist die *Neptun* der absolut falsche Ort! Hier bist du gut aufgehoben, hier kümmern sich alle um dich und sehen zu, dass die Schmerzen erträglich bleiben.«

»Ich brauche das Meer. Ich geh hier drin kaputt.«

»Deine Frau, deine Familie – die wollen doch bestimmt so schnell es geht zu dir. Glaubst du, sie finden das witzig, wenn du derart angeschlagen auf die *Neptun* zurückkehrst?«

»Svenja ist das gerade ziemlich egal, fürchte ich.« Darauf konnte Ann nichts erwidern und schwieg. Die Überschuldung durch seine Spielsucht hatte die Ehefrau kalt erwischt. Ann konnte sich nur vorstellen, in welchem Dilemma die Ärmste steckte. Einerseits war sie bestimmt froh, dass Hauke wieder aufgetaucht war und lebte, andererseits wahnsinnig wütend und verletzt, weil er sie derart hintergangen und ruiniert hatte.

»Deine Verletzungen ... haben sich die Ärzte dazu geäußert? Haben sie eine Ahnung, woher die rühren könnten?« Ann hatte sich etwas vorgebeugt und leise gesprochen.

Die Polizistin sah nach wie vor aus dem Fenster.

»Das Einzige, das ich mir vorstellen kann, ist, dass ich im Dunkeln übersehen wurde und mich jemand mit dem Auto erwischt hat.«

»Haben sie gesagt, dass deine Vermutung zu dem Verletzungsmuster passen würde?«

Vorsichtiges Kopfschütteln.

»Und dann? Wo warst du dann? Du kannst doch unmöglich über fünfzig Stunden bewusstlos irgendwo rumgelegen haben. Selbst wenn, hätten dich die Suchtrupps finden müssen.«

Wieder dieses Kopfschütteln. »Ich weiß es nicht, Ann. Ich weiß es einfach nicht.«

Schweigen erfüllte den Raum. Sie hätte noch so viele Fragen gehabt. Aber wenn er sich wirklich an gar nichts erinnern konnte, was machte es für einen Sinn, ihn weiter zu quälen?

»Du sollst gehen jetzt.« Die Polizistin trat neben sie und wies zur Tür.

Ann nickte. »Also keine Sachen aus deiner Kammer?«

Kopfschütteln. »Danke, dass du hier warst.«

»Gute Besserung! Und vergiss die *Neptun*!« Sie erhob sich, zog den Stuhl zurück an seine Ausgangsposition und ließ sich enttäuscht aus dem Raum eskortieren.

Noch in der Tür hörte sie ihn undeutlich rufen: »Wir sehen uns auf dem Schiff – morgen!«

Selbst, wenn die Ärzte ihn nicht zum Bleiben zwingen können und er sich selbst entlässt, spätestens bei Barne ist Feierabend. Ich kann mir nicht vorstellen, dass der Hauke in diesem Zustand aufs Schiff lässt, dachte Ann und schlenderte zum Aufzug zurück.

Wenn ich nur wüsste, wie die Ärzte seine Verletzungen einschätzen! Ob sie auch glauben, er sei angefahren worden? Was sonst sollte ihm auch passiert sein? Schuldeneintreiber, die ihn tagelang vermöbelt hatten – Ann viel es immer noch schwer, dieser Idee Raum zu geben. Sie drückte auf den Fahrstuhlknopf.

Nehmen wir also an, ich fahre mit meinem Auto durch die Dunkelheit, bin abgelenkt, vielleicht sogar betrunken. Ich übersehe den joggenden Hauke und fahre ihn an. Erschrocken registriere ich, was ich getan habe, steige aus, sehe, dass der Typ noch lebt und kriege Panik. Was jetzt? Mein erster Gedanke: ›Ich muss den Rettungswagen rufen!‹ Doch dann würde nach der Unfallursache geforscht. Man würde merken, dass ich betrunken bin, und ich brauche meinen Führerschein! Oder ich bin vorbestraft – oder habe gar keinen Führerschein! Egal warum, es darf keiner wissen, dass ich diesen Forscher angefahren habe. Also nehme ich ihn mit. Zu mir. Ich verarzte ihn, so gut es geht.

Ann stoppte ihren Gedankengang. Gab es Hinweise darauf, dass Hauke vor dem Krankenhausaufenthalt ärztlich versorgt worden war? Dass sich jemand um seine Wunden gekümmert hatte? Sie atmete einmal tief ein und wieder aus. Es wäre so easy, könnte sie einfach die Ärzte fragen. Genervt drückte sie zweimal hintereinander auf den Knopf. Konnte dieser verdammte Fahrstuhl mal kommen?

Hauke liegt verletzt bei mir zu Hause. Vielleicht war er kurz bewusstlos. Aber dann, dann wird er irgendwann wach. Was mache ich jetzt mit ihm? Überrede ich ihn, nichts zu verraten? ›Sag zu niemandem ein Wort! Dann lasse ich dich gehen. Andernfalls …‹ Aber wäre Hauke wirklich so dumm und würde auch nach seiner Rettung schweigen und so tun, als erinnere er sich an nichts?

Ann trat ungeduldig von einem Bein aufs andere. Wenn das so weiterging, würde sie die Treppe nehmen.

Oder habe ich mich, noch während der Jogger bewusstlos ist, dazu entschlossen, ihn erst mal in meinen dunklen Keller zu sperren, damit er mich nicht erkennt und später nicht beschreiben kann? Danach sitze ich oben in meiner Wohnung und versuche, einen klaren Kopf zu kriegen. Ich weiß nicht, wie schwer seine Verletzungen sind, habe Angst, dass er stirbt. Außerdem: Endlos kann ich den nicht gefangen halten. Irgendwann wird er Wasser brauchen, Zugang zu einer Toilette … Also – was zum Teufel tue ich?

Ann drehte sich um und beobachtete einen Trupp Ärzte, die den Gang entlang kamen.

Wie verhindere ich, dass er mich und die Umgebung erkennt? Am besten wäre es, der Jogger wäre die ganze Zeit bewusstlos. Wie kriege ich das hin? Habe ich Zugriff auf Betäubungsmittel? Wenn ja, wie verabreiche ich die? – Wasser! Ich stelle ihm eine Plastikflasche Wasser hin, solange er noch weggetreten ist, in der ich eine ordentliche Dosis Schlafmittel aufgelöst habe. Ich habe zwar Angst, dass ihn das nie mehr wach werden lässt, aber ich sehe keine andere Chance. Nach unbestimmter Zeit kommt Hauke zu sich, ist desorientiert und durstig. Er ergreift die Flasche, trinkt und sackt wieder weg.

Ann stöhnte. *Würde man das Schlafmittel nicht herausschmecken? Und müsste sich Hauke dann nicht zumindest daran erinnern, dass er in einem dunklen Kellerloch aufgewacht ist und aus einer Wasserflasche getrunken hat?*

Erneut tippte sie wild auf dem Fahrstuhlknopf herum. Ein älteres Ehepaar gesellte sich zu ihr. Der Blick der Frau bescheinigte Ann ein gewisses Maß an Unzurechnungsfähigkeit, so schien es. Sie drehte sich so, dass sie den beiden nicht ständig ins Gesicht schauen musste, und ließ ihre Gedanken weiterlaufen.

Ich entschließe mich, den Schlafenden, den Bewusstlosen wegzuschaffen. Ich bin kein Monster, ich will, dass er gefunden wird. Ich warte, bis es Nacht ist, und schleppe ihn zu meinem Auto. Damit fahre ich ... warum zu einem Bäcker und nicht zu einem Arzt? Warum, warum, warum ...? Sie schloss die Augen. Abrupt öffnete sie diese wieder.

Das Krankenhaus wäre ideal. Doch da habe ich zu viel Angst, ich könnte gesehen werden, von Krankenschwestern oder Ärzten beim Schichtwechsel, oder von plötzlich ein- oder ausrückenden Rettungswagen. Bis die Arztpraxen öffnen, dauert es noch Stunden. Mittlerweile geht mir der Arsch auf Grundeis. Ich habe das Gefühl, dem Kerl geht es immer schlechter, er stirbt mir unter den Händen weg. Da kommt mir die Idee mit dem Bäcker! Ich kenne da eine Bäckerei, die noch selbst Hand anlegt. Die fangen nachts an zu arbeiten. Sie werden den Typen schnell finden und einen Rettungswagen rufen. Ich darf mich nur nicht dabei erwischen lassen, wie ich den Jogger vor ihrer Tür ablege. – Und genau das ist es auch, warum ich den Verletzten erst in der zweiten Nacht loswerden kann! Die erste brauche ich, um herauszufinden, wann der Bäcker mit der Arbeit beginnt, wo ich parken kann, ohne gesehen zu werden, wie die Lichtverhältnisse sind, wo die Laternen stehen und was mir sonst so zum Verhängnis werden kann!

Könnte es wirklich so gewesen sein? Ann schnaufte ungehalten und schüttelte missmutig den Kopf.

Dieser Fahrstuhl kann mich mal. Sie wandte sich zum Gehen und hielt auf eine Glastür zu, hinter der sich das Treppenhaus verbarg. Sie hatte die Hand gerade an der Scheibe, als sich die Fahrstuhltür öffnete und ein Pulk Menschen heraustrat. Die Stimme! Das war doch eindeutig ... Schnell schlüpfte sie ins Treppenhaus und sorgte dafür, dass ihr Körper von der Wand verdeckt wurde. Gleichzeitig linste sie durch die Scheibe. Energischen Schrittes ging die Sjögren an ihr vorbei. Begleitet wurde sie von einem Mann, wahrscheinlich ebenfalls ein Ermittler, Enno, dem Agenten, und zwei Personen in weißen Kitteln. Ann konnte kein Schwedisch, deswegen war es müßig, hinzuhören, was sie sagten. Sie hätte jedoch so einiges dafür getan, den Inhalt des Gesprächs zu kennen.

Zügig verließ sie die Klinik und schaute sich nach einer Bushaltestelle um. Da erkannte sie ein weiteres bekanntes Gesicht. Mena. Ann bog nach rechts und brachte ein paar parkende Autos zwischen sich und die herannahende Wissenschaftlerin. Die schien sie nicht entdeckt zu haben. Ob sie zu Hauke durchgelassen wurde? Auf jeden Fall würde sie der Polizei direkt in die Arme laufen.

»Nicht mein Problem«, murmelte Ann und setzte die Suche nach einer Busverbindung fort. Ein paar Meter weiter kam ihr der erste Übertragungswagen entgegen. Die Reporter eines schwedischen Senders hatten es also spitzgekriegt: Der Fahrtleiter war wieder aufgetaucht. Es konnte nicht mehr lange dauern, dann würde auch der Rest eintreffen. Die Medien liebten solche Geschichten! Das Gerangel um die Exklusiv-Story hatte begonnen.

Es war kurz nach zwei Uhr nachmittags, als sie zurück auf der *Neptun* war. In ihren Händen drei Papiertüten voll mit Kleinigkeiten aus der Region. Sie hatte einen langen Bummel durch Visby gemacht, lecker gegessen und Souvenirs geshoppt. Für Marc, Fredde, Marie und ein paar Sachen, die zugegebenermaßen sehr laut ›Nimm mich!‹ gerufen hatten, auch für sich selbst. Beim Betreten des unteren Decks hörte sie Musik und lautes Gelächter. Marius, Victor und Fabian tanzten ihr, jeweils mit einem Handtuch um die nackte Hüfte und einem eingedrehten auf dem Kopf, singend entgegen. Sie nannten es den Badeschlappen-Raggae, wie Victor Ann übermütig zurief. Vanessa und Ingke johlten, pfiffen auf den Fingern und applaudierten wild. Die Erleichterung über Haukes Auffinden schien erwachsene Forscher zu pubertierenden Kindern mutieren zu lassen. Ann konnte sie absolut verstehen und ließ sich sofort anstecken. Als sie sie dann aber besonders herzlich umarmen und an ihre duschnassen Oberkörper drücken wollten, nahm sie lachend Reißaus.

Am Spätnachmittag bat Barne das ganze Team in die Messe. Auch Mena war zurück, saß gewohnt schüchtern, aber lächelnd zwischen Vanessa und Naresh.

Peer Bolten bat um Ruhe. Kapitän Barne begann ungewohnt emotional. »Meine lieben Forschungsteilnehmer! Wie ihr alle wisst, liegt unser Hauke im Visby lasarett. Auch heute war ich bei ihm. Es geht ihm den Umständen entsprechend gut. Er sieht noch ein wenig verboten aus, sein Gesicht und sein Körper sind gezeichnet von Prellungen und Blutergüssen, aber all das wird bald der Vergangenheit angehören. Auch – Stand heute Nachmittag – konnte er noch nichts zur Klärung beitragen, er hat nach wie vor keinerlei Erinnerung an die Stunden seines Verschwindens. Die Ärzte sprechen von einem Trauma, hervorgerufen durch einen Schock oder die massive Gewalteinwirkungen gegen den Kopf, zum Beispiel durch einen Unfall. Die Polizei hat alle Mittel, die ihnen zur Verfügung stehen, eingesetzt, um Licht ins Dunkel zu bringen. Bisher leider ohne Erfolg. Es gibt keine Zeugen und so gut wie keine Spuren. Solange Hauke sich nicht erinnert, scheint der Fall festgefahren. Nun ...« Er seufzte vernehmlich und strich sich über seine Glatze. »Viele von euch kennen Hauke ebenso lange wie ich. Die große Liebe seines Lebens, seine Frau mag es mir verzeihen, ist das Meer. Hier ist er in seinem Element, hier fühlt er sich wohl. Als er mir heute mitteilte, er würde sich selbst entlassen und an Bord kommen, um mit uns diese Fahrt zu Ende zu bringen, bin ich auf die Barrikaden gegangen. Ich habe mich strikt dagegen ausgesprochen, habe ihm sogar das Aufenthaltsrecht auf meinem Schiff verwehrt.«

Ein Raunen und Murmeln ging durch die Reihen.

Barne hob beschwörend die Hand. »Ihr habt ihn nicht gesehen. Er sieht aus, als hätte Muhammad Ali ihn als Punchingball benutzt. Er wird Schmerzen haben und die nicht zu knapp. Ich kann ihm diese Reise nicht zumuten, selbst wenn wir ruhige See hätten und die Forschungsarbeiten ruhen. Ich habe die Verantwortung. Er sollte weiterhin unter ärztlicher Beobachtung stehen.«

Ann nickte und sah auch in den Gesichtern der anderen breite Zustimmung.

»Wie ihr euch denken könnt, sieht unser Fahrtleiter das anders. Er hat mich so lange weichgekocht – und ich sage euch, es ist verdammt schwer, einem derart geschundenen Körper etwas abzuschlagen –, bis ich ihm versprochen habe, mit euch zu reden. Das Institut sieht mich in der Verantwortung, gibt sein Okay, wenn ich es tue. Seine Familie ... nun ja, die auch.« Sein Gesicht bekam einen etwas peinlich berührten Ausdruck. Ann konnte sich gut vorstellen, wie das Telefonat zwischen ihm und Haukes Ehefrau abgelaufen war. Wahrscheinlich war es ihr scheißegal, wann, wie und mit wem ihr Ehemann nach Deutschland zurückkehren würde.

»Wenn aber die Mehrheit von euch Zweifel hat und meint, dass es unverantwortlich ist, einen traumatisierten, körperlich eingeschränkten Menschen aufs Schiff zu lassen, dann werde ich Haukes Bitte, und sei sie noch so vehement, ausschlagen. Ich möchte in diesem Fall nicht gegen euren Willen handeln. Bei Komplikationen säßen wir schließlich – sprichwörtlich – alle in einem Boot.«

Mit um Verzeihung bittendem Lächeln schaute er in die Runde. Es war mucksmäuschenstill. Einige schauten angestrengt auf den Boden, andere versuchten, in den Gesichtern der Mitreisenden zu lesen. Es war absolut neu und ungewöhnlich, dass der Kapitän seine Befehlsgewalt aufweichte und sie, die Forscher, mitbestimmen sollten.

»Wir können gern eine geheime Abstimmung machen, um sicherzustellen, dass sich keiner zu einer Meinung genötigt fühlt. Peer ...?« Barne drehte sich erwartungsvoll zu seinem zweiten Offizier um.

Bolten griff hinter sich, zog eine Zettelbox und mehrere Stifte hervor und begann, diese zu verteilen.

»Für ja, er soll mitfahren, macht einfach einen Haken aufs Papier, für nein ein Kreuz. Es muss sich hier keiner erklären«, fuhr Barne fort.

»Wenn der Boss sagt, er will aufs Meer, dann soll er aufs Meer«, murmelte Victor bestimmt, kritzelte etwas auf sein Papier, faltete es einmal und gab es Bolten zurück.

Nach ein paar Minuten waren die wenigen Stimmzettel gesichtet und Barne verkündete: »Die Abstimmung ist eindeutig. Sobald Hauke morgen früh an Bord ist, legen wir ab.«

*

»Also hatten die beiden Ereignisse wirklich nichts miteinander zu tun. Wie man sich irren kann!« Freddes Gesicht zuckte hin und her. Die Pixel, aus denen es zusammengesetzt war, drifteten auseinander, nur, um sich danach wieder zusammenzufinden.

»Die Verbindung ist grottenschlecht! Sitzt du auf der Leitung?« Ann zog die Decke enger um ihren Körper und warf einen Blick aus dem Bullauge. Wie das draußen schüttete! Das Wasser floss in wehenden Bewegungen die kleine runde Scheibe entlang, beleuchtet nur von der Lichtquelle in Anns Kammer.

»Ich ha... komm ...ach wer la...«

»Fredde? Hörst du mich? Du kommst hier total abgehackt an. Vielleicht wählst du dich noch mal neu ein?« Angestrengt verfolgte sie den Pixeltanz auf ihrem Monitor. Er schien sie nicht zu hören. Sie deutete auf ihre Ohren und schüttelte den Kopf. Er griff nach einem Zettel, schrieb ein paar Worte und hielt diese in die Kamera. ›Ich komme noch mal neu dazu‹, las sie und zeigte ihm einen Daumen hoch. Hoffentlich klappte das gleich besser. Ab morgen wäre sie für mindestens vierundzwanzig Stunden ohne Internetverbindung.

Ein Punkt mit den Initialen MW erschien auf dem Bildschirm. Schnell nahm sie das Gespräch an. Kurz darauf stand die Verbindung und Marc lächelte ihr zu. »Hey! Fredde noch nicht da? Wie schön, dann haben wir ein bisschen Zeit für uns.«

»Es gab Probleme mit der Übertragung. Er versucht es noch mal.« Sie warf ihm eine Kusshand zu. »Ich freue mich so! Ich weiß noch nicht genau, wann wir am Donnerstag einlaufen werden und somit auch nicht, ob ich direkt weiterreisen kann. Spätestens am Freitag hast du mich an der Backe – und das meine ich wörtlich!« Vergnügt lächelte sie zurück.

»Dann reiche ich mal Urlaub ein.«

»Wie war deine Woche bislang? Habt ihr viele böse Buben überführen können?«

»Warum glaubst du eigentlich, dass immer nur die Buben ...«

Ein Fenster ploppte auf und Freddes Gesicht erschien auf der Bildfläche.

»Wie ist es jetzt?« Seine Stimme kam klar und deutlich, die Bildübertragung stockte dagegen immer wieder und fror die Pixel für einen Moment ein.

»Alles super«, meinte Ann und hob erneut den Daumen. Besser würden sie es momentan nicht hinkriegen. »Wie ist es andersrum? Hörst du uns? Siehst du uns?«

Auch er gab das Zeichen für Okay.

»So, und euer Fahrtleiter fährt also wirklich mit euch zurück? Trotz seiner Verletzungen?« Marc hob zweifelnd die Augenbrauen.

»Sieht so aus. Er wird sich morgen früh selbst entlassen, sicherlich genügend Schmerzmittel eingepackt bekommen und dann … Na, wir werden sehen.«

»Was macht er dann? Ich meine, der Empfang zu Hause wird wohl eher frostig ausfallen.«

»Hat der überhaupt noch ein Zuhause? Vielleicht hat sie schon die Scheidung eingereicht?«, warf Fredde ein.

»Ich hoffe nicht. Immerhin gibt es noch die drei Kinder. Und die gemeinsamen Schulden wird sie auch durch eine Scheidung nicht los.« Hauke tat ihr wirklich leid.

»Kann man jetzt also davon ausgehen, dass Haukes Verschwinden nichts mit dem Mord an der Wissenschaftlerin zu tun hat?«, fragte Marc.

»Die schwedische Polizei sieht das so. Und ich bin geneigt, ihr zuzustimmen. Alette muss von Willems umgebracht worden sein. Er hat ein so unglaublich starkes Motiv! Tjerk war nur sein Sündenbock. Ich hoffe, die Polizei findet noch heraus, wie genau er Alette dazu gebracht hat, Tjerk in den Sondenraum zu locken. Mit dem Elektriker hab ich auch endlich sprechen können. Leider konnte er mir keinen genauen Grund nennen, warum die Monitore ausgefallen sind. Das war auch nicht der einzige Fehler in der Nacht. Die halbe Bordelektronik hätte verrückt gespielt. Wie bei nem Computer, der sich aufgehängt hätte, so sollte ich mir das vorstellen, hat er gemeint. Den Grund hat er nicht finden können.«

Fredde nickte zustimmend. »Wahrscheinlich wirklich Zufall! Willems wusste bestimmt nicht mal, dass der Sondenraum von Kameras überwacht wurde. Die deutschen Kollegen sehen das übrigens ähnlich wie die Schweden. Die Befragungen laufen, die Suche nach weiteren Konten und dem verschwundenen Geld auch. Die Typen aus der Abteilung Cyber-Kriminalität sind ganz heiß darauf, Willems zur Strecke zu bringen. Er streitet zwar weiterhin alles ab, übrigens sogar, dass er das Geld veruntreut hat, aber die Beweisschlinge zieht sich immer weiter zu. Er hat sich einen Top-Anwalt genommen. Mal schauen, ob der was für ihn aushandeln kann.«

»Arme Alette! Dabei wollte sie nicht weniger, als einen kleinen Beitrag zur Rettung der Welt leisten.« Ann seufzte.

Bis weit nach Mitternacht wälzten die drei noch Theorien zu dem Verschwinden des Fahrtleiters, erzählten Fredde und Marc von ihrer Arbeit und schickten gute Laune hin und her.

Danach textete Ann noch ein wenig mit Marie.

Um halb zwei nachts hatte die Müdigkeit sie so weit gepackt, dass sie beschloss, in die Koje zu kriechen. Nur noch schnell ein letzter Toilettengang ...

Die Türen der Wissenschaftler waren allesamt geschlossen. Der Längsgang, durch die Neonröhren schmerzhaft grell ausgeleuchtet, wirkte verwaist. Aus Victors und Nareshs Kammer kam ein gedämpftes Schnarchen. Der Maulwurf gab mal wieder alles. Ann grinste. Sie wusste nicht, wie Naresh es mit ihm aushielt. Innerhalb der Kabine musste der Krach ohrenbetäubend sein. Leise ging sie weiter, steuerte die Klotür an und verschwand dahinter.

Während sie sich die Hände wusch, betrachtete sie nachdenklich ihr Spiegelbild. Was für eine Fahrt! Ihr eigentliches Anliegen, der Artikel über die Problematik des Klimawandels, war komplett in den Hintergrund getreten. Alles, wofür sie gekommen war, schien an Bedeutung verloren zu haben. Dabei gab es weltweit beängstigende Alarmzeichen, nicht nur, was die Situation der Meere betraf. Manchmal, wenn wieder einer dieser Katastrophenfilme lief, in dem die Welt in Eis erstarrte und in Fluten versank, hatte sie Angst, dass das, was der Mensch sich zum Vergnügen ausgedacht hatte, Wirklichkeit werden könnte. ›Was einmal gedacht wurde, kann nicht mehr zurückgenommen werden.‹ Dieses Zitat von Dürrenmatts Möbius aus ›Die Physiker‹ ließ sich zwar nicht auf Wetterphänomene übertragen, hatte jedoch heutzutage mehr Bedeutung denn je. Jeder Gedanke, den der Mensch hervorbrachte – und war er noch so aberwitzig und zerstörerisch –, hatte praktische Konsequenzen. Denn es gab immer einen, der sich nicht davor scheute, diesen Gedanken in die Tat umzusetzen. In vollem Wissen, dass Gewässer und Land vergiftet, Lebensgrundlagen vernichtet und Prozesse in Gang gesetzt wurden, die künftige Generationen vor unlösbare Probleme stellten. Und wofür? Was trieb den Menschen dazu, seine eigene Existenz zu gefährden? Die Gier nach ein wenig Macht, Geld und Ruhm.

Ann trocknete ihre Hände und seufzte. Schon seltsam, dass die Krone der Schöpfung mit all ihrer Intelligenz, mit all ihrem Wissen, nicht klüger handelte. Na, Gott sei Dank würden die schlimmsten Auswirkungen ihres Tun noch ein wenig auf sich warten lassen – hoffte sie. Bis der Golfstrom seine Kraft verlöre, der Permafrost vollends geschmolzen wäre und das Leben auf dem grünen Planeten ungemütlich werden würde, wären sie und ihre Nachkommen längst tot. Und bis dahin hatten die klugen Köpfe dieser Erde hoffentlich eine Lösung gefunden.

Gedankenverloren begannen ihre Hände damit, ihr langes Haar zu einem Zopf zu flechten. Trotzdem: Sie beschloss, diesen Artikel zu schreiben. Sie würde Hauke fragen, ob er Interesse an einer Zusammenarbeit hatte. Der wäre sicherlich froh, wenn es neben seiner privaten Familien- und Schuldenproblematik wissenschaftliche Themen gab, die er angehen konnte.

Vorsichtig, um keinen Lärm zu machen und die anderen nicht zu wecken, öffnete sie die Toilettentür.

Na hoppla, wen haben wir denn da? Ann stutzte, als sie die Rückseite der schwarz vermummten Gestalt im Schacht des Niedergangs verschwinden sah. Leise ging sie hinterher. Klar, es gab immer mal jemanden, der nicht schlafen konnte. Gewöhnlich schlurfte derjenige aber zum Klo und blieb die restliche Zeit auf der Kammer, um niemanden zu wecken. Oder hatte da einfach einer Lust auf einen kleinen Snack? In der Kürze der Zeit hatte sie trotz der guten Ausleuchtung leider so gar nichts zu Größe und Statur des Weggehenden sagen können.

Auf der Höhe von Victors und Nareshs Kammer hörte sie nach wie vor Geschnarche. Der Maulwurf schied also aus. Vorsichtig linste sie den Niedergang hoch. Keiner zu sehen. Lautlos setzte sie einen Fuß nach dem anderen auf die Metallstufen. Oben atmete sie zweimal durch, hielt die Luft an, lugte um die Ecke und sah, wie die unter der Kapuze eines schwarzen Hoodies verborgene Gestalt, sich von ihr entfernend, die wenigen Schritte überwand, um den Niedergang zu Deck B zu nehmen. Schnell zog Ann ihren Oberkörper zurück. Sie drückte sich gegen die Wand, achtete darauf, dass das grelle Licht des Längsgangs sie nicht verriet, und wagte abermals einen Blick aufs Hauptdeck.

Da registrierte sie, wie sich die Gestalt umdrehte.

Kapitel 11

Ruckartig zog Ann ihr Gesicht zurück hinter die Wand. Ihr Herz hämmerte laut. War sie entdeckt worden? Ihr wurde mulmig bei dem Gedanken, dass die Person nun gerade auf sie zu schlich und jeden Moment um die Ecke blicken würde. Wie sollte sie erklären, dass sie sich hier versteckte? Sie wartete und lauschte. Nichts geschah. Sie atmete zweimal tief durch, hielt die Luft an und wagte einen weiteren Blick. Die Person stand nach wie vor im Gang, an der Schwelle des Niedergangs, der zu den Kabinen der Befehlsspitze führte. Sie hatte ihr den Rücken zugedreht und schien zu horchen. Aus der Deckung heraus studierte Ann die Statur des Wartenden. Nicht groß und eher schmal. Damit schieden Ingke, Marius und der lange Fabian aus.

Mann oder Frau? Ann hatte sich schon gewundert, dass Eigil so lange stumm geblieben war.

Das ließ sich schwer beantworten. Die Kapuze verdeckte Kopfform, Frisur und Haarfarbe. Auch der schwarze Hoodie war ihr vollkommen unbekannt. Die Frage war: Wer konnte ein Interesse daran haben, mitten in der Nacht auf den oberen Decks rumzuschleichen? Dem Verhalten nach wollte die Person jedenfalls unentdeckt bleiben.

Die Chancen stehen gut. Der Wachposten kommt erst gegen drei runter und feudelt Klos und Messe. Bis dahin verlässt er selten die Brücke – höchstens mal für einen Gang übers Außendeck.

Da hatte Eigil definitiv recht.

Ein Ruck ging durch die Gestalt, dann verschwand sie im Niedergang. Ann eilte durch den Flur. Sie kam sich so wahnsinnig ungeschützt vor. Keine Nische, in der sie sich spontan verstecken konnte. Dazu das grelle Neonlicht, das sie in beide Richtungen weithin sichtbar machte.

Da bist du nicht alleine! Der Kapuzen-Typ hat das gleiche Problem!

Sie hielt vor dem Treppenloch, drückte sich an die Wand und horchte. Nichts. In der Hoffnung, dass der schwarze Hoodie am Ende des Niedergangs, also über ihrem Kopf, nicht gerade das Gleiche tat, nämlich verharren und horchen, fasste sie sich ein Herz, machte einen Schritt und sah nach oben. Erleichterung durchströmte sie: Der Niedergang war leer. Lautlos huschte sie der Kapuzen-Gestalt hinterher.

Vielleicht hat da jemand ein Tête-à-Tête mit dem Kapitän? Oder vielleicht mit unserem lieben Peer? Ich finde ja, von der Statur her sieht es eher nach einer Frau aus.

Auf der Mitte der Strecke blieb Ann stehen. Jetzt kam ein besonders kritischer Teil. Der Niedergang endete genau gegenüber der Fahrtleiterkabine. Stand man dort, und schaute in ihre Richtung, würde man sie entdecken, noch bevor sie einen Schritt auf das Deck gesetzt hatte. Ann hockte sich hin und erklomm geduckt eine Stufe nach der anderen. Als sie einen Teil des Decks einsehen konnte, stellte sie erleichtert fest, dass der Hoodie verschwunden war.

Vorsichtig lugte sie um die Ecke. Keiner zu sehen. Horchend verharrte sie einen Moment. Über ihr war alles still. Trotzdem konnte es natürlich sein, dass die rätselhafte Gestalt weiter zur Brücke unterwegs war. Spätestens dort würde sie Peterssen und dem wachhabenden Matrosen in die Arme laufen. Also wozu dann die Heimlichtuerei? Leise betrat Ann den Gang. Dieses Deck war viel kürzer als die unteren, in denen die Mannschaft und die Wissenschaftler untergebracht waren.

Sicher, dass da nicht einer nur ein Schwätzchen mit dem Peterssen sucht? Immerhin warst du in den letzten Nächten auch mehrfach oben. Und Rumschleichen tut man hier doch automatisch, allein, um die anderen nicht zu wecken.

Eigil hatte natürlich recht. Trotzdem. Irgendwas an der Haltung, an der Art, wie sich die Person bewegte und ihr Gesicht verbarg, sagte ihr, dass sie zu keinem nächtlichen Kaffeeklatsch unterwegs war. Wenn Ann richtig darüber nachdachte, passten die Proportionen eigentlich nur zu Vanessa oder Mena. Und sie wüsste zu gern, was eine der beiden hier oben trieb, mitten in der Nacht!

Sie schlich an Haukes Tür vorbei zur nächsten. Soviel sie wusste, gehörte diese zu Falk Peterssens Kammer. Manchmal konnte es von Vorteil sein, dass die *Neptun* so hellhörig war. Vorsichtig legte sie ein Ohr an das Türblatt. Nichts. Das war nicht sonderlich überraschend, da der zweite Offizier oben auf der Brücke stand und die Hundewache hielt. Weiter ging's an die Tür von Boltens Kammer. Auch hier war kein Laut zu hören. Sie schlich noch eine weiter. Hinter der sollte Kapitän Barne friedlich schlummern. Was er anscheinend auch tat.

Was hast du erwartet? Wildes Gestöhne einer unsittlichen Orgie?

Das vielleicht nicht, aber Ann war sich sicher, ein paar gedämpfte Geräusche von Menschen, die sich in der Kammer bewegten, redeten, die wären zu hören gewesen, wenn man die Ohren nur gut genug gespitzt hätte.

Aus der Kammer des Maschinisten drang unregelmäßiges Schnarchen, hinter der Tür des Elektrikers: Stille.

Wohin also war die mysteriöse Kapuzen-Gestalt verschwunden? War es doch einer der Handwerker gewesen, der sich nun schweigend und lautlos entkleidete und in seine Koje verkroch? Eigentlich liefen die beiden immer in Arbeitskleidung herum. Außerdem war die Person viel zu schmächtig gewesen.

Unentschlossen stand Ann im Gang.

Du solltest gehen, bevor du doch noch erwischt wirst!

Sie wollte Eigils Rat gerade folgen, war schon ein paar Schritte gegangen, als sie vor Haukes Kammer stehen blieb. Die war ja eigentlich leer. Ob Barne sie abgeschlossen hatte? Normalerweise konnte man die Kammern nicht verriegeln, damit im Notfall Erste Hilfe geleistet werden konnte. Aber jetzt, wo Hauke tagelang nicht da war …

Ihr Nacken schmerzte vor Anspannung, als sie vorsichtig ihr Ohr gegen das Türblatt drückte und lauschte. Was konnten Vanessa oder Mena in Haukes Kabine wollen?

Bei Mena würde mir da einiges einfallen. Einen Liebesbrief unter sein Kopfkissen legen. Ihre Nase in seine Wäsche stecken oder an seinem Aftershave schnuppern. Was Verliebte halt so tun …

Tatsächlich! Nervös biss sie sich auf die Lippe. Ganz deutlich konnte sie schleifende und ratschende Geräusche wahrnehmen. Ganz leise zwar, aber eindeutig! Da war jemand in Haukes Kammer!

Und jetzt, furchtlose Maid? Stürmst du hinein und stellst den liebestollen Unhold?

Unter Anspannung neigte Eigil leider dazu, albern zu werden – wohl um die Situation zu entschärfen. Helfen tat das wenig, im Gegenteil. Ann versuchte, sich zu konzentrieren. In der Tat war dort jemand unrechtmäßig in der Kammer des Fahrtleiters. Sie selbst war, *vor* der Tür stehend, eindeutig in der besseren Position, zumindest in der legalen. Also, was hatte sie zu verlieren?

Deine Gesundheit? Du weißt doch gar nicht, ob das wirklich Mena ist und was derjenige da macht! Vielleicht ja doch was Illegales, was richtig Böses? Da wird dieses Kapuzen-Ding nicht erbaut sein, wenn du es dabei erwischst. Dann bist du die Nächste, die aussieht wie nach nem Kampf mit Muhammad Ali. Oder sie fischen dich morgen früh aus der Ostsee.

Kein so schlechtes Argument …

Auf einmal krachte es recht laut und zwar ziemlich nah hinter der Tür. Dann bollerte etwas von innen gegen das Blatt. Ein leises Fluchen. Ann merkte instinktiv, dass jemand kurz davor war, die Tür zu öffnen, und fing an zu rennen. Rein in den Schacht und runter von Deck B. Sie rannte das Stück Hauptdeck entlang und sah sich um. Der Gang hinter ihr: leer. Den nächsten Niedergang stolperte sie geradezu hinunter. Der Fluchtinstinkt hatte die Kontrolle übernommen. Da war doch was – ein Geräusch über ihr! Irgendjemand war kurz davor, zu ihr runterzukommen.

Ihr Blick fiel auf die Besenkammer, die auch auf diesem Deck Staubsauger, Putzlappen und Klopapier beinhaltete. Da rein? Oder Vollgas geben und riskieren, dass ihr Verfolger sie noch entdeckte, bevor sie hinter ihrer Kabinentür verschwinden konnte? Das grelle Neonlicht beleuchtete sie gnadenlos. Vollkommen außer Atem öffnete sie die Besenkammer, hechtete hinein und beeilte sich dann, die Tür möglichst leise zu schließen. Mit rasendem Puls lehnte sie ihren Rücken dagegen und ließ sich auf den Boden sinken.

Sie versuchte, ruhiger zu atmen, allein, um besser hören zu können. Kam dort jemand die Stufen herunter? Sekunden, die wie Minuten wirkten, vergingen. Sie meinte, fühlen zu können, wie der Unbekannte vor der Putzkammertür stehen blieb und verharrte. Sie schloss die Augen und hielt den Atem an. Ihr Puls hämmerte gnadenlos. Die Türen ließen sich nicht abschließen. Der, der dort auf der anderen Seite stand, nur durch ein dünnes Türblatt von ihr getrennt, konnte jederzeit zu ihr hereinkommen.

Als sie Minuten später noch immer allein auf dem Boden hockte, löste sich die Anspannung langsam. Sie quälte sich hoch und schlich zu ihrer Koje. Ihre Muskeln schmerzten, auf der Haut unter ihrem Jogger klebte der kalte Schweiß. Eine Dusche wäre toll gewesen, oder noch besser, eine heiße Badewanne. Sie schielte auf ihr Handy. Duschen um kurz nach drei. Die anderen würden sie umbringen. Das Waschbecken ihrer Kammer musste reichen!

Die Fragen ließen ihr keine Ruhe. Was konnte die Kapuzen-Gestalt, von der sie annahm, dass es Mena oder Vanessa gewesen sein musste, in Haukes Kammer gewollt haben? Liebesbriefe unters Kopfkissen zu stecken machte wohl kaum solche Geräusche. Für sie hatte es sich angehört, als wären Dinge hin und her geschoben worden, als hätte jemand etwas gesucht. Besaß Hauke vielleicht etwas, das so wichtig war, dass sich eine Entführung und Dinge wie diese nächtliche Aktion lohnten? War der Grund, weshalb Hauke verschwinden musste, der, dass in Ruhe danach gesucht werden konnte? Hauke hatte verneint, als sie gefragt hatte, ob die Ärzte seine Verletzungen einem Unfall zuordnen könnten.

Sie schnaufte verärgert. Hätte sie doch nur so viel Mumm in den Knochen gehabt und wäre einfach stehen geblieben, statt kopflos davonzurennen. Dann wüsste sie jetzt, ob sich Menas Gesicht unter der Kapuze verborgen hatte.

Während der Schlaf sie langsam übermannte, drehten sich ihre Gedanken immer wieder um den leise ausgestoßenen Fluch, den sie gehört hatte, kurz bevor sie geflohen war. Es war ein unterdrücktes, unverständliches Zischen, die Stimme nicht zu erkennen gewesen, trotzdem – irgendetwas war damit …

*

Sie schreckte hoch! Geräusche, von Geklapper bis Musik und dazwischen Wortfetzen und Lachen, drangen an ihre Ohren. Ann stöhnte und angelte nach ihrem Handy. Mein Gott: zehn nach neun! So lange hatte sie es noch nie in ihrer Koje ausgehalten. Sie rappelte sich hoch, schnappte sich ihr Duschzeug und öffnete die Kammertür.

Ingke schritt fröhlich pfeifend vorbei. »Mahlzeit, du Langschläfer! Wenn du noch frühstücken willst, würde ich mich beeilen! Ich gehe davon aus, dass wir spätestens am Mittag ablegen – endlich!«

»Moin! Hauke schon an Bord?«, rief Ann und eilte an ihr vorbei, um zu den Duschen zu gelangen.

»Nej. Kann aber nicht mehr lange dauern.«

Tatsächlich saß sie allein in der Messe, trank eine Tasse heißen Kaffee nach der anderen und lauschte den Klängen der Aufräumarbeiten, die über den Gang aus der Kombüse drangen. Immer wieder wanderten ihre Gedanken zu den Geschehnissen der letzten Nacht. Hoffte der Kapuzen-Mensch wirklich auf einen bestimmten Fund in Haukes Kabine? Was Wertvolles konnte es nicht sein, dann hätte der Fahrtleiter keine Spielschulden.

Vielleicht konnte er es nur noch nicht zu Geld machen? Auch Eigil war schon wach.

Ann wusste naturgemäß sofort, worauf ihre innere Stimme hinauswollte. *Eine Erpressung?*

Warum nicht? Hauke ist irgendwie zu lohnendem Wissen gelangt, hat für seine Anschuldigungen Beweise und versucht, diese zu Geld zu machen. Das hat er dringend nötig. Schließlich steht er kurz vor dem Bankrott. Der oder die Bedrängte entführen ihn und versuchen mittels körperlicher Gewalt, das Versteck der Beweise ausfindig zu machen. Hauke bleibt stur – kann sich letztlich sogar befreien. Verzweifelt durchforstet der Erpresste Martens' Kammer, solange diese noch unbewohnt ist.

Vielleicht hatte Eigil recht und es war nicht das erste Mal gewesen, dass die Person Haukes Kammer durchwühlt hatte? Wusste sie, seit wie vielen Nächten das schon so ging? Das Zeitfenster für die eine Aktion war denkbar knapp. Die Hundewache ging von Mitternacht bis vier. Nach dem Wachwechsel dauerte es noch einige Zeit, bis der Abzulösende in seiner Koje lag und wirklich schlief. Die Gefahr, dass er noch einmal auf den Gang heraustrat, war hoch. Derjenige, der die Frühschicht übernahm, stand natürlich zeitig genug auf, um pünktlich um vier auf der Brücke zu erscheinen. Anderthalb bis zwei Stunden – wenn überhaupt, das war das Zeitfenster, das den Kapuzen-Menschen vor Entdeckung schützte. Rechnete man die Zeit ab, die es brauchte, unentdeckt bis zu Haukes Kabine zu gelangen, verblieb nicht mehr allzu viel Zeit für die Suche.

Ann unterbrach ihren Gedankengang. Ein Wagen kam vorgefahren. Durch das Bullauge konnte sie sehen, wie das Taxi drehte und vor der Gangway hielt. Hauke! Sie ließ ihren Kaffee stehen und lief in Richtung Schott. Auch andere hatten seine Ankunft bemerkt und es weitergegeben. Nach und nach traten alle Forscher an Deck. Die Luft war klar. Die Temperatur war um einiges nach unten gerutscht, dunklen schweren Wolken von einem weißen Schleier ersetzt worden. Mit ein bisschen Glück würden sich in Kürze ein paar Sonnenstrahlen hindurchkämpfen können.

Ann sah in die Gesichter der Mitreisenden. Den meisten konnte man die Freude und Erleichterung ansehen. Menas Augen leuchteten. Ihre linke Hand verdeckte den Mund, als ob sie sich zusammenreißen müsste, um nicht loszuquietschen. Victor zog Marius und Naresh zu sich ran, legte ihnen seine Arme über die Schultern, grinste breit und nickte zufrieden. Naresh schien wenig begeistert ob des emotionalen Übergriffs, konnte sich ihm jedoch schlecht entziehen. Marius dagegen unterstrich den besonderen Moment und fing an, langsam und sehr laut in die Hände zu klatschen. Nach und nach fielen die anderen ein. Die einen zögerlich, die anderen voller Begeisterung. Der immer schneller werdende Rhythmus trug Hauke die Gangway hoch. Auch Kapitän Barne, der oben wartete, um den Fahrtleiter in Empfang zu nehmen, klatschte mit.

Dann stand Martens da, etwas beschämt, aber sichtlich glücklich. Sein rechtes Auge kam dem Normalzustand erstaunlich nahe. Die Schwellung war gewandert, hing nun als unansehnlicher Klumpen darunter. Das Linke hatte sich noch nicht freikämpfen können, verschwand nach wie vor zwischen den schillernden Blutergüssen. Die untere Gesichtspartie schien weitgehend wiederhergestellt. So würde sein Genuschel hoffentlich der Vergangenheit angehören. Als Ingke begann, das Prestissimo-Klatschen mit schrillem Pfeifen auf ihren Fingern zu krönen, hob Hauke beschwichtigend die Hand. »Leute! Ich danke euch. Vielen Dank.«

Lautes Gejohle, Klatschen und Pfiffe antworteten ihm.

»Ich freue mich auch, euch zu sehen«, schrie er gegen den Tumult an. »Auch, wenn ihr ein wenig zweidimensional daher kommt!« Ausgelassen zeigte er auf sein zugeschwollenes linkes Auge.

»Du hättest dir nicht extra Lidschatten auftragen müssen, Hauke! Wir mögen dich auch ungeschminkt«, rief Victor übermütig.

»Touché!« Martens lächelte nachsichtig.

Barne hob den Arm. »Bitte!«

Das Lachen und Klatschen erstarben.

»Willkommen an Bord!« Der Kapitän streckte die Hände aus und drückte Hauke vorsichtig beide Oberarme. Dann drehte er sich um. »Dann will ich uns mal nach Hause bringen. Gangway einholen!« Er nickte zwei Männern seiner Besatzung zu. »Und dich möchte ich bis zum Mittagessen nicht mehr sehen. Geh in deine Kammer und ruh dich aus!«, befahl er dem Fahrtleiter und steuerte zielstrebig die Brücke an.

»Aye aye, Sir!« Martens legte die Finger seitlich an die Stirn und salutierte. Begleitet von ein paar aufmunternden Worten einzelner Forscher, erklomm er die Stiege und verschwand im Innenraum von Deck B.

»Wir wollen heute noch ein bisschen die Sau rauslassen.« Victor war an Ann herangetreten. »Haukes Heimkehr muss gefeiert werden. Der Koch sagt, er gibt sich heute Mittag besondere Mühe. Sogar Kuchen soll es geben. Marius und ich sind heute Morgen extra los und haben ein paar Freudenspender besorgt. Da vergisst selbst Martens, dass er Schmerzen hat.« Der Maulwurf grinste schelmisch. Ann stutzte. Hatte der sich tatsächlich zur Feier des Tages die Brille geputzt?

»Ich weiß nicht, ob sich Hochprozentiges so gut mit Haukes Medikamentencocktail verträgt«, gab sie zu bedenken.

»Spaßbremse!« Sein Lächeln wirkte weiterhin freundlich. »Wir werden sehen, zu was sich unser bunt schillernder Anführer in der Lage sieht. Las Vegas können wir ihm nicht bieten. Aber du könntest aus der Torte springen ...« Belustigt zwinkerte er ihr zu. »Wir treffen uns um eins in der Messe. Bring gute Laune mit!«

Ach ja, Victor unser Komiker!

Ann schlang schützend die Arme um ihren Körper. Lange Unterwäsche und ein dicker Pullover allein reichten bei den Temperaturen an Deck nicht mehr aus. Sie ging in die Umkleide, griff nach ihrer Jacke und kehrte zurück. Das Auslaufen der *Neptun* wollte sie sich auf keinen Fall entgehen lassen.

*

Eine halbe Stunde später betrat sie ihre Kammer. Das Chaos darin übersah sie geflissentlich. Gedankenverloren zog sie am Zopfgummi und löste ihr Haar, kämmte es und flocht es zu einem langen Zopf. Bis zum Treffen in der Messe blieb noch ein wenig Zeit. Die Jagdszenen der vergangenen Nacht wollten ihr nicht aus dem Kopf. Ihre Gedanken drehten sich im Kreis. Sie brauchte dringend Ablenkung.

Die Stimmung auf dem unteren Deck war nach wie vor gut und voller Vorfreude. Die meisten Türen präsentierten sich weit geöffnet. Marius saß Fabian gegenüber und verteilte Karten, als er rief: »Victor, schwing deinen Arsch rüber. Wir warten!«

Von nebenan ertönte ein: »Komme!« Ann passierte just seine Kammer und sah, wie der Maulwurf Naresh freundschaftlich in die Seite boxte und hinzufügte: »Los, Naresh, komm mit! Wir spielen Strip Poker!« Aus dem Augenwinkel konnte Ann gerade noch erkennen, wie der Inder verärgert das Gesicht verzog.

Und dann – sie war längst eine Tür weiter – hörte sie es. Dieses Zischen, diesen herausgepressten Fluch, den sie nun glasklar verstehen konnte. »Piss off, Victor!« Erschrocken blieb sie stocksteif stehen. »Stop bothering me!«

Naresh! Natürlich! Er war ebenso zart gebaut wie Mena und Vanessa. Er war es, der Haukes Kammer durchsucht hatte.

Ann zwang sich, weiterzugehen. Aber wohin? Eigentlich wollte sie doch ...

Du könntest versuchen, ihn zur Rede zu stellen.

Und wenn sie sich doch irrte? – Nein! Eigentlich war sie sich sicher. »Piss off!« Genauso hatte sich der Fluch angehört. Nur etwas gedämpfter.

Dann los! Das ist deine Chance. Er wird dich schon nicht köpfen, vor all den anderen, verspottete Eigil ihre Verzagtheit.

Sie ignorierte seine Häme. Ihr Kopf war mit anderem beschäftigt. Was hatte Naresh in Martens' Kammer gesucht? Ging es um seine Leidenschaft, um das Wracktauchen? Hoffte er, dort auf aussagekräftiges Kartenmaterial zu stoßen? Unbewusst und in Gedanken ging sie den Weg, den sie in der letzten Nacht gegangen war.

Plötzlich registrierte sie kopfschüttelnd, dass sie vor Haukes Kabine stand. Sie wollte gerade den Rückzug antreten, als sich Martens' Tür öffnete. Verdutzt sah er sie an.

»Ann! Moin, also, eigentlich wollte ich gerade zu Barne, aber ...« Er stieß die Tür weit auf und machte eine einladende Geste. »Komm doch rein.«

»Ich, also, ich wollte dich nicht stören.«

»Nee, kein Ding.« Er ging voran und wies auf einen Stuhl. »Was hast du auf dem Herzen?«

»Wahrscheinlich ist es nichts, aber ...« Sie lächelte entschuldigend und nahm Platz. »Gestern Nacht. Ich kann oft nicht schlafen und nerve dann Peterssen ein bisschen.«

»Oh, da hast du dir ja den perfekten Gesprächspartner ausgesucht. Immerhin, ich kenne niemanden, der so grandios darin ist, zustimmend wie auch ablehnend zu schweigen.«

»Unglaublich, oder? Ein Meister der Einwortsätze!«

»Trotzdem – zuverlässig, ehrlich und mit einem unschlagbar trockenen Humor ausgestattet. Ein toller Typ.«

»Ja ...« Sie atmete tief ein. »Wie dem auch sei. Als ich mich hochgeschlichen habe, zur Brücke ...«

»Hochgeschlichen?«

»Na, damit ich niemanden wecke!«

»Verstehe.« Er nickte.

»Also, als ich rauf bin zur Brücke, hab ich jemanden bemerkt, der definitiv nicht gesehen werden wollte. Er oder sie hat gewartet, hat gelauscht, ob jemand auf den Gängen ist und ist dann hierher geschlichen.«

»Was heißt hierher?«

»Hier – in deine Kabine.«

Martens bemühte sich um ein Stirnrunzeln. »Du bist dieser Person nachgegangen?«

Ann nickte. »Sie benahm sich so seltsam.«

»Und dann?«

»Sehen konnte ich natürlich nichts. Sie hatte die Tür hinter sich geschlossen. Es hörte sich aber sehr danach an, als würde sie irgendwas suchen.«

Überraschung. Faszinierend, welche Vielfalt an Ausdrücken ein solch geschundenes Gesicht, wenn auch verzerrt, hervorbringen konnte.

»Wer? Wer hat hier was gesucht, Ann?«

Sie schlug bedauernd die Augen nieder. »Ich weiß es nicht. Ich konnte die Person nicht erkennen. Sie trug dunkle Kleidung. Gesicht und Frisur verschwanden unter einer Kapuze. Fehlt denn irgendwas?«

Warum bitte sagst du ihm nicht einfach, dass es Naresh war?

Sollte Hauke wirklich ein Erpresser und deswegen entführt worden sein, weiß er eh, mit wem er es zu tun hat.

Und wenn nicht?

Dann würde ich jetzt gern etwas zu seinen Vermutungen hören. Vielleicht lässt er mich teilhaben …

»Fehlen?« Hauke sah sich um. »Nein. Ich hab zwar bemerkt, dass die Papiere und Ordner anders standen und einiges ziemlich in Unordnung geraten war, ich dachte aber, das wäre beim Zusammenpacken meiner Krankenhaustasche passiert. Barne hat mir ein paar Kleinigkeiten gebracht. Obwohl ich zugeben muss, es passt so gar nicht zu ihm, ein solches Chaos zu hinterlassen.«

Der Sharma muss derart eilig abgehauen sein, dass er drauf gepfiffen hat, die Kammer in ihren Originalzustand zurückzuversetzen. Er hat sicherlich Angst gehabt, Bolten und Barne hätten den Krach aus der Nachbarkabine gehört und stünden gleich vor ihm, um nach dem Rechten zu sehen.

Martens starrte nachdenklich vor sich hin.

»Na ja, wie dem auch sei. Ich dachte, ich sag's dir einfach. Gibt bestimmt eine ganz plausible Erklärung.«

Verhaltenes Nicken beim Fahrtleiter.

»Wie geht's dir denn sonst so? Lassen sich die Schmerzen einigermaßen aushalten?«

»Halb so schlimm. Zur Not hab ich so viel Zeug bei mir, ich könnte nen Handel aufmachen.«

Erst zocken, dann Drogenhandel. Der Typ lässt auch gar nichts aus.

Ann ließ das lieber unkommentiert.

»Und die Erinnerung? Kommt sie langsam zurück?«

Er verneinte verbittert.

Sie wechselte das Thema. »Du hast das von Willems gehört?«

»Ja. Ein ziemlicher Schock! So hätte ich ihn nicht eingeschätzt. Wir haben uns im Vorfeld der Fahrt lange unterhalten. Er schien mir sehr abgeklärt und kompetent. Es war ihm durchaus bewusst, dass es noch Jahre, wenn nicht Jahrzehnte dauern könnte, bis die Windkraftpumpen so weit ausgereift wären, dass sie gewinnbringend und in Masse produziert werden könnten. Dennoch, mir konnte er glaubhaft vermitteln, dass er hinter dem Projekt stand. Warum auch nicht? Es ging ihm ja nicht schlecht. Die Bundesregierung steckt immer mehr Geld in die Forschung zur Bekämpfung des Klimawandels. Notgedrungen werden diese Töpfe anwachsen. Umweltorientierte Berufe werden ausgebaut, neue geschaffen. Die Welt ist im Umbruch. Damit lässt sich gutes Geld verdienen. Aus irgendeinem Grund schien ihm das nicht gereicht zu haben.«

»Glaubst du, er hat Alette getötet?«

»Nein!«

Das kam sehr entschieden.

»Nein? Aber das Motiv ist tausendmal stärker als Tjerks Antipathie! So viel Geld, wie Simon Willems veruntreut hat. Das konnte er unmöglich auf Dauer vor ihr verheimlichen. Was glaubst du, hätte Alette getan, wenn sie davon erfahren hätte? Geschwiegen und dabei zugesehen, wie er ihr Baby ausbluten lässt?«

»Nein. Sicher nicht. Aber sehen wir das Ganze doch mal realistisch. So wie ich die Sjögren verstanden habe, ist das meiste Geld weg. Noch haben sie keine Ahnung, wo er es versteckt hält und ob die Geldgeber es jemals wiedersehen werden. Als Teilhaberin musst du erst mal beweisen, von nichts gewusst zu haben. Selbst dann haftest du mit, denn es ist deine Pflicht, die Firmenangelegenheiten im Auge zu behalten und nachzuweisen, was wann wo mit den Fördergeldern geschieht. Sie hat sich voll auf Willems verlassen. Das war blauäugig. Ob sie ihn nun angezeigt hätte oder nicht, sie wäre so oder so geliefert gewesen.«

»Und wenn sie trotzdem damit gedroht hat? Er wird sicherlich einen Plan gehabt haben, wann er wie untertauchen wollte. Vielleicht war sie ihm einfach zu schnell auf die Schliche gekommen?«

»Sie hatte ein ganz anderes Problem.« Die Finger seiner rechten Hand kneteten monoton den Daumen der anderen.

»Wie meinst du das?«

»Ich hatte viel Zeit, über alles nachzudenken, insbesondere im Krankenhaus. Nachdem meine Erinnerung an den Unfall nicht wiederkommen wollte, habe ich über alles andere nachgegrübelt.«

Na, da gibt es ja so einiges.

»Die geologischen und geografischen Bedingungen, die Strömungswerte, die Wucht der Wellen während eines Sturms, all das war zwar nicht optimal für die Durchführung ihres Projekts, trotzdem gab es die eine oder andere Stelle, die vielversprechend aussah.«

»Du sprichst von der Verankerung der schwimmenden Windkraftpumpen.«

Er nickte. »Es wäre noch ein weiter Weg gewesen, dennoch hätten die Ergebnisse vermutlich gereicht, um weitere Mittel und weitere Forschungen zu sichern.«

»Aber?«

»Hatten wir beide darüber gesprochen, dass wir vor einem Rätsel stehen, warum sich der Sauerstoff so rasant abbaut?«

Ann nickte. »Ja, du sagtest, an den fehlenden Salzwassereinbrüchen könne es nicht mehr liegen, dass sich weite Teile der Ostsee in Todeszonen wandeln.«

»Sauerstoffminimumzonen. Ja stimmt. Bis vor ein paar Jahren dachten wir, die fehlende Frischwasserzufuhr der Nordsee ließe die Gebiete veröden. Doch dann drehten die

Winde wieder und die lebensspendenden Salzwassereinbrüche kehrten zurück.«

»Nur, dass sich der Sauerstoff schneller abbaut als in der Vergangenheit.«

»Wie schnell, das hat uns diese Fahrt erst so richtig vor Augen geführt. Wenn wir die Daten mit denen der letzten Monitoring-Fahrt vergleichen, und das haben wir getan, kommen wir zu einem erschreckenden Ergebnis. Eine detaillierte Auswertungen wird es in der Nachbearbeitung geben, die grobe Übersicht aber spricht eine deutliche Sprache. Dessen ist sich Alette in jener Nacht bewusst geworden.« Er schüttelte resigniert den Kopf. »Ich hätte eher in mich reinhören müssen. Aber ich war zu sehr damit beschäftigt, zu begreifen, was Tjerk damit zu tun hat.«

»Was meinst du?«

»Stell dir vor, du hast ein altes ungedämmtes, marodes Haus ohne Fenster und Türen. Es ist Winter und bitterkalt. Würdest du jemanden dafür gewinnen können, dir das Geld zum Heizen dieses Objekts zur Verfügung zu stellen?«

»Ohne es zu renovieren, ohne Fenster einzusetzen?«

Er nickte.

»Wohl kaum. Die Wärme könnte sich nicht ausbreiten oder gar halten. Sie würde sofort verpuffen und vom Wind und der Kälte aus dem Haus gesogen werden. Die Investition wäre sinnlos.« Die letzten Worte sprach sie langsam und gedehnt aus.

Sie begriff. Alette musste erkannt haben, dass keine noch so starke Sauerstoffpumpe etwas bewirken konnte, wenn der Effekt sich sofort wieder verflüchtigte, wenn das lebensspendende Gas nicht gehalten werden konnte. Und sie kannten nicht einmal den Grund für den rasanten Abbau. Die ganze Arbeit, der harte Kampf um Fördermittel – umsonst. Wäre das herausgekommen, hätten die Sponsoren ihre Zahlungen eingestellt, vielleicht sogar einiges an Geldern zurückgefordert. Wie musste Alette sich in jener Nacht gefühlt haben? Hatte Ann sie deshalb nicht finden können? Weil sie allein sein wollte, weil sie diesen Schock erst einmal verkraften musste?

Anns Kopf schreckte hoch. »Nein, das kann nicht sein! Sie kann sich nicht umgebracht haben.«

»Dieses Projekt bedeutete ihr alles! All ihre Hoffnungen ruhten darauf.«

»Das Blut an dem Handtuch ... Tjerk!«

»Tjerk ist ein Hitzkopf, aber doch kein Mörder! Das Blut muss von der Auseinandersetzung stammen. Hatte Alette dir erzählt, dass sie tags zuvor aneinandergeraten waren? Er wird sie unabsichtlich verletzt und sich das Blut an seinem Handtuch abgeputzt haben.«

»Und der Ausfall der Monitore? Ausgerechnet zu diesem Zeitpunkt ist die Brücke blind, sieht nicht, was im Sondenraum passiert? Das kann mir doch keiner erzählen!«

»Es gab schon Tage zuvor immer wieder Schwierigkeiten mit der Bordelektronik. Auch die Monitore waren betroffen. So abwegig ist das mit dem Zufall also gar nicht.«

Ann schüttelte entgeistert den Kopf. Das konnte doch nicht sein, oder ...? »Tjerk, warum hat er gesagt, sie hätte ihn in den Sondenraum bestellt?«

»Vielleicht hat sie das.« Er stockte einen Moment und holte tief Luft. Es fühlte sich hilflos an. »Ann – für Alette ist alles zusammengebrochen. Tjerk war der, der ihr ständig klar und deutlich gesagt hat, dass sie Schiffbruch erleiden würde, dass ihr Herzensprojekt nicht umsetzbar wäre. Nun musste sie ihm recht geben. Vielleicht hatte sie genau das vor? Vielleicht wollte sie ihm sagen, dass sie gescheitert war.«

Ann schossen Tränen in die Augen. »Und das konnte sie nur dort, nirgend anders?«

»Sie wollte allein sein. Du kennst das hier. Wo ist man auf diesem Schiff schon mal allein? Sie wusste, dass der Sondenraum in dieser Nacht verwaist sein würde, Rosi wurde nicht gebraucht. Es tut mir leid.« Sanft berührte er ihren Arm. »Das Loch, in das sie gefallen ist, muss derart groß gewesen sein. Sie wusste keinen anderen Ausweg. Ich glaube nicht, dass sie es geplant hat, ich glaube, sie war in diesem Moment einfach wahnsinnig verzweifelt ...«

Kapitel 12

Die Motoren brummten monoton vor sich hin. Trotzig kämpfte die *Neptun* sich durch die Wellen. Der Wind hatte ordentlich zugelegt. Eisig pfiff er übers Deck und zerrte an ihrer Kleidung. Ann stand am Heck und starrte in die Gischt.

Das, was sie immer ausgeschlossen hatte, das sollte es nun gewesen sein? Selbstmord? Hauke hatte natürlich recht. Die Erkenntnis, aufs falsche Pferd gesetzt, all die Kraft und das Geld investiert zu haben – für nichts ...! Das war ein harter Schlag. Aber Alette war Umweltaktivistin gewesen. Sie hatte ständig gegen Mühlen angekämpft. Sicherlich würde es in ihrem Leben viele zermürbende Aktionen gegeben haben, an deren Ende sie gescheitert war oder aber nicht das erreicht hatte, was nötig gewesen wäre. Solche Menschen gaben nicht auf. Wenn sie an einer Stelle eine Niederlage erlitten, nahmen sie Anlauf und versuchten es an der nächsten. Und Ann hatte Alette immer als Kämpferin empfunden.

Sie seufzte. Aber was wusste sie schon? Wie gut kannte man jemanden nach mickrigen drei Tagen? Das Einzige, was sie tröstete, war, dass die Vermutung nahe lag, dass Alette wohl doch nichts von Willems Schweinerei geahnt hatte.

Eigentlich war ihr nicht danach. Trotzdem machte sie sich auf den Weg in die Messe. Die anderen wollten feiern. Ihr war eher zum Heulen. Immer wieder fragte sie sich, ob sie es hätte verhindern können, ob sie hätte merken müssen, in welchem Zustand Alette sich befunden hatte. Wäre sie nur nicht so verdammt müde gewesen. Die ganze Zeit über hatte sie im Gemeinschaftsraum gesessen, kaum etwas aufs Papier gebracht und sich bemüht, nicht einzuschlafen. Dabei hatte Alette sie gebraucht. Es war *die* entscheidende Nacht gewesen. So oft hatte sie ihr erzählt, wie wichtig diese Stunden für sie wären.

Warum, verdammte Scheiße, bin ich nicht an ihrer Seite gewesen? Ich hätte es verhindern können. Ich hätte einfach nur da sein müssen!

Sie schluckte, wischte sich die Tränen aus den Augenwinkeln und ging das Hauptdeck entlang. Schon von Weitem drangen Musik und Gelächter, Geschirrgeklapper und Wortfetzen an ihre Ohren. Es roch verführerisch nach deftigem Essen – fast wie zu Weihnachten.

Ann bog um die Ecke.

Alle saßen dicht beisammen. Selbst die Besatzungsmitglieder, die gerade keinen Dienst hatten, waren anwesend.

Ingke kreuzte ihren Weg. »Was guckst du denn wie so 'n Trauerkloß? Sieh zu, dass du noch was abkriegst. Victor und Marius liefern sich schon ein Battle: Wer isst am schnellsten am meisten? Und ich kann dir eines sagen – sie sind beide verdammt *fort.*« Sie lachte und balancierte einen gut gefüllten Teller mit Rindergulasch, Kartoffelklößen und Rotkohl an ihr vorbei.

»Es gibt sogar eine vegetarische Variante!« Vanessa strahlte und wies auf ihre Mahlzeit.

Die beiden hatten recht. Ann hatte Hunger, ihr Magen rebellierte schon seit Stunden. Also ging sie zurück zur Kombüse, ließ sich vom Koch eine Portion reichen und verzog sich an das eine Ende der Gesellschaft.

Während sie aß, beobachtete sie die Runde.

Hauke mümmelte etwas angestrengt vor sich hin. Sicher bereitete ihm das Kauen Schmerzen. Mena hockte daneben und gab, passend zum Festmahl, das Kind am Weihnachtsabend. Ihre Augen leuchteten, ihr Gesicht strahlte. Ob sie glaubte, Haukes Frau gäbe ihm nun den Laufpass und der

Platz neben ihrer großen Liebe würde frei für eine gemeinsame Zukunft? Sicher schien, Mena würde in seiner Nähe lauern und auf ihre Gelegenheit warten. Eine Gelegenheit, die es von seiner Seite aus nie geben würde.

Victor und Marius saßen sich gegenüber und schaufelten irre Mengen Essen in sich rein. Fabis Blick verriet – er fand das ziemlich peinlich. Ausnahmsweise waren die Reihen der Wissenschaftler und Besatzungsmitglieder bunt gemischt. Vanessa quatschte mit dem ersten Offizier Peer Bolten und Ingke fand ansprechende Unterhaltung bei drei Matrosen, zwischen denen sie Platz gefunden hatte. Dort, auf seinem angestammten Platz, erblickte Ann auch den Kapitän.

Ein Seemann betrat die Messe und rief laut: »Der Koch lässt euch ausrichten: Es ist genug da. Ihr sollt euch alle noch nen Nachschlag holen.«

Marius und Victor stöhnten. Um sie herum brach Gelächter aus.

»Esst doch noch, Jungs. Dann bleibt vom Nachtisch mehr für mich!«, rief die Amundsen den beiden zu.

Ann hatte beim Warten auf ihren Teller einen Blick durch die Luke werfen können. Es gab Pannacotta mit Himbeersauce und Schokoraspeln. Der Koch hatte sich selbst übertroffen.

Noch immer schwermütig registrierte sie dennoch, wie wunderbar alles schmeckte. Kein Wunder, dass so mancher sich auf diese Weise Trost verschaffte. Sie nahm eine Gabel Rotkohl, blickte hoch und – hätte sich beinahe verschluckt. Naresh saß am anderen Ende der Tafel und starrte sie an. Unsicher senkte sie den Blick und konzentrierte sich auf ihr Essen. Wusste er, dass sie gestern hinter ihm her geschlichen war? Hatte er sie gesehen, sogar erkannt? Sie schnitt ein wenig vom Kartoffelkloß ab, zog es durch die Soße und schob sich die Portion in den Mund. Gleichzeitig hob sie den Kopf und blickte so neutral wie möglich nach vorn. Naresh starrte immer noch.

Ann wurde wütend. Wieso fühlte sie sich schlecht, wenn er sie musterte? Er war schließlich der, der Mist gebaut hatte. Sie wandte den Kopf zur Seite und bemerkte Haukes nachdenklichen Blick, der auf ihr ruhte. Scheinbar hatte er die angespannte Stimmung zwischen ihnen mitbekommen.

Die Ersten machten sich auf den Weg, um sich ein Nachtischschälchen zu sichern. Ann schob die Reste auf ihrem Teller zusammen, ließ sie in ihrem Mund verschwinden und kratzte ungeduldig mit der Gabel Muster in die verbliebene Soßenpfütze. Dann sprang sie auf. Gestern Nacht hatte sie Schiss gekriegt, schon klar. Aber jetzt? Was sollte er tun? Hier, vor all den anderen? Wenn sie richtig lag mit ihren Vermutungen, war der Inder nicht gewalttätig. Ann konnte sich nämlich absolut nicht vorstellen, dass Sharma hinter Haukes Verschwinden steckte. Martens war einen ganzen Kopf größer und gut in Form. Naresh dagegen klein und schmächtig. Dieses Kräfteungleichgewicht musste man erst mal ausgleichen. Und wo sollte er Hauke gefangen gehalten haben? Nein, hier ging es nicht um Erpressung! Naresh hatte seine Chance gewittert und sie genutzt.

Die Erinnerung an die Angst der vergangenen Nacht, ihre verzweifelte Trauer über Alettes Suizid und die Wut auf sich selbst, all das ließ sie losstampfen wie ein wild gewordenes Rhinozeros. Sie baute sich vor Naresh auf, dessen Gesichtshaut plötzlich fahl erschien, blickte entschlossen auf ihn herunter und erhob die Stimme: »Ich hab dich gesehen, letzte Nacht – wie du in Haukes Kabine eingestiegen bist!«

Um sie herum verstummten die Gespräche. Erschrockene, ratlose und verwirrte Gesichter wandten sich ihnen zu. Martens stand auf – kam herüber. Auch Barne näherte sich. Seinen ernsten Blick nahm Ann nicht wahr. Ihre Augen fixierten Naresh. Der fühlte sich sichtlich unwohl.

»Und ich weiß auch warum!«, fuhr sie fort.

Sie sah sofort, dass er ihr nicht glaubte.

»Du willst unbedingt wissen, wo es liegt, nicht wahr? Das Wrack!«

Jetzt klappte sein Unterkiefer herunter. Seine Augen, weit aufgerissen, schauten sie fassungslos an. Faszinierenderweise wurde er, trotz der natürlich dunklen Pigmentierung seiner Haut, richtiggehend blass.

»Du weißt, dass die Position verzeichnet ist – in Geheimkarten. Und du weißt auch, dass der Fahrtleiter einer Forschungsexpedition Kenntnis darüber haben muss, wo am Meeresboden die Gefahren lauern, die im schlechtesten Fall teure Messinstrumente zerstören könnten. Oh mein Gott, es muss wie ein Sechser im Lotto für dich gewesen sein: Du hier und Martens weit weg von seiner Kammer – von der Schatzkarte! Du konntest nicht widerstehen, oder?«

In der Messe war es mucksmäuschenstill. Nareshs Körper wirkte wie eingefroren. Nur seine Finger krallten sich in seine Oberschenkel.

Die Stille um sie herum war beklemmend.

Ann holte tief Luft, atmete dann geräuschvoll wieder aus, drehte sich um und stoppte abrupt vor Hauke, der direkt hinter ihr stand. »Er ist ein verdammter Schatzjäger, ein Wracktaucher!«

Barnes Stimme hallte grollend durch den Raum. »Ihr beide – mitkommen!« Er zeigte auf Ann und Naresh. »Hauke? Du bitte auch.«

Wortlos folgten die drei dem Kapitän in seine Kammer. Im Gegensatz zu den Kabinen der Wissenschaftler war sie richtiggehend gemütlich. Es gab eine Hauptkammer mit großzügiger Übereck-Couch, einem Tisch mit Stühlen, einem Schreibtisch und Schränken, die der Bedeutung des Wortes gerecht wurden. Zwei Türen zeigten an, dass es einen separaten Schlafraum und ein eigenes Bad gab.

»Zuerst zu dir!« Nie zuvor hatte sie Barne so verärgert gesehen. »Was hast du dir dabei gedacht? Wie kommst du dazu, so schwerwiegende Anschuldigungen vor dem gesamten Team auszusprechen? Wärst du Teil meiner Besatzung, ich würde dich jetzt feuern!«

Ann wusste, dass er recht hatte. Sie wusste es in dem Moment, als sie die Stecknadel hätte fallen hören können, in der Messe, in dem Moment, als sie die Worte ausgesprochen hatte. All ihre Wut und Hilflosigkeit hatten sich an Naresh entladen.

»Er hat mir so viel Angst gemacht, letzte Nacht. Er ist hinter mir her gerannt, hat versucht, mich zu kriegen. Weiß ich, was er gemacht hätte, wenn ...«, murmelte sie kleinlaut.

Barne schüttelte resignierend den Kopf. »Und da ist es dir nicht eingefallen, zu mir zu kommen?« Er seufzte enttäuscht. »Also gut. Das lässt sich nicht mehr ändern. Erzähl, was gestern Nacht passiert ist, von Anfang an.« Auffordernd nickte er ihr zu.

Während sie begann, stand Naresh neben ihr, mit hängenden Schultern und gesenktem Kopf. Als sie fertig war, stand sie ebenso bedröppelt da wie der eigentliche Missetäter.

»Woher weißt du, dass er«, Barne nickte zu Naresh hinüber, »illegale Tauchgänge innerhalb gesperrter Zonen unternimmt?«

»Ich weiß es eben. Ich bin Journalistin. Es ist mein Job, Dinge herauszufinden. Woher, werde ich nicht preisgeben. Ich schütze meine Quellen.«

Barne brummte missmutig. »Du kannst gehen. Aber eines kann ich dir sagen: Du hast dir hier an Bord so einiges verspielt mit dieser Aktion, junge Dame!«

»Ich weiß und es tut mir ehrlich leid.« Gefühlt schrumpfte sie noch weiter in sich zusammen.

Barne wartete, bis sie den Raum verlassen und die Tür hinter sich zugezogen hatte, bevor er sich Naresh widmete.

*

Sie hatte sich in ihre Kammer zurückgezogen. Sie wusste, die anderen würden sie für diese Aktion hassen. An sich konnte sie das gut verstehen, trotzdem fand sie es ungerecht, dass dem Einbrecher mehr Sympathien entgegengebracht werden sollten als ihr, die sie ihm auf die Schliche gekommen war.

Du solltest unbedingt an deiner Taktik feilen. Hercule Poirot hätte ...

»... sich nicht so dämlich angestellt? Ich weiß. Halt die Klappe, Eigil!«, murmelte sie.

Sie hörte, wie die anderen langsam zu ihren Kabinen zurückkehrten. Angestrengt versuchte sie zu erkennen, ob sie sich über ihre Aktion aufregten. Wie schlimm war es?

Der Lauscher an der Wand hört seine eigene Schand.

Sie hasste es, wenn Eigil recht hatte. Sie sollte einfach in ihrer Kammer bleiben, bis sie in Warnemünde anlegten.

Du bist ein Feigling!

Wenn, dann sind wir beide feige. Vergiss nicht, du bist ein Teil von mir, konterte Ann.

Ich kann nichts dafür, dass ich in deinem Kopf feststecke!

Ach nein? Dann verschwinde doch einfach. Ich halte dich bestimmt nicht auf.

Es klopfte.

Besuch! Wie schön!, flötete ihre innere Stimme.

Ann beschloss, Dr. Hase von Eigil zu erzählen. Vielleicht wusste ihr Psychotherapeut, wie man ihn loswerden konnte.

»Komm rein!« Mit hochgezogenen Knien beobachtete Ann, wie Hauke die Kammer betrat. Er nahm ihr gegenüber auf dem zweiten Stuhl Platz.

»Schöne Scheiße, oder?« Irgendwie war es seltsam, dass ausgerechnet er das sagte.

»Barne hat natürlich recht! Ich hätte zu ihm gehen müssen, statt Naresh vor allen bloßzustellen. Aber ...« Sie stockte und suchte nach den passenden Worten. »Ich war plötzlich so unfassbar wütend!« Ihre Augen glänzten feucht.

Hauke ließ sie reden.

»Hier macht doch jeder, was er will! Der eine durchwühlt heimlich die Kammer des anderen, die andere springt einfach so von Bord ...« Verzweifelt schlug sie sich die Hände vors Gesicht. Die Tränen ließen sich nicht mehr zurückhalten, das unkontrollierte Schluchzen brachte ihren Körper zum Zittern. »Das durfte sie nicht! Verdammte Scheiße! Das hätte sie nicht tun dürfen!«

Hauke saß weiterhin nur da und gab ihrer Wut und Trauer Raum. Als er merkte, dass sie sich langsam beruhigte, meinte er: »Du darfst dir nicht die Schuld geben! Du hast am allerwenigsten mit all dem hier zu tun. Wer so verzweifelt ist, findet immer einen Weg.«

Schniefend hob sie den Kopf. Hinter Hauke in der halb geöffneten Tür standen dicht gedrängt Ingke, Mena und Vanessa. Ihre Gesichter drückten Betroffenheit aus.

»Es tut mir leid«, flüsterte Ann.

»Das solltest du Naresh erzählen!« Der Maulwurf musste hinter den Dreien stehen.

»Halt die Klappe, Victor!« Energisch schob Ingke sich in den Raum, ging zu Ann, zog sie hoch und nahm sie beherzt in den Arm. »Liebchen, du hast dir aber auch die beschissenste Fahrt ausgesucht, um diesen Artikel zu schreiben!«

»Ist trotzdem keine Art!«, brummte Victor, von dem man nach wie vor nur die Stimme hörte.

Jetzt wurde die Amundsen sauer. »Das mag sein! Ist aber auch keine Art, beim Fahrtleiter einzusteigen. Ergo? Beide haben was falsch gemacht. Das gleicht sich aus. Minus und minus ergibt bekanntlich plus. Also: Schwamm drüber! So, wir begleiten dich jetzt zur indischen Version von Indiana Jones. Er ist nicht in der Position, deine Entschuldigung abzulehnen.« Sie seufzte vernehmlich. »Und dann werden wir zusehen, dass wir die letzten Stunden dieser Expedition ohne weitere Hiobsbotschaften überstehen.« Sie zog Ann aus dem Raum, sah dabei noch mal zu Hauke zurück. »Irgendwelche Einwände?«

*

Es war später Nachmittag. Das Restlicht des Tages offenbarte eine windgepeitschte Ostsee und einen dramatischen Winterhimmel. Es würde kein sanfter Ritt werden, so Barne. Windstärke sieben bis acht wären zu erwarten. Und das Ganze könnte sich in den Nachtstunden durchaus noch zu einem Sturm ausweiten.

Trotzdem schmeckte der Kuchen, den der Koch den ganzen Tag vollmundig angepriesen hatte, ganz wunderbar. Langsam leerte sich die Messe. Ann hielt auf Kapitän Barne zu, der sehr bewusst allein an seinem angestammten Platz saß, von dem aus er den ganzen Raum überblicken konnte, und seinen Kaffee genoss.

»Moin! Ich will nicht lange stören. Ich wollte dir nur sagen, ich habe mit Naresh gesprochen. Er hat die Entschuldigung angenommen.«

»Hm.« Sein Gesicht blieb ausdruckslos.

»Ich hab gehört, Hauke verzichtet auf weitere Schritte. Heißt das, die Sache bleibt hier auf dem Schiff, das Institut erfährt nichts davon?«

Barne schwieg, nahm statt einer Antwort demonstrativ ein Stück Kuchen in den Mund.

»Hab schon verstanden ... Das geht mich nichts an. Ich wollte nur sagen, ich fände das gut. Es ist ja niemand zu Schaden gekommen.«

Der Kapitän kaute in Ruhe zu Ende, schluckte und meinte: »Er hätte sich die Mühe nicht machen brauchen. Bei den Monitoring-Fahrten fahren wir so gut wie immer dieselben Ziele an. Allein, um die Messwerte besser miteinander vergleichen zu können. Diese Positionen kennen Martens und ich aus dem Effeff. Und natürlich wissen wir genau, was da unten liegt oder vielmehr, was nicht.«

»Und wenn ihr es mal vergessen hättet, würdet ihr die Karten mit den geheimen Informationen auch nicht beim Fahrtleiter suchen, richtig?«

»Schlaues Mädchen. Naresh hätte das eigentlich wissen müssen. Diese Art von Karten liegt unter Verschluss.«

Sie lächelte versöhnlich. »Dachte ich mir.« Sie drehte sich weg und wollte schon gehen, da kam ihr ein Gedanke. »Was ich dich schon die ganze Zeit fragen wollte: Ihr müsst das Getöse der Hydraulikstempel da oben doch gehört haben, in der Nacht, als Alette ...! Warum habt ihr nicht nachgesehen?«

»Peer und ich haben geschlafen. Unerwartete Geräusche des Schiffs würden mich aus jedem Tiefschlaf holen. Alles andere, der gewohnte Arbeitslärm – wir haben gelernt diese Dinge auszublenden. Andernfalls wären Ruhephasen nicht möglich und wir wären irgendwann eine Gefahr für uns und alle anderen. Und Falk hatte genug andere Dinge zu tun in dieser Nacht.«

»Wieso? Das Wetter war doch gut, die See ruhig.«

»Die Außendeckbeleuchtung an der Steuerbordseite war ausgefallen, gleichzeitig gab es Ärger mit der Bordelektrik.«

»Wurde der Grund dafür gefunden?«

Barne erhob sich. »Nichts besonderes. Ein Schiff mit derart viel Technik an Bord – da ist immer was. Die Probleme konnten schnell behoben werden. Also, kein Grund zur Sorge.« Er verabschiedete sich mit einem Nicken und verließ den Raum.

*

Eine Zeit lang hatte Ann es mit Lesen versucht. Irgendwann wurden ihr das Schaukeln, Knarzen und Ächzen der *Neptun* zu viel. Sie verließ ihre Kammer und wankte hoch zur Messe. Auch die meisten Wissenschaftler hatten sich dort zusammengefunden. Fabian war noch blasser als sonst.

»Bin gespannt, wie lange er noch durchhält.« Victor nickte zu ihm rüber. »Ich glaube, diesmal kommt er nicht umhin, die Fische zu füttern.«

Kaum hatte er es ausgesprochen, rannte der Student auch schon raus.

Ann löste die gesicherte Thermoskanne, goss sich breitbeinig eine halbe Tasse Kaffee ein, schwankte mit beidem in den Händen zu Vanessa, bat sie, ihr Getränk zu halten, taumelte zurück, zog den Spanngurt wieder um die Kanne und peilte den Sitz neben der Chemikerin an. Stöhnend ließ sie sich fallen. »Das Abendessen kann ja lustig werden. Weiß einer, wie die Wetterlage sich entwickeln wird?«

»Besser wird das nicht.« Marius betrachtete sein Brillenetui, das, trotz der stumpfen Anti-Rutsch-Oberfläche der Platte, zwischen seinen auf dem Tisch aufgelegten Armen hin und her schlingerte.

»Diese Fahrt steht unter keinem guten Stern«, murmelte Mena leise.

Es klapperte und schepperte ohrenbetäubend auf dem Gang aus Richtung der Kombüse. Der Schwall lauter Flüche zeigte, dass mittlerweile sogar der Koch mit dem Seegang haderte.

Kurze Zeit starrten alle vor sich hin. Nur der Wind, die Wellen und das Schiff sprachen zu ihnen.

»Was passiert eigentlich, wenn jemand über Bord geht und die Leiche nie geborgen wird?«, durchbrach Ann das Schweigen. »Ich meine ... gibt es trotzdem so was wie ne Beerdigung?«

»Wenn die Experten ein Überleben ausschließen, können Angehörige einen Antrag stellen, dass die Person für tot erklärt werden soll. Angehörige oder andere relevante Personen, wie der Willems zum Beispiel«, wusste Marius zu berichten.

»Nichtsdestotrotz kann sich das Ganze noch ziemlich lange hinziehen«, warf Vanessa ein.

»Ich denke aber, es wird einen Gedenkgottesdienst geben, ganz unabhängig davon, wie weit das Rechtliche gediehen ist.« Ingke blickte nicht einmal hoch. Sie sah sich irgendwelche Fotos auf ihrem Handy an. »Das Institut steht in der Verpflichtung. Allein schon Alettes Bruder gegenüber.«

»Sie hatte einen Bruder?«

Victor, Marius und Ingke nickten.

»Scheint so, als ob man sich kennt.«

»Na, kennen ist zu viel gesagt. Wir haben ihn ein paarmal getroffen. Er hat sie manchmal gebracht oder zu Treffen begleitet. Waren ziemlich dicke, die beiden.« Victors Augen verfolgten weiterhin stoisch das rutschenden Etui.

»Der Arme. Durch wen er es wohl erfahren hat ...« Ann nahm einen Schluck Kaffee.

»Das wird wohl durch die Polizei passiert sein – denke ich.« Der Maulwurf sah hoch. »Ist das nicht deren Job?«

»Ist er auch Wissenschaftler?«

Diesmal reagierte keiner. Dann meinte Victor zu Marius. »Nee, oder?«

Der zuckte mit den Schultern. »Musst du Hauke fragen. Die kennen sich näher, glaub ich.«

»Wo wohnt er? Und wie alt ist er?«

»Cord?« Victor stöhnte. »Um die dreißig? Auf jeden Fall jünger als sie.«

»Warum willst du wissen, wo der wohnt?« Ingke sah auf.

»Meint ihr nicht, dass wir ihm unser Beileid aussprechen sollten? Wir können doch nicht einfach so tun, als hätte es Alette nicht gegeben! Sie war Teil dieser Expedition. Morgen werden wir anderen die Reise beenden, sie aber wird nie wieder den Boden von Warnemünde betreten. Das muss für ihren Bruder ... unfassbar grausam sein.«

Betreten schwiegen alle.

»Du hast recht. Wir sollten ihm eine Beileidskarte zukommen lassen – unterschrieben von uns allen.« Vanessa nickte entschlossen.

»Ich unterschreibe gern. Den Text kann sich aber einer von euch aus den Rippen leiern. Ich bin in so was ganz schlecht.« Victor hob abwehrend die Hände, bevor er sie hektisch wieder nach vorn schnellen ließ, um den Absturz des Brillenetuis zu verhindern.

»Ich bin auch raus!«, zog Marius sofort nach.

»Ich kann mich gern darum kümmern, dass der Brief seinen Empfänger erreicht, schreiben aber sollte ihn einer von euch! Ich hab diesen Mann noch nie gesehen, wusste bis eben nicht mal, dass es ihn gibt. Ihr seid ihm immerhin schon begegnet.« Ann registrierte ärgerlich, wie sich wieder einmal alle drückten, wenn es unangenehm wurde. »Also ...?«

Als keiner etwas sagte, erhob sie sich. »Sagt mir Bescheid, wenn ihr euch geeinigt habt. Ich geh dann mal, die Adresse besorgen.« Kopfschüttelnd und im breitbeinigen Wellenausgleichsgang verließ sie die Messe.

Sie rief sich das Gespräch mit Hauke in Erinnerung. Wann war das nur gewesen? Es schien so unendlich lange her, seit sie sich mit ihm über seine Kinder unterhalten, er ihr stolz von den dreien berichtet hatte. Da hatte sie ihn doch gefragt, ob Alette jemanden hätte, oder? Doch! Sie war sich sicher, er hatte geantwortet, er wüsste es nicht genau. Sie wäre nicht verheiratet und Kinder habe sie auch keine. Von einem Bruder hatte er nichts gesagt.

Es dauerte eine ganze Weile, ehe nach ihrem Klopfen ein verhaltenes »Ja?« ertönte.

Vorsichtig öffnete sie die Tür und schob ihren Kopf durch den Spalt. »Störe ich?«

»Ann. Komm ruhig rein.«

»Wie geht's dir? Was machen die Schmerzen?« Sein Gesicht war noch weit davon entfernt, normale Formen anzunehmen. Trotzdem glaubte sie, eine Verbesserung zu erkennen. Oder hatte sie sich nur daran gewöhnt?

»Mal so, mal so. Wird schon. Setz dich, bevor es dich umhaut. Was ist so wichtig, dass du dich zu mir durchschlägst?«

Sie ließ sich auf eine kleine an der Wand festgedübelte Bank fallen. »Hast du die Adresse von Alettes Bruder?«

Mitten in der Bewegung hielt er inne und sah sie verdutzt an. »Von Cord?« Er stockte kurz. »Wieso fragst du?«

»Er ist doch der nächste Verwandte, oder? Sie hatte keinen Partner, keine Kinder, sagtest du.«

»Soviel ich weiß – ja.« Seine Stirn bekam ein Runzeln schon ziemlich gut hin. »Was willst du von ihm?«

»Nichts. Ich glaube nur, wir sind ihm was schuldig. Und das sollten wir in trockenen Tüchern haben, bevor wir morgen alle auseinandergehen.«

Ann sah, dass Hauke nicht begriff, worauf sie hinauswollte.

»Was meinst du damit, wir sind ihm was schuldig?«

»Glaubst du nicht, wir sollten ihm unsere persönlichen Beileidsbekundungen überbringen? Wir alle werden heimkehren, seine Schwester nicht. Und wir können ihm nicht einmal eine vernünftige Erklärung bieten, wie es dazu kommen konnte.«

Sie sah, wie er schluckte und den Blick senkte. »Du hast vollkommen recht. Es tut mir leid – natürlich sollten wir das.« Er hob den Kopf und atmete tief durch. »Ich steh wohl doch noch ziemlich neben mir. Was kann ich tun? Was brauchst du?«

»Seine Adresse wäre hilfreich.«

Er hob die Augenbrauen. »Puh, ich glaube nicht, dass ich die habe. Aber ich klemm mich dahinter. Sobald wir eingelaufen sind, kümmere ich mich darum. Was wollen wir machen? Hast du schon mit den anderen gesprochen?«

Ann nickte. »Sie kümmern sich um den Beileidstext. Gut, eine passende Karte haben wir jetzt nicht. Wir nehmen einfach ein weißes Blatt Papier. Ich glaube nämlich, es ist wichtiger, dass alle persönlich unterschreiben, als dass wir ein durchgestaltetes Design überreichen. Und wenn wir erst mal alle von Bord gehen ...«

Er nickte. »Barne hat bestimmt irgendwo einen Bogen Papier mit dem Logo der Reederei.«

»Gute Idee. Ich frag ihn.«

Eine besonders kräftige Welle knallte gegen die *Neptun*.

»Wie sieht es unten aus? Kommen alle einigermaßen klar?«

»Fabi hat schon sehr zu kämpfen. Ich glaube, er hat sich den Kuchen noch mal durch den Kopf gehen lassen müssen. Die anderen sind unverwüstlich.«

Er lächelte. »Was sie mehrfach unter Beweis gestellt haben. Und du? Du bist sicher froh, wenn dieser Albtraum vorbei ist, oder?«

»Um mich brauchst du dir keine Sorgen machen, aber ...« Nachdenklich suchte sie seinen Blick. »Ich verstehe wirklich nicht, wie du mit alldem klarkommst. Ich würde verrückt werden, wenn ich mich nicht daran erinnern könnte, was mir an zwei Tagen und Nächten meines Lebens angetan wurde. Oder hat sich daran was geändert?« Hoffnungsvoll hob sie ihre Stimme.

Er biss die Zähne aufeinander, wirkte dadurch wie versteinert. Dann schüttelte er ganz leicht den Kopf.

Ann dagegen hob verzweifelt die Arme, fuhr mit beiden Händen entlang der Schläfen durch ihr Haar, bis sich die Finger oberhalb des Kopfes kreuzten, stöhnte und ließ die Strähnen wieder fallen. »Jetzt mal ganz ehrlich, das gibt's doch alles nicht! Alette geht über Bord, wird getötet, der Willems lässt die Firmengelder verschwinden und als Sahnehäubchen on top wirst du gekidnappt und gefoltert – und all das soll nichts miteinander zu tun haben? Jeder Drehbuchautor wäre schlecht beraten, sich so einen beschissenen Plott auszudenken!« Jetzt war es an ihr, den Kopf zu schütteln. »Du musst zugeben, das ist total drüber!«

Er schloss die Augen. »Ein Unfall. Das mit mir *muss* ein Unfall gewesen sein.« Er presste die Worte leise zwischen seinen Lippen durch. »Da ist jemand in Panik geraten, fürchtete die Konsequenzen. Deshalb wurde ich nicht sofort in eine Klinik gebracht.« Mit jedem Wort wurde seine Stimme lauter und eindringlicher.

Ann schüttelte wieder den Kopf, diesmal energischer. »Nein! Ich glaub das nicht! Haben die Ärzte gesagt, dass deine Wunden von einem Unfall herrühren? Haben sie?« Auch ihr Ton wurde aggressiver.

»Nein, ausschließen konnten sie es aber auch nicht.«

»Vergiss es, Hauke! Solche Dinge passieren nicht in so kurzer Zeit, nicht ohne dass sie Verknüpfungspunkte haben. Das ist einfache Wahrscheinlichkeitsrechnung! Wer von uns ist hier der Wissenschaftler?«

Jetzt wurde er richtig wütend. »Verdammt, das ist das Leben, Ann! Nicht irgend so ein bekloppter Film! Ich hab mir das nicht ausgesucht! Mir ist das einfach passiert! Und ich war weiß Gott nicht scharf drauf. Also hör auf, nach Zusammenhängen zu suchen, wo keine sind! Es ist alles schon schwierig genug. Ich versuche gerade, meinen Frieden zu finden und irgendwie mit alldem klarzukommen. Du fährst morgen wieder in deine heile Welt zurück! Ich ...« Am Ende hallte seine Stimme donnernd durch die Kabine.

Ann war erschrocken zurückgewichen. Sie hätte ihn nicht so vehement bearbeiten sollen. Er hatte recht. Er war schwer traumatisiert, musste mit den Erinnerungslücken leben, ebenso wie mit der Tatsache, dass jemand auf dem Meer geblieben war – auf einer Expedition, für die er die Verantwortung trug. Dagegen schien seine desaströse private finanzielle Lage fast schon unerheblich. Sein Leben war ein einziger Trümmerhaufen.

»Es tut mir leid«, murmelte sie und beobachtete schuldbewusst das wilde Pochen seiner Halsschlagader. Sie stand auf und hangelte sich zur Tür hinüber. Dort drehte sie sich noch einmal um. »Hat er, hat Cord dich eigentlich gar nicht kontaktiert? Wenn ich meine Schwester auf diese Weise verloren hätte, hätte ich alles versucht, um dich zu sprechen, um von dir zu hören, was passiert ist.«

Er seufzte erschöpft. »Ich weiß nicht. Vielleicht hat er das. Ich denke nicht, dass er meine Mobilnummer kennt. Ich jedenfalls hab seine nicht. Und das Institut würde die Daten nicht rausgeben.«

Wäre mein Bruder auf diese Weise ums Leben gekommen, nichts und niemand hätte mich daran hindern können, nach Slite zu reisen und den Kontakt zu suchen, dachte Ann. *Jeder wusste, dass wir dort lagen, und Zeit genug wäre auch gewesen ...*

»Du brauchst dich nicht um seine Adresse zu bemühen. Ich mach das schon. Ich hab gute Verbindungen zur Polizei. Die werden mir sicher weiterhelfen können«, sagte sie laut, bevor die Wucht der nächsten Welle sie aus der geöffneten Kammertür katapultierte.

Kapitel 13

Barne behielt recht. Je weiter die Nacht fortschritt, desto ungemütlicher wurde es. Seit dem frühen Abend hatten sich alle in ihre Kammern zurückgezogen und lagen in den Kojen. Schon deshalb, weil es der Platz war, an dem man von drei Seiten von einer schützenden Begrenzung umgeben und den Fliehkräften nicht so sehr ausgeliefert war. Sie dösten oder hörten über Kopfhörer Musik. Auch Ann hatte letzte Gegenstände gesichert – unglaublich, was sich alles auf den Weg machte, wenn die Kräfte stark genug wirkten – und lag nun einsam und verkrampft in ihrer Koje. Immer wieder schaute sie auf ihr Handy, hypnotisierte die Leuchtziffern der Uhr. Die Zeit war stehen geblieben. Anders konnte sie sich nicht erklären, warum sie immer auf dieselben Zahlen blickte. Draußen wütete der Sturm und warf das Forschungsschiff hin und her, als wäre es ein Spielzeug.

»Barne weiß, was er tut«, murmelte sie, schloss die Augen und versuchte, ihren rasenden Puls durch längere Atemzüge zu beruhigen. »Er würde uns nicht hier durchschicken, wenn er nicht sicher wäre, dass wir das ohne Schaden überstehen.«

Könnte aber auch sein, dass er sich verschätzt hat. Und nu sind wir so weit draußen, keine schützende Bucht in Reichweite, da hilft nur noch Augen zu und durch – und das Beste hoffen.

Wieder der Blick aufs Handy. Eine Minute später und absolut kein Empfang. Ann spürte, wie ihr die Enge der Kabine, die Einsamkeit und das Wissen um eine unendlich lange Nacht zusetzten. All das brachte verhasste und allzu bekannte Prozesse in Gang. Sie musste sich ablenken! Aber wie?

Sie schrak zusammen. Etwas hämmerte gegen ihre Tür. Fast zeitgleich wurde diese aufgerissen und Rune stampfte polternd und zielgerichtet durch ihre Kammer. »Befehl vom Käpt'n!« Der Matrose stellte sich breitbeinig vor das Bullauge, griff nach dem massiven Eisendeckel und klappte ihn herunter. Dann drehte er die dicke Metallschraube zu.

Wie an einem Sargdeckel. Hier kommst du nicht mehr raus.

Ann spürte, wie es in ihrer Brust eng wurde.

Rune stampfte schlingernd und mit ernster Miene zurück. »Die Kammer ist nicht zu verlassen. Nur in absoluten Notfällen. Die Schottluken und Klimaschutztüren sind mehrfach gesichert und in jedem Fall geschlossen zu halten. Der Arbeitsbereich darf nicht betreten werden.« Und dann war er auch schon draußen und schloss die Tür.

Nein! Stopp, bleib hier!, dachte Ann verzweifelt, obwohl sie nur zu gut wusste, dass die Anwesenheit des jungen Matrosen nicht reichen würde, um ihr Unterbewusstsein aus dem Alarmzustand zu entlassen.

Sie hörte, wie er lautstark gegen die nächste Tür hämmerte.

Die Schottluken und Klimaschutztüren sind mehrfach gesichert … Nichts kann rein und keiner raus!

»Das ist alles völlig normal und nur zu deinem Schutz«, murmelte sie mantramäßig immer wieder vor sich hin. »Ob die Metallklappe des Bullauges nun zu ist oder nicht, das macht überhaupt keinen Unterschied! Und die Türen kannst du jederzeit öffnen, du kannst jederzeit raus hier! Du musst nur das Handrad drehen und die Hebel entriegeln und schon ist der Weg frei!« Mit jedem Wort fühlte sie, wie sinnlos ihr Bemühen war. Ihr Körper hatte längst beschlossen, das logische Denken außen vor zu lassen. Tränen der Wut schossen in ihre Augen. Sie war so stolz auf sich gewesen. Sie hatte die vergangenen Tage so gut gemeistert! Und jetzt?

»Hör auf! Ich will das nicht! Du kannst das nicht einfach gegen meinen Willen machen!« Eigentlich hatte sie die Worte brüllen wollen, heraus kam ein jämmerliches Gekrächze. Die Panikwelle rollte heran, so unabwendbar wie der Sturm, der sie mit jeder Minute fester im Griff hatte. Ihr Körper verwandelte sich in eine zitternde, nach Luft schnappende Hülle mit vor Anspannung schmerzenden Muskeln, die ständig kurz davor standen zu krampfen. Und ihr Geist schaute hilflos zu. Er war gefangen und wollte nichts anderes als: raus! In kaltem Schweiß gebadet ließ sie sich über die leicht erhöhte Bettkante gleiten und zu Boden fallen. Der Puls hämmerte gegen ihre Schläfen.

Die Luft, sie reicht nicht! Ich krieg keine Luft mehr!

Gierig atmete sie ein. Doch ihre Lunge schrie nach mehr! Gab es überhaupt genug Sauerstoff, wenn alle Schutztüren luftdicht verschlossen waren? Das Blut rauschte dröhnend durch ihren Schädel. Der schwere Seegang vermischte sich mit beginnendem Schwindel.

Mit kraftlosen, zitternden Beinen quälte sie sich hoch.

Ich muss hier raus! Nur einmal kurz die Lungenflügel mit Sauerstoff füllen, nur einmal!

Sie wurde von den Beinen gerissen und knallte gegen Alettes Schranktüren. Benommen blieb sie liegen. Der widerwärtige Gestank aus beißendem Urin, feuchtem, vermodertem Holz und Pflanzenfasern, von dem sie gehofft hatte, sie würde ihn nie wieder riechen müssen, kroch durch ihre Nasenflügel und durchdrang ihren Organismus.

Leise, ganz leise hörte sie Eigil aus den Tiefen ihres Kopfes brüllen: *Reiß dich zusammen, verdammte Scheiße! Du kannst da jetzt nicht raus! Du wirst uns umbringen!*

Aber ob er schrie oder ihr logisches Denken intervenierte, all das prallte an ihr ab, als sei sie eine Maschine auf Autopilot. Sie zog sich hoch und stolperte zur Tür. Instinktiv hatte ihr Angstzentrum die Kontrolle übernommen, trieb sie vorwärts, den Gang hinunter zur Klimaschutztür, die den Arbeitsbereich abtrennte. Immer wieder schlug sie gegen Wände oder stürzte. Und immer wieder rappelte sie sich auf. Das Ziel war klar und unanzweifelbar: Sie musste nach oben, nach draußen, um dem Erstickungstod zu entkommen! Ihre verkrampften, zitterten Hände drehten hektisch an dem Handrad der dicken Metalltür.

Ich werde es nicht rechtzeitig schaffen! Ich werde hier an dieser Stelle ersticken!

Mit letzter Kraft riss sie die Hebel nach oben und ließ sich gegen die Tür fallen. Die gab nach und Ann fiel über die Metallzarge in den dahinterliegenden Gang. Mit der nächsten Welle und mit einem ohrenbetäubenden Knall schlug die schwere Tür wieder zu. Ann bemerkte sie nicht, die Schürfwunden und das blutige Schienbein, das sie mittlerweile zierte. Wie besessen stolperte sie durch den Labortrakt auf das Schott zu. Nur noch ein paar Meter! Dann könnte sie endlich einen tiefen langen Atemzug voll von lebenswichtigem Sauerstoff nehmen. Dann wäre alles wieder gut. Ein bleischwerer Schwindel, ähnlich einer dichten Nebelbank, hüllte sie ein. Sie kämpfte dagegen an, versuchte, sich auf den Beinen zu halten und voranzuschieben. Die Schotttür – zum Greifen nah! Um jeden Atemzug ringend, streckte sie die Hand aus.

Der nächste Schlag, der den Rumpf der *Neptun* traf, war derart heftig, dass sie abrupt zur Seite und gegen die Hebel der Schutztür des Universallabors geschleudert wurde.

Sie wusste nicht, wie lange sie dort gelegen hatte, und es dauerte einige Zeit, bis sie realisierte, wo sie war und warum. Leicht benommen und mit schmerzendem Körper schlich sie zurück. Die *Neptun* schwankte nach wie vor ordentlich, die abrupten Schläge aber hatten aufgehört. Insgesamt hatte die Geräuschkulisse Sturm einige Dezibel eingebüßt. Es war immer noch mitten in der Nacht. Im Gang des Wohntrakts war niemand zu sehen. Erleichtert schloss Ann die Klimaschutztür vorschriftsmäßig, ließ alle sechs Hebel einrasten und drehte das Handrad bis zum Anschlag. Als sie die Kabinentür hinter sich schloss, streifte ihr Blick den kleinen Spiegel über ihrem Waschbecken.

Oh mein Gott!

Eine dicke Schicht verkrustetes Blut zierte ihre rechte Schläfe und geschwollen war sie auch. Erschöpft drehte sie den Wasserhahn auf, bis ein ganz dünner Strahl erschien. Nur so viel, dass sie die Spuren der Nacht beseitigen konnte, ohne zu viel Krach zu machen. Am nächsten Morgen würde sie ihr Base-Cap zum Must-Have ausrufen. Sie hatte nicht vor, ihr erneutes Scheitern gegen die Angst öffentlich zu machen.

*

Der Tag brachte eine deutliche Wetterberuhigung, ein paar Windstärken weniger, von einer Flaute konnte dennoch keine Rede sein. Alle waren froh, als zunächst die heimische Küste und dann die Hafeneinfahrt von Warnemünde in Sicht kam. Der Himmel begleitete sie mit schnell dahinziehenden Wolkenformationen einer reichhaltig bestückten Palette von Graunuancen. Obschon einige von ihnen anderes verhießen, blieb es bislang trocken.

Der Wind rüttelte an ihrer Jacke. Ann zog die Kapuze enger um ihren Kopf, um ihr Base-Cap. Die Lautsprecherdurchsage des Käpt'ns wäre beinahe nicht zu ihr durchgedrungen. »Ich bitte alle Expeditionsteilnehmer in die Messe.«

Der Gemeinschaftsraum war gut besucht. Alle Forscher, Techniker und die Besatzungsmitglieder, deren Dienst es zuließ, schauten erwartungsvoll in Richtung Kapitän und Fahrtleiter. Haukes Erscheinungsbild war immer noch mehr als kläglich. Sein Gesicht durchlief den üblichen Farbwechsel

– aus Bordeaux-Violett bis Schwarz wurde so langsam ein Grün-Gelb. Immerhin hatte die Schwellung den größten Teil des zweiten Auges wieder freigegeben.

»Liebe Forschende, liebe Besatzung, dies war wahrlich weder eine normale, noch eine einfache Fahrt.« Barne kratzte sich am Kopf. »Vieles ist passiert, mit dem niemand von uns rechnen konnte und das uns alle noch lange beschäftigen wird. Ich möchte euch danken, dass ihr trotz allem die Ruhe und den Zusammenhalt bewahrt habt. In Kürze werden wir am Kai Marienehe anlegen. Normalerweise würden wir dann mit dem Abrüsten beginnen – ihr kennt das ja. Die besonderen Umstände erfordern es jedoch, dass wir uns zunächst für eine neuerliche Befragung zur Verfügung halten müssen. Die Rostocker Polizei wird an Bord kommen. So lange muss ich euch bitten, die *Neptun* nicht zu verlassen.«

Ein Murren ging durch den Raum.

»Sollen sie«, murmelte Victor. »Haben eh noch genug zu tun, Klarschiff zu machen. Davon werden sie uns ja wohl nicht abhalten.«

Hauke ergriff das Wort. »Auch ich möchte danke sagen. Für eure Teilnahme, euer Durchhalten, eure Unterstützung und eure Gebete. Und dafür, dass ich mit euch heimkehren durfte. Ich hoffe, ich sehe viele von euch, trotz der schrecklichen Ereignisse der letzten Tage, bei zukünftigen Monitoring-Fahrten wieder.«

Die Wissenschaftler antworteten ihm, indem sie mit ihren Fingerknöcheln auf die Tischplatten klopften.

Barne und seine Crew verließen die Messe. Es galt, das Einlaufen und Anlegen vorzubereiten.

»Wie weit sind wir mit der Beileidskarte?« Ann war neben Vanessa getreten.

»Fertig. Die meisten haben schon unterschrieben.«

»Super. Kann ich eben …?«

»Hauke hat sie. Macht ja auch Sinn, wenn er sie übergibt, als Fahrtleiter.«

»Ich höre, man verlangt nach mir?« Schief grinsend gesellte sich Martens zu den beiden.

»Ann muss noch unterschreiben«, meinte Vanessas und ging zu Mena und Fabian rüber.

Hauke kramte in der Innentasche seiner Jacke und zog ein zweifach gefaltetes Blatt hervor. »Hier bitte. Ich finde, sie haben es wirklich gut gemacht.«

Ann merkte, wie sehr er mit dem Wort *gut* haderte. Sie nahm das Papier entgegen und fing an zu lesen. Der Text war wirklich schön formuliert und den Umständen entsprechend.

Den Umständen entsprechend … Was für eine schräge Formulierung.

Sie unterschrieb. »Ich kann mich immer noch um die Zustellung kümmern.«

»Nein. Ich mach das. Ich werde versuchen, mich persönlich mit ihm zu treffen. Du hast ganz recht: Wir sind ihm was schuldig. Und das ist das Mindeste, was ich tun kann.« Er nahm das Papier an sich. »So, dann will ich mal sehen, dass alles bereit ist für den Abtransport.«

*

Rostock, Warnemünde

Sie beobachtete das Anlegemanöver und das Ausbringen der Gangway. Das Empfangskomitee fiel definitiv üppiger aus als sonst. Drei Wagen der Rostocker Kripo standen kreuz und quer geparkt am Kai und demonstrierten die Wichtigkeit ihrer Mission. Fernseh- und Radio-Übertragungswagen buhlten um die besten Plätze. Sogar ein paar Schaulustige hatten mitbekommen, dass das *Gruselschiff* zurück war. Zwei Siebeneinhalb-Tonner warteten auf das Equipment und die Beute, die der Bauch der *Neptun* ausspucken würde.

All das musste ins Institut gefahren werden. Normalerweise wären es doppelt so viele Proben und somit zwei Lkws mehr gewesen.

Von Fredde war noch nichts zu sehen. Kein Wunder, sie hatte ihm geschrieben, dass es erst noch eine Befragung geben würde. Neugierig sah sie dabei zu, wie die Polizisten ausstiegen und sich dem Schiff näherten. Gleichzeitig eilten die Reporter los, versuchten, den Kommissar ... Moment, das war doch ...

»Akyol Ergun!«, murmelte Ann und hielt unbewusst die Luft an. Ihr Körper reagierte augenblicklich. Der Puls hob die Taktzahl ein klein wenig an, ein leichtes, unangenehmes Kribbeln floss vom Bauch aus in die Gliedmaßen. Zuletzt gesehen hatte sie ihn im Gerichtssaal, während des Verfahrens gegen den ›Mörder‹.

›Der Verurteilte‹! Ann, wir hatten uns doch darauf geeinigt, dass du ihn ›Der Verurteilte‹ nennen wolltest, hallte Dr. Gisbert Hases Stimme durch ihren Kopf.

Der türkischstämmige Kommissar wehrte die Reporter ab und kam die Gangway hinauf. Sein aufmerksamer Blick hatte sie sofort entdeckt. Er schien nicht weiter überrascht.

Wie auch. Das Erste, was er sich hat geben lassen, war mit Sicherheit die Teilnehmer- und Besatzungsliste.

Eigil hatte recht. Das Schiff fuhr für ein Rostocker Institut. Die örtliche Polizei war garantiert seit Tagen in alle Ermittlungen involviert. Seitdem wusste Ergun, dass sie mit an Bord war.

Sie beobachtete, wie der Kommissar ein paar Worte mit dem Kapitän wechselte. Der nickte. Und dann – kam Ergun zu Ann herüber.

Warum fühlte sie sich ertappt? Wie jemand, der hier, an diesem Ort und zu dieser Zeit, nicht sein durfte?

Während er auf sie zuschritt, versuchte sie, in seinem Gesicht zu lesen. Sein dunkler, voller Bart war nach wie vor frei von grauen Haaren, gepflegt und kurz gestutzt; die Kleidung, feiner Rollkragenpullover, Kurzmantel, Jeanshose und Stiefel, wie gewohnt in Anthrazit-Tönen gehalten. Er überragte Ann nur unwesentlich. Die beinahe schwarzen, dichten Haare, sein wachsamer Blick – es war, als wäre er nie weg gewesen. Sie hatte ihn selten lächeln sehen. Auch jetzt zeigte sein Gesicht keinerlei Regung. Seine Stimmlage aber war angenehm warm.

»Frau Arnold.« Er blieb vor ihr stehen und musterte sie. »Sie überraschen mich. Ich hätte nicht gedacht, Sie unter den Passagieren eines Forschungsschiffs zu finden.«

Hilflos starrte sie ihn an. Sie hätte ihm so gern alles erzählt, ihre Vermutungen und Theorien geäußert, ihn mit Fragen bombardiert, all das, was sie in den letzten Tagen aufgerieben hatte, bei ihm abgeladen. Die Gedanken stolperten derart konfus durch ihr Gehirn, dass sie nicht wusste, wie und wo sie anfangen sollte. »Ich ...« Vollkommen überfordert brach sie ab.

Er ignorierte ihr Unvermögen, wofür sie ihm sehr dankbar war. »Ich würde mich gern mit Ihnen unterhalten – noch bevor ich alle anderen befrage. Ist das in Ordnung?«

Sie nickte erleichtert.

»Der Kapitän stellt uns seine Kabine zur Verfügung.« Er drehte sich zu den Schiffsaufbauten und breitete einladend den Arm aus. »Vielleicht wären Sie so gut ...?«

»Aber natürlich«, sagte sie und ging voraus.

Er ließ sie auf das Ecksofa rutschen, während er sich ihr gegenüber auf einen Stuhl setzte.

Angespannt und neugierig sah sie ihm dabei zu, wie er einen kleinen Notizblock, einen Stift und sein Handy vor sich ausbreitete.

»Wie geht es Ihnen, Frau Arnold, jetzt, wo der Prozess vorüber ist?«

»Gut, also ... ja, eigentlich ganz gut. Ich hole mir mein altes Leben nach und nach zurück.« Sie hatte gehofft, diesen

Part der Konversation auslassen zu können. Es war ihr unangenehm, mit ihm über ihr Seelenleben zu sprechen. Wahrscheinlich fühlte er sich eh nur verpflichtet, zu fragen.

Er nickte, als verstünde er sie. Seine Augen sagten etwas anderes.

»Ich würde unser Gespräch gern aufzeichnen, darf ich?«

»Ja, sicher.« Sie nickte, während er die App auf dem Handy aktivierte.

»Befragung Johanna Arnold, Donnerstag, den 16. November. Frau Arnold, weshalb sind Sie Teil dieser Expedition? Wissenschaftlerin sind sie doch keine, oder?«

»Richtig. Ich bin Journalistin, also fast. Ich stehe kurz vor meiner Masterarbeit.«

»Die Charter dieses schwimmenden Labors ist irrsinnig hoch, die Plätze hart umkämpft und ausschließlich Forschern vorbehalten. Also, wie kommt es, dass Sie einen davon ergattern konnten?«

»Ich wurde gefragt, ob ich einen Artikel für das renommierte Wissenschaftsmagazin *Climate Science* schreiben könnte.«

»Von wem gefragt?«

»Dem Fahrtleiter, Dr. Hauke Martens.«

»Dem Wissenschaftler, der in Schweden für mehr als zwei Tage verschwand und dann plötzlich wieder auftauchte?«

Ann nickte. »Genau der.«

»Entschuldigen Sie bitte meine Direktheit, aber – hätte es da nicht bessere Optionen gegeben? Wissenschaftsjournalisten mit mehr Erfahrung, mit einem höheren Bekanntheitsgrad? Wie kam er ausgerechnet auf Sie? Haben Sie und Herr Martens eine besonders innige Beziehung zueinander?«

Ann riss sich zusammen. Sie wusste, er musste so etwas fragen. »Nein. Ich hatte vor dieser Fahrt noch nie etwas von ihm gehört. Er rief mich an und fragte einfach. Ich sah es als einmalige Chance.«

»Und Sie haben nicht nachgehakt, wie er auf Sie gekommen ist?«

»Doch, natürlich. Er meinte, er hätte die Berichterstattung um die Neustädter Morde verfolgt und gelesen, dass ich Journalistin sei.« Ann konnte keinerlei Anzeichen entdecken, die zeigten, ob der Kommissar von den Neustädter Fällen wusste oder nicht. »Er meinte, er wolle jemanden, der mit einem anderen Auge auf das alles blicke. Jemanden, der zuvor nichts mit dem Thema Ostseeforschung und Umweltüberwachung zu tun gehabt habe. So wollte er gewährleisten, dass die in diesem Bereich ungebildete Leserschaft Teilhabe bekäme. Die Problematik des Klimawandels solle schließlich nicht nur von Fachleuten diskutiert werden, sondern insbesondere von der breiten Bürgerschaft.«

»Von der ich bezweifeln darf, dass sie das *Climate Science* liest.«

Ann zuckte mit den Schultern. »Ich kann nur das wiedergeben, was Dr. Martens mir als Begründung angegeben hat.«

Ergun nickte. »Die Monitoring-Fahrt begann also planmäßig am Montag letzter Woche?«

»Ja.«

»Kannten Sie irgendjemanden an Bord?«

»Nein.«

»Wie muss ich mir das Leben und Arbeiten auf einer solchen Expedition vorstellen?«

Ann beschrieb ihm die verschiedenen Forschungsbereiche, die anstrengenden Schichten, die Problematik, in den Rhythmus von Schlafen und Arbeiten zu kommen, die Müdigkeit, die Erschöpfung, aber auch den Zusammenhalt und Spaß, den sie empfunden hatte.

»Die Tote, Alette Roux, Sie haben sich das Zimmer mit ihr geteilt. Wie war sie so als Mensch?«

»Sie war eine tolle Frau. Sehr intelligent und voller Tatendrang. Sie hatte Großes vor, steckte voller Idealismus. Sie wollte die Bereiche der Ostsee, in denen es keinen Sauerstoff mehr gibt, zu neuem Leben erwecken. Dafür hat sie all ihre Energie und Kraft aufgewendet. Wir haben uns super verstanden!«

»Das war aber nicht bei jedem so.«

»Sie meinen Tjerk?«

Er nickte. »Erzählen Sie mir von ihm.«

Also begann Ann chronologisch, berichtete, wie sie Tjerk als Menschen empfunden hatte, über seinen Jähzorn, die Verbalattacken und den Angriff auf Alette. »Ich kann trotzdem nicht glauben, dass er sie getötet haben soll.«

Hatten Erguns Augen gerade aufgeblitzt? »Ich bin ganz Ohr.«

»Alette soll ihm zugeraunt haben, er möge sich mit ihr im Sondenraum treffen. Warum hätte sie das tun sollen? Ausgerechnet ihn und dann im Sondenraum?« Sie schnaufte verächtlich, um ihren Worten Ausdruck zu verleihen. »Und dann das mit dem Knopf! Die Außenwand, über die die Sonde nach draußen gefahren wird, kann hydraulisch aufgeklappt werden. Um diesen Vorgang in Gang zu setzen, muss auf einen Knopf gedrückt werden.«

»Der, auf dem wir Knudsens Fingerabdruck sicherstellen konnten.«

»Eben. Darf ich Sie zur Abwechslung etwas fragen? Wie deutlich konnte ihm der Abdruck zugeordnet werden?«

»Soweit ich mich erinnere, eindeutig. Es bestehen keinerlei Zweifel.«

»Wir haben viele dieser Sondengänge unternommen. Jedes Mal musste ein von Kapitän Barne autorisierter Matrose die Hydraulikstempel bedienen, den Knopf drücken. Und der hat bestimmt nicht hinter sich sauber gemacht. Glauben Sie wirklich, man hätte im Normalfall von diesem Knopf irgendetwas Verwertbares abnehmen können? Tjerk war von Anfang an der Sündenbock. Zugegebenermaßen ein sehr dankbarer.«

»Kommen wir also zu Simon Willems, richtig?«

»Wann haben Sie angefangen, ihn zu überprüfen?«

»Das Standard-Prozedere gab es, nachdem uns die schwedischen Kollegen über den Verlust von Alette Roux unterrichtet haben. Dabei ist nichts Ungewöhnliches herausgekommen. Als Dr. Hauke Martens verschwand, wurde tiefer gegraben. Wir haben alle Expeditionsteilnehmer noch einmal gründlich überprüft.«

»Weil Sie wissen, wie gering die Wahrscheinlichkeit ist, dass zwei derart komplexe, seltene Verbrechen zur nahezu selben Zeit an einem Ort stattfinden, ohne in Verbindung zu stehen.«

»Wir suchen immer nach Zusammenhängen.«

»Wie weit sind Sie mit ihm? Hat er wenigstens die Unterschlagung zugegeben? Ich meine, da kommt er doch sowieso nicht mehr raus.«

»Erzählen Sie mir von der Nacht, in der die Wissenschaftlerin verschwand! Wann waren Sie wo und was haben Sie gesehen? In welchem Zeitraum haben Sie Simon Willems gesehen – und wo?«

»Ich glaube nicht, dass Sie mir zu viel verraten, wenn Sie mir sagen, ob Willems Eingeständnisse gemacht hat …«

Nachdenklich ruhte sein Blick auf ihr.

»Kommen Sie, Ergun, ich bin nicht umsonst die Erste, die Sie befragen – noch vor dem Kapitän!«

»Da haben Sie ganz recht. Diese Truppe da unten ist eine eingeschworene Gemeinschaft. Die meisten kennen sich in- und auswendig. Sie sind von gleichem Stand und haben ähnliche Interessen. Von denen kann ich wenig erwarten, wenig Objektivität, wenig Kooperationsbereitschaft. Vielleicht sogar nur Lügen. Die Einzige, die außen vor steht, sind Sie. Und ich frage mich immer noch: Warum sind ausgerechnet *Sie* hier?«

Irgendwie hat er recht. Warum sind wir hier?

Ann schob den Gedanken beiseite. Bislang hatte ihr Haukes Begründung ausgereicht, auch wenn sie nun ins Grübeln kam. »Willems?«

»Ich möchte, dass Sie mir alles haarklein erzählen! Jede Beobachtung, jeden Verdacht und alles, was Sie und ihre illegale Undercover-Truppe herausgefunden haben. Mich wundert, dass ich den beiden noch nicht über den Weg gelaufen bin. Wie geht es Steinmann und Wendt?«

»Sie müssen nicht glauben, dass ich nicht noch über andere Quellen verfüge«, unternahm sie den zaghaften Versuch, Fredde und Marc zu schützen. »Also: Was ist mit Willems?«

»Obwohl selbst sein Anwalt ihm geraten hat, die Unterschlagung zuzugeben, leugnet er vehement alles.«

»Aber die Rückverfolgung zu den Konten lässt keinen Zweifel zu?«

»Genauso ist es. Der Anwalt versteht die Welt nicht mehr. Ich glaube, er würde das Mandat gern niederlegen. Willems macht es ihm fast unmöglich, ihn ergebnisorientiert zu verteidigen.«

»Warum tut Simon das? Der ist doch nicht doof! Er weiß doch genau, dass er aus der Nummer nicht mehr rauskommt. Was ist schon eine Unterschlagung gegen Mord oder Totschlag? Jeder andere würde den Fokus darauf legen, um eine Mordanklage herumzukommen.«

»Menschen handeln nicht immer rational.«

»Nein, das tun sie nicht.« Nachdenklich bearbeiteten ihr Daumen und Zeigefinger ihre Unterlippe. »Ist er dazu überhaupt in der Lage? Verfügt er über den fachlichen Background?«

»Zu töten?«

»Was? – Nein!« Sie runzelte die Stirn. »Um das Geld verschwinden zu lassen. Oder ist der Rest gefunden worden?«

Akyol Ergun schüttelte den Kopf.

»Die Cyber-Abteilung Ihres Ladens versucht seit Tagen, den Verbleib des Geldes zu klären. Ich glaube, da arbeiten Leute, die es richtig drauf haben. Also ich hätte das nicht geschafft. Wie hat einer wie Willems das hingekriegt? Hat er Kompetenzen auf diesem Gebiet?«

»Keine, die uns bekannt wären. Er könnte sich Hilfe geholt, jemanden dafür bezahlt haben.«

»Derartige Kontakte müssten sich nachweisen lassen.«

»Bisher negativ.«

»Und dann wäre da noch der ungemein passende Ausfall der Bordelektronik.«

Ann merkte, wie Ergun aufhorchte.

»Das wussten Sie aber schon, oder? Der Sondenraum, insbesondere der Bereich der Außenklappe, ist mit Kameras ausgestattet. Falk Peterssen, der zweite Offizier, hatte Wachdienst auf der Brücke. Normalerweise hätte er sehen müssen, wie Willems Alette ins Meer gestoßen hat. Dummerweise gab es Probleme mit der Bordelektronik. Die Monitore waren schwarz. Was für ein außergewöhnlicher Zufall, nicht wahr?«

»Ich wette, Sie haben nachgeforscht ...«

»Jante, der zuständige Elektriker, meinte, es hätte auch zuvor schon Ausfälle gegeben. Den genauen Grund konnte er nicht eruieren.«

Ergun wartete geduldig.

»Ich glaub das nicht! Sie? Irgendjemand hat da rumgepfuscht. Ich weiß noch nicht, wie, aber ... das war kein Zufall.«

»Willems? Oder glauben Sie, er hatte jemanden an Bord, der ihm geholfen hat?«

»Gehen wir das Ganze mal ganz praktisch an. Wäre Willems a) in der Lage dazu, einen Bordelektronikausfall auszulösen, der die Brücke haargenau in dem Moment blind werden lässt, in dem er Alette von Bord stößt? Der noch dazu von einem gut ausgebildeten Fachmann wie Jante nicht nachvollzogen werden kann? Und b): Wie hat er Alette dazu gekriegt, Tjerk in den Sondenraum zu bestellen, damit er später als Sündenbock dienen kann? Ich kann nur sagen: Tausendsassa Simon Willems! Er scheint viele ungeahnte, gut gehütete Spezialfähigkeiten zu besitzen.«

»Okay. Ihre Vermutung?«

»Meine stärkste Vermutung ist nach wie vor, dass alles zusammenhängt. Der Tod von Alette, das Verschwinden und die Verletzungen von Hauke Martens und die Umstände, wie Tjerks tragische Figur in all das eingesponnen wurde. Ich weiß nur nicht, wie und warum.«

»Aber von wem, das wissen Sie?«

Sie lächelte entschuldigend. »Nicht annähernd so sicher, als dass es spruchreif wäre. Es gibt einfach zu viele Wenn und Aber, zu viele Lücken.«

»Nur zu, vielleicht kann ich die Lücken ja füllen.«

»Verdächtige gab es viele. Sie wissen von Menas Vorgeschichte?«

»Mena Rassmussen, die Mikrobiologin, die eine Schwäche für ihren Professor hatte?«

Ann nickte. »Mena war ganz besessen von dem Gedanken, dass Alette Hauke nachstellte. Sie bezichtigte sie der Belästigung. Dabei ist sie selbst in ihn verliebt, oder wie immer man das in ihrem Fall nennen sollte. Mena scheint in dem Fahrtleiter ein neues Ziel für ihre Obsession gefunden zu haben. Teilweise hatte ich sogar die Vermutung, Hauke und sie steckten unter einer Decke. Er wegen seiner Spielschulden, sie, weil sie ihm verfallen ist.«

»Er soll sein Verschwinden selbst geplant haben?«

Ann erzählte ihm alles, was ihr zu Mena Rassmussen und Hauke Martens einfiel. Auch, dass sie vermutet hatte, die beiden hätten Alette zusammen und geplant beseitigt und so den Stopp auf Slite herbeigeführt. »Doch dann tauchte er wieder auf. Noch dazu mit diesen Verletzungen. Haben die

Ärzte aus Visby diagnostizieren können, was den Prellungen zugrunde liegt?«

»Als Ursache vermuten sie massive Schläge. Einen Unfall können sie zwar nicht vollends ausschließen, halten das aber für unwahrscheinlich.«

Ann schloss die Augen und schüttelte den Kopf. »Das passt alles nicht! Aber es muss zusammenhängen ...«

»Sonst noch etwas, das ich wissen sollte?«

»Naresh Sharma.«

»Der Zeuge, der gesehen haben will, wie Tjerk Knudsen den Tatort verließ.«

»Ja. Er ist Wracktaucher. Er träumt davon, auf etwas ganz Großes zu stoßen.« Sie berichtete dem Kommissar von ihren Vermutungen, davon, dass Alette nackt vor Nareshs Koje gestanden hatte und wie er das, laut Aussagen der anderen Wissenschaftler, aufgefasst hatte. Dass er in Alettes Todesnacht eigentlich gar nicht auf dem Hauptdeck hätte sein dürfen und von seinem Einbruch bei Hauke Martens. »Ihm traue ich sogar zu, dass er die Bordelektronik lahmgelegt hat, auch wenn ich keinen Schimmer habe wie. Aber für was? Als Rache für eine beschämende Erfahrung, die Jahre her ist? Für die eine entscheidende Information über die Position eines versunkenen Schatzes? Mein Bauchgefühl kann das nicht glauben. Das Motiv ist einfach nicht stark genug.«

»Hat er verlauten lassen, nach welchem Schatz er sucht?«

»Nein. Er weigert sich, darüber zu reden. Selbst Victor gegenüber bekommt er die Zähne nicht auseinander.«

Ann sah auf ihre Hände, Ergun beobachtete sie.

»Hauke denkt, Alette hätte sich umgebracht.« Sie sah hoch und glaubte, Überraschung in seinem Blick lesen zu können.

Dann schilderte sie minutiös, was Hauke ihr als Begründung angeboten hatte. »Es klang schon alles sehr logisch. Und so ließe sich auch erklären, warum Alette Tjerk in den Sondenraum gebeten haben könnte. Das Blut an seinem

Handtuch käme von dem tätlichen Angriff des Vortages und die Drohbriefe …? Na ja, er hat sie nie abgeschickt. Nur …«

»Nur?«

»Die schwarzen Monitore … Zufall?«

»Statistisch gesehen zwar selten, aber durchaus möglich.«

»Und Haukes Verschwinden, seine Misshandlungen, sie hätten dann mit Alettes Tod nichts zu tun. Ein alleinstehendes unergründliches Ereignis. Ich weiß nicht, in mir drinnen wehrt sich alles dagegen!«

»Ja.« Er stand auf. »Das kann ich gut verstehen.«

»Sagen Sie, haben Sie mit Alettes Bruder sprechen können? Wie hat er die Nachricht aufgenommen?«

»Cord Diallo? Das war gar nicht so einfach. Scheint viel unterwegs zu sein, der Mann. Irgendwann haben wir ihn über sein Handy erreicht. Leider mussten wir es ihm auf diesem Weg mitteilen, da er im Ausland war und nicht so schnell herreisen konnte. Daher ist seine Reaktion nur schwer abzuschätzen. Er hat nicht viel geredet. Kann der Schock gewesen sein.«

»Diallo? Er hat nicht denselben Nachnamen wie seine Schwester? Wissen Sie wieso? Durch eine Heirat vielleicht?«

Ergun zuckte mit den Schultern.

»Aber jetzt ist er hier, oder? In Deutschland.«

»Das kann ich Ihnen nicht sagen.«

»Hat er Familie? Gibt es sonst noch Angehörige?«

»Nein. Soweit ich mich erinnern kann, hatte das Opfer nur den einen Bruder.«

»Der Arme. Sie sollen sich gut verstanden haben.«

»Frau Arnold.« Er wandte sich zur Tür. »Vielen Dank für das außerordentlich informative Gespräch. Sie haben meine Erlaubnis, das Schiff zu verlassen. Wo werden Sie in den nächsten Tagen zu erreichen sein?«

»Heute noch in Rerik. Danach in Wiesbaden, denke ich.«

»Wiesbaden? Ist dort nicht auch das BKA ansässig?«

Ann meinte, es in seinen Augen aufblitzen zu sehen.

Als sie schwieg, fügte er hinzu: »Dann grüßen Sie die beiden operativen Ermittler von mir. Sie sollen sich nicht zu weit auf unbefugtes Terrain begeben.«

*

Die Verabschiedung fiel kurz und knapp aus. Alle waren beschäftigt, wussten, im Gegensatz zu Ann, was wohin zu packen war. Also schnappte die sich ihr Zeug und schickte sich an, die *Neptun* zu verlassen. Nicht, ohne jedem Einzelnen ein Tschüss oder Mach's gut mitzugeben. Ein seltsames Gefühl – befreiend und beklemmend zugleich.

Oben an Deck stehend sah sie, wie Fredde den Kai heraufkam und …

»Marc!« Eilig rannte sie die Gangway hinunter und auf die beiden zu. Unfassbar, wie sehr man jemanden vermissen konnte! Kurz vor dem Rollstuhl ließ sie Tasche und Rucksack fallen, hüpfte übermütig auf seinen Schoß und holte sich den ersten, langersehnten Kuss.

»Und ich? An mich denkt wieder keiner!« Fredde genoss die traute Zweisamkeit der beiden sichtlich.

Einen Atemzug später waren die drei umringt von fragenden Menschen und Mikrofonen.

»Sind Sie froh, endlich von dem Gruselschiff runter zu sein? Wie ist es, wenn man nicht weiß, ob man die Liebsten je wiedersehen wird? Was hatten Sie für eine Funktion auf der Expedition? Kannten Sie die Tote? Wie ist es, einen Mörder unter sich zu haben? Hatten Sie Angst um Ihr Leben? Wie geht es dem Fahrtleiter? Wie stehen Sie zu ihm? Wussten Sie von seiner Spielsucht?« Die Fragen prasselten nur so auf sie nieder. Kein Wunder, sie war bislang die Einzige, die von Bord hatte gehen dürfen. Das erste lohnende Opfer für die Meute.

Fredde machte sich groß, breitete die Arme aus und versuchte, die Reporter auf Abstand zu bringen. »No Comment.

Halten Sie Abstand! Sie dürfen gern auf den Pressesprecher der Rostocker Kollegen warten, aber halten Sie Abstand von den Expeditionsmitgliedern! Hey! Sie da – Sie auch! Lassen Sie uns durch!«

Ann hörte die Motoren der Kameras. Wenn die anderen kein lohnenderes Ziel abgeben würden, würde sie ihr Antlitz morgen wohl in allen Zeitungen wiederfinden. Andererseits – der Gedanke war zwar gemein –, aber wenn die Fotografen Hauke vor die Linse bekommen würden, den spielsüchtigen Fahrtleiter mit seinem geschundenen Gesicht, wäre das ergreifende Bild der jungen Frau auf dem Schoß ihres im Rollstuhl sitzenden Partners hoffentlich zweitrangig.

Ein paar Meter weiter hatten sie sie abgehängt.

»Was für ein Rummel. Gruselschiff ... oh Mann! Sie müssen immer noch einen drauf setzen. Als ob die Realität nicht schlimm genug wäre.« Ann schüttelte den Kopf.

»Lasst uns verschwinden.« Fredde wies auf den in der Nähe parkenden Streifenwagen.

Anns Blick folgte seiner Hand. Als sie registrierte, wer dort angelehnt stand, zog sich ihr Herz kurz zusammen.

Das glaub ich jetzt nicht! Gehen die jetzt überall zusammen hin? Eigils Stimme dröhnte aggressiv durch ihren Kopf.

Ann schluckte. »Sam. Hej, was macht du denn hier?«

Etwas beschämt trat sie vor. »Hey! Ich hoffe, das ist okay? Ich hatte noch Urlaub und Marc hat gemeint, du hättest nichts dagegen. Wenn aber doch ... ich kann mir auch ein Hotelzimmer nehmen. Ihr seid bestimmt froh, mal Zeit zu zweit zu haben.«

Soll die zwischen euch in der Besucherritze pennen, oder was? Ich weiß echt nicht, was dein Typ damit bezweckt! Klar sollst du ins Hotel, aber pronto. Verschwinde! Am besten gleich!

»Wir schicken dich einfach zum Brötchenholen, einkaufen, zu Fredde rüber oder auf einen ausgedehnten Strandspaziergang, oder?« Lachend und mit glänzenden Augen sah

Marc Ann an. Wie unbefangen und fröhlich er war. Er schien wirklich keinen Schimmer zu haben, wie beschissen diese Idee gewesen war.

»Ey! Warum sollst du zwei schöne Frauen an deiner Seite haben und ich nur eine?« Freddes Gestik unterstrich seine Worte etwas zu deutlich. »Sam, wie wär's, wenn du zu mir und Isabelle ziehst? Unser Gästebett geht über den Komfort eines Feldbettes hinaus und die zwei Turteltäubchen könnten ihren Emotionen freien Lauf lassen.« Er streifte Ann mit einem Blick, den es nur unter guten Freunden gab.

»Echt? Das wäre super! Aber nur, wenn deine Freundin wirklich nichts dagegen hat. Ich will hier keinem auf den Keks gehen!« War Sam wirklich erleichtert oder tat sie nur so?

»Geritzt! Die freut sich, weibliche Verstärkung gegen mich zu haben.«

*

Rerik

Sie fuhren zu Marcs Bude. Fredde hatte mit Isabelle telefoniert, die die Idee super fand. Also kramte Sam ihre Sachen zusammen, stieg in den Streifenwagen und ließ sich von Fredde mitnehmen.

»Wann seid ihr gekommen?«, fragte Ann wie beiläufig und warf einen prüfenden Blick in den Kühlschrank. Sie sollten unbedingt ein paar frische Sachen einkaufen.

»Gestern Morgen. Schon ne Idee, worauf du Appetit hast?«

Gestern. Dann weißt du ja wohl, worauf das hinausgelaufen ist, oder?

Ann hatte die beiden Weingläser auf der Spüle längst entdeckt. Mit aller Kraft schob sie die Bilder aus ihrem Kopf. *Na und? Wenn Fredde mich in Paderborn besuchen würde, würde er natürlich bei mir pennen, auf der Luma. Und mit mir Wein trinken! Das heißt gar nichts!*, gab sie gedanklich kontra.

»Ich wusste, dass du nichts dagegen hast, wenn Sam mit rüberkommt. Sie hatte noch so viel Urlaub, musste einen Teil nehmen und wollte gern ans Meer. Da bot es sich an. Aber so ist es noch viel besser!« Glücklich strahlte er sie an, zog sie zu sich und gab ihr einen langen, intensiven Kuss.

Typisch Marc, er hatte wirklich keine Ahnung!

Du bist die, die keine Ahnung hat!

*

Ann hatte es genossen, mit Marc allein zu sein. Sie hatten opulent gekocht und es sich so richtig gemütlich gemacht. Sie hatten über Marcs Familie gesprochen, über Urlaubspläne und über ein gemeinsames Weihnachtsfest. Und immer wieder hatte Ann von der Zeit auf der *Neptun* erzählt. Gar nicht mal über das, was diese Fahrt so absonderlich gemacht hatte, sondern eher über die Menschen, ihre Arbeit und wie es war, Teil einer solchen Expedition zu sein. Und dass ihr die neuen Erkenntnisse Angst machten.

Ihr war bewusst geworden, wie naiv sie gewesen war, wie naiv die meisten Menschen waren. Sie alle dachten, die problematischen Auswirkungen des Klimawandels seien noch Jahrhunderte, wenn nicht gar Jahrtausende entfernt von ihrer schönen heilen Konsumwelt. Sie hätten noch Zeit – viel Zeit. Schließlich war sich die Fachwelt doch ständig uneinig gewesen, oder? Mal hatten sie von dem einen Horrorszenario gesprochen, mal war genau das Gegenteil durch die Presse gegangen. Mal hatten sie schrecklichen Dürren und Erderwärmung prognostiziert, mal die nächste Eiszeit vorausgesagt. Und so hatte Ann weggehört, verdrängt und gehofft. Gehofft, dass die Zukunft ihnen ein einfaches Mittel bescheren würde, das all ihre Sorgen in Luft auflösen würde. Oder, noch besser, dass die Fachwelt sich geirrt hatte. Schließlich war das alles Teil ihres gewohnten Lebens. Was sie aßen, wie sie sich fortbewegten, wie sie wohnten und sich kleideten.

Plötzlich wurde all das immer öfter infrage gestellt. Bislang hatte sie gedacht, den Fleischkonsum zu minimieren, auf Plastiktüten zu verzichten und öfter mal das Fahrrad nehmen, damit hätte sie ihren Anteil beigetragen. Und wenn nach und nach immer mehr ihren Weg gingen ... Die Gespräche mit den Wissenschaftlern jedoch, hatten sie abrupt von ihrem rosa Pony heruntergeholt. Die Sprache war von CIP Point gewesen und von Effekten, die sich ab diesem Zeitpunkt nicht mehr aufhalten ließen. Ab da könne man nur noch zuschauen und die Folgen bekämpfen.

Ann wollte das nicht glauben. Das Ozonloch hatten sie doch auch schließen können! Die Welt hatte so viele kluge Köpfe! Zusammen würden sie es schaffen, diesem CIP Point zu entgehen. Und so hatten Marc und sie diskutiert, während des Abendessens und die gesamte Weinlänge danach. Erst spät in der Nacht hatten seine Berührungen ihre düsteren Gedanken und Zukunftssorgen vertreiben können.

*

Das Haff lag dunkel und still vor ihnen. Der im Sommer so lebhafte Platz war menschenleer, die Restaurants und Eiscafés waren geschlossen. Nur die kleine Pizzeria in der Dorfmitte hielt jetzt, Mitte November, die Stellung und stillte den Appetit der Einheimischen auf italienische Kost.

Ann schlenderte neben Marc her. Ihr Blick wich den schwarzen Fenstern des *Casa del Mare* aus. Sie hatte keine Lust, sich mit der Vergangenheit zu beschäftigen. Ein paar Meter weiter konnten sie die Brandung der Ostsee hören. Ansonsten war es unfassbar still. Kein Auto, keine lachenden oder schwatzenden Menschen, keine Tiergeräusche ... nichts!

Sie zog ihren dicken Parka enger um ihren Körper und den Reißverschluss ein wenig höher. »Ist es hier immer so voller Leben, an einem Freitagabend?«

»So bunt und wuselig es im Sommer ist, so still und leer zeigt sich der Winter. Also meistens. Über Weihnachten und Silvester zieht es einige Touristen hier raus, sonst aber hast du den Strand und das Meer ganz für dich allein.« Marc grinste schelmisch. »So gut wie für dich allein.«

»Sehr romantisch!« Sie zog die Kapuze über ihre Mütze. Ein feuchter Nebel benetzte alles, so fein, dass er das Wort Niesel nicht verdient hatte. »Wetter könnte besser sein. Dafür ist die Begleitung nicht zu toppen!«

»Das wollte ich hören.«

Kurze Zeit später betraten sie die Pizzeria. Isabelle, Fredde und Sam waren schon da. Die Stimmung war gut. Die beiden Frauen schienen sich prächtig zu verstehen.

Natürlich – Sam versteht sich ja mit jedem.

Als die leeren Teller abgeräumt waren und die zweite Flasche Wein vor ihnen stand, kam das Gespräch auf die Kriminalfälle der Forschungsfahrt.

»Tjerk Knudsen ist unter Auflagen aus der U-Haft entlassen worden. Der Fokus liegt auf Willems. Was die Befragung von gestern durch Kommissar Ergun ergeben hat, weiß ich allerdings noch nicht. Ich muss aufpassen, dass ich den Kollegen nicht zu sehr auf den Sack gehe.« Fredde grinste entschuldigend.

»Eigentlich super, dass Ergun den Fall bekommen hat. Ich hab noch was gut bei dem.« Marc nickte bekräftigend.

»Na, ob der das auch so sieht?« Fredde schenkte allen nach.

»Fredde, kannst du rauskriegen, wie es mit dem Kontakt der Polizei zu Alettes Bruder aussieht? Angeblich soll er im Ausland sein und über Telefon von ihrem Tod erfahren haben. Weiß man, wo er ist und was er da gemacht hat?« Ann ließ das Glas in ihrer Hand kreisen.

»Klar.« Fredde nickte. »Wieso willst du das wissen? Hältst du das für wichtig?«

»Ich hab da so eine vage Idee, die mir nicht mehr aus dem Kopf will.«

Fredde und Marc tauschten einen schnellen Blick, Fredde rutschte näher an die Tischplatte und starrte Ann an. »Komm schon, raus mit der Sprache!«

Nachdenklich blickte sie in die Runde. »Cord Diallo, kleiner Bruder und einziger Verwandter von Alette – sie hätten sich sehr nahegestanden, haben die anderen erzählt. In der Nacht von Donnerstag, den 9. auf Freitag, den 10. findet Alette den Tod. Danach liegen wir fast eine Woche in Schweden vor Anker, sind auf engstem Raum eingesperrt und können nicht weg. Die perfekte Situation, um uns mit drängenden Fragen zu überhäufen, oder? Aber nichts! Wo war er? Wo war Cord Diallo? Ich meine, selbst wenn er sich auf einem anderen Kontinent aufgehalten hat, innerhalb von zwei oder drei Tagen wäre eine Anreise locker zu schaffen gewesen. Auch die wichtigsten Geschäfte lassen sich beschleunigen oder verkürzen, unter solchen Umständen. Das Verständnis wäre sowohl auf Arbeitgeber- als auch auf Kundenseite hoch, da bin ich mir sicher.«

»Und wenn er hätte kommen können und es nicht getan hat, schlussfolgerst du *was* daraus ...?« Man sah Fredde an, dass er versuchte, hinter die angekündigte vage Idee zu kommen.

»Ich glaube nicht, dass Alette sich umgebracht hat, dafür aber umso mehr an Tjerk als Sündenbock. Außerdem bin ich überzeugt davon, dass der Ausfall der Überwachungsmonitore kein Zufall war.« Sie nahm sich einen kurzen Moment und einen Schluck Wein, bevor sie fortfuhr. »Ich hab so lange hin und her überlegt, wer, von allen anderen unbemerkt, zu alldem in der Lage gewesen sein könnte. Diese

Person muss sich bestens auskennen und genau wissen, wer wann wo Dienst hat. Sie muss zu allen Bereichen Zugang haben, sodass niemand Verdacht schöpft, wenn sie dort gesichtet wird.«

»Der Kapitän?« Etwas hilflos und mit hochgezogenen Augenbrauen blickte Isabelle in die Runde.

»Den Kapitän findest du auf der Brücke, auf dem Musterplatz, in der Messe, auf dem Offiziersdeck und gegebenenfalls noch im Motorraum, aber niemals in einem der vielen Laborräume. Was sollte er auch da? Er ist für die Schiffstechnik und Schiffsführung zuständig. Der wissenschaftliche Teil obliegt anderen.«

»*Einem* anderen.« Marcs Gesicht verriet, wie sehr seine grauen Zellen arbeiteten. »Warum? Was ist sein Motiv?«

Freddes Kopf drehte sich hektisch zwischen Ann und Marc hin und her. »He? Hallo? Nehmt ihr mich mit auf die Reise? Von wem redet ihr?«

»Dem Fahrtleiter!« Anns Freund hatte langsam und betont gesprochen.

»Dem Fahrtleiter?« Verzweifelt zog Fredde die Augenbrauen zusammen. »Och kommt, Leute! Ich brauch ne Erklärung für Doofe!«

»Hauke kann überall hin. Er ist ständig auf dem Schiff unterwegs. Das muss er auch. Er hält die Fäden in der Hand, muss alles überwachen, immer einen Plan B in der Tasche haben. Er teilt die Leute ein, bestimmt, wer wann wo arbeitet, was derjenige da tut und wie lange. Er kennt das Schiff in- und auswendig, weiß, wo die Kameras hängen und welchen Bereich sie zeigen. Ich weiß noch nicht, wie er's gemacht hat, aber ihm trau ich das zu. Er hat den Ausfall der Monitore herbeigeführt. Wie hätte einer wie Willems das alles bewerkstelligen sollen, ohne gesehen zu werden? Nein, – ich denke, Hauke hat Alette umgebracht!«

Kapitel 14

»Hatten wir schon übers Motiv gesprochen? Sind wir jetzt wieder bei seiner Spielsucht?« Fredde schien nicht überzeugt.

»Keine Ahnung, ob die eine Rolle spielt. Momentan bin ich erst mal bei einem Beziehungsdrama. Wisst ihr noch, wie wir anfangs gemutmaßt haben, die beiden, Alette und Hauke, hätten einen Affäre oder seien gar ein Paar? Meine Idee geht genau in diese Richtung.«

»Warum das jetzt plötzlich?« Fredde wirkte hilflos, die anderen konzentriert.

»Nehmen wir diese Theorie mal als gegeben. Die beiden sind ein heimliches Liebespaar. Er will aussteigen aus der Affäre, während sie Zukunftspläne schmiedet und die Trennung von seiner Frau verlangt. Er verspricht ihr, nach dieser Monitoring-Fahrt ginge er zu seiner Frau und ließe sich scheiden. So lange müsse sie Stillschweigen bewahren. Er plant den perfekten Mord, inklusive Sündenbock, und schreitet zur Tat. Irgendwie bekommt er Alette sogar dazu, sich mit Tjerk im Sondenraum zu verabreden. Alles scheint nach Plan zu laufen.« Sie hielt inne und trank einen Schluck.

»Und darauf bist du gekommen, weil der Bruder von Alette nicht in Slite erschienen ist? What?« Armer Fredde! Nun war er vollends verwirrt.

»Lass sie doch weiter erzählen!« Beruhigend tätschelte Isabelle den Unterarm ihres Freundes.

»Ich denke, Cord Diallo hat Hauke sehr wohl kontaktiert. Und wenn ich recht habe, müsste die Auswertung des Verbindungsnachweises von Haukes Telefon den Beweis bringen. Die anderen Wissenschaftler haben erzählt, dass Cord und Hauke sich kennen. Natürlich weiß man nicht, wie gut. Trotzdem halte ich es für absolut wahrscheinlich, dass Alettes Bruder sofort nach Erhalt der schrecklichen Nachricht Kontakt zu Hauke gesucht hat. Erst telefonisch und dann ...«

»Du glaubst, Cord Diallo hat den Martens beim Joggen abgefangen und ihn zur Rede gestellt?«

»Ergun sagte mir, die Ärzte vermuten, Hauke sei brutalen Schlägen ausgesetzt gewesen. Einen Unfall halten sie für unwahrscheinlich. Wer hätte ein Motiv, Hauke zusammenzuschlagen? Und wen würde der aus nachvollziehbaren Gründen mit einer vorgetäuschten Amnesie decken?«

Die vier Angesprochenen schwiegen.

Also fuhr Ann fort. »Seine Frau – ja. Ich denke nicht, dass sie dahintersteckt. Schließlich erfuhr sie erst von seiner Spielsucht und ihrem finanziellen Ruin, als er schon verschwunden war.«

»Sagt sie! Kann ja auch sein, dass sie gelogen hat«, warf Fredde ein.

»Stimmt, kann sein. Wenn du rausfinden könntest, wo sie sich aufgehalten hat, während Hauke als vermisst galt, wissen wir mehr.«

»Ich kann's versuchen.«

»Nehmen wir mal an, Alette hätte ihrem geliebten Bruder von ihrer Liaison mit Hauke erzählt. Und auch, dass sie bald ein echtes, öffentliches Paar sein würden. Plötzlich wird Alette auf *der* Expedition ermordet, die unter Haukes Verantwortung steht. Ich wette, das Erste, was Cord getan hat, ist, Hauke anzurufen und ihn zur Rede zu stellen. Der wird alles auf Tjerk geschoben haben.«

»Aber am Telefon? Das reicht mir nicht! Ich bin aufgebracht, werde fast wahnsinnig vor Trauer und Verzweiflung! Ich muss dich sehen! Du musst mir dabei in die Augen sehen!« Marc schlüpfte instinktiv in die Rolle des Bruders.

»Ich will dich nicht sehen, tue alles dafür, dass du mich in Ruhe lässt. Ich heuchle Trauer und Wut, entschuldige mich bei dir, dass ich sie nicht habe schützen können.« Ann spielte mit und übernahm Haukes Part.

»Ich gebe nicht auf. Ich weiß, dass ihr in Slite vor Anker liegt. Ich will dich sehen, rufe dich immer wieder an, bedränge dich. Du bist mir was schuldig! Ich erwähne, dass ich von eurer Affäre weiß.«

»Shit! Warum konnte sie ihre Klappe nicht halten? Es geht nicht anders, ich muss mich mit dir treffen. Ich verabrede mich mit dir. Abends, irgendwo in einem abgelegenen Waldstück, wo uns niemand sehen und hören kann. Den Expeditionsteilnehmern gegenüber lasse ich es so aussehen, als ginge ich joggen. Dann stehen wir uns gegenüber.«

»Ich bin außer mir vor Wut und Trauer. Ich mache dir Vorhaltungen, wie du einen Wahnsinnigen, einen Mörder in deinem Team dulden konntest. Wie du nicht sehen konntest, welcher Gefahr du meine geliebte Schwester ausgesetzt hast. Vielleicht gehe ich sogar einen Schritt weiter: Ich bezichtige dich des Mordes an ihr! ›Du hast sie umgebracht! Du wolltest dich gar nicht scheiden lassen! Du wolltest sie loswerden! Sie hat mir doch erzählt, wie sehr du auf Geheimhaltung erpicht gewesen bist. War es so?‹« Marcs Stimme dröhnte so laut durch den Raum, dass einige Gäste sich verstört umdrehten.

»Ich rede wie ein Wasserfall, versuche, dich zu beruhigen. Ich muss dich dazu kriegen, mir zu glauben: ›Ich habe mit Alettes Tod nichts zu tun. Tjerk war es und ich konnte die Tat weder vorhersehen, noch verhindern.‹ Doch du bist außer dir, fängst an, auf mich loszugehen! Deine Schläge sind hart und gnadenlos. Ich versuche, mich zu wehren. Vielleicht schaffe auch ich es, dir ein paar schmerzende Stellen zu verpassen.«

»Im Endeffekt hast du keine Chance! Ich prügele so lange auf dich ein, bis du wehrlos bist und ich dich abtransportieren kann. Du bleibst bei mir, in meinem Van, in meinem einsamen Motelzimmer, dort, wo dich keiner finden kann. Die Suche der Polizei kriegen wir nicht mal mit, so einsam liegt meine Unterkunft, mein Stellplatz.«

»Immer wieder komme ich zu mir. Was wirst du mit mir machen?«

»Ich schlage so lange auf dich ein, bis du mir die Wahrheit sagst.«

»Irgendwann gibst du auf. Du lässt mich frei. Du hast deine Antworten ... oder nicht?« Ann runzelte die Stirn.

»Oder ich war unvorsichtig, habe deine Kraft unterschätzt. Du überwältigst mich und fliehst.« Marcs ernster Blick hielt den von Ann fest.

Es schien, als hielten alle am Tisch die Luft an.

»Fredde?«

»Oh Mann, ja? Ich fass es nicht ...!« Nervös raufte der sich die Haare.

»Fredde?«, begann Ann erneut. »Hat die Polizei nach dem Überbringen der Todesnachricht via Telefon noch einmal mit Alettes Bruder gesprochen? Haben sie ihn irgendwie kontaktiert oder mittlerweile persönlich treffen können?«

»Das weiß ich nicht.«

»Kannst du das bitte rausbekommen? So schnell wie möglich!«

Er nickte hektisch.

»Wenn Cord Diallo Hauke des Mordes bezichtigt und von der Affäre wusste ...«

»... dann wäre es für Hauke viel zu gefährlich, Alettes Bruder am Leben zu lassen«, beendete Marc den Satz und sah in vier betretene Gesichter.

*

Warum musste ausgerechnet jetzt Wochenende sein. Ergun hatte keinen Dienst. Fredde konnte nur hoffen, dass der Kommissar trotzdem in seine E-Mails schaute. »Ich bleib dran«, hatte er Ann geschrieben.

Die hatte sich auf den Weg ins Krankenhaus von Bad Doberan gemacht. Sie brauchte fachlichen Rat. Wohlweislich hatte sie Kuchen gekauft. Damit stand sie nun vor der Information. »Guten Morgen. Mein Name ist Johanna Arnold. Ich war im letzten Jahr für längere Zeit hier Patientin. Ich wollte mich bei dem Team und den Ärzten bedanken.« Sie hielt die Kuchenbox in die Höhe. »Hat Dr. Rorbach heute Dienst?«

Die Empfangsdame lächelte. »Das ist aber nett. Ich glaube nur, dass sie keine Zeit für Sie haben wird. Die Visite läuft gerade.«

»Das macht nichts. Ich warte gern.«

»Station vier. Melden Sie sich einfach bei einer der Krankenschwestern«, meinte die freundliche Dame.

Es war ein seltsames Gefühl, den langen, hellen Gang zu betreten. Ein Jahr war es her, dass sie sich auf der Intensivstation und danach in einem dieser Zimmer ins Leben zurückgekämpft hatte.

Sie blieb vor der Tür stehen, hinter der sie gelegen hatte. Bis gerade hatte sie das Gefühl gehabt, das alles läge Dekaden weit hinter ihr. Seitdem war so viel passiert! Aber jetzt ... dieser spezielle Geruch, der nun auf sie einströmte, er zog an ihr und spülte Erinnerungen hoch. War es Zufall, dass ausgerechnet jetzt die roten Narben an ihren Handgelenken schmerzten, als hätten kleine Flammen ihre Zungen nach ihr ausgestreckt?

»Kann ich Ihnen helfen?« Von Ann unbemerkt war eine Schwester an sie herangetreten.

Ann zuckte zusammen.

»Entschuldigung, ich wollte Sie nicht erschrecken. Suchen Sie jemanden?«

»Ich habe Kuchen mitgebracht«, brachte Ann mühsam hervor und streckte der Schwester den Karton entgegen.

Leicht verwirrt, aber immer noch lächelnd meinte diese: »Aha. Wen möchten Sie denn damit beglücken?«

Ann atmete tief durch, um zurück ins Jetzt zu kommen. »Entschuldigung. Ich würde Dr. Rorbach und dem Team der Station gern eine Freude bereiten. Als Dank für die gute Behandlung. Ich habe vor einiger Zeit hier gelegen.«

Das Gesicht der Krankenschwester hellte sich auf. »Das ist aber nett. Kommen Sie!« Sie zeigte den Gang hinauf. »Dr. Rorbach ist bei der Visite. Es wird noch eine Zeit dauern, bis sie bei uns auf der Station angekommen ist. Aber Schwester Rita und unser Pfleger Leon freuen sich bestimmt. Kennen Sie die beiden?

Schwester Rita, ja, an die konnte sich Ann sehr gut erinnern.

Endlich, kurz vor Mittag wurde ihre Geduld belohnt. Da war sie. Dr. med. Sibylle Rorbach. Die Ärztin strahlte, als sie sie erkannte. »Frau Arnold. Das ist aber eine Überraschung. Wie geht es Ihnen?« Ann war in Erinnerung geblieben. Kein Wunder! So einen Fall wie ihren gab es hier bestimmt nicht oft.

Es folgte ein freundlicher, oberflächlicher Plausch, in dem Ann wiederholt beteuerte, ihr ginge es wieder richtig gut.

Schwester Rita drückte beiden eine Tasse Kaffee und einen Teller mit Kuchen in die Hand.

»Darf ich Sie etwas Fachliches fragen?« Ann ließ den Kuchen unangetastet und drehte den Becher zwischen ihren Händen.

Die Ärztin nickte kauend.

»Es gab eine Schlägerei. Ein paar heftige Kopftreffer waren auch dabei. Und jetzt kann er sich nicht mehr daran erinnern, was passiert ist.«

Die Rorbach legte die Kuchengabel beiseite. »Wurde die Person ärztlich versorgt?«

»Ja, ja, sie war im Krankenhaus. Die Ärzte konnten keine schweren Verletzungen, also keine lebensgefährlichen oder auf Dauer schädigenden, feststellen. Er hat ein paar fiese Prellungen im Gesicht. Was ich nicht verstehe: Müsste die Erinnerung nicht langsam zurückkommen?«

»Ohne detaillierte Diagnosen zu kennen, kann ich Ihnen dazu nichts sagen. Ein schweres Schädel-Hirn-Trauma kann zu bleibenden Schäden führen.«

»Wie schwer kann das gewesen sein, wenn er nach einem Tag bereits entlassen wurde? Ich meine, er hat sich zwar selbst und in eigener Verantwortung entlassen, aber ...«

»Wie gesagt, ohne die genauen Befunde zu kennen, kann ich nur spekulieren. War der Patient bewusstlos, und wenn ja, wie lange? Oder hat er gar im Koma gelegen?«

»Das weiß niemand. Er wurde auf der Straße gefunden und er selbst kann sich ja nicht erinnern.«

»Als er gefunden wurde, öffnete er selbstständig die Augen oder erst auf eine Ansprache hin? Konnte er sich uneingeschränkt bewegen? Wirkte er orientiert und konnte Fragen sinnvoll beantworten?«

Ann zuckte mit den Schultern.

»Welche Symptome oder Folgeschäden auftreten, hängt ganz wesentlich von der Art der Verletzung ab. Bei einer Schädelprellung sind Schwindel und Kopfschmerzen wahrscheinlich. Da das Gehirn unverletzt bleibt, treten keine neurologischen Funktionsstörungen auf. Bei einer Commotio cerebri, also einer leichten Gehirnerschütterung, liegt der Fall schon anders. Es kann zu einer Bewusstlosigkeit von mehreren Minuten kommen und – zu einer anterograden Amnesie. Der Patient kann sich an das auslösende Ereignis und an die Zeit unmittelbar danach nicht mehr erinnern. Manchmal gibt es auch Erinnerungslücken von der Zeit vor dem Ereignis. Hinzu kommen Übelkeit, Erbrechen, Kopfschmerz und Schwindel. Auch ein Nystagmus ist möglich.«

Anns fragender Blick ließ sie weiter ausführen: »Eine Horizontalbewegung der Augäpfel in schneller Folge.«

»Diese Erinnerungslücken. Wie groß können die sein? Wie lang ist der Zeitraum, der maximal betroffen sein kann?«

»Das kann man pauschal nicht beantworten. Zumeist betrifft es den Unfall, das Ereignis direkt. Einige sprechen über erste Erinnerungen im Krankenwagen oder noch etwas später, im Krankenhaus. Da wären wir im Stundenbereich.« Jetzt sah die Ärztin Ann fragend an.

»Er wurde erst nach zweieinhalb Tagen gefunden. Und er kann sich an nichts erinnern.«

»Ist bekannt, wann ihm, während dieser Zeit, die Verletzungen zugefügt wurden?«

»Ich nehme doch mal an, sofort nach seinem Verschwinden. Sonst könnte er sich doch daran erinnern, wo er war, bevor man auf ihn eingeschlagen hat.«

»Nicht unbedingt. Bei einer retograden Amnesie ist auch die Zeit vor dem Ereignis weg. Andererseits: Zweieinhalb Tage sind eine lange Zeit. Da müsste es schon zu einer Gehirnprellung oder -quetschung gekommen sein. Und Ihr Bekannter konnte das Krankenhaus wirklich schon nach einem Tag aus eigener Kraft verlassen?«

Ann nickte.

Die Ärztin erhob sich. »Wie schon erwähnt, aus dieser Entfernung und ohne fundierte Befunde kann ich Ihnen nicht recht weiterhelfen. Ihr Bekannter sollte mit den behandelnden Ärzten sprechen. Auch die Psyche spielt eine große Rolle. Thema PTBS. Der Schock über ein traumatisches Ereignis löst Sicherheitsmechanismen unseres Gehirns aus. Es verdrängt. Das passiert insbesondere, wenn Menschen über einen längeren Zeitraum physischer und psychischer Gewalt ausgesetzt waren. Aber ich bin kein Psychiater.« Entschuldigend hob sie die Arme. »Es hat mich sehr gefreut, Sie wiederzusehen, liebe Frau Arnold. Besonders, Sie in einem so guten Zustand wiederzusehen! Vielen Dank für den Kuchen und für Sie und Ihren Bekannten alles Gute für die Zukunft.«

*

Rerik

Als Marc von seiner Trainingsrunde mit dem Handbike zurückkam, fand er Ann vollkommen vertieft vor dem Notebook sitzend.

»Was fällt dir zu PTBS ein?«, fragte sie, ohne aufzuschauen.

»Posttraumatische Belastungsstörung?« Marc wechselte in seinen Rollstuhl, fuhr in die Küche, schnappte sich eine Flasche Wasser und trank sie zu einem Drittel aus. »Nicht witzig.«

»Könnten massive Schläge und die Angst, getötet zu werden, so etwas auslösen?«

»Es muss schon ein extrem traumatisches Erlebnis sein, das eine PTBS zur Folge hat. Außerdem kannst du dich sehr wohl erinnern. Das ist ja das Problem.«

»Wie meinst du das?«

»Die sich immer wieder aufdrängenden belastenden Erinnerungen an ein unfassbar schreckliches Ereignis lösen die Reaktionen erst aus: ein erhöhtes Erregungsniveau, sprich, du bist ständig in Alarmbereitschaft. Das vermeiden bestimmter Auslösereize, die dich an das Ereignis erinnern. Und ja, es kann auch sein, dass du dich an wichtige Aspekte des Geschehenen nicht mehr erinnern kannst.«

»Aber kein Total-BlackOut?«

»Nein. Ich glaube, den wünschten sich viele. Dann müssten sie nicht so sehr leiden.« Erneut setzte er die Flasche an seine Lippen, trank und drehte den Verschluss wieder zu. »Dass die Erinnerung dich nicht mehr loslässt, das ist das Problem. Du kannst nicht ein- oder durchschlafen, du bist reizbar – ständig flippst du aus. Bist schreckhaft oder übermäßig wachsam. Konzentrieren kannst du dich auch auf nichts. All das hat zur Folge, dass dein Körper krank wird. Gefühle zu zeigen, zu deuten und auf sie zu reagieren wird zum Problem. Diese Menschen sind echt nicht zu beneiden.«

»Du kennst dich gut aus.« Sie konnte sich denken, warum.

Prompt bestätigte Marc: »Nach meiner Schussverletzung wollte ich verzweifelt, dass alles wieder ins Lot kommt. Dass es wird wie vorher. Ich hab geackert, geforscht, jede noch so kleine Chance wahrgenommen, damit diese Scheiß-Beine ihren Job wieder machen.« Die Erinnerung daran ließ sein Gesicht versteinern. »Irgendwann kam das tiefe Loch. Meine Eltern haben dafür gesorgt, dass ich wegkam – zur Therapie.« Er holte tief Luft und atmete sie mit einem langen Zug aus. »Ich habe viele von ihnen getroffen. Wunderbare Menschen, deren Leben durch ein einziges Ereignis vollkommen und zumeist irreparabel aus den Fugen geraten ist. Gefangen in ihrem Körper, der Krankheit ausgeliefert und absolut machtlos. Sie sind in keinster Weise belastbar. Kleinste, für uns normale Situationen überfordern sie. Unbeschwertes Glück, Entspannung, ein wohliges Gefühl der Zufriedenheit und inneren Ruhe sind unerreichbare Ziele für sie. Sie leben permanent mit sich im Stresszustand. Und sie kriegen die Uhr einfach nicht zurückgedreht. Was für eine Qual! Dann doch lieber bis ans Lebensende an ein paar Räder gefesselt.« Gequält lächelte er ihr zu. »Ich geh duschen.«

Sie lehnte sich zurück und ließ Marcs Worte auf sich wirken. Hauke wirkte genau so wie vor seinem Verschwinden. Klar, er hatte diese Prellungen im ganzen Gesicht, vielleicht auch noch welche an seinem Körper. Und sie wusste natürlich nicht, ob er unter Schlafstörungen litt, unter Wutausbrüchen oder gar Schreckhaftigkeit jedenfalls nicht. Und belastbar war er auch. Außerdem behauptete er, er könne sich an rein gar nichts erinnern. PTBS schied für sie aus. Auch die Möglichkeit, durch ein Schädel-Hirn-Trauma eine derart ausgeprägte Amnesie zu bekommen, hatten Dr. Rorbachs Erklärungen eigentlich ausgeschlossen. Es hätte schon zu einer erheblichen Verletzung des Schädels und des Gehirns kommen müssen, mit längerer Bewusstlosigkeit oder Koma, um diesen Folgeschaden auszulösen. Hauke konnte aber nicht mehr als eine leichte Gehirnerschütterung gehabt haben.

»Du machst uns allen was vor, Martens! Du weißt ganz genau, was passiert ist.« Sie schloss die Augen und massierte sich mit der linken Hand den Kopf. »Warum wolltest du unbedingt, dass ich dabei bin? Wenn du Alettes Tod von langer Hand geplant hast, warum hast du dir jemanden wie mich an Bord geholt? Jemanden, der nicht zum Team gehört, der dich nicht kennt und einen ganz anderen Blickwinkel auf all das haben wird?«

Noch dazu jemanden, der Erfahrungen mit der Aufklärung von Morden hat.

»Wozu das Risiko?«

Während Ann das Wasser der Dusche rauschen hörte, tippte sie zum dritten Mal an diesem Morgen auf die angezeigte Nummer auf ihrem Handy. Sie wusste genau, dass er da war. Er war immer da, in seinem Kellerloch in Neustadt in Holstein: David, der Computernerd. Er hatte ihr schon vor Monaten ein paar kleine Dienste erwiesen.

»Ja?«

Na endlich. Und wie immer höchst gesprächig und gut gelaunt. Aber was sollte man von jemandem erwarten, der nicht mehr wusste, wie Tageslicht aussah.

»Hej David! Ann hier. Ich brauch deinen kompetenten Rat.«

»Hm.«

»Wie kriegt man das hin, die Übertragung von Überwachungskameras so zu stören, dass die Monitore schwarz bleiben?«

»Analog oder digital, funkbasierend oder kabelgebunden?«

»Gute Frage. Die sind auf nem Schiff angebracht. Müssen also ganz schön viel aushalten. Eine gesicherte WLAN-Verbindung gibt es da draußen bestimmt nicht. Aber erklär's mir einfach für alle Optionen.«

»Digitale Systeme kannst du auf vielfältige Weise stören und hacken. Ist die Software angreifbar, weil sie nicht auf dem neusten Stand ist und es Fehler in der Implementierung des Discovery-Protokolls gibt, könnte aus dem lokalen IP-Subnetz ohne Authentifizierung ein präpariertes Discovery-Protocol-Paket ...«

»Okay, ich habe verstanden! Um ein digitales System zu knacken, brauche ich nen Typen wie dich.«

»Oder einen, der dir ne Schadsoftware schreibt, die du dann nur einspeisen musst.«

»Geht das auch zeitlich begrenzt? Sodass irgendwann alles wieder in Ordnung ist und keiner weiß, was passiert ist?«

»Klar. Du musst es halt so programmieren.«

»Okay, nächste Option.«

»Funkverbindungen kannst du mit einem Jammer stören. Der sendet auf einer bestimmten Frequenz zufällige Signale in möglichst großer Stärke und überlagert so die ursprüngliche Übertragung. Die Dinger gibt es für alle möglichen Funkprotokolle – WiFi, Bluetooth, UMTS, LTE, GSM, sogar für GPS. Im Grunde sind das sehr einfache, oft ganz kleine Geräte, die mittels Akku überall mit hingenommen werden können. Die Handtaschengeräte haben eine Reichweite von bis zu zwanzig Metern, die stationären von bis zu achtzig.«

»Das hört sich ziemlich interessant an.«

»Letzte Option – das kabelgebundene System. Nachteil: Wie der Name schon sagt, muss die Kamera mit der Station und gegebenenfalls den Monitoren per Kabel verbunden sein. Für ein System, das lange und dauerhaft an derselben Stelle seinen Dienst verrichten soll, optimal, denn es ist am wenigsten störanfällig. Da musst du schon Verbindungen lösen oder Kabel durchschneiden.«

Ann schwieg und grübelte.

»Noch was?«

»Was? Äh, nein. Danke, du hast was gut bei mir.«

»Schon wieder? Da hat sich ganz schön was angesammelt.«

»Du hast recht. Ich werde dich mit Anerkennung und Kuchen überhäufen, wenn ich wieder in der Gegend bin.«

»Kauf lieber ne Batterie Energydrinks.«

Ann beendete das Gespräch. Marc rollte auf sie zu, sein Blick war fragend.

»Ich muss noch mal zur *Neptun.*«

*

Rostock

Fredde hatte Dienst und war schon seit dem frühen Morgen unterwegs. Dafür fand Isabelle die Idee super, den Tag in Rostock zu verbringen. Oft genug hatte sie als Krankenschwester das Nachsehen. Auch Sam freute sich darauf, die Hafenstadt kennenzulernen. Es war später Nachmittag, als sie aus dem Bus stiegen.

»Wir bummeln einmal durch die Läden, bevor sie schließen, oder?« Isabelle strahlte Sam an.

Die blickte kurz zu Ann und Marc.

Los, geh bummeln!

Ann fand, Sam sah nicht begeistert aus. *Sie will Zeit mit uns verbringe. Nein, nicht mit uns, mit ihm!*, dachte sie und hoffte, dass der ungebetene Gast von Isabelle davongezogen werden würde.

Die hakte sich bei Sam ein und lachte. »Spielt ihr ruhig weiter Detektive! Wir tun das, was Frauen am liebsten tun: sich mit schönen Dingen umgeben und bewundernde Blicke entgegennehmen!«

Irgendwie scheinen mir Östrogene in nicht unerheblichem Maß zu fehlen, schoss es Ann durch den Kopf. »Wir treffen uns später. Schreibt mal, wo wir euch finden!«

Während die beiden davonschlenderten, warteten Ann und Marc auf den Bus, der sie zum Hafen bringen sollte. Sie konnten sehen, wie Freddes Freundin bestens gelaunt auf ihren Gast einredete.

»Die beiden verstehen sich wirklich gut.« Marc grinste zufrieden. »Obwohl ich manchmal denke, Sam ist einfach zu lieb, um auch mal nein zu sagen. Vielleicht sollten wir sie zwischendurch retten.«

»Das ist Isabelle gegenüber nicht gerade nett!«

»Ach komm! Du weißt, wie ich das meine. Ich mag sie sehr. Isabelle ist ein Schatz! Mitunter nur ein wenig anstrengend. Mir raucht regelmäßig der Kopf, wenn sie die Chance hatte, ihre überschäumende Verbal-Energie an mir auszulassen.«

Na und? Dann ist deine Model-Kollegin wenigstens beschäftigt!

»Ich hoffe nur, dass sie noch da ist.«

Der Bus kam.

»Wen meinst du?«

Sie schoben sich nach vorn.

»Die *Neptun*. Wie ich gehört habe, liegt sie nie lange vor Anker. Abrüsten, auf Vordermann bringen, Aufrüsten und schon geht's wieder los.«

Sie stiegen ein.

»Und die Crew?«

»Je nachdem. Natürlich wird die auch mal ausgewechselt. Aber nicht alle zwei Wochen. Die Wissenschaftler, die schon.«

Ein paar Minuten später standen sie am Kai und blickten auf das Forschungsschiff. Ann hatte es schon von Weitem gesehen und erleichtert aufgeatmet.

Die Crew schien, zumindest in weiten Teilen, dieselbe zu sein. Ann erkannte viele bekannte, aber auch neue Gesichter, die, zumeist in Handwerkermontur, emsig hin und her liefen.

Da entdeckte sie Sören. »Hej!« Sie winkte ihm zu. »Wo versteckt sich denn der Käpt'n?«

Sören trat an das Schanzkleid. »Hast du was vergessen?«

Sie nickte. *Ich hab vergessen, ihn was zu fragen ...*

»Was denn? Der hat zu tun.«

»Ich brauch nur einen kleinen Moment. Darf ich an Bord kommen?«

Sören schüttelte energisch den Kopf. »Negativ! Sag mir, was dir fehlt, und ich sag dir, ob wir es gefunden haben. Wenn nicht, ist es eh nicht mehr an Bord.«

So ein Sturkopp!

Aber er hatte natürlich recht. Die Jungs waren sehr gründlich. Außerdem war es verständlich, dass nicht jeder auf dem Schiff ein und aus gehen konnte, wie er wollte.

Ein Handwerker lief die Gangway hinunter, an ihr vorbei und verschwand durch die geöffnete Schiebetür im Innern eines Transporters. Ann hörte Gesprächsfetzen. Kurze Zeit darauf sprang eine vielversprechende Person aus eben diesem Fahrzeug und hielt auf das Schiff zu.

»Jante!« Sie lief dem Elektriker entgegen. »Oh Mann, super, dass ich dich treffe.«

Der hielt unbeirrt auf die Gangway zu.

Ann schloss sich ihm an. »Nur eine Frage: Das Kamerasystem auf der *Neptun*, ist das digital, funkgesteuert oder kabelgebunden?«

Jante runzelte die Stirn, setzte seinen Weg jedoch fort. »Kabelgebunden!«

Enttäuscht ließ Ann sich ein wenig zurückfallen. »Dein Ernst?«

»Jau!« Noch drei Schritte, dann war er auf der Gangway. »Alle. Bis auf die im Sondenraum, die nich.«

Wie elektrisiert gab Ann Gas, holte ihn ein und erfasste ihn am Oberarm. »Was? Wieso die nicht?«

Er blieb stehen und sah sie erstaunt an. »An der hatten wir 'n Schaden. Wir brauchten ne schnelle Lösung und dann war das halt so. Läuft genauso gut.«

»Na ja, nicht ganz, oder? Als Alette starb ...«

»Ach watt! Das war 'n Stromproblem! Da war so einiges tot, in diese Nacht. Manchmal ist das so.« Er wollte weitergehen, doch Ann hielt ihn zurück.

»Was war noch tot?«

»Die Steuerbordseite war komplett dunkel, da war alles ausgefallen. Es gab Probleme mit der Elektrik im Motorraum und, ach ja, die Birne auf'm Klo des Käpt'ns war auch durch.« Er lachte schelmisch. »Und jetzt muss ich los, sonst krieg ich Ärger.«

»Einen Moment noch«, meinte Ann und hielt seinen Arm fest. »Dieser Schaden an der Kamera im Sondenraum. Was war das für einer? Wann und durch was wurde er ausgelöst?«

Er schnaufte ungehalten. »Oh Mann, du kannst einen echt nerven mit deiner Neugier!«

»Sag einfach! Und schon bist du mich los!«

»Das ist Monate her. Kurz bevor es losgehen sollte, hat's das Kabel geschmissen. Es hat ne kleine Verpuffung gegeben. Das Ding war vollkommen verschmöggelt. Wir konnten von Glück sagen, dass nicht mehr passiert ist. Ein Messinstrument war betroffen, ein paar andere Kabel, die sich schnell austauschen ließen. Das ist halt das Problem, wenn mit Chemikalien hantiert wird. Vom Sondenraum bis hoch zur Brücke ein neues Kabel verlegen, war so kurzfristig nicht drin. Also haben wir uns funkgesteuerten Ersatz besorgt.«

»Wem? Wem ist dieser Chemieunfall passiert?«

»Das weiß ich doch nicht mehr. Ich war damals auch gar nicht an Bord. Und nu lass mich mal meine Arbeit machen ...«

Marc und Ann sahen Jante hinterher, wie er die Gangway erklomm und im Bauch der *Neptun* verschwand. Dann drehten sie um und gingen langsam den Kai entlang.

»Wenn *das* mit dem Mord an der Wissenschaftlerin zu tun haben soll, dann muss der Fahrtleiter das aber schon ziemlich lange geplant haben!« Marc klang nicht überzeugt.

»Ich geb dir recht. Klingt unwahrscheinlich. Wenn er Angst hatte, Alette würde ihre Beziehung öffentlich machen oder gar zu seiner Frau gehen, hätte er sich diese Geduld nicht leisten können. Trotzdem würde ich zu gern wissen, wer damals an Bord gewesen ist, als der Chemieunfall passierte.«

Kurze Zeit gingen sie schweigend und in Gedanken versunken.

Dann blieb Ann plötzlich stehen. »Und wenn ihm die Idee zur Umsetzung nur aufgrund dieses Umstands kam? Er wusste, dass die Mannschaft das System im Sondenraum hatte wechseln müssen, von kabelgebunden auf funkbasiert. Gleichzeitig wusste er, dass er Alette loswerden musste, und zwar so, dass ihm nichts nachzuweisen wäre. Deshalb musste es unbedingt der Sondenraum sein! Weil das der einzige Bereich war, an dem er die Kamera jederzeit ausschalten konnte!«

Kapitel 15

Ihr Blick wanderte hinaus, durch die großen Fenster über das alte Pflaster an den tänzelnden Schiffsmasten vorbei aufs schwarz glänzende, punktuell beleuchtete Wasser. Das Hafenrestaurant war urig eingerichtet. Die Wärme und Gemütlichkeit waren Balsam für die winterdepressive Seele. Fredde und Marc studierten die Speisekarte, die Shopping-Queen-Fraktion ließ auf sich warten.

Ann legte sich Argumente zurecht. Sätze, die so formuliert waren, dass Hauptkommissar Akyol Ergun gar nicht anders konnte, als ihrem Wunsch zu entsprechen. Sie musste ihn dazu kriegen, die Verbindungsnachweise von Cord Diallos Telefon zu checken. Sie stöhnte. Samstagabend! Sollten sie wirklich bis Montagmorgen warten müssen?

» ... oder?« Fredde und Marc sahen sie erwartungsvoll an.

»Äh, ja klar!« Unsicher lächelnd wandte sie den beiden den Kopf zu.

Die antworteten mit einem Lachduett.

»Wo bist du denn schon wieder mit deinen Gedanken? Solltest du zu Ende gebrütet haben, lass uns gern teilhaben.« Fredde grinste breit und bestellte drei Bier.

»Wisst ihr schon, was ihr essen wollt?« Die Bedienung tippte emsig auf ihrem Eingabegerät herum.

»Danke, wir warten noch. Es fehlen noch zwei.«

Der Kellner nickte und trollte sich.

»Fredde, die Verbindungsnachweise ...« Ann sah ihn flehend an.

»Ich hab Ergun geschrieben und es dringend gemacht. Ich hab ihm unsere Handynummern geschickt. Mehr kann ich nicht machen. Wenn er während seiner Freischicht Langeweile hat, wovon du nicht unbedingt ausgehen solltest, wird er sich sicherlich melden.«

Zwei Stunden später saßen sie zu fünft vor leeren Tellern und ließen sich von einem Thema zum anderen treiben. Neidvoll musste Ann zugestehen, dass nicht nur alle in ihrer kleinen Gruppe an Sams Lippen hingen. Auch die meisten Augenpaare der Nachbartische fanden den Weg immer wieder zu ihr. Sie war redegewandt, hatte diese Prise Wortwitz, die es schwer machte, sie nicht zu mögen. Ihr Lachen spiegelte sich augenblicklich in den Gesichtern der anderen wider. Alles an ihr war harmonisch, ihre Bewegungen, ihr Gesicht, ihre Figur. Sie brauchte kein Make-up. Es war egal, was für Klamotten sie trug. Sie war nicht einfach nur schön. Sie war unwiderstehlich. Sie hatte diesen gewissen natürlichen Zauber. Es kam einfach aus ihr heraus. Und jeder wollte ein Teil von diesem Zauber sein. Auch Ann konnte sich dem nicht entziehen. Stand jetzt war Sam ein unglaublich toller Mensch, mit dem Herzen am richtigen Fleck. Genau wie Ann es mochte – eigentlich. Und es gab rein gar nichts, was sie Sam hätte vorwerfen können. Außer ihrer bloßen Existenz.

»Hast du eigentlich keinen Freund?«

Die Gespräche brachen ab. Erschrocken registrierte Ann, dass sie das eben laut gesagt hatte.

Zu ihrer Rettung klingelte ihr Handy schrill und fordernd. Sie sprang auf, murmelte »Entschuldigung« und verließ den von Stimmengewirr belebten Raum. Die Nummer war ihr unbekannt. Sie drückte auf annehmen. »Arnold?«

»Sie stören mein kostbares Wochenende! Ich sag Ihnen eins, wenn Sie mir nicht wirklich was zu bieten haben, ignoriere ich Ihre zukünftigen Gesuche bis … bis ich in Rente gehe.«

Ann erkannte Erguns Stimme sofort. »Ach kommen Sie, Sie hätten nicht angerufen, wenn Sie nicht dächten, es würde sich lohnen.«

»Raus mit der Sprache! Bevor ich's mir anders überlege!«

»Lassen Sie sich die Verbindungsdaten von Cord Diallos Telefon geben. Und zwar für die Zeit von kurz vor Beginn der Reise bis jetzt. Wen hat er angerufen, von wem wurde er angerufen und vor allen Dingen: wann? Vergleichen Sie die fremden Nummern mit denen der Expeditionsteilnehmer. Ach ja, und prüfen Sie, wo er sich zur Zeit der Forschungsreise aufgehalten hat und wo er jetzt steckt!«

»Der Bruder der Toten? Warum?«

»Weil ich glaube, dass er etwas damit zu tun hat.«

»Mit der Ermordung seiner Schwester?«

»Zumindest mit dem Anschlag auf den Fahrtleiter Dr. Hauke Martens.«

»Und – wären Sie auch so freundlich und würden mir mitteilen, wie Sie darauf kommen?«

»Sobald Sie die Ergebnisse haben und ich sie einsehen durfte, werde ich Ihnen alles haarklein darlegen, ich verspreche es!«

Er schnaufte abwehrend. »So läuft das nicht! Sie sagen mir jetzt sofort, was Sache ist, sonst ist das Gespräch hier beendet!«

»Wenn Sie meinen. Sie haben *mich* angerufen, schon vergessen? Ich will nur helfen.«

»Sie sind verpflichtet, mir alle Fakten zu nennen. Ich kann Sie festnehmen lassen, wenn Sie Beweise unterschlagen oder Wissen bewusst zurückhalten, welches der Aufklärung dienlich sein könnte.«

»Nichts läge mir ferner als das. Sie können mich jedoch nicht dazu zwingen, Ihnen meine Gedankengänge und Schlussfolgerungen mitzuteilen. Hören Sie, ich möchte Sie nicht verärgern. Ich möchte nur, dass Sie mich als Gegenleistung teilhaben lassen.«

»Das darf ich gar nicht, selbst wenn ich es wollte!«

»Keine Angst, ich schütze meine Quellen. Niemand wird erfahren, woher ich die Informationen habe.«

Beide schwiegen bedenklich lange. So lange, dass Ann schon befürchtete, er hätte aufgelegt.

Das tat er mit den Worten »Ich wünsche einen schönen Abend, Frau Arnold« dann auch.

*

Rerik

Es war halb zehn in der Früh, als es an Marcs Haustür klingelte. Ann schälte sich aus dem Bett, warf sich einen Hoodie über und schlurfte zerzaust zur Gegensprechanlage.

»Ja?«

»Sind Sie wach genug, um einen Blick auf die Verbindungsdaten zu werfen?«

Ann sah erschrocken an sich herunter. Ergun! Sie drückte auf den Summer, rannte ins Schlafzimmer, rupfte ihre Jogginghose aus dem Schrank, sprang hinein und stürmte ins Bad.

Es klingelte erneut, diesmal an der Wohnungstür.

»Was is'n?« Marc blinzelte müde zwischen den Kissen hervor.

»Akyol. Er ist hier. Sieh zu, dass du ins Bad kommst!«, sagte sie, rannte aus dem Raum und zog die Schiebetür hinter sich zu.

Es klingelte ein zweites Mal.

Auf dem Weg zur Tür schob sie sich einen Kaugummi in den Mund. Dann öffnete sie.

Vor ihr stand der Kommissar in Radsporthose, passender Jacke und mit Fahrradhelm unter dem Arm. »Ich wollte eh ne Tour machen. Da kann ich genauso gut auf einen Sprung zu Ihnen, dachte ich. Sie haben doch wohl nicht noch geschlafen?«

Sah sie da wirklich Schadenfreude in seinem Gesicht? »Kein Ding! Der brave Staatsbürger hilft doch gern, zu jeder Zeit.«

»Dachte ich's mir doch! Ich trinke meinen Kaffee schwarz.« Er ging an ihr vorbei in die Wohnküche.

Ich glaube, der Kommissar ist ein bisschen angepisst von deinem Vorstoß!

Ann zog die Augenbrauen hoch und folgte ihm. *Das glaube ich auch.*

Sie setzte Kaffee auf, stellte Milch, Zucker und drei Tassen auf den Tisch und hockte sich mit hochgezogenen Knien ihm gegenüber auf einen Küchenstuhl.

Er musterte sie ohne erkennbare Regung. »Sie glauben, Cord Diallo ist nach Slite und hat den Fahrtleiter angegriffen und verletzt, richtig? Warum? Weil er ihn für den Tod seiner Schwester verantwortlich macht?«

»Vielleicht. Darf ich die Nachweise sehen?«

Ergun hob einen kleinen Rucksack auf seinen Schoß, zog eine Dokumentenhülle hervor und schob sie ihr rüber. »Es gab insgesamt fünf Gespräche mit zwei Expeditionsteilnehmern. Zwei zwischen Alette und ihrem Bruder, während die *Neptun* noch im Hafen Marienehe lag. Die rosa gekennzeichneten.« Er wies mit dem Finger auf die Papiere. »Und drei als die Fahrt in vollem Gange war.«

Ann starrte auf die gelb gemarkerten Stellen. »Mit wem? Wem gehört diese Nummer?«

»Dr. Hauke Martens.«

»Wurde Martens' Handy nicht überprüft, während er verschwunden war? Das muss doch aufgefallen sein!«

»Ich gehe mal davon aus. Das lag in der Zuständigkeit der schwedischen Kollegen. Man kann ihnen wohl kaum einen Vorwurf machen. Es ist schließlich nicht ungewöhnlich, dass Angehörige nach so einem Vorfall alles daran setzen, mit den Verantwortlichen Kontakt aufzunehmen. Außerdem spielte Martens' Handy keine große Rolle, da er es auf besagter Jogging-Tour gar nicht mit sich führte.«

Marc schob sich in die Küche und nickte Ergun zu. Er steuerte die Kaffeemaschine an, griff nach der Kanne und begann, die Tassen zu füllen.

Anns Finger fuhr langsam über die hervorgehobenen Zeilen. Nummern und Datum. Zwei Gespräche hatten am 10. stattgefunden, eines am 11. November. Irgendwann in der Nacht vom 9. auf den 10. war Alette zu Tode gekommen. Die Uhrzeit. Zunächst die der beiden Gespräche des 10. Novembers. Ann erstarrte. Das erste war um drei Uhr siebenundvierzig verzeichnet. Es dauerte zweiunddreißig Sekunden. Das zweite wurde um fünf Uhr sechzehn geführt und dauerte nur neunzehn Sekunden.

»Alle drei gingen von Cord Diallo aus.«

Ann hob den Kopf. »Wie bitte?«

»Es war jedes Mal Diallo, der Martens angerufen hat.«

Marc sah Anns verwirrten Gesichtsausdruck. »Aber das ist doch genau das, was du vermutet hast.«

»Das schon, aber ...« In ihrem Kopf toste es. Die Zeit ...!

Sie wandte sich Ergun zu. »Wann haben Sie Cord Diallo davon unterrichtet, dass seine Schwester verschollen und vermutlich tot ist?«

»Das kann ich Ihnen aus dem Kopf nicht sagen. Das müsste ich nachschauen.« Er registrierte ihren genervten Blick. »Ich nehme selten Unterlagen aller Fälle mit auf meine Sonntags-Radtouren. Aber wie Sie sich vielleicht erinnern, erwähnte ich schon damals: Wir hatten Schwierigkeiten, ihn zu erreichen.«

»Keinesfalls aber hätte Diallo um drei Uhr siebenundvierzig wissen können, dass Alette ermordet worden war. Zu dem Zeitpunkt wussten wir anderen Expeditionsteilnehmer es ja nicht mal. Wenn sie da überhaupt schon tot war ...«

»Er hat also mit dem Fahrtleiter gesprochen, bevor, während oder kurz nachdem es passiert ist, ohne zu ahnen, was in der Nacht geschehen würde? Warum? Wozu kontaktiert er Hauke mitten in der Nacht?« Marc rieb sich nachdenklich die Stirn.

»... mitten in *dieser* Nacht?«

Ergun beobachtete die beiden jungen Leute, ließ ihnen Zeit, ihr Gedankenkarussell zu ordnen.

»Wann war der dritte und letzte Anruf?« Abrupt zog Ann den Zettel zu sich hin. »Am 11. November um elf Uhr vierundzwanzig. Er dauerte ganze acht Minuten.«

»Da lagt ihr schon in Slite vor Anker. Das war gute sieben Stunden, bevor Hauke verschwand, richtig?« Marc schaute die beiden fragend an.

Ann nickte. »Das wiederum würde passen und meine Vermutung bestätigen. Cord wollte unbedingt wissen, was passiert ist. Und zwar von Hauke – von keinem anderen. Er hat ihn so lange angerufen, bis Martens endlich drangegangen ist. Telefonate, die nicht entgegengenommen wurden, werden nicht angezeigt, oder?«

»Richtig.« Ergun nahm einen Schluck Kaffee.

»Acht Minuten sind kurz für so viel Trauer, Wut, Verzweiflung und Haukes klägliche Erklärungsversuche. Ich denke, Alettes kleiner Bruder hat sich nicht abwimmeln lassen. Er wird auf einem Treffen bestanden haben.«

»Sie glauben, Cord Diallo ist nach Schweden gefahren, mit der Absicht, Hauke Martens zur Rede zu stellen? Warum ist er nicht aufs Schiff gekommen? Warum passt er ihn beim Joggen ab? Glauben Sie, er hatte vor, ihn zu entführen und zu foltern?«

Ann sah Ergun entschlossen in die Augen. »Hauke hat mir gegenüber gelogen. Er hat behauptet, er hätte Cords Nummer nicht, und umgekehrt wäre es genauso. Ferner hat er behauptet, er hätte nicht mit ihm gesprochen. Meine Vermutung ist: Hauke und Alette hatten eine Affäre. Sie wollte es öffentlich machen, er wollte das verhindern. Hauke hat alles von Anfang an geplant. Er hat sie umgebracht und Tjerk zum Sündenbock gemacht. Von Willems' Schweinerei hatten die beiden keine Ahnung. Cord und Hauke kennen sich. Natürlich versucht der kleine Bruder sofort, den Fahrtleiter zu erreichen. Aber eben erst *nachdem* die Polizei ihn über das Verschwinden seiner Schwester in Kenntnis setzt. Das ist es, was ich nicht verstehe ...« Sie schüttelte den Kopf. »Warum die beiden Gespräche davor? Was war es, worüber sie in dieser Nacht gesprochen haben?«

»Vielleicht war *das* der Auslöser? Vielleicht waren diese beiden Gespräche die Ursache dafür, dass Alette sterben musste?«, warf Marc ein.

Wieder schüttelte Ann den Kopf. »Dann wäre es eine Affekthandlung gewesen. Denk an Tjerks Rolle. Das musste sehr gut vorbereitet werden.«

»Und wenn der Knudsen doch nur zufällig da hineingeraten ist?«

»Und die Monitore? Nein!«

Akyol Ergun setzte sich aufrecht hin und ließ seine beiden Handflächen krachend auf den Tisch niedersausen. »So! Nun aber mal Klartext! Wie sind Sie darauf gekommen, dass der Fahrtleiter und das Opfer eine Affäre hatten? Gibt es Beweise? Und wieso glauben Sie, dass er die Möglichkeit hatte, sie umzubringen und es Tjerk Knudsen in die Schuhe zu schieben?«

»Weil Hauke der Einzige ist, der sich mit allen Details auf dem Schiff auskennt, seien es die Labore, aber auch die technischen Besonderheiten der *Neptun.* Er kann zu jeder Zeit überall hin, ohne dass es auffallen würde ...« Ann begann mit der ausführlichen Schilderung ihrer Theorie, gab ihr Wissen über Überwachungssysteme preis und erzählte von dem Chemieunfall, der zum Austausch der Kamera des Sonderraums geführt hatte. »Dass Cord derjenige war, der Hauke misshandelt und gefangengehalten hat, scheint mir nur logisch. Er liebte seine große Schwester. Unlogisch war, dass er sich nicht gemeldet haben, dass er nicht nach Slite gekommen sein sollte. Und dann: Warum täuscht Hauke diese Amnesie vor?«

»Er täuscht sie nur vor?« Ergun zog die Augenbrauen hoch.

Ann erzählte ihm von ihren Recherchen zum Thema Erinnerungslücken.

»Warum also?« Fordernd sah sie Ergun und Marc an.

»Um Cord zu schützen? Sie sagten, die beiden kennen sich. Vielleicht sind sie sogar befreundet. Es ist immer noch möglich, dass der Fahrtleiter nichts mit dem Tod von Frau Roux zu tun hat. Trotzdem fühlt er sich irgendwie mitverantwortlich, schließlich hat er die Expedition geleitet. Und Cord hat gerade seine einzige Schwester verloren. Hauke wollte dem trauernden Bruder nicht auch noch Ärger bereiten. Und das wäre definitiv der Fall gewesen, wenn rausgekommen wäre, dass der ihn verschleppt und misshandelt hat.«

»Martens schützt den, der ihn tagelang gefangenhält, ihm das Gesicht zu Brei schlägt, indem er vorgibt, er erinnere sich an nichts? Also entweder sind die beiden wirklich gute Kumpel oder der Fahrtleiter ist der neue Mahatma Gandhi.« Marc machte aus seinem Zweifel keinen Hehl.

»Was, wenn Cord geahnt hat, dass Hauke seine geliebte Schwester umgebracht hat? Wenn er das dem Fahrtleiter auf den Kopf zugesagt hat? Glauben Sie wirklich, jemand, der bereits gemordet hat, macht Halt davor, es noch einmal zu tun? Wenn Hauke sich aus der Gewalt des Bruders befreien konnte, wird er alles daran gesetzt haben, dass Cord die Klappe hält – für immer!« Ann holte tief Luft und atmete diese in einem langen Stoß wieder aus. »Wo war Cord, als er mit Hauke telefoniert hat? Und vor allem: Wo ist er jetzt?«

Der Kommissar rieb sich den Bart. »Gut, fassen wir mal zusammen. Sie haben keinerlei Beweise, die die Affäre von

Frau Roux und dem Fahrtleiter Dr. Hauke Martens belegen würden. Ferner handelt es sich um eine reine Vermutung, Martens habe die Wissenschaftlerin umgebracht. Auch, wenn ich zur Kenntnis nehme, dass er weitaus bessere Möglichkeiten hatte, die Tat zu begehen, ohne sich verdächtig zu verhalten, als zum Beispiel Simon Willems, dem die Abläufe und technischen Gegebenheiten an Bord nicht so geläufig sein dürften. Ich werde diese Punkte bei den weiteren Ermittlungen berücksichtigen. Der wirklich interessante Aspekt ist die Verbindung zur Person Cord Diallo. Ich muss zugeben, den hatten wir nicht auf dem Schirm. Den hätten wir auch nicht mehr überprüft, da er für uns nicht zu den fallrelevanten Personen zählte. Dass er derjenige sein könnte, der hinter dem Verschwinden und den Verletzungen des Fahrtleiters steckt, haben Sie gut erkannt. Zumindest ist es *eine* Möglichkeit. Die Funkzellenbelege werden uns diesbezüglich erhellen. Auch was seinen derzeitigen Aufenthaltsort betrifft. Dann werden wir weitersehen. Sicherlich werden wir ihn und auch Dr. Martens zu den Telefonaten befragen.« Ergun erhob sich.

Ann war die Enttäuschung anzusehen. »Sie haben noch nicht überprüft, wann Diallos Handy sich wo eingewählt hatte?«

»In der neuen schönen Informationswelt scheint immer alles so einfach: Ein Knopfdruck und schon ... Aber selbst wir, die Polizei, müssen uns mitunter gedulden. Verbindungsnachweise sind das eine, die Dokumentation einer Funkzelleneinwahl das andere. Wir sind auf die Kooperation der Netzbetreiber angewiesen. Die Anfragen laufen.«

»Und wenn ich recht habe und Alettes Bruder liegt dort irgendwo auf Slite ...?«

Der Kommissar setzte sich den Helm auf und fingerte am Verschluss herum. »Dann wird er da in zwei Tagen auch noch liegen.« Sein Blick wurde sanft. »Ich verstehe Sie ja, aber es ist sechs Tage her, dass Martens wieder aufgetaucht ist. Sollte Cord Diallo wirklich Hilfe benötigt haben, sollte er sich tatsächlich in einem lebensbedrohlichen Zustand befunden haben, wäre es jetzt eh zu spät. Und wegen einer Leiche bekomme ich keine Notfall-Handyortung genehmigt.« Er schob die Blätter zurück in die Folie, verstaute diese im Rucksack und schickte sich an zu gehen. »Ich will nicht bestreiten: Sie haben mir sehr geholfen. Vielen Dank dafür. Ab jetzt dürfen Sie das Feld getrost uns überlassen. Ich wünsche Ihnen einen schönen Sonntag.«

»Ergun!« Ann war aufgesprungen und eilte neben ihm her. »Verraten Sie mir, wo Diallo war, als Alette zu Tode kam? Kriege ich die Auswertung der Funkzellendokumentation zu sehen?«

»Damit Sie sich auf die Suche nach ihm machen? Ich müsste ja verrückt sein!«

Verärgert überholte sie ihn und versperrte ihm den Weg. »Sie wissen schon, wie unfair das ist, oder? Ohne mich wären Sie nie auf ihn gekommen! Sie sind mir was schuldig!«

»Sehen Sie es doch mal so: Sie haben der Gesellschaft einen kleinen Gefallen getan, so wie es eine gute Bürgerin tun sollte.«

»Ann ...!« Marc schob sich auf sie zu. »Lass ihn!«

Mit starrem Blick und dem Rücken an der Tür, rutschte sie zur Seite und ließ den Kommissar passieren.

*

»Hej!« Fredde schlüpfte in die Wohnung und entledigte sich seiner Jacke, Mütze und Handschuhe. »Ganz schön kalt geworden.«

»Was ist mit Sam und Isabelle?« Marc drehte um und fuhr zurück in die Wohnküche.

»Kommen nach. Beautykram.«

»Dein Ernst?«

»Du kennst doch meine süße Isabelle!« Entschuldigend und etwas hilflos hob Fredde die Schultern.

»Isabelle ja, aber Sam?« Marc fing an zu lachen.

»Du meinst, sie wurde dazu gezwungen?« Er stutzte. »Gut möglich. Isabelle kann sehr ...« Er suchte nach Worten. »... überzeugend sein.« Fredde folgte seinem Freund nach drinnen.

»Und Sam sehr nachgiebig, wenn sie fürchtet, sie könnte jemanden enttäuschen.«

»Okay, wenn sie in einer Stunde nicht hier sind, flitze ich los und rette sie. Wenn nötig mit Waffengewalt!« Fredde passierte die zu einem Schlitz geöffnete Schiebetür, die das Schlafzimmer vom Wohnbereich abtrennte. »Was macht *sie*?« Ann saß im Schneidersitz auf dem Bett, umgeben von Unmengen Papier und Schriftkram. Sie starrte in ihr Notebook, murmelte vor sich hin, schrieb etwas oder griff nach einem der Blätter, um es zu studieren.

»Frag lieber nicht! Das geht schon geschlagene vier Stunden so. Einmischen unerwünscht. Nicht mal zum Essen hab ich sie da rausgekriegt.«

In dem Moment hob sie den Kopf. Ihre Wangen waren stark gerötet. Als sie Fredde erkannte, glättete sich ihre Denkerstirn. Sie sprang derart schnell auf, dass einige Papiere vom Bett hinunterrutschten. Es war ihr egal. »Fredde ...!« Sie rannte auf ihn zu. »Du musst deine Kontakte noch mal spielen lassen. Aber vorsichtig! Oberschlaumeier Ergun hat bestimmt ausgegeben, dass keinerlei Informationen an uns rauszugeben sind, auch nicht an dich. Du musst mir diese Protokolle verschaffen! Ich muss wissen, über welche Funkzellenmasten sich Cord Diallos Handy eingewählt hat – und wann! Ich verwette meine Birne darauf, dass es schwedische waren!«

»Ich kann's versuchen. Die Zusammenarbeit mit ausländischen Netzanbietern ist allerdings nicht ohne. Das kann dauern.«

»Hm, hm ...« Sie umrundete ihn, dass ihm schwindelig wurde. »Noch was: Kennst du dich mit GSM-Repeatern aus?«

»What?«

»Nein? Schade. Egal, vielleicht könnte ich David noch mal ... Oder ich ... Haben wir hier in Rerik einen ordentlichen Mobilfunkanbieter, also so einen Shop mit Leuten, die wissen was sie tun?«

Marc und Fredde wirkten ratlos.

»Auch nicht? Hm ...«

»Ann!« Marc packte sie am Arm und stoppte ihren rastlosen Rundlauf. »Hej, wie haben Sonntag. Heute kannst du nichts mehr ausrichten. Lass es gut sein! Morgen ist ein neuer Tag mit neuen Möglichkeiten.« Er zog sie auf seinen Schoß. »Gönn dir ein Entspannungsbad! Bis du fertig bist, sind auch die beiden anderen da und wir spielen was, oder zocken, oder bestellen uns ne Pizza.« Er gab ihr einen Kuss.

Zögerlich nickte sie. Er hatte recht. Sie drehte sich im Kreis, und das nicht nur in dieser Wohnung. Sie erwiderte seinen Kuss, lächelte Fredde zu, verschwand im Schlafzimmer und schloss die Verbindungstür.

Fredde sah Marc mit hochgezogenen Augenbrauen an. »Oh Mann ...«

Der drehte um und fuhr in die Küche. »Sie meint, sie wäre ganz nah dran. Sie fühle sich, als stünde sie nicht direkt *vor*, sondern *auf* der Wahrheit und könne sie trotzdem nicht erkennen. Das macht sie fix und fertig. Ich kann nur hoffen, der Knoten platzt bald.«

Die Schiebetür öffnete sich erneut und Anns Kopf lugte hervor. »Ach und Fredde? Nur das Eine noch, dann ist für heute Ruhe mit dem Thema Hauke, Cord und Alette: Kannst du ihn, kannst du Cord durch euer System schicken? Was ist das für einer? Was macht er beruflich? Wo lebt er und mit wem? Also den ganzen normalen Polizeikram halt.« Sie lächelte schüchtern. »Danke.«

Einen kurzen Moment später hörte man Wasser in die Wanne laufen.

*

Wismar

Am Montag gönnte sich Ann zwei Stunden Recherchearbeit an Computer und Telefon. Weder von Ergun noch von Fredde gab es Neuigkeiten. Letzterer musste, ebenso wie Isabelle, arbeiten, sodass Ann, Marc und Sam den ganzen weiteren Tag zusammen verbrachten. Marc hatte beschlossen, seine Wiesbadener Kollegin mit einem Städtetrip nach Wismar zu beeindrucken. Vom wolkenschweren Himmel und eisigen Wind ließ er sich nicht abschrecken, sodass sie Punkt zehn Uhr am Hafen starteten. Vorbei an den alten Speicherhäusern mit ihrer Backsteinfassade, hin zum alten *Baumhaus* und seinen riesigen Schwedenköpfen, die das Ende des ebenso alten Hafens bewachten. Die *Wissemara*, der Nachbau einer historischen Kogge, eines großen Segelschiffs, lag ganz in der Nähe und lud zu einem dreistündigen Törn durch die Wismarbucht ein. Da das Wetter bescheiden blieb, verschoben sie das lieber und steuerten die Innenstadt an. Auf dem Weg dorthin: das *Wassertor*.

»Hier wurde der legendäre Film *Nosferatu* gedreht!«, wusste Marc zu berichten und zeigte auf die Hinweistafel.

Ann fand das *Rote Haus* toll. Quer über den Fluss *Grube* gebaut, leuchtete es in besagtem Rot mit seinen weiß getünchten Fachwerkbalken selbst bei Schietwetter wie diesem. Sehr viel Spaß hatten alle dann auf der *Schweinsbrücke* an der *St. Nikolai Kirche*. Die lustigen kleinen Bronzefiguren zeigten Ferkel in den unmöglichsten Haltungen.

Nach dem Besuch im *Schabbelhaus*, einem Museum, das sich seit diesem Jahr barrierefrei präsentierte, stillten sie ihren Hunger im Traditionsgasthaus *Alter Schwede*, einem fast hundertvierzig Jahre alten Bürgerhaus, vollgestopft mit Seemannskram, mitgebracht von echten Matrosen.

Dann ging es weiter. In der *Marienkirche* zeigte ihnen ein Mönch, wie in grauer Vorzeit Backsteine gefertigt wurden. Und in der Kirche *St. Georgen*, die nur noch zu Ausstellungszwecken genutzt wurde, stiegen sie in den Fahrstuhl und ließen sich den Turm hinauffahren, um von oben über ganz Wismar zu blicken.

Am Ende schafften sie es noch in die *Heiligen-Geist-Kirche.*

»Die Wandmalereien sind der Knaller«, meinte Marc und fügte hinzu: »Außerdem könnte sie euch bekannt vorkommen!«

Sam und Ann liefen staunend durch den lang gestreckten Raum. Besonders die Decke war ein Hingucker.

Marc sah von einer zur anderen. »Klingelt da nichts?«

Ann blickte Sam an, die zuckte mit den Schultern.

»Hier ermitteln die Fernseh-Kollegen von der SOKO Wismar!« Er grinste breit. »Super, oder?«

»Hier wird das gedreht?« Sam klang beeindruckt.

Es war schon dunkel, als sie entschieden, sich auf den Heimweg zu machen. Während der Busfahrt redeten sie ausgelassen über die Erlebnisse des Tages und Ann musste zugeben, dass sie sich gut amüsiert hatte, obschon oder gerade weil Sam dabei gewesen war.

Konnte es daran liegen, dass Eigil sich den ganzen Tag nicht zu Wort gemeldet hatte?

Bis spät in die Nacht lugte sie immer wieder auf ihr Handy. Eine Nachricht von Fredde aber blieb aus.

*

In der Mittagspause des nächsten Tages war es endlich so weit. »Sorry, hier war die Hölle los. Ruhestörung, Verkehrsunfall, Ladendiebstahl und dann ist Lutz auch noch krank. Also, die Funkmastendaten liegen noch nicht vor. Ich hab ja gesagt, das kann dauern. Aber über den Diallo habe ich ein paar Infos gesammelt.« Fredde kaute, während er sprach.

»Lass hören!«

»Geboren 1988 in Belgien, lebt heute in Berlin. Er hat Fach-Informatik mit Schwerpunkt Wirtschaft und Finanzen studiert, ist selbstständig. Er berät Firmen in ganz Europa, entwickelt passende Software-Lösungen und den ganzen Kram. Polizeilich auffällig ist der noch nicht geworden. Nicht verheiratet, keine Kinder – zumindest keine, die uns bekannt wären. Tja, und das war's auch schon. Nicht sehr ergiebig.«

»Nicht verheiratet? Wieso hat er dann einen anderen Nachnamen wie seine Schwester?«

»Er hat den seines Vaters, sie den der Mutter oder so.«

»Hat er ne Internetseite? Wie ist sein Firmenname? Unter seinem eigenen kann ich nämlich nichts finden.«

Sie hörte ihren Freund kramen. Kurz danach wurde er fündig und sie konnte sich die URL notieren.

»Sonst noch was? Außer die Funkzellendaten?«

»Ja. Wann, an welchem Tag, hat der erste und laut Ergun einzige Kontakt zwischen der Polizei und Cord stattgefunden? Ich glaube nämlich nicht, dass der Kommissar gewillt ist, mir diese Frage noch zu beantworten.«

»Okay. Kommt.«

»Du bist ein Schatz!«

Ann vertiefte sich wieder in ihre Unterlagen, zog einen Bogen mit sechs aneinandergeklebten DIN-A4-Blättern hervor, strich ihn glatt und starrte auf die großflächig verteilten Zeichnungen und Kommentare.

Marc schob sich neben sie. »Und, kommst du weiter?«

Sie lehnte ihren Kopf an seine Schulter. »Cord war in jedem Fall da! Er war in Slite! Ich frag mich nur: Warum?«

»Um Martens zur Rede zu stellen?«

Ann setzte sich auf und schüttelte heftig den Kopf. »Nein, nein, das ist es ja! Das passt nicht. Siehst du hier?« Sie tippte auf den großen Bogen und eine Zeichnung, die ein Schiff darstellte. »Um drei Uhr siebenundvierzig, also zum Zeitpunkt des ersten Telefonats zwischen Hauke und Cord, waren wir viel zu weit entfernt von jeglicher Landmasse. Beim zweiten Verbindungsaufbau, um fünf Uhr sechzehn, da bin ich mir nicht so sicher – das hätte vielleicht schon klappen können. Die Netzabdeckung reicht an manchen Stellen ja ganz schön weit aufs Meer hinaus. Je nachdem, wo der nächste Funkmast steht. Aber das erste Gespräch ...? Es hätte gar nicht stattfinden können! Da draußen gibt es kein Netz!«

Verblüfft schaute Marc auf Anns Finger und das mit blauem Edding gemalte Schiff.

»Die meiste Zeit an Bord mussten wir ohne Handyempfang auskommen! Nur wenn wir in der Nähe größerer Landmassen waren, hatten wir Netz – also manchmal, wenn das Wetter gut war.«

»Dieser Umstand hätte sich aber auch nicht geändert, wäre Cord auf Gotland gewesen! Wieso also glaubst du ...? Ich verstehe nicht, wie es überhaupt zu diesem Gespräch kommen konnte!«

»Das ist es, was mich die letzten Tage umgetrieben hat: Wie konnte es zu einem Verbindungsaufbau dieser beiden Telefone kommen, ohne Netzabdeckung? Ich hab mir die Finger wund recherchiert. Es gibt nur zwei Möglichkeiten: per Mobilfunkleitung über Satellit oder mittels Signalverstärker. Eigentlich gibt es sogar nur eine. Denn Hauke war ja der, der auf dem Meer und damit nicht zu erreichen war. Der hätte also die Mobilfunkleitung über Satellit benötigt, so wie viele Kreuzfahrtschiffe sie anbieten, um einen Verbindungsaufbau zu ermöglichen! Hat die *Neptun* aber nicht! Damit dieses Telefonat gelingen konnte, brauchte es also einen Signalverstärker!«

»Und damit kann man solche Entfernungen überbrücken?«

»Nö. Cord muss sich in einem Radius aufgehalten haben, in dem er das Signal des Mastens noch empfangen und gleichzeitig bis zur *Neptun* verstärken konnte.«

Marcs Stirnrunzeln hätte jeden Schönheitschirurgen in Alarmbereitschaft versetzt. »Aber zwischen Slite und der *Neptun* war nichts als ... Wasser!«

Ann nickte bekräftigend. »Eben!«

Kapitel 16

»Du hattest vollkommen recht.« Fredde stand in der Tür und klopfte sich die Füße ab, bevor er Ann zur Begrüßung in den Arm nahm. »Was ein Scheiß-Wetter!«

Sam huschte hinter ihm rein. »Hey!«

»Mein Chili con Carne wird dir ordentlich einheizen!«, rief Marc aus der Küche.

»Ahh, du bist ein echter Freund! Dafür habe ich einen schönen, im Barriquefass gereiften Rotwein mitgebracht!« Er ließ seine nasse Winterjacke an der Garderobe und folgte Ann nach. »Du hattest vollkommen recht«, begann er erneut und drückte ihr die Weinflasche in die Hand. »Cords Handy hat sich an einem Masten in Slite eingewählt. Zu allen drei Zeitpunkten.«

»In der Nacht, als Alette ums Leben kam, und am Tag danach, als Hauke verschwand.«

Fredde nickte, ging zu Marc in die Küche, begrüßte ihn standesgemäß und warf einen genüsslichen Blick in den großen Edelstahltopf. »Hmmm, Alter riecht das gut!«

»Wann war das Telefonat zwischen ihm und deinen Kollegen?« Ann verteilte das Besteck.

»Am 12. gegen Abend. Es hat gedauert, bis sie seine Handynummer herausgefunden hatten. Lag daran, dass er ein privates und ein Firmenhandy besitzt. An letzteres ist niemand drangegangen, von dem anderen wussten die Kollegen lange nichts.«

»Am 12.! Einen Tag und eine Nacht, nachdem Hauke verschwand.« Ann hielt Fredde die Flasche und den Korkenzieher hin.

»Und futsch ist die schöne Theorie, Cord Diallo hätte von der Polizei erfahren, dass seine Schwester ums Leben gekommen ist, wäre danach nach Gotland gereist und hätte sich am Fahrtleiter gerächt.« Fredde quetschte die letzten Worte heraus, während er all seine Kraft in die Entfernung des Korkens steckte.

»Die war schon vorher futsch.« Sie erklärte Fredde und Sam, warum Cord sich schon in der Nacht von Alettes Tod auf Gotland aufgehalten haben musste.

»Und das bedeutet was? Dass der kleine Bruder beteiligt war? Dass er von der Tötungsabsicht wusste und sie verhindern wollte?«

»Ich glaube, wir müssen größer denken ...« Während Marc den bis zum Rand gefüllten Topf in der Mitte des Tisches platzierte, goss Ann allen Wasser ein. »Weiß man, wo Alettes Bruder sich momentan aufhält?«

Fredde verteilte den Wein. »Der ist wie vom Erdboden verschluckt. Die Rostocker Kollegen haben zig Versuche gestartet, Kontakt mit ihm aufzunehmen. Ohne Erfolg. Ergun hat sogar das Handy orten lassen – nichts.«

»Von wo hat er das Gespräch mit der Polizei geführt, das vom 12.?«

»Auch von Gotland aus.«

»Aus Slite?«

In Freddes Blick lag Verunsicherung. »Könnt ich nicht beschwören. Der Funkmasten war ein anderer, so viel weiß ich noch.«

»Ich brauch die genaue Zelle und ihre Position!«

Fredde nickte. »Müssten meine gehamsterten Unterlagen hergeben.«

»Was hat Ergun bislang unternommen?«

»Er hat sich den Fahrtleiter noch mal vorgeknöpft. Hat ihn zu den Telefonaten befragt.«

Ann stoppte das Verteilen des Chilis. »Ach nee, und?«

»Angeblich weiß der Martens nichts von irgendwelchen Gesprächen. Sein Handy wäre die meiste Zeit nicht in Gebrauch gewesen, da man eh keinen Empfang gehabt hätte, und hätte irgendwo rumgelegen. Theoretisch könnte jeder es genommen und die Gespräche geführt haben.«

»Klar, weil auch jeder seinen Sperrcode kennt …« Ann schnaufte ungläubig.

»Um ein Gespräch anzunehmen, brauchst du das angerufene Handy nicht zu entsperren«, gab Sam zu bedenken.

»Und zufällig steht die gewünschte Person in der Nähe des Mobiltelefons? Oder wurde eine Zeit verabredet? Und was wäre gewesen, wenn Hauke in Reichweite seines eigenen Handys gewesen wäre? – Nein! Martens versucht nur, seinen Kopf aus der Schlinge zu ziehen!«

»Du hast dich mittlerweile richtig auf den Typen eingeschossen, oder? Hatte eigentlich gedacht, du magst ihn.« Fredde hob den ersten gut gefüllten Löffel und begann zu pusten.

»Alette mochte ich auch …«

Marc hob sein Weinglas. »Prost, ihr Lieben!«

Kurz aßen und tranken sie schweigend.

»Wie geht es mit Simon Willems voran? Ist er im Bezug auf die Unterschlagung der Firmengelder eingeknickt?« Ann lehnte sich zurück.

»Kein bisschen. Er wiederholt gebetsmühlenartig, er sei unschuldig, er hätte keine Gelder veruntreut, er wüsste von keinen Geheimkonten und er wäre auch gar nicht in der Lage, diese Transaktionen durchzuführen. Vom fehlenden Geld: keine Spur!« Fredde griff zu seiner Serviette und tupfte sich den Mund ab. »Da die Beweise so eindeutig sind, wird ihm das Leugnen nur nichts nützen.«

»Es hängt alles zusammen«, murmelte Ann. Sie stellte ihr Glas ab und blickte in die Runde. »Ich werde nach Gotland fahren. Mit ein bisschen Glück – wenn ich nicht zu spät komme – liegt dort der Schlüssel.«

*

Fredde hatte ihnen seinen Wagen zur Verfügung gestellt, einen alten Volvo 760, Baujahr ’86 in leuchtendem Orange. Er selbst wollte mit der Fähre nachkommen, sobald er sich in der Dienststelle loseisen könnte.

Bevor sie losfuhren gab Fredde ihr noch den einen entscheidenden Hinweis: die Position der Funkzelle, über die sich Cord Diallos Handy zuletzt eingewählt hatte. Ann verzeichnete sie auf ihrer Karte. »Wir werden uns eine weitere Unterkunft suchen müssen«, bemerkte sie emotionslos, schmiss ihren Rucksack auf die Rückbank und nahm auf dem Fahrersitz platz.

Der Regen klatschte gegen die Frontscheibe und machte es den ohnehin altersschwachen Scheibenwischern schwer. Sie hatten die Fähre nach Gedser in Dänemark genommen und fuhren nun in Richtung Kopenhagen.

»Du bist ganz schön hartnäckig. Ich meine, es gibt keinen einzigen Beweis, der deine Theorie stützt.« Sam rutschte ein wenig nach vorn, sodass sie zwischen den beiden Autositzen hindurchschauen konnte.

»Du hättest nicht mitkommen müssen ...«

Ann kassierte einen Seitenblick von Marc.

»Schon klar. Aber – warum sollte ich mir einen Tripp nach Schweden entgehen lassen?« Sam war die Ruhe selbst.

Ann registrierte verärgert, wie sie Marc beruhigend die Hand auf die Schulter legte.

»Du glaubst also ...«, fuhr Sam fort, »dass der Bruder des Opfers und dieser Fahrtleiter gemeinsame Sache machen! Hab ich das richtig verstanden?«

»Hauke kennt sich aus auf der *Neptun*. Er konnte die Monitore stören und die Bordelektrik spinnen lassen. Er konnte Tjerk zum Sündenbock machen und: Er steckt bis über beide Ohren in Schulden. Willems beteuert trotz erdrückender Beweise seine Unschuld. Ehrlich gesagt, glaube ich ihm. Ihm konnte doch nicht mal nachgewiesen werden, im Netz oder anderswo nach Leuten Ausschau gehalten zu haben, die zu so verschleierten Geldtransaktionen fähig wären. Cord hingegen ... Ihr müsst euch nur mal seine Agenda anschauen! Scheiße!« Sie bremste abrupt ab, um einen überholenden Wagen in die kleine Lücke zwischen sich und den vorausfahrenden Lkw zu lassen. »So'n Vollidiot! Der bringt uns noch alle um!« Sie hatte kaum zu Ende gesprochen, da scherte der Pkw erneut aus und schob sich – der schlechten Sicht und kurvenreichen Straße zum Trotz – an dem tonnenschweren Mehrachser vorbei.

Der Regen flutete wie gehabt die Scheiben. Ann ging vom Gas und vergrößerte den Abstand, sodass sie wenigstens der hochspritzenden Gischt entgingen. »Ich wette, Cord hat den Großteil des Geldes verschwinden lassen und dann ein geschicktes computerbasiertes Häckselpättchen hin zu Simon Willems gelegt. Aber dann ist was schiefgegangen!«

»Was ist mit Alette? Wusste sie davon? Ist sie dahintergekommen? Musste sie deshalb sterben?« Marc kniff die Augen zusammen, um besser sehen zu können.

Ann schwieg und konzentrierte sich auf die Straße.

»Ich weiß nicht! Du sagst, der Fahrtleiter und der Bruder hätten gemeinsame Sache gemacht, sich in die Konten der Firma *GeoGreengine* gehackt, das Geld verschoben und die falsche Spur zu Willems gelegt. Gleichzeitig sagst du, der Fahrtleiter hätte von Anfang an vorgehabt, diese Alette zu töten und den Dänen ...« Sam brach verunsichert ab.

Marc half ihr: »Tjerk Knudsen.«

»Richtig, danke. Tjerk Knudsen. Also diesen Knudsen als Sündenbock dastehen zu lassen, was mit einem erheblichen

Aufwand verbunden war. Glaubst du wirklich, Cord Diallo wäre einverstanden gewesen, das Martens seine Schwester umbringt? Für mich passt das nicht! Warum hat Cord das Ding mit dem Beiseiteschaffen des Geldes nicht allein durchgezogen? Wozu brauchte er den Fahrtleiter?« Sie hob die Arme und hielt sich mit beiden Händen am seitlichen Griff fest.

Ann nutzte das grade Teilstück, schaltete runter und trat das Gaspedal durch. Dann scherte sie aus. Der alte Volvo schüttelte sich und kam erschreckend behäbig auf Touren. Unendlich langsam zogen sie an der großflächig bedruckten Plane und endlich auch am Führerhaus vorbei. Ann scherte wieder ein. »Die Antworten finden wir hoffentlich auf Gotland.«

»Wie meinst du das? Warum ausgerechnet da?« Sams Gesicht drückte Ratlosigkeit aus.

Marc klappte die Sonnenblende herunter und legte den beleuchteten Spiegel frei. Ihre Blicke trafen sich und Sam verstand: Er war nicht schlauer als sie.

*

Kristianstad, Schweden

Nach gut dreihundertsiebzig Kilometern und einer ersten großen Pause in Kristianstad übernahm Sam das Steuer. Aus sintflutartigem war feiner Landregen geworden. Während Ann im hinteren Bereich des Autos die Augen schloss, unterhielten Marc und Sam sich leise über viele verschiedene Dinge – laut geäußerte Gedanken über den Grund ihrer Reise vermieden sie.

Sie war tatsächlich eingeschlafen. Ob sie geträumt hatte? Ann konnte sich nicht erinnern. Müde setzte sie sich auf. »Wo sind wir?« Bildete sie sich das ein oder hatte Sam gerade ihre Hand zurückgezogen? Wo war die gewesen? Etwa auf seinem Schoß?

»Sechzig Kilometer vor Oskarshamn.« Sam sah sie durch den Rückspiegel an.

Anns Blick wanderte zur Handy-Uhr. Vierzehn Uhr sechsunddreißig. Sie waren gut durchgekommen. »Gut. Die Fähre um sechs zu kriegen sollte kein Problem darstellen. Soll ich dich noch mal ablösen?«

»Passt schon. Ist ja nicht mehr weit.«

Jetzt blieb nur noch die dreistündige Überfahrt. Auf Gotland angekommen, würden sie sich ausruhen. Ann hatte in Visby zwei günstige Bed-&-Breakfast-Zimmer gebucht.

*

Visby, Gotland, Schweden

Ann war früh wach gewesen, hatte sich ins WLAN eingeloggt und hockte nun murmelnd und vollkommen vertieft über ihrem Notebook.

»Hej, was machst du?« Marc drehte sich gähnend zur Seite, umfasste ihren Bauch und wollte sie zu sich herüberziehen.

Sie schob seine Hand weg. »Der Funkmasten, von dem sich das Handy eingewählt hat, Cords Handy, er steht auf Fårö. Um dorthin zu gelangen, müssen wir einmal quer über die Insel und dann durch den schmalen Sund. Es gibt eine kostenlose Fährverbindung.«

Er seufzte. »Was glaubst du, werden wir dort finden? Cords Leiche? Oder ihn auf vollen Geldkoffern sitzend? Wie willst du überhaupt rauskriegen, wo er sich genau befunden hat, als er mit der Polizei telefoniert hat? Auf dem Land deckt so eine Funkzelle mehrere Kilometer ab. Willst du an jedes Haus, an jede Ferienwohnung klopfen und fragen, ob er dort gewohnt hat?« Er setzte sich auf. »Und was dann? Was bringt dir dieses Wissen?«

Sie drehte den Monitor so, dass er eine Karte sehen konnte. »Aus den polizeilichen Unterlagen geht genau hervor, welchen Radius die Funkzelle abdeckt. Zwei Drittel der Fläche bestehen demnach aus dichtem Wald. Dort gibt es nur wenige Häuser. Der Rest besitzt zumindest so was wie ne Infrastruktur. Viele Ferienwohnungen, ein paar Gehöfte oder hofähnliche Anwesen, die in Privatbesitz sein dürften. Die meisten Ferienhäuser hab ich schon gecheckt.«

Seine Augen wurden groß. »Wie gecheckt?«

»Während du friedlich geschlummert hast, hab ich ein wenig rumtelefoniert. Habe behauptet, mein Mann Cord Diallo und ich seien so begeistert von der Wohnung, dass wir gern verlängern würden. Ob das ginge …«

»Und?«

»Bislang haben mein Mann Cord und ich in keinem der Häuser residiert. Die meisten sind zurzeit gar nicht vermietet.«

»Wie hast du deinen fehlgeleiteten Anruf erklärt? Mit plötzlich auftretender Demenz?«

Sie lachte. »Nein. Ich hab behauptet, die falsche Nummer erwischt zu haben, und mich entschuldigt.«

»Gar nicht so blöd …«

»Danke für die Blumen! Hilfreich ist, dass es sich zumeist um private Anbieter handelt, die nur ein einziges Objekt in der Vermietung haben. So konnte ich die Geschichte mehrfach bringen.«

»Wie viele hast du noch?«

»Drei. Aber unter den Telefonnummern meldet sich niemand.«

»Was, wenn er auf einem der Campingplätze war?« Marc zeigte auf den äußersten Nordosten der Insel und die entsprechenden Symbole. »Es scheint eine große Auswahl zu geben.«

»Glaubst du wirklich, die hätten zu dieser Zeit geöffnet – im November? Und selbst wenn, kannst du die Gäste sicherlich an zwei Händen abzählen.«

»Klingt logisch. Wo liegen die drei Feriendomizile?«

Ann tippte auf die Karte. »Eines hier, einsam und allein im dunklen, dunklen Wald. Die beiden anderen auf dieser Seite, in der Nähe des Meeres.«

»Warum betonst du den Teil mit dem dunklen, dunklen Wald so?«

»Weil ich zu viele Krimis lese? Weil man sich dort prima verstecken kann, ohne aufzufallen?«

»Warum sollte er so doof gewesen sein und eine Ferienwohnung unter seinem Klarnamen gebucht haben?«

»Weil im Normalfall niemand auf die Idee gekommen wäre, den Bruder des Opfers mit der Sache in Verbindung zu bringen. Ich glaube nämlich nicht, dass das Verschwinden und die Misshandlung von Hauke Martens geplant gewesen sind. Und nur durch diesen Umstand ist Diallo in unseren Fokus gerutscht. Außerdem ist es nicht so einfach, sich eine falsche Identität zuzulegen. Und für das Anmieten eines Ferienhauses verlangt das Protokoll nach Ausweisen und Belegen deiner Identität.«

Marc rollte zurück auf den Rücken, hob den Kopf ein wenig an, fuhr sich mit den Händen durch sein dichtes blondes Haar und ließ Ann dabei nicht aus den Augen. »Jetzt mal Butter bei die Fische! Solltest du recht haben und sollten wir diese Wohnung ausfindig machen können ... Was glaubst du, werden wir dort finden?«

Sie sah ihn lange schweigend an. »Wir werden *ihn* finden. Und die Wahrheit.«

Nachdenklich suchte er in ihrem Gesicht nach Antworten. »Warum? Warum sollte er sich immer noch dort aufhalten?«

»Weil er nicht anders kann.«

»Ann, was ist los? Warum verschließt du dich so? Warum lässt du mich nicht mehr an deinen Gedanken teilhaben?«

Es klopfte an der Tür.

Weil ich mir selbst nicht glauben kann, dachte sie, stand auf und sagte: »Ich geh schon!«

Nach dem Frühstück machten sie sich auf den Weg. Das Wetter war geradezu verheißungsvoll. Kalt, aber trocken. Sogar die Sonne schaffte es hin und wieder durch die größer werdenden Wolkenlücken. Bis nach Fårösund brauchten sie eine knappe Stunde. Danach fuhren sie auf die kleine gelbe Autofähre und setzten über. Bereits nach fünf Minuten hatte der Volvo wieder festen Boden unter den Rädern. Und nach weiteren siebzehn Minuten war der Großteil der Insel überquert. Ann ließ sich vom Navi ihres Handys leiten.

Ein Schild am Wegesrand kündigte das Sjöräddningsmuseum Fårö an.

»Ein Seehundrettungsmuseum?«, mutmaßte Sam.

Marc fing an zu lachen. »Wohl eher das Seenotrettungsmuseum!«

Ann bog in einen kleinen holprigen Dünenweg. »Hier müsste Objekt Nummer eins zu finden sein.« Zwanzig Meter weiter blieb sie stehen. Baulärm von einer Säge oder Ähnlichem drang zu ihnen herüber. In der Einfahrt, hinter dem windschiefen, verwitterten Lattenzaun stand ein Auto mit schwedischem Kennzeichen. Vor dem kleinen, hellblau gestrichenen Haus entdeckte Ann einen älteren Herrn in Arbeitskleidung. Er war dabei, Holzlatten abzuschleifen.

»Ich schätze, das Objekt befindet sich derzeit nicht in der Vermietung«, murmelte sie und legte den Rückwärtsgang ein.

Objekt Nummer zwei lag nur ein paar Minuten entfernt. Es war ein hübsches Haus, recht groß und, wie es aussah, jüngeren Datums. Unschlüssig blieb Ann in einiger Entfernung stehen. Es wirkte unbewohnt und verlassen.

»Was jetzt? Soll ich klingeln?«, ereiferte sich Sam.

»Nein. Ich möchte ungern entdeckt werden, bevor ich weiß, woran ich bin.« Ann schüttelte energisch den Kopf.

»Der Typ kennt uns nicht.«

»Wir haben ein Rostocker Kennzeichen. Ich will den nicht aufscheuchen. Nein, wir fahren weiter, suchen uns einen Bäcker, decken uns mit Proviant ein und parken den Wagen ...« Sie drehte ihren Kopf in alle Richtungen.

»Wie wär's hinter der Hecke dort?« Marc zeigte, welchen Bereich er meinte. »Mit ein bisschen Glück gibt's ne Lücke, durch die wir schauen können, ohne selbst aufzufallen. Die Lage wäre ideal.«

Zwei Stunden harrten sie aus. Am Gebäude regte sich nichts. Dafür hielt vor dem Nachbarhaus ein VW-Bulli. Eine Frau stieg aus. Kurzentschlossen sprang Ann aus dem Wagen, joggte bis zum Ende der Hecke und schlenderte auf den Transporter zu.

»Entschuldigen Sie? Excuse me?«

Erstaunt drehte die Frau sich um. Sie hatte die Kofferraumtür geöffnet, war im Begriff, die großen Einkaufstaschen auszuladen.

»Wissen Sie, ob dieses Haus dort zu mieten ist?« Ann wies mit dem Finger auf das hübsche Nachbarhaus.

»Ja. Du kannst es mieten.«

Ann strahlte die Frau an. »Oh wirklich? Das ist ja wunderbar! Sie wissen nicht zufällig durch wen, wer es vermietet?«

Sie wusste es. Der Mann hieß Tord und war ein guter Freund. Sie eilte ins Haus und kam kurze Zeit später mit der Telefonnummer wieder.

»Was für ein glücklicher Umstand! Ich danke Ihnen sehr!« Ann verabschiedete sich über die Maßen freundlich und wandte sich ab, um zu gehen.

»Ach …!« Sie blieb stehen und drehte sich nochmals um. »Ist es zu Zeit vermietet?« Entschuldigend lächelte sie die Frau an.

»Die Frau meint, das Objekt sei seit mindestens vier Wochen nicht mehr vermietet gewesen. Und die Nächsten kämen wohl erst über Weihnachten oder zu Silvester.« Ann knetete ihre kalten Fingerspitzen. Dann startete sie den Motor. »Auf geht's in den Wald.«

»Können wir uns vorher aufwärmen und ne Kleinigkeit zu Mittag essen?« Sam rieb sich wiederkehrend die steifen, ausgekühlten Oberschenkel.

»Habt ihr euch schon überlegt, was wir machen sollen, wenn wir diesen Cord Diallo in der Waldhütte ausfindig machen konnten? Wie wollt ihr überhaupt sicherstellen, dass wir den Richtigen haben?« Sam drehte die Spaghetti geschickt am Tellerrand auf und schob sich die so beladene Gabel in den Mund.

Das Restaurant lag in der Nähe vom Sudersand Resort. Zuvor waren sie an so mancher Lokalität gescheitert. Die meisten öffneten nur während der Sommersaison.

Ann bemühte ihr Handy und drehte das Display herum. »Das ist er. *Big Brother is watching you* findet sie alle.« Das Foto zeigte einen jungen Mann mit einem recht eigenwilligen Aussehen. Die Haare an den Seiten kurz, oben auf dem Kopf länger und zu einem kleinen Dutt zusammengebunden. Er trug ein weißes, ziemlich schick aussehendes, kurzärmeliges Hemd und eine sehr abgewetzte, löchrige Jeanshose dazu. Große silberne Ringe zierten seine Finger. Neben ihm stand eine zierliche, kleine Frau mit welligem, voluminösem Haar. Sie strahlte glücklich.

»Ist das …?«

»Alette, ja.« Ann drehte das Display zu sich herum und studierte deren Gesichtszüge.

»Also?«

»Hm?« Ann sah hoch in Sams erwartungsvolle Augen.

»Wenn wir ihn in diesem Haus wirklich antreffen sollten, ... Was machst du?«

Ann schielte zu Marc herüber und schwieg.

»Also ich hab keine Lust, dem Typen ...« Sam nickte in Richtung Handy. »... allein im Wald zu begegnen, ihn irgendwo im Nirgendwo damit zu konfrontieren, dass wir glauben, er hätte das Geld von *GeoGreengine* zur Seite geschafft. Nicht ohne einen vernünftigen, durchdachten Plan!«

Ann wusste, wie recht sie hatte. Sie hatte so gehofft, dass es nicht die einsame Hütte im Wald sein würde. Auch wenn zum jetzigen Zeitpunkt noch nicht feststand, dass Cord wirklich dort abgestiegen war. Es machte einfach alles noch viel komplizierter.

Sie zog das Notebook aus dem Rucksack und ließ sich das Gebiet per Satellit von oben zeigen. Sie zoomte heran. Dann räusperte sie sich und drehte den Monitor so, dass alle ihn sehen konnten.

»Ursprünglich hatte ich vorgehabt, den Wagen in einiger Entfernung zu parken und den Rest zu gehen, als wären wir Wanderer. Das Problem ist, dass ich davon ausgehe, dass wir die Einzigen sein werden, die zu dieser Jahreszeit auf eine so bekloppte Idee kommen. Das heißt ...«

»Wir würden auffallen wie ein schwarzer Panther unter lauter weißen Kaninchen.«

»Äh, ja.« Ann runzelte die Stirn, ob des seltsamen Vergleichs von Sam. »Dann wäre da noch das Auto. Es gibt nur eine einzige schmale Straße, die das Waldgebiet durchquert. Abgesehen von dem Weg, der zum Haus führt. Alles andere sind Trampelpfade.« Sie zeigte auf den Bildschirm, zoomte noch näher heran. »Egal, wo wir den Volvo abstellen, jeder, der die Straße entlangkommt, wird ihn unweigerlich entdecken. Würde Cord einkaufen fahren, zur Apotheke oder nur mal irgendwohin, um rauszukommen, müsste er an unserem

Wagen vorbei. Ich weiß nicht, was er denken würde, wenn er einen Wagen mit Rostocker Kennzeichen entdecken würde, so nah an seinem Unterschlupf, mitten im Fåröer Wald, zu dieser Jahreszeit.«

»Noch wissen wir gar nicht, ob es sich um seinen Unterschlupf handelt«, gab Sam zu bedenken.

»Richtig, aber um das Risiko zu minimieren, müssen wir so vorgehen, als wäre das so sicher wie das Amen in der Kirche.«

Marcs Gesicht erinnerte an eine Maske aus Stein. Ihm war schlagartig klar geworden, worauf Ann hinauswollte. Ihre Augen suchten die seinen und baten stumm um Entschuldigung. Es war seit Langem das erste Mal, dass seine Behinderung die Macht hatte, sie zu trennen.

Im Alltag hatten sie sich arrangiert. Ausflugsziele, Restaurants, Shoppingtouren, Trainingsstrecken, Spazierwege, all dies suchten sie von vornherein so aus, dass sie sich barrierefrei und unbeschwert bewegen konnten. Seine Behinderung sollte ihnen keine Grenzen setzen. Das klappte gut, obschon sie in einer Gesellschaft lebten, die zum Großteil für den genormten Menschen gemacht war. Nun aber ging es nicht anders. Sie mussten durchs Unterholz, der Untergrund war nicht befestigt, sandig und voller Wurzeln und anderer Barrieren. Ann wusste, was diese bittere Faktenlage für Marc bedeutete, wie es in ihm aussah. Sie hätte es ihm so gern erspart.

Du hättest die beiden nicht hier rauslocken müssen!

Eigil! Wie immer perfektes Timing! Ann seufzte und begann kleinlaut: »Am besten, ihr setzt mich in der Nähe der Hütte ab und fahrt zurück nach Sudersand. Dort fallt ihr am wenigsten auf. Wir bleiben in Verbindung. Will sagen: Ich melde mich bei euch! Unter keinen Umständen möchte ich, dass ihr *mich* anruft oder mir Mitteilungen schickt! Ich werde das Handy auf lautlos stellen und die Helligkeit des Displays stark reduzieren. Ich würde nämlich gern unentdeckt bleiben! Spätestens in zwei Stunden holt ihr mich an derselben Stelle wieder ab. Bis dahin sollte ich herausgefunden haben, ob das Haus bewohnt ist und von wem.« Ihre Hand griff unter dem Tisch nach seiner.

»Ich kann dich begleiten«, schoss es aus Sam heraus.

Kann die nicht einfach die Klappe halten?

Ann schloss die Augen. Es fühlte sich plötzlich so unfassbar falsch an. »Das geht nicht, du musst den Wagen fahren«, sagte sie leise und vermied es, in Sams betroffenes Gesicht der Erkenntnis zu blicken.

Es war halb vier am Nachmittag. Die Sonne stand so tief, dass die Bäume, obwohl die meisten von ihnen kahl, ein Eindringen der Strahlen verhinderten. Straßenlaternen gab es keine.

»Scheiße, ist das dunkel. Kein Wunder, dass es zu dieser Jahreszeit niemanden hier rauszieht.« Sam wurde langsamer. »Ist das die Stelle?«

Ann nickte.

Sam hielt an. »Hoffentlich finden wir die wieder.«

»Keine Angst. Wir werden in genau zwei Stunden wieder hier sein, genau an dieser Position!« Marc suchte durch den Schminkspiegel Augenkontakt zu Ann.

Die lächelte dankbar. »Ich weiß.« Ein letztes Mal checkte sie die Taschenlampe, kontrollierte, ob sie ihr Handy dabeihatte, fühlte nach ihrem Taschenmesser.

»Wir können noch immer abbrechen und morgen wiederkommen, wenn es hell ist.«

Er sah die Antwort in ihren Augen.

»Ich finde es auch nicht gerade angenehm, hier im Dunkeln rumzuschleichen, aber ...«

»Ja, ich weiß: So kannst du nah an das Objekt ran, ohne entdeckt zu werden, und durch die hoffentlich hell erleuchteten Fenster sehen, wer sich drinnen aufhält. Schon klar.« Er holte tief Luft. »Ann, du versprichst mir ...« Er brach ab.

»Versprochen!« Sie stieg aus, zupfte sich Mütze und Kapuze zurecht und marschierte los. Nach wenigen Sekunden wurde sie von der Dunkelheit verschluckt.

Die Taschenlampe lag schwer in ihrer Hand. Das Restlicht des Tages konnte gerade noch die Konturen im nahen Umkreis hervorheben.

Verirren wäre jetzt ziemlich scheiße! Eigils Stimme klang angespannt.

Hatte ich nicht vor. Ich brauch nur die Asphaltkante entlanggehen, bis ich zur Zufahrt des Hauses komme.

Vorsichtig hob sie den Kopf. Ihre Augen versuchten, die Schwärze zwischen den Bäumen zu durchdringen. Ob sie beobachtet wurde? Von kleinen tierischen Augenpaaren? Ihr Herz schlug schneller. Was machte sie hier eigentlich schon wieder? Wie war es dazu gekommen, dass ausgerechnet sie nun durch diesen dunklen Wald stapfte?

Angstbewältigung auf die harte Tour.

Sie lauschte. Es gab unfassbar wenig Geräusche für ein so großes Waldgebiet.

Die Viecher halten alle Winterschlaf, beruhigte sie sich.

Wo nichts kriecht, kann nichts lärmen … Sie unterbrach den Gedankengang und blieb erschrocken stehen. Ein leises Rauschen. Es kam näher, wurde lauter. Dann sah sie einen diffusen Lichtschein. Vor ihr liegende Teile des Waldes wurden erleuchtet. Tanzende Schatten bewegten sich auf sie zu.

Shit, da kommt einer! Hektisch sah sie sich um. Links neben ihr bildete der Waldboden eine tiefe Mulde. Dicke Bäume streckten ihr Geäst in den Himmel. Weiter hinten waren einige umgestürzt. Ann sprang hinunter, eilte darauf zu, vollführte einen Bocksprung über die Stämme und ließ sich zur Seite fallen.

Jeder normale Mensch würde anhalten und fragen, was eine einsame Frau zu dieser Zeit des schwindenden Lichts im Wald zu suchen hatte. Solchen Erklärungsnotständen sollte sie unbedingt aus dem Weg gehen. Sie spürte, wie die Nässe des Waldbodens den Weg durch den Stoff ihrer Hose an ihre Haut fand. Das Licht wurde greller. Das Geräusch: einwandfrei etwas Motorisiertes. Ann stützte sich auf und schielte vorsichtig über die Rinde. Sie kniff die Augen zusammen. Die Scheinwerfer blendeten sie. Dann rauschte der Wagen vorbei. Soweit sie erkennen konnte, handelte es sich um einen weißen Lieferwagen mit Firmenlogo auf der Seite. Hinter ihm wurde der Wald nur noch schwärzer. Ihre Augen mussten den Kontrast erst einmal verarbeiten.

Um den Hang unbeschadet wieder hochklettern zu können, schaltete sie die Taschenlampe ein, leuchtete vorsichtig das Terrain ab. Super! Ihre Handschuhe, die Jacke, ihre gesamte linke Seite waren nass und voller Matsch. Sie tastete nach ihrem Handy und fand es am erhofften Platz. Es schien unversehrt. Sie aktivierte das Display und stöhnte leise und ein wenig hysterisch auf: kein Netz!

Wie konnte es auch anders sein? Ihr Puls legte noch einen Schlag zu.

Wenn das an der Hütte genauso ist, wird er von dort wohl kaum telefoniert haben! Eigils bissige Bemerkung hallte durch ihren Kopf.

Das werde ich gleich wissen. Oben an der Straße löschte sie das Licht, blieb kurz stehen, bis sich die Augen adaptiert hatten, und ging zügig weiter.

Ein paar Minuten später erreichte sie den Weg aus Sand und feinen Kieseln, der sie hoffentlich zum Ferienhaus bringen würde.

Wenn dort niemand ist, rufst du die anderen und lässt dich abholen. Falls du hier irgendwo ein Netz bekommst! Cord ist wahrscheinlich nie hier gewesen! Was für eine bekloppte Idee! Eigil hatte auch schon mal selbstbewusster geklungen.

*

Sam war am Sudersand Resort abgebogen und auf dem Parkplatz vor dem Eingang zwischen zwei Wagen zum Stehen gekommen. Trotz der dunklen, nassen Jahreszeit schien es geöffnet zu haben. Die Hinweisschilder belegten, es gab Ferienhäuser, zwei Campingplätze und eine Jugendherberge.

»Ich kann mir nicht vorstellen, dass sie ausgebucht sind.« Sam reckte den Kopf, um besser sehen zu können.

Trotzdem beruhigend, dass wir nicht allein sind, dachte Marc. Laut sagte er: »Ich ruf jetzt Fredde an. Wir müssen uns überlegen, was zu tun ist, sollte Ann Cord Diallo wirklich gefunden haben.«

*

Ann war in ein leichtes Joggen verfallen. Der Weg erwies sich länger als gedacht. Dann endlich sah sie das Haus. Eigentlich konnte sie es nur erahnen. Umgeben von großen, alten Bäumen lag es düster und abweisend da. Sie kramte ihr Handy heraus. Immerhin: Der eine, kleine Balken signalisierte mäßigen Empfang. Besser als nichts. Der Weg war hier zu Ende, das wusste Ann von den Satellitenbildern. Noch reichte das Restlicht aus, um sich dem Anwesen gefahrlos und ohne künstliche Lichtquelle zu nähern. Das tat sie in langsamen, bedächtigen Schritten. Dabei tasteten sich ihre Augen durch die düstere Umgebung.

Zunächst kam sie an eine mit hohem Gras bewachsene Einfahrt. Etwas Langes, Flaches baute sich vor ihr auf. Sie schlich näher, streckte die Hand aus, fühlte die kalte, glatte Abdeckplane. An der hausabgewandten Seite hockte sie sich hin, hob die Abdeckung ein klein wenig an, schaltete die Taschenlampe ein und blickte darunter. Ein Boot! Ein Schlauchboot mit Außenbootmotor, wie es an Bord von Marineschiffen stehen könnte. Es ruhte auf einem Trailer. Ann traute sich nicht, an die Rückseite zu schleichen und das Licht auf das Kennzeichen zu richten. Zu groß war ihre

Angst, jemand könnte den Schein von drinnen wahrnehmen.

Sie ließ die Plane herabsinken und hob den Kopf. Hinter dem Anhänger bemerkte sie ein Gebäude, einen Schuppen oder so etwas.

Während ihre Augen das unbewohnt wirkende Haus nicht aus den Augen ließen, schritt sie leise auf die Baracke zu. Ein verwittertes Holztor versperrte den Weg und Blick ins Innere. Ihre Hände strichen über das raue, poröse Material, bis sie an einem Griff hängen blieben. Ann hielt die Luft an und zog – langsam, ganz langsam und ganz behutsam. Ein kaum hörbares, klägliches Quietschen ließ sie erschaudern. In der Stille dieses Orts war es, als hätte jemand mit aller Kraft eine riesige Trommel geschlagen. Stumme Stoßgebete formulierend hielt sie inne und horchte gebannt. Es regte sich nichts. Also zog sie ein letztes Mal und zwängte sich durch den schmalen Spalt. Drinnen erwartete sie zuallererst nichts als Schwärze. Und dann schlug er ihr entgegen: der so verhasste Geruch nach Fäulnis, moderigem Holz und feuchter Erde. Ihr Körper verkrampfte sofort, ihr Herz hämmerte verzweifelt gegen das Gewebe, als wollte es raus aus ihrem Thorax.

Es ist nur ein verdammter alter Schuppen in einem verdammten nassen, modrigen Wald!, versuchte sie sich zu beruhigen.

Sie brauchte Licht! Ob die Baracke Fenster besaß? Ob etwas nach außen dringen würde? Ann öffnete ihre Jacke, schob den Arm mit der Taschenlampe hinein und schirmte einen Großteil des zu erwartenden Lichtkegels ab. Dann drückten ihre zitternden Finger den Knopf. Die Dosis war schwach, viel war nicht zu erkennen. Für den imposanten, dunkel lackierten SUV, der sich vor ihr aus der Dunkelheit schälte, aber reichte es. Sie lenkte den dünnen Strahl auf das Kennzeichen und hielt den Atem an. Er war in Deutschland zugelassen, in Berlin.

*

Rerik

»Warum habe ich nichts anderes erwartet? Herr Steinmann, Sie und ihre Miss-Marple-Gang machen mich echt fertig! Wissen Sie eigentlich, dass es Sie Ihren Job kosten kann, wenn Sie ständig ermittlungsrelevante Fakten in die Hände Unbefugter gelangen lassen?« Akyol Erguns Stimme dröhnte durch den Hörer.

»Das weiß ich sehr wohl. Ich darf Sie jedoch daran erinnern, dass nicht Unwesentliches von Ihnen stammt. *Sie* haben Ann die Verbindungsnachweise ja sogar vorbeigebracht! An einem Sonntag! In Ihrer Freizeit!« Fredde zog die Schultern hoch und wartete auf den Sturm, der nun losbrechen würde.

Es blieb erstaunlich lange still.

»Sie haben schon zur Kenntnis genommen, dass *ich* der ermittelnde Beamte bin, oder?«

»Und Sie, dass ich Sie nicht hätte informieren müssen?«

Fredde hörte einen tiefen Seufzer. »Was glauben Sie, soll ich mit Ihrer Information anfangen?«

*

Fårö

Ohne sich weiter umzuschauen, hatte sie das Licht gelöscht und den Schuppen wieder verlassen. Sie sog die frische Abendluft auf, drängte die lauernde Panikwelle dorthin zurück, wo sie ihr Raum zum eigenständigen Handeln ließ. Cord lebte in Berlin und der Wagen ließ darauf schließen, dass er oder ein anderer Bewohner der Hauptstadt nicht weit sein konnten.

Ann schlich an die Rückseite der Baracke. Ohne die Orientierung an größeren Gegenständen war eine lautlose Fortbewegung immens schwierig. Das Umgebungslicht nahm unterdessen in erschreckender Geschwindigkeit ab. In den Schatten der hohen Bäume lag nichts als tiefe Dunkelheit. Trotzdem musste sie irgendwie rüber zum Haus. Die zu überwindende freie Fläche maß nur vier bis fünf Meter, trotzdem brauchte Ann ewig. Leicht nach vorn gebeugt, mit ausgestreckten Armen setzte sie Fußspitze vor Fußspitze. Sie wollte nicht stolpern oder irgendwo dagegentreten und damit laute Geräusche verursachen und da sie kaum etwas sah ...

Endlich war es geschafft. Seitlich, an der Wand entlang, schob sie sich mit Minischritten weiter bis zum ersten Fenster. Jalousien gab es keine, nur alte, hölzerne und glücklicherweise geöffnete Fensterläden. Ann lugte vorsichtig hindurch. Der Raum war unbeleuchtet. Sie konnte nicht einmal Umrisse erkennen. Also duckte sie sich bis unter den Rahmen und tastete sich kriechend auf allen vieren weiter bis zum nächsten Fenster.

Langsam, wie in Zeitlupe, richtete sie sich so weit auf, dass sie hindurchsehen konnte. Sie wagte nicht einmal zu atmen. Eine einzige Tischlampe erhellte das kleine Zimmer mit ihrem warmen Licht. Das, was es offenbarte, versetzte Anns Körper in Schockstarre.

Kapitel 17

Zum wiederholten Mal und extrem ungeduldig sah Marc auf die Uhr seines Handys. Die letzte Stunde kam ihm vor wie eine Ewigkeit. Wieso meldete sie sich nicht? Eine Stunde hätte mehr als ausreichend sein müssen, um festzustellen, ob die Bude bewohnt war!

»Vielleicht sollten wir doch hinfahren und nachschauen?«

Sam könnte recht haben. Was, wenn Ann entdeckt worden war? Was, wenn sie seine Hilfe benötigte? Wieder der Blick zum Handy. Andererseits hatten sie versprochen, die Füße stillzuhalten. Sie jetzt zu kontaktieren konnte alles verderben, sie vielleicht sogar in Gefahr bringen.

Wütend schlug er die Fäuste auf's Armaturenbrett, drückte seinen Oberkörper in den Sitz und schloss die Augen.

*

Rostock

Ergun wechselte die Hand, mit der er das Handy an sein Ohr presste. Er hatte keinen Schimmer, wie er vorgehen sollte. Und das lag nicht daran, dass er sich auf Englisch erklären musste. Also redete er einfach drauf los. »... und deswegen wäre ich Ihnen sehr verbunden, wenn Sie einen Streifenwagen vorbeischicken könnten. Und wenn es nur dazu dient, den Dreien Einhalt zu bieten und sie zu belehren, das Detektivspielen bleiben zu lassen.«

»Habe ich Sie richtig verstanden? Die Journalistin der Expedition glaubt, dass der Bruder des Opfers in die Sache verstrickt ist, dass *er* das war mit der Firmengeldunterschlagung und mit der Entführung und Misshandlung des Fahrtleiters? Und diese Journalistin läuft nun auf Fårö herum, sucht den Bruder und will ihn zur Rede stellen?«

Ergun fand es erstaunlich, wie ruhig und emotionslos die schwedische Kollegin sein Anliegen kommentierte. Sie hielt ihn bestimmt für vollkommen behämmert. »Sie läuft nicht nur herum, sie meint, den Bruder, also Cord Diallo, ausfindig gemacht zu haben. In eben jenem Ferienhaus im Nordosten von Fårö.«

»Meinen Sie das auch?« Asa Sjögren beugte sich nach vorn und griff nach einem Kugelschreiber.

»Nun, Frau Arnold wühlt gern so lange, bis sie etwas hat. Die Vergangenheit hat gezeigt, sie arbeitet ziemlich effektiv und konnte schon so manchen Treffer landen.«

»Ich nehme an, ich will nicht wissen, wie sie an ihre Erkenntnisse gelangt ist?«

»Sie ist Journalistin ... Außerdem war sie Teil der Expedition.«

»Halten Sie diesen Diallo für gefährlich?«

»Schwer zu sagen. Seine Vita lässt keine erhöhte Gewaltbereitschaft vermuten. Sollte er aber tatsächlich hinter den Misshandlungen des Fahrtleiters stecken – ich wäre vorsichtig!

Sjögren ließ sich die Adresse des Feriendomizils geben. »Ich will sehen, was ich tun kann.«

*

Fårö

Sie kam zu sich und stand innerhalb weniger Sekunden voll unter Adrenalin. Alles in ihr schrie. Die nach hinten verdrehte Stellung ihrer Arme, der Druck auf den zusammengebundenen Handgelenken, all das war so schrecklich bekannt. Sie konnte keinen klaren Gedanken fassen, nur schreien und zappeln. Ihr Kopf steckte in einer Art Beutel. Nicht aus Plastik, Gott sei Dank. Und sie konnte sich aufsetzen. Man hatte sie auf ein Sofa oder ein Bett gelegt. Trotzdem gelang es ihr kaum, sich zu beruhigen.

Erst als ihre Kräfte langsam schwanden, die Stimme nachgab, der Nachschub an Adrenalin abnahm und ihr Kreischen sich in ein klägliches Wimmern wandelte, bahnten sich erste logische Gedankenansätze einen Weg durch ihr panisches Gehirn. Sie musste zur Ruhe kommen, durfte selbst nicht so laut sein, sonst würde sie nichts hören können. Die Ohren waren der Sinn, den sie nun am meisten brauchte. Sie versuchte, ihre Atmung unter Kontrolle zu bringen. Rotz und Tränen liefen ihre Wangen, ihren Mund entlang.

Ein paar Minuten später war Ann so weit. Es gelang ihr, Gedanken der Selbstanalyse zuzulassen. Ihre Beine waren frei, sie war nirgends fixiert.

Das ist gut! Das ist sehr gut!

Vorsichtig stand sie auf, schob sich peu à peu zur Seite weg. So lange, bis ihre Schulter auf ein Hindernis traf. Dann drehte sie sich mit dem Rücken dazu und überließ ihren Fingern die Prüfung: eine Wand. Gleichzeitig lauschte sie auf jedes Geräusch. Sie entschied sich, nach links zu rutschen, immer an der Tapete entlang. Als ihre Schulter gegen den Türrahmen stieß, wurden die bislang zarten, undefinierbaren Geräusche ein wenig lauter und verständlicher: Worte! Jemand redete!

*

Eine Stunde dreiundzwanzig Minuten. Es zog und im Volvo war es feucht und kalt. Marc verfluchte die Aktion. Er verfluchte sich selbst und seine unnachgiebige Freundin gleich mit. Sam hatte sich mit allem eingewickelt und zugedeckt, was das Wageninnere herzugeben vermochte. Sie fror trotzdem. Auch dafür verfluchte er sich.

Noch weiter wegfahren, in ein Restaurant oder Café, wollte er nicht. Das hier war ihm schon zu weit entfernt vom Ort des Geschehens. Ins Resort zu gehen, hatten sie verworfen. Was sollten sie denen erzählen? Dass sie einen warmen Unterschlupf brauchten, für die nächste halbe Stunde? Sein Blick verfolgte einen der wenigen Wagen, der die Straße entlanggefahren kam. Die Scheinwerfer kamen schnell näher, erhellten Bäume, Sträucher und das große Schild, das die Einfahrt des Resorts markierte und war Sekunden später verschwunden. In die Richtung, in die es ihn drängte.

Wäre es taghell gewesen, hätte er das typische gelb-blaue Muster auf weißem Grund erkannt, das schwedische Polizeifahrzeuge als solche kenntlich machte.

*

Mit einem Ohr an die Holztür gepresst, stand sie da und horchte. Am hinteren Teil ihres Schädels pochte ein dumpfer Schmerz unbarmherzig vor sich hin.

Sie hatte hinter sich etwas Rascheln hören. Bevor sie sich hatte umdrehen können, war sie auch schon weg gewesen. Ihr musste ein ordentlicher Schlag verpasst worden sein, denn er hatte sie kurzzeitig außer Gefecht gesetzt.

Der Stoff des Teils, das man ihr über den Kopf gestülpt hatte, machte es nicht gerade leicht. Doch das, was sie verstand, machte ihr Mut. So viel, dass sie rief: »Ich kann euch hören! Und ich bin nicht allein!«

Ihre Stimme hatte viel zu dünn und zittrig geklungen. Ob man ihr glaubte? Ob die zwei Stunden schon rum waren? Marc und Sam standen sicher schon in der Nähe, würden sich bald wundern, wo sie blieb, und sie dann im Ferienhaus suchen. Und wo war *Eigil* eigentlich, wenn man ihn mal brauchte?

Mit weichen Knien wartete sie auf eine Reaktion. »Habt ihr gehört? Egal, was ihr mit mir anstellt, es ist vorbei!«

Wieder lauschte sie. Die Worte auf der anderen Seite wurden lauter: »Die blufft! Wer sollte mit ihr hier sein?«

»Selbst wenn! Wie sollen wir sie loswerden? Wir können sie nicht umbringen! Was sollen wir denn jetzt machen?«

»Wir lassen sie hier und verschwinden!«

»Und wenn sie wirklich allein ist? Wenn man sie nicht findet? Sie würde verhungern und verdursten! Nein, das kann ich nicht ...«

»Wir rufen den Rettungsdienst, wenn wir weit genug weg sind! In einem Tag – oder zwei. Wir brauchen einen Vorsprung!«

Anns Gedanken hetzten durch ihren Kopf. Sie musste die beiden daran hindern zu verschwinden, so lange, bis Marc und Sam hier waren. Oder durfte sie gerade das nicht tun?

Würde sie sie nur unnötig in Gefahr bringen?

Eigil! Was soll ich tun?, schrien ihre Gedanken.

Dann hörte sie, wie jemand auf und ab ging.

»Ich verstehe nicht, wie sie uns gefunden hat.«

»Sie wird ihr Wissen nicht für sich behalten. Sie werden uns jagen! Cord, wir werden keine ruhige Minute mehr haben!«

Ann hörte einen Mann kraftvoll und wütend aufschreien und zuckte zusammen.

»Dann müssen wir sie eben dazu kriegen, die Klappe zu halten!« Schritte stampften auf das Türblatt zu. Ann wich erschrocken zurück. Im nächsten Moment wurde sie gepackt.

*

Die beiden schwedischen Polizisten schalteten die Scheinwerfer aus und rollten langsam und möglichst lautlos auf das Anwesen zu. Mads, der Jüngere von ihnen, griff nach dem Funkgerät. »Wir sind jetzt da. Alles ruhig. Das Haus sieht verlassen aus. Von den Deutschen keine Spur.«

»Okay. Nähert euch vorsichtig. Einer von vorn, der andere von der Rückseite.«

Mads bestätigte und nickte Yorick zu. Der wies den Kollegen mit einer unmissverständlichen Bewegung seines Zeigefingers an, dass er – Mads – derjenige war, der durch den Garten gehen würde. Möglichst lautlos verließen sie den Streifenwagen.

*

Kräftige Arme rissen sie nach vorn in das zweite Zimmer. Jemand fummelte unsanft an ihrer Kopfbedeckung. Das Geräusch von Klebestreifen, die abgezogen wurden, drang an ihr Ohr. Ein paar Sekunden später wurde der Beutel mit einem Ruck runtergezogen. Der Mann von ihrem Handyfoto starrte sie wütend an. Cord!

Und dahinter stand *sie*. Die, die sie schon durch das Fenster erkannt hatte! Die, die sie im Grunde ihres Herzens hier erwartete hatte. Die, wegen der sie diese Reise auf sich genommen hatte: Alette!

Stumm standen sie sich gegenüber. Ann, mit zerzausten Strähnen, geröteten Wangen und verschmiertem Gesicht – und Alette, mit kurz geschnittenem Haar und großen, angstvollen Augen.

*

Es reichte ihm! Marc schlug beide Hände aufs Armaturenbrett und wies Sam an: »Fahr los! Wir hätten uns nie darauf einlassen sollen!«

Die pellte sich hektisch aus den Stofflagen, hauchte in ihre eiskalten Hände und startete den Wagen.

*

Mads schaltete seine Taschenlampe ein und leuchtete den Vorplatz ab. Yorick tat es ihm gleich und wies auf den Anhänger in der Einfahrt. Stumm wartete er, bis Mads die Plane angehoben und das Boot darunter identifiziert hatte. Dann zeigte der junge Kollege auf den Schuppen. Yorick nickte, ohne die Eingangstür des Hauses aus den Augen zu lassen. Mads verschwand, tauchte nur eine Minute später wieder auf und ging zu seinem Partner. »Da steht ein Wagen drin, SUV, schickes Teil, deutsches Kennzeichen.« Yorick zeigte auf Mads' Funkgerät. Der gab das Kennzeichen durch.

»Einsatz stoppen! Sichern der eigenen Person und abwarten, bis die Halterabfrage und das weitere Vorgehen geklärt sind.«

Die beiden Polizisten schlichen zur Hauswand, in einen Bereich, von dem aus sie einen guten Blick auf die Haustür hatten, selbst aber unentdeckt blieben.

*

»Ich hab ihm gesagt, dass du ein unnötiges Risiko darstellst! Aber er wollte ja nicht hören!« Alette ließ sich in einen Sessel plumpsen, schüttelte den Kopf und blickte Ann resigniert an.

»Warum? Warum das alles? Ich dachte wirklich, du gehörst zu den Guten, zu denen, die alles Persönliche zurückstellen, um etwas richtig Großes zu bewegen! Ich hab dich bewundert! Verdammt, Alette, ich hab um dich geweint!«

Sie sah, wie der Wissenschaftlerin Tränen in die Augen schossen. »Aber das wollte ich, das will ich immer noch. Ich werde woanders viel mehr bewegen!«

»Du willst mir jetzt nicht erzählen, du wolltest das Geld, um auf der anderen Erdhalbkugel neu anzufangen und den Umweltschutz voranzutreiben ...« Ann runzelte die Stirn. »Dein Ernst? Und Hauke?«

»Hauke!« Alettes Gesicht verzog sich schmerzhaft.

Cords Stimme durchschnitt den Raum. »Das Schwein wollte sie umbringen!«

»Ich wusste nichts von seiner Spielsucht. Ich dachte wirklich, er liebt mich.«

»Weshalb habt ihr ihn laufen lassen?« Ann sah Cord in die Augen.

Der schaute weg.

Dafür antwortete Alette: »Wir konnten es nicht. Wir konnten es einfach nicht!« Sie lachte verbittert auf. »Obwohl ich zu hundert Prozent davon überzeugt war, ich müsste ihn nur in die Finger kriegen!« Tränen liefen über ihr Gesicht. »Trotz all der Wut, trotz all der Enttäuschung waren wir beide nicht in der Lage, ihn umzubringen. Ich hab's versucht! Ich hab mit nem Hammer vor ihm gestanden …« Ihre Stimme versagte. »Also haben wir ihn freigelassen. Verraten konnte er uns ja nicht.«

»Weshalb seid ihr noch hier?«

»Im Normalfall, also, wäre alles so gelaufen, wie wir es geplant hatten, wäre nur ich hier gewesen. So lange, bis mein Gesicht aus der Presse verschwunden wäre. Bis das kollektive Gedächtnis mich aus dem Fokus verbannt und durch andere Nachrichten ersetzt hätte, aber …«

»Ich konnte sie in dem Zustand nicht allein lassen«, warf Cord ein. »Sie stand tagelang vollkommen neben sich, wollte Schluss machen mit allem. Ich musste sie dazu kriegen, an dem Plan festzuhalten, auch ohne Scheiß-Fucking-Martens!« Die letzten Worte spie er förmlich aus.

»Ann, bitte! Es ist doch niemand zu Schaden gekommen …«

»Niemand zu Schaden gekommen? Willems sitzt in U-Haft, wegen deiner Unterschlagung! Und Tjerk? Ich will gar nicht wissen, wie viele immer noch denken, er hätte dich umgebracht! Alette, wie konntest du nur?«

Jetzt sprang die Wissenschaftlerin auf. Ihre Augen blitzten zornig. »Weißt du eigentlich, wie das ist, wenn man ständig gegen Windmühlen kämpft? Wenn man so viel Kraft und Lebenszeit in ein Projekt steckt und dann merkt, dass es zu nichts führt, dass alles umsonst gewesen ist? Wir bekamen die Windkraftanlagen einfach nicht stabilisiert. Wind, Strömung, Wellen – es war einfach zu schwierig. Und schwimmen mussten sie! Fundamente sind in diesen Tiefen nicht umsetzbar. Und glaub mir, ich hätte noch Jahrzehnte weitergeforscht. So lange, bis wir diese Scheißdinger endlich zum Schwimmen und in Funktion gebracht hätten. Doch dann stellte sich heraus, dass der Sauerstoff sich immer schneller abbaut. Er verschwindet einfach.«

»Du hättest in eine andere Richtung forschen können.«

Sie schnaufte verächtlich. »Die Geldgeber haben investiert, damit ich ihnen Lösungen bringe, damit sie Zukunftstechnik verkaufen können. Wenn herausgekommen wäre, dass schon der Ansatz falsch war, wäre alles zusammengebrochen. Die Gelder, die noch nicht ausgegeben waren, wären zurückgeflossen, neue nicht mehr bewilligt worden. Alles von Wert wäre veräußert worden und an die Sponsoren zurückgegangen. Ich hätte mit nichts dagestanden! Und ich war es so leid. Ich habe so um diese Gelder gekämpft! Warum also nicht alles nehmen und woanders neu anfangen? Ich hätte einen Weg gefunden! Und dann hätte das Geld seinen Zweck erfüllt. Was ist schlecht daran? Ann ... ich könnte das immer noch! Ich könnte helfen, die Welt zu retten!«

Ann sah in ihre glänzenden Augen. Sie glaubte das wirklich.

Cord atmete tief aus. »Wie bist du dahintergekommen? Woher wusstest du, dass wir hier ...«

Das Schrillen der Türglocke unterbrach ihn. Erschrocken sahen Alette und Cord einander an.

Ann atmete auf. »Ich hab doch gesagt, ich bin nicht allein!«

*

Ein paar Minuten später stand das Ergebnis der Halterabfrage fest. Der Wagen gehörte Cord Diallo, wohnhaft in Berlin. Yorick bekam die Anweisung, an der Tür zu klingeln – unter Beachtung besonderer Sicherungsmaßnahmen. Mads sollte sich von hinten Zutritt verschaffen. Beide zogen ihre Waffen und machten sich auf den Weg. Yorick legte den Finger auf die Klingel und drückte den Knopf.

*

Als Sam und Marc an der verabredeten Stelle ankamen und nichts als Dunkelheit vorfanden, fuhren sie direkt weiter zum Ferienobjekt. Die zwei Stunden waren fast um, nur dreizehn Minuten fehlten und Ann hatte sich immer noch nicht gemeldet. Marc überlegte fieberhaft, wie er vorgehen sollte. Mit voller Beleuchtung bis vor die Tür fahren und klingeln? Den Wagen etwas abseits stehen lassen und sich ranpirschen? Dieser Rollstuhl kam ihm einmal mehr vor wie ein tonnenschwerer Betonklotz.

»Wie nah soll ich heranfahren?« Sams Stimme zitterte, ob vor Kälte oder Anspannung, vermochte Marc nicht zu sagen.

Er wollte gerade antworten, da reflektierte es plötzlich vor ihnen Gelb und Blau. Polizei! Sam stoppte den Volvo. Erstaunt betrachteten beide die von den Scheinwerfern gespenstisch beleuchtete Szenerie. Der Wagen war verlassen, die Tür des Hauses geöffnet. Zu sehen war jedoch niemand.

*

Cord und Alette standen nach wie vor wie erstarrt da. Endlose Sekunden passierte nichts. Ann unterdrückte den ersten Reflex, laut um Hilfe zu rufen. Wenn das Sam war, die dort vor der Tür stand, wollte sie unbedingt vermeiden, dass es bei Cord zu einer Kurzschlussreaktion kam. Also flüsterte sie sanft: »Macht mich los! Ich werde ein gutes Wort für euch einlegen. Wenn ihr jetzt aufgebt und euch stellt, wird es keine hohen Strafen geben. Ein paar Jahre wegen Unterschlagung und Vortäuschen einer Straftat. Was ist das schon?«

Wieder zerriss das Schrillen der Türglocke die Stille.

»Mund halten«, zischte Cord und verließ das Zimmer.

»Ich bitte dich, sei leise«, flehte Alette und sah sie mit großen, angstvollen Augen an.

Als Cord die Tür öffnete, ging alles ganz schnell. Yorick fackelte nicht lange, warf sich gegen die im Öffnen begriffene Tür, hielt dem Mann die Waffe vor die Nase und schrie: »An die Wand. Hände da, wo ich sie sehen kann. Sind Sie Cord Diallo? Wer hält sich außer Ihnen noch im Haus auf?«

Gleichzeitig hatte sich Mads brachial Zutritt über die Terrassentür verschafft. Mit vorgehaltener Waffe schritt er den Raum ab. Er registrierte Anns gefesselte Hände und nickte ihr zu. »Sind Sie in Ordnung? Wie viele Personen befinden sich noch im Haus?«

Ann seufzte erleichtert. »Nur wir zwei und der Mann, der gerade zur Haustür gegangen ist. Mein Name ist Johanna Arnold. Und das hier ist die totgeglaubte Wissenschaftlerin Alette Roux.

»Und wer sind Sie?« Mads runzelte die Stirn und zielte mit seiner Waffe an Anns Kopf vorbei.

Die drehte sich erschrocken um.

Hinter ihr stand Sam, blass mit rot gefrorener Nase, eine dicke Holzlatte über ihrem Kopf schwingend.

*

Die Polizisten hatten Alette und Cord in den Streifenwagen verfrachtet und mit nach Visby genommen. Ann, Sam und Marc waren ihnen in Freddes Volvo gefolgt. Auf der Wache gab es Kaffee satt, gut geheizte Räume und ein Wiedersehen mit Asa Sjögren. Zunächst ließ die sich die Identitäten der fünf bestätigen, dann betrat sie den Raum, in dem Ann, Marc und Sam warteten. War das ein leichtes Lächeln, das da über Sjögrens Gesicht huschte? Sie sah Ann in die Augen.

»Kommissar Ergun hatte mich vorgewarnt. Sie wühlen so lange, bis Sie etwas haben, sagte er.« Sie setzte sich. »So, dann erzählen Sie mal!«

*

Rerik

Zunächst hatten sie überlegt, noch ein paar Tage in Schweden zu verbringen, Stockholm zu besichtigen und die Seele baumeln zu lassen. Doch dann wurde das Wetter selbst für Hartgesottene so mies, dass sie alles verwarfen. Fredde wurde zurückgepfiffen, er sollte bleiben, wo er war, und für ordentlich Proviant sorgen. Am späten Freitagabend trafen Ann, Marc und Sam in Rerik ein. Fredde und Isabelle empfingen sie überschwänglich.

Mit liebevollem Blick ging Fredde um seinen Volvo herum und tätschelte die regennasse orangefarbene Motorhaube. »Das hast du gut gemacht! Ich wusste, dass du mich nicht im Stich lässt!« Die anderen lachten.

Ann umarmte ihn, gab ihm einen Kuss auf die Wange und flüsterte »Danke« in sein Ohr. Fredde lächelte glückselig.

Sam ging vorbei, knuffte ihn in die Seite und meinte: »Die Heizung braucht ein paar Hundert Kilometer, um auf Touren zu kommen, aber dann brennt sie dir die letzten Haare von den Beinen – durch die Jeans.« Sie lachte und umarmte Isabelle.

Eine Stunde später saßen sie gemütlich am Esstisch und machten sich über die vielen guten Dinge her, die Isabelle und Fredde zubereitet hatten.

»Dr. Hauke Martens dürfte die längste Zeit Expeditionsleiter gewesen sein. Die Rostocker Kollegen sagen, er windet sich ordentlich.« Fredde grinste zufrieden.

»Ich glaube nicht, dass er den Mordversuch an Alette zugeben wird. Da steht Aussage gegen Aussage. Die Arme, sie tut mir immer noch ein bisschen leid.« Ann schob den Teller beiseite.

»Das erzähl mal Simon Willems und Tjerk Knudsen. Aber sag mal, was ich immer noch nicht verstehe: Wie konntest du wissen, dass Alette noch lebt und in allem mit drinsteckt?«

»Im Grunde waren es viele kleine Details, die mich zu ihr geführt haben. Zu Anfang war ich absolut arglos. Das Schauspiel, das sie mir zu Ehren aufgeführt haben, war grandios und ich hatte absolut keinen Zweifel, dass Alette umgebracht wurde, dass *sie* das Opfer in dieser ganzen Geschichte war. Ich hätte einen Eid darauf geschworen. Und genau das war ihr Ziel. Ich war ihre wichtigste Zeugin. Nur dafür hatte Hauke mich an Bord geholt. Die anderen kannten einander zu gut. So aber habe ich mich mit Alette angefreundet. Sie provozierte Tjerk Knudsen immer genau dann, wenn auch ich in der Nähe war. Und alle wussten, wie schnell er auf Hundertachtzig sein konnte. Vor der Reise hatte sie sich selbst Blut abgenommen. An dem Abend, als sie angeblich von Tjerk angegriffen worden war, hat sie sich etwas davon ins Gesicht geschmiert, sich selbst ein paar Kratzspuren verpasst und kam oskarreif in unsere Kammer getaumelt. Ich kann euch sagen: Sie war ziemlich überzeugend! Alles nur, damit ich hinterher bestätigen konnte, wie gewalttätig Knudsen ist.«

»Was zunächst auch ziemlich gut funktioniert hat!«, warf Marc ein.

Ann nickte. »Als ich nach der Attacke in ihrem Schrank nach dem Julischka suchte, stolperte ich über das erste kleine Detail, das aber erst viel später Bedeutung bekam.«

Fredde beugte sich gespannt nach vorn.

»In einer leicht geöffneten Sporttasche konnte ich Teile eines Neoprenanzugs und einer Rettungsweste erkennen. Ich hab mir nichts weiter gedacht. Schließlich wusste ich, dass Alette Forschungstaucherin war. Dann aber, als ich sie in der Nacht ihres Verschwindens gesucht habe, fand ich dieselbe Tasche in ihrem Schrank – leer. Ich konnte mir keinen Reim darauf machen, hatte jedoch anderes zu tun, als mich zu fragen, in welchem Raum sie die Gegenstände wohl gelagert haben könnte.« Sie holte tief Luft, um sich zu sammeln. »Doch zurück zum Anfang dieser denkwürdigen Nacht: Alette bestellte Tjerk zu einer bestimmten Zeit in den CTD-Raum. Hauke platzierte ihr Blut sowohl an Tjerks Handtuch als auch im Sondenraum.«

»Stopp!«, warf Isabelle ein. »Keiner konnte ahnen, dass der Verdächtige, also dieser Tjerk, dass der seinen Fingerabdruck auf dem Knopf der Klappenbedienungsdinger hinterlassen würde. Wie haben sie ihn dazu gebracht?«

»Sie kannten Knudsen gut genug, um zu wissen, dass der die Klappe nicht einfach offen stehen lassen würde. Und wenn doch? Auch egal. Die anderen Indizien, die sie ausgelegt hatten, würden reichen. Die Mails zum Beispiel. Die Drohmails auf Knudsens Laptop zu hinterlassen, war ein Kinderspiel. Die Kammern werden nie abgeschlossen, Tjerk hatte eine Einzelkabine und war während der Schicht im Labortrakt auf Abstand. Und Hauke konnte sich zu jeder Zeit überall auf dem Schiff bewegen, ohne Misstrauen zu erwecken. Er machte es sich zunutze, dass die kabelbasierte Kamera des Sondenraums gegen eine funkgesteuerte ausgewechselt worden war, und schmuggelte einen Störsender auf die Brücke, um die Monitore ausfallen zu lassen. Gleichzeitig beschäftigte er Falk Peterssen, den wachhabenden Offizier, mit weiteren Problemen im Motorraum.«

»Das alles hat er aber nicht aus reiner Liebe zu Alette getan, oder?« Sam nahm einen großen Schluck Wein.

»Das dachte sie wohl, aber nein. Er war hoch verschuldet. Er hoffte, einen großen Stück vom Kuchen abzubekommen. Wohl auch, um seiner Spielsucht weiter frönen zu können. Sie war diesbezüglich arglos. Sie glaubte ihm seine Geschichte, dass er seine Frau verlassen und mit ihr woanders ein neues Leben anfangen würde.«

»Wie sollte das denn praktisch aussehen? Sie wäre für tot erklärt worden, okay, aber er …?« Fredde zog fragend die Augenbrauen hoch.

»Laut Alette wollten sie sich ein wenig Zeit lassen, bis er nachkommen sollte.«

»Wohin eigentlich? Wohin wollten sie sich absetzen?«

»Ihr erstes Ziel waren die Philippinen. Von da aus wollten sie weitersehen.«

»Und Cord hat das alles gemanagt? Hat die Fäden im Hintergrund gezogen? Warum?«

»Weil er seine Schwester liebt? Weil er nichts gegen ein wenig Extrageld hatte? Alette hat ihm Zugang zu den Konten der Firma verschafft und er seine Fähigkeiten unter Beweis gestellt. Er hat den Großteil des Geldes in Sicherheit gebracht und den kläglichen Rest benutzt, um Simon Willems eine astreine Falle zu stellen. Die drei brauchten eine plausible Erklärung, wo das Geld abgeblieben war, damit niemand auf die Idee kam, es bei ihnen zu suchen.«

»Und dann wollte der Bruder sich auch absetzen?« Isabelle hatte fasziniert zugehört.

»Nein. Wozu? Wer hätte ihn verdächtigt? Er hätte getrost in sein altes Leben zurückgekonnt, den trauernden Bruder spielen und sich ab und zu an dem dicken Batzen Geld bedienen können. Eigentlich ein super Plan!«

»Warum haben sie ihn nicht einfach durchgezogen? Was ist schiefgegangen?«

»Hauke ist schiefgegangen! Um an das Geld zu kommen, hätte er Alettes Spiel mitmachen müssen. Er hätte sich in den nächsten Monaten von seiner Frau trennen, den Job beim Institut aufgeben und sich langsam in Richtung Philippinen und neuer Zweisamkeit aufmachen müssen. Solange Alette eine Affäre war, war alles okay. Aber alles andere? Nein, ich glaube, das Einzige, was ihn an diesem Plan reizte, war das Geld. Der Bedingungen, die daran geknüpft waren, hätte er sich gern entledigt.«

»Also hat er beschlossen, sie umzubringen …« Isabelle schüttelte traurig den Kopf.

»Genau. Sie hatten eine Zeit ausgemacht, zu der Alette oben an der Reling, am Seezaun stehen sollte.«

»Moment mal, sie ist nicht durch die Klappe des Sondenraums ausgestiegen?« Fredde sah fassungslos in die Runde.

»Nein. Während dort unten alles für Tjerks Auftritt vorbereitet war, wollte Alette oben an Deck durch den Seezaun, über die Metallleiter bis auf halbe Höhe herunterklettern und dann ins Meer springen. Dort hätte sich ihre Rettungsweste aufgeblasen und ein Signal gesendet. Dieses wurde von Cord sehnlichst erwartet. Der befand sich ganz in der Nähe, in einem PS-starken Motorboot.«

»Deshalb war die Steuerbordseite der Neptun in dieser Nacht in Dunkelheit getaucht. Hauke hatte auch dafür gesorgt«, bemerkte Marc.

»Richtig. Seitlich des Schiffs sind keine Kameras angebracht. Hauke sollte danach alles wieder herrichten. Also die Kleidung, die Alette bis kurz vorher über dem Neoprenanzug getragen hatte, einsammeln und wegräumen, den Seezaun wieder schließen und so weiter. Das hat er auch gemacht.«

»Nur dass er sie vorher … Ja, wie eigentlich?« Isabelle biss gespannt auf ihre Unterlippe.

»Alette hat ausgesagt, er hätte sie gewürgt, bis sie bewusstlos gewesen sei. Dann müsse er die Tablette aus der Weste entfernt haben. Sie ist dafür zuständig, dass sich die Kammern bei Kontakt mit Nässe automatisch mit Luft füllen und den Ertrinkenden über Wasser halten. Auch der Sender aktiviert sich erst dann, wenn sich die Weste aufgeblasen hat. Jemanden ohne Peilsender auf hoher See zu finden und im Auge zu behalten, ist schon bei Tag und guter Sicht nicht einfach. Bei Nacht so gut wie unmöglich. Selbst, wenn das rettende Boot ganz in der Nähe ist. Hauke wusste das.«

»Und dann hat er sie einfach über Bord geworfen.« Fredde stand auf, ging in die Küche, öffnete den Kühlschrank und kam mit zwei Bier wieder. »So ein Schwein!«

»Sie sagt, sie sei durch den Schock des kalten Wassers wach geworden. Irgendwie sei es ihr gelungen, die Weste mechanisch auszulösen. Der Sender nahm seine Arbeit auf und Cord konnte sie bergen. Doch Haukes Mordversuch hatte alles verändert.«

»Was man sich vorstellen kann.« Marc hob sein Bier und prostete Fredde zu.

»Alette war geschockt und verstand die Welt nicht mehr, Cord so sauer, dass er Hauke am liebsten sofort umgebracht hätte.«

»Und dann tat er das, was ihn für mich interessant und verdächtig machen sollte: Er führte noch in der Nacht die besagten Gespräche mit Hauke.«

»Die, die es eigentlich nie hätte geben dürfen.« Marc nickte.

»Ja. Er und seine Schwester wollten wissen, wie der Fahrtleiter sich dem Bruder gegenüber verhalten, wie er sich erklären würde. Cord tat so, als hätte er Alette auf dem Meer nicht finden können.«

»Das ging aber nur, weil er diesen Verstärker mit an Bord hatte. Wozu brauchte er ihn überhaupt?«, überlegte Fredde laut.

»Ursprünglich nicht, um mit Hauke zu telefonieren, so viel steht fest. Ich denke, damit er Kontakt zur Außenwelt hatte, Zugang zu Internetdiensten, wie Wettersatelliten und Ähnlichem.«

»Musste Hauke nicht damit rechnen, dass Cord sich rächen würde?« Isabelle legte den Kopf schief.

»Wäre Alette in der Ostsee ertrunken, woher hätte Cord wissen sollen, was wirklich passiert war? Hauke hätte beteuert, dass alles planmäßig verlaufen wäre, und den trauernden Liebhaber gespielt. Danach hätten die beiden ihr Geheimnis notgedrungen für sich behalten und das Geld unter sich aufgeteilt. So zumindest hätte Hauke es wohl gern gesehen.«

»Cord und Alette beschließen also, Hauke in Slite von Bord zu locken.«

»Cord wird darauf bestanden haben. Für Hauke absolut nachvollziehbar. Der Mann hatte gerade seine Schwester verloren. Da reichten zwei sekundenkurze Telefonate nicht aus. Also ist Martens hin, hat die Alibi-Joggingklamotten übergeworfen und ist zum Treffpunkt gelaufen.«

»Ihn muss der Schlag getroffen haben, als er Alette erkannt hat.« Fredde grinste hämisch.

»Davon gehe ich aus. In der Folge entführt das Geschwisterpaar den Fahrtleiter – wahrscheinlich in ihren Unterschlupf nach Fårö. Alette beschrieb, wie wütend sie gewesen waren! Sie wären sich sicher gewesen, ihn gemeinschaftlich umbringen zu können. Doch am Ende waren sie beide nicht fähig dazu.«

»Gott sei Dank!« Sam gähnte. »Entschuldigung. Es war ein langer Tag und dann der Wein und das gute Essen ...«

Fredde runzelte unzufrieden die Stirn. »Ich weiß immer noch nicht, wie du darauf gekommen bist, dass Alette noch lebt. Doch wohl kaum wegen des fehlenden Neoprenanzugs und der Rettungsweste!« Auffordernd sah er in Richtung Ann.

»Tjerk war für mich schon früh ein Sündenbock, das wisst ihr. Ich hab mich immer wieder gefragt: Warum hat Simon Willems die Unterschlagung nicht zugegeben? Er war einwandfrei überführt worden. Und warum konnten sie ihm die Tat zwar nachweisen, nicht aber, dass er das Know-how dazu besaß oder jemanden engagiert hatte? Dann gab es diesen Bruder, den genau diese Fähigkeit auszeichnete, der nach allem, was man hörte, ein extrem inniges Verhältnis zu seiner Schwester hatte, sich aber nicht blicken ließ. Und dann kam Akyol Ergun und stellte mir eine sehr entscheidende Frage: Warum hat er Sie für diesen Artikel ausgewählt? Ja, warum? Warum wollte Hauke unbedingt, dass ich mit an Bord bin, mir mit Alette eine Kammer teile und ganz nah an ihr dran bin? Ich hab mich vor ein paar Tagen beim Climate Science durchtelefoniert. Es gab nie einen Kontakt zu einem Dr. Hauke Martens. Der Wissenschaftsbericht war mein persönlicher Köder. Hauke glaubte, in mir die perfekte Person gefunden zu haben, um ihre Schmierenkomödie zu bestätigen. Schließlich war ich psychisch vorbelastet und leicht zu manipulieren. Ich aber dachte mir: Wenn das alles von langer Hand geplant worden war und Cord und Hauke die Drahtzieher waren, wo bei all dem stand dann Alette? Konnte all das passiert sein, ohne ihr Zutun? Wie sollte Hauke an ihr Blut gekommen sein, um die Beweise zu fälschen? Hätte der liebende Bruder seine Schwester geopfert? Ganz langsam reifte in mir der Gedanke, dass auch Alettes Abgang geplant gewesen sein musste und ich eine Schlüsselrolle als Zeugin zugewiesen bekommen hatte. Haukes Misshandlungen haben mich lange rätseln lassen. Da Cord die Gespräche mit ihm schon in der Nacht von Alettes Verschwinden geführt hatte und sich zudem in einem Boot zwischen der Insel und der Neptun aufgehalten haben musste, wusste ich, den Schlüssel gibt es nur bei ihm: Ich musste Cord Diallo finden. Wo immer er war, würde ich auch die Antwort darauf bekommen, ob ich mit meiner These richtig lag, nämlich dass Alette noch lebt.«

»Da Cord abgetaucht war und sich auch von der Polizei nicht finden ließ, blieb nur, ihn da zu suchen, wo seine Spur endete: im Nirgendwo auf Fårö«, beendete Marc.

»So sieht's aus!« Ann seufzte und ließ sich in die Rückenlehne fallen.

*

Samstag war in Deutschland schon immer der klassische An- und Abreisetag. Ann stand am Bahnhof und betrachtete nachdenklich den Zug. Hinter der Scheibe sah sie Marc und Sam im Innern des Waggons fröhlich lachen.

Was wohl zwischen ihnen passiert war, während sie selbst sich durch den dunklen, dunklen Wald von Fårö geschlagen und Alette und Cord aufgespürt hatte? Es war sicher schrecklich kalt gewesen in dem alten Volvo. Ob er sie in den Arm genommen, ihr die hübschen Finger gewärmt hatte? Auf Gotland hatte er definitiv mehr Zeit mit Sam verbracht als mit ihr.

Und warum war das so? Eigil tat oberlehrerhaft.

Weil ich es zugelassen, nein – weil ich es sogar forciert habe. Warum nur hatte sie das Gefühl, dass Marc ihr entglitt? *Eigil, schön, dass du dich auch mal wieder blicken lässt! Wo zum Teufel warst du, als ich dich auf Fårö gebraucht hätte?*

Die Stimme in ihrem Kopf schwieg. Nicht nur Marc schien sich aus ihrem Leben zurückzuziehen.

Der Zug ruckte einmal kurz, dann setzte er sich in Bewegung. Anns Augen trafen die ihres Freundes und hielten sie kurz fest. Sie bemerkte nicht, wie Sam winkte.

Fredde kam schnaufend angerannt. Er lief noch ein Stück neben der Bahn her und wedelte grüßend mit den Armen. In einer Hand hielt er eine zusammengerollte Zeitung. Dann gab er auf, drehte um und trabte auf Ann zu. Vollkommen außer Atem blieb er neben ihr stehen. »Mist! Jetzt bin ich doch zu spät! Ob sie es noch gesehen haben?«

Ann glaubte es nicht. »Bestimmt!«

»Hier ...«, japste er und hielt ihr die Zeitung hin. »Du bist jetzt berühmt.«

Sie nahm sie entgegen, strich die Seiten glatt und betrachtete staunend das fast halbseitige Foto auf der Titelseite des überregionalen Blattes. Es zeigte ein Halbporträt ihrer selbst an der Reling der *Neptun* lehnend. Dem Tele des Reporters sei Dank war jedes noch so kleine Detail zu erkennen. Ihre klaren grünen Augen fixierten nachdenklich das Zentrum der Kameralinse.

Epilog

Ihre klaren grünen Augen fixierten nachdenklich das Zentrum der Kameralinse. Ihr langes, seidig glänzendes, haselnussbraunes Haar lugte unter Mütze und Kapuze hervor. Einige Strähnen wehten im Wind und verliehen dem Bild eine faszinierende Lebendigkeit. Ein wohliger Schauer durchströmte seinen Körper, wie er ihn lang nicht mehr hatte spüren können. Mit leicht zitternden Fingern tastete er die Zeitung ab, zeichnete die Konturen ihres Gesichts nach.

Endlich!

Er konnte sein Glück kaum fassen.

Das vernarbte Gewebe seines Rückens verströmte süßen, brennenden Schmerz. Nie hatte er sich lebendiger gefühlt. Ab jetzt ergab alles wieder einen Sinn. Ein dunkler, tierähnlicher Laut kroch seine Kehle empor und erfüllte den schäbigen kleinen Raum. Schweiß rann über seine überhitzte Haut. Das verdreckte Tuch, mit dem er sein Gesicht trocken wischte, stank nach Fett, Blut und Säure. Ganz nah beugte er sich über das bedruckte Papier. Er wollte sie riechen. Und auch wenn die Wirklichkeit ihm ein Gemisch von recyceltem Papier und Druckerschwärze bot, sendeten ihm die Geruchsknospen seiner Nase einen Hauch von Vanille.

Das Nachwort der Autorin

Als ich mit dem Schreiben des Romans begann, waren wir noch gut elf Monate von dem katastrophalen Hochwasser des 14. und 15. Juli 2021, das sich durch Nordrhein-Westfalen, Rheinland-Pfalz bis in die Niederlande und Belgien fraß, entfernt. Der menschengemachte Klimawandel ist, so gern wir das auch verdrängen, Fakt. Experten warnen seit Jahren, einige seit Jahrzehnten. Und trotzdem – sie waren selbst für Unbeteiligte wie mich ein unfassbar großer Schock, die Nachrichten aus Ahrweiler und den vielen anderen betroffenen Regionen. Und jetzt? Wie sollen wir uns schützen? Wie ein lebenswertes Umfeld für kommende Generationen aufrechterhalten? Die Reaktionen auf die wissenschaftlichen Prognosen sind so vielschichtig wie das Leben selbst. Viele kluge Köpfe haben sich schon vor langer Zeit aufgemacht oder beginnen gerade jetzt damit, an Konzepten und Lösungen zu forschen – mit teils bahnbrechenden Erkenntnissen.

Die schwimmenden Windkraftanlagen, für meine Romanfiguren Alette Roux und Simon Willems noch Zukunftsmusik, sind heute Realität. Aufgebaut wie eine Boje, ist es gelungen, die mit Wasser und Eisenerz gefüllten Körper aufzurichten und sie zu stabilisieren. Um sie auf Position zu halten, werden sie mit satellitengesteuerten Motoren ausgestattet. So wird eine Verankerung überflüssig. Es gibt unzählige Beispiele wie dieses, die mich zuversichtlich stimmen. Ohne die engagierten Wissenschaftler:innen, die tagtäglich Feldforschung betreiben, die den Istzustand und jede noch so kleine Veränderung dokumentieren und analysieren, wären diese Erfolgsgeschichten nicht möglich. Nur durch sie verstehen wir Zusammenhänge, können Schlussfolgerungen ziehen und im besten Fall Lösungen finden.

Einer von ihnen ist Dr. Michael Naumann vom Leibniz-Institut für Ostseeforschung Warnemünde, dem mein ganz besonderer Dank gebührt. Für ihn gehören Monitoring-Fahrten auf der Ostsee zum Alltag. Er ist mit jedem Vorgang, mit jeder Situation – jedem Wetter – und jedem technischen Detail an Bord seines Forschungsschiffs vertraut.

Danke, dass ich mitreisen durfte auf eine wenn auch virtuelle, dennoch unglaublich spannende Reise in eine Welt, die Fachfremden zumeist verschlossen bleibt.

Danke für unzählige Antworten auf ebenso zahlreiche Fragen zu Alltäglichem, Fachlichem und Skurrilem. Und auch wenn ich nur einen Bruchteil dessen wiedergeben konnte, was das Leben und Arbeiten auf Ostsee-Expeditionen ausmacht, hoffe ich, eine realistische Basis für die frei erfundene Geschichte geschaffen zu haben. Ich habe große Hochachtung vor dem, was Sie und Ihre Kolleg:innen leisten. Sollten sich trotz Ihrer intensiven Bemühungen fachspezifische Fehler eingeschlichen haben, sind sie allein meinem Unvermögen zuzuschreiben.

Die von mir erdachte *Neptun* wurde nach dem Vorbild der *Elisabeth Mann Borgese* erschaffen, die vor ihrer Berufung zum Forschungsschiff *Schwedeneck* hieß und vom Wehrtechnischen Dienst der Marine genutzt wurde. Während die forschungsrelevanten, technischen und baulichen Beschreibungen der Realität in nichts nachstehen sollen, sind sämtliche Charaktere und ihre Handlungen frei erfunden. Sollte es also zu Namensgleichheiten oder Ähnlichkeiten gekommen sein, bitte ich dies als unbeabsichtigt und dem Zufall geschuldet zu entschuldigen.

Ich bedanke mich bei meinem Mann und meiner Tochter für ihre Nachsicht und Unterstützung. Ungefragt wurden sie zu Kennern der Ostseeforschung.

Meine Lektorin Sandra Lode verschaffte dem Werk den gewohnt professionellen letzten Schliff. Vielen Dank auch dafür.